幻兽之吻

周晓枫 著

中信出版集团 | 北京

图书在版编目（CIP）数据

幻兽之吻 / 周晓枫著. -- 北京 : 中信出版社,
2021.5（2023.8重印）
ISBN 978-7-5217-2882-8

Ⅰ.①幻… Ⅱ.①周… Ⅲ.①散文集－中国－当代
Ⅳ.①I267

中国版本图书馆CIP数据核字（2021）第039108号

幻兽之吻

著　　者：周晓枫
出版发行：中信出版集团股份有限公司
（北京市朝阳区东三环北路27号嘉铭中心　邮编　100020）
承 印 者：嘉业印刷（天津）有限公司

开　　本：880mm × 1230mm　1/32　　印　　张：10.75　　字　　数：252千字
版　　次：2021年5月第1版　　印　　次：2023年8月第4次印刷
书　　号：ISBN 978-7-5217-2882-8
定　　价：58.00元

服务热线：400-600-8099
投稿邮箱：author@citicpub.com

野猫记

1

我对邻居的负评，因为野猫发生转折。

我们住一楼，门前有个下沉式小花园。我疏于打理，只种了一层敷衍的草皮，斑秃似的生长着。邻居家利用这块空地，搭建了半间玻璃房，剩下的地面铺满瓷砖。他家养了巨型狼犬，它还是条小奶狗时，就能看出是城市禁养的危险品种。幼年期的狼犬，每天还能放到院子里几分钟去拉撒。长大了，不行，它的样子接近福尔摩斯侦探小说里的恶魔。狼犬每天在玻璃房里狂吠一会儿——它炭黑的脸阴郁，骨白的牙冰冷，令我不寒而栗，路过的孩子有时会被吓哭。

邻居家的男主人彪悍，晚秋也光着膀子在外面走动——他的后脖颈上积着一圈发硬的肉。他直接跳入小区草坪，搬开井盖，拧动阀门，接上胶皮管，用公共水源给自家院子浇灌花草。女主人样貌年轻，睡醒了，不换睡衣、首如飞蓬……但她对流浪猫来说，美丽如天使，明亮如圣母。

邻居家也养猫。两只名贵些：一只美短，背后花纹像地图上的等高线；一只布偶，脸上一团晕染开的深暗，像被防色狼的喷雾袭击过。此外，女主人还收养了两只残疾猫，一只路上捡的幼猫。猫猫狗狗加起来六口，家里不能再接纳什么了，何况小区里的野猫那么多。她只能把宠物的口粮，分给那些风餐露宿的小可怜。

流浪猫到离我数米之遥的邻居家取食、喝水、晒太阳。女主人不仅提供基础猫粮，还因为偏爱，给它们加餐猫罐头。一边喂食，她一边胡乱地抓起毛丛打结、藏污纳垢的猫放在怀里抚弄。胆怯的野猫也敢把身体平放在女主人的怀里几分钟，状若婴儿，然后才从这种不适应的体姿里摆脱出来。

这些流浪猫一点儿都不消瘦，除了个别天然有着整容脸追求的尖下颌，多数都有圆实的小腿、胖胖的趾爪。如果不仔细看，就注意不到它们的毛皮有种隐约的雾灰，缺乏缎光——那种经心保养才能闪烁的缎光。不过，至少从仪态上看，它们一点儿也不颠沛流离，倒有些养尊处优的架势。有只大狸猫简直胖成了短腿的柯基犬。

它们或野心勃勃，或自命不凡，它们也被自己的缺陷所害，比如一只猫蹿到了让自己下不了台的高度，在二楼阳台上发出阵阵不顾体面的哀求……后来被女邻居和孩子，搭着梯子，拯救下来。

2

许多孩子童年都有养猫的经历，我也有，前后养过三只。过程愉快，但总是以惆怅和悲伤结束，回忆起来有阴影。

第一次养猫，我还上小学。小伙伴掏猫窝带回来的黑白狸，起名小偷。它刚开始是贼眉鼠眼地偷东西，很快演变为公然抢劫。印象最深的一幕出现在厨房：拔光了毛的光裸鸡，鸡头被小偷死死咬住，紫瘦的鸡腿被爸爸拽住，双方都在一边咆哮，一边较力。小偷每天在院子里自由玩耍一会儿，它和第二只名为肖邦的爱听音乐的猫一样，后来自愿选择流浪和逃亡。第三只猫泡泡，在我的宠溺下，反而性格怪诞，也许是因为我当时缺乏喂养常识，它因为吃了过多的熏鸡肝而患上肾病。泡泡形销骨立，瘦到失去猫形，腹侧像是搭在脊椎上的一张猫皮……我泣不成声，无望地眼看它被一个擅长救治的朋友接走。我后来不敢追问泡泡的下落或下场，以至疏远朋友，断了彼此音信。

看样子，我不是个理想的主人，猫比我更早认识到这点。

前两年，我发现一只母猫在我荒凉的杂草院里产崽。我生怕惊动它们母子，我知道即使喂食，也会引起猫妈妈的警觉和不安，并将迅速转移幼崽。所以，我每天克制自己的好奇，始终坐在外飘窗台上，观察两米之外那些活动着的小毛球。

有一天，哺乳之后的猫妈妈出门打猎，只剩几个小崽子，在草地上踉踉跄跄、跌跌撞撞。阳光晴朗，它们的毛丝有着芒尖，状如晶簇。我打开阳台上的推拉门，从露台走了几级台阶，走到下沉花园的草皮上。我什么也没干，只是近切观察了一会儿那些可爱的小家伙。真的没有碰触，我只是隔着几十厘米近距离问候。三只萌物走路都不稳，还是坚持着摇摇晃晃地挺直身子，试图用凶悍而嚣张的表情恐吓我。停留了大概十几秒，我快速后撤，怕留下自己的气味，惊扰到它们多疑的母亲。

数小时之后，母猫回来看望孩子。

我没有留下踪迹，我几乎倒退着走在自己来时的脚印上。我确信自己毫无破绽。然而，母猫当天搬家，逃难般，把自己的孩子转移到某个秘密巢穴。幼猫在草丛里的轻微压痕还没有消除，院子一下就撤得空空荡荡。问题是，那些不会说话的小崽子，它们是怎么告的黑状？我百思不解。

3

猫和狗是不同的。土耳其一部关于猫的纪录片里说：狗以为人类是神，猫不这么看。猫，神秘得迹近诡异的动物，它本身被认为具有超能力。

通常认为，狗有憨厚的忠心，猫有灵巧的狡诈——甚至在身体条件上，猫都灵活到诡谲。缩骨术是人类里的杂技与绝学，表演者并非真能缩小骨骼体积，而是通过训练，压缩骨间隙，使得全身骨头有序地紧密叠排。猫的骨头有二百三十根，比人类还多二十四根，显然出自更精密灵巧的组装。猫天生就会缩骨功，大概跟它没有锁骨很有关系，这使它的前肢能在躯干轴线上幅度更大地活动，从而更加灵活柔韧。它简直可以像水流一样，摊溢并塞满窄口的玻璃圆罐，以至于有人说：猫是一种液态。

九条命的猫，擅长的奇技淫巧颇多。既可以上树，行走在细悬的树枝间；又可以高空翻转，完美落地。热爱晒太阳，在弱光环境乃至黑暗里也畅行无碍。被公认为最具好奇心的动物，又是极尽谨慎的蹑足者。猫的野外生存能力很强，并且能保持优雅和克制。有只猫潜入养殖户的院落，它每天只偷一只鸡，视之为羽毛包装起来的点心——猫有节制地享用，控制得近于自律；不像狐狸，有着作恶的乐趣，饱腹的狐狸也会无端咬死许多无辜者，不为明天节省口粮。

我们小区有假山和池塘。人有两只手也捞不起来鱼，但猫可以。仿佛会下蛊，猫凝视水面；鱼见到水面之上那双矿物质般的眼睛，就丧失反抗能力……呆滞也好，听从也好，反正结局是被猫捞出来吃了。

据说鱼的记忆力不好，它们的确不长教训，每天上当，日复一日上演剧情单调的悲剧——就像单恋者倾心于让它绝望的爱人，不惜用生命去喂养自己钟情的杀手。有时两只陌生的猫相遇，它们一言不发、一动不动，长时间彼此凝视，直到瞳孔深处……我怀疑它们是在彼此下咒，比拼谁的法力更厉害。

猫不仅是城市里的宠物，乡村也爱养猫，据说只有它们能看见鬼魂渐近。出殡时要有专人守夜，陪伴逝者最后的旅程，尤其要防范着猫：传言猫若跳上棺木，里面就会诈尸。也许，因果相反。猫有狱警般的使命，它要监督关在肉身监狱里的魂魄。如果发现风吹草动，魂魄想趁机逃亡，猫就跳上去，按住棺材；魂魄疯狂挣扎，所以才会诈尸。都市里没有类似的机会，猫不会跳到棺材上，要跳，也只有一个狭小的骨灰盒——诈尸不能，顶多，腾起一团由灰烬构成的迷雾。我听到过，徘徊墓地的野猫号叫得就像孤儿院里的弃婴——那里面有一种表达不清楚的内容，我不知道那种情绪更近于神秘，还是更近于愤怒。

猫对死神的气息格外敏感。有个故事，说主人善待他的猫，猫忽然不肯好好吃饭，整晚凄伤地惨叫。主人以为猫病了，马上带它去看病，医生却查不出个所以然来。回到家以后，这只猫一反常态，惊恐挣扎，无论如何也不肯待在主人的怀里……主人抱怨这只被宠溺的猫，直到他的抱怨变成呻吟，一头栽倒在地，死了。

猫能看透白昼，也能看透暗夜；能看透生，也能看透死。所谓暮色和虚无，只是为人类设置的障碍，对猫，构不成任何威胁，它畅行无障。也许，这是神明对猫的偏爱，为了凸显它们的神异。

4

我和这些游荡的野猫关系密切起来，是因为一次偶然。我发现，猫对生死的参破，确有天赋。

我爱吃螃蟹。朋友们知道我的饕餮爱好，每到应季时节，纷纷快递给我。我每天乐此不疲地拆卸，餐桌上堆积着赤红的甲壳、圆实的钳子，还有细而弯折的腿。直到有一天，吃到肠胃寒凉，腹腔痉挛且疼痛。冰箱里还剩下三只生蟹，我如何也消化不了。我稍一犹豫，眼看两只公蟹就咽气了，一只母蟹也气息奄奄——它们的生死间距，大概只有二十几分钟。河蟹昂贵，我不忍弃掷，还是把它们放进蒸锅。我把三只升腾热气的熟蟹拣出来，盛在简易纸盘里，拉开阳台推拉门，端到外面的露台上，看看野猫们有无食欲。被吸引的它们隔着距离观望，很快从邻居家跑过来，一探究竟。

它们灵巧、警惕，有着超乎想象的生存智慧。对这种它们从未见识过的生物，能分辨细微死亡气息的猫，竟天然知晓刚死的螃蟹也会积聚毒素——它们吃死鱼，不吃死蟹。它们把那只母蟹吃得很干净，找不到一丝肉屑；两只公蟹，它们不屑于尝尝一条小腿。也许，野猫把我鱼目混珠的行为视为对尊严的挑衅，它们把两只公蟹踢出盘子，让它们四仰八叉地翻倒在地上。它们能够分辨，精确到分针的死亡。

隔着推拉门的落地玻璃，它们与我对视……睥睨，然后一哄而散。

5

也许它们的眼神真让我羞愧了。虽然出差频繁，但只要在家，我总会放置一些食物和水。我谨慎选择，我知道含盐和含添加剂的食物对它们的健康不利。除了清蒸鱼、白灼虾的头尾，还有种几乎像是专为高血压病人准备的所谓熏鸡：只有肉香而毫无盐味，我又用水反复泡过，才敢喂过两次。剩下时间，我都选用猫粮。

它们挑剔，猫粮口味不同，它们有的喜欢，有的不。我出于科学

猫能看透白昼，也能看透暗夜；能看透生，也能看透死。所谓暮色和虚无，只是为人类设置的障碍，对猫，构不成任何威胁，它畅行无障。

上的理解，坚持喂些天然无谷的猫粮，可它们自有鉴赏力，尤其喜欢人类的鲜食。如果我喂食可以共享的食物，我是否在鼓励它们的僭越？还是说，我们靠食物建立的某种等级制度，并不能约束这些流浪而自由的灵魂？我怕随意喂食，营养配方不全面，影响它们的健康，乃至重蹈泡泡身上的覆辙，我下决心断供别的，只喂口碑之选：各种猫粮、猫罐头和猫零食。

它们逐渐前来，依然高度提防。发现我在偷窥，即使我站在绝对安全的距离之外，猫也会停止进食，转头，纵身跳入灌丛。我猜它们不是害怕，是难堪。猫被视为一种高自尊的动物。它们热爱清洁，每天精心打理自己，这几乎占据醒着的三分之一时间；努力掩盖排泄物，这被视作羞耻心的表现。排泄难堪，接受嗟来之食也难堪，这些小东西的内心戏丰富；除非信任，它们才肯施展撒娇卖萌的绝技，否则，它们维护着冷傲。

猫是如何判断人类，如何建立信任感的？前年冬天，地下车库有只行动迟缓的年迈猫，每次见到我，无论隔得多远，都乐颠颠地疾跑过来。它不停蹭磨我的裤角，让我蹲下来，替它搔痒或摩挲腮骨。这只老猫对其他路人非常警惕，几乎缺乏直视的胆量，最初它与我并无交道，它的直感从何而来？老猫乐于与我亲近，会随行数百米，哪怕我手里没有食物，它也能跟入电梯间和房门，信任得就像它从小就是我的家族成员。后来看不见它了，也许它没能熬过随后的冬天。

我又想起一件事，不知是聊天中的戏言，还是生活里的实情。刘亮程说他从村庄经过，所有的猫都跟随，并且向他跪拜。猫到底是出于敬畏，辨识出他有虎之威仪；还是出于好色的求欢，嗅探出他身上有撩动的气息——如此迷魅，以致它们不惜降尊以求？我难解其意。不过从此再见刘亮程，我就怀疑他有怪力乱神的能力。

随着喂食时间和频率的稳定，野猫们越来越多地光顾我的露台。

它们早晨会集中来一会儿，没有谁守在这里。它们从不抢食。无论是多么诱惑的食物，它们都心如止水，团起爪子，以标准的猫式立姿站着。一只吃过早餐，不慌不忙地离开；下一只慢条斯理地靠近陶瓷的饭盆。它们三三两两，看似毫无规则，其实是按照隐形秩序在排队。

多数猫看起来年纪不大，像是青春期，只是即将成年，若算作成年就有点勉强。它们平常在哪儿？想象中，我把它们当作在公园里晃荡的流浪少年，有陪它们一起浪荡的问题少女，有随遇而安的住所和食物。喝水的时候，它们弹簧般的小舌头快速进出，比弹簧刀还快。还有几只成年了，也让我想起电影镜头里，桥洞里围拢篝火餐风饮露的流浪汉们，在勉强可以避雨的夜晚抵足而眠。也许正因江湖险恶、兄弟情深，所以无论大猫小猫，它们都不抢食。

过了数日，我才反应过来。之所以不争，到底是超乎生存的情感力量，还是这本身就是生存技巧？它们一只一只有序地尝试食物，并未一拥而上——不过是，免得集体中毒？对陌生的善意，它们并未丧失警觉。

6

它们来来往往，新面孔此起彼伏，像缺乏管理的流动人口。有的毛色斑斓，如海龟里的玳瑁；有的表情忧郁，甚至像是有了熬夜后的眼袋。有的猫一看就是江湖出身，野力十足；有的可能经历过从宠物到弃儿的命运转折，它们依然保持着良好仪容和典雅举止，包括与人亲近的强烈渴望。有的体形优雅如芭蕾演员，有的走路骄傲得像只猎豹。它们绿松石或蜂蜜色的眼睛，闪烁着童话之美……不过，猫的视力不如人类，并且它们还是色盲。

野猫开始比小区保安还殷勤地巡查我的露台。虽然喂的都是品牌猫粮，不存在什么厨艺大赛，但邻居女主人和我，依然像两家在门口竞争拉客的服务员那样，殷切盼望到来的客人走向自家的餐桌。

渐渐地，我总能在附近发现它们的身影，拿我的露台当猫客栈；即使没有食物，它们也来此小睡。它们卧在植物已经枯死的花盆里。它们藏身在露台下面的阴影里，一旦我抓取猫粮，撕开零食的包装袋，或者拉开铁皮口的罐头……它们就像登台的谢幕演员，瞬间集体涌现。

更熟悉以后，它们喜欢透过落地玻璃向里窥视，像一群间谍。它们更喜欢溜进打开的推拉门，小心翼翼地勘探环境。如果我坐在沙发上，它们不敢前进又不愿后退，就站在它们认定的心理安全线上，观望。

猫能够长时间不眨眼睛，所以显得特别专注。最初，它们总是标准立姿，笔直地站在对面，仪态有如奢华酒店的西餐侍者，只是表情有些呆萌。后来画风变了。我感到迷惑，它们为什么一见我就乏困。无论刚才多么闪转腾挪，我们只要对视超过数秒，它们就微眯眼睛，很快半闭半挤，合拢的眼睑一线隐约。屡试不爽，它们简直无一例外。我仿佛突然成了擅长催眠的巫师，我对自己陌生的特异功能颇为不解。许久之后，我反应过来，这是向我示意信任的表情语言，比抛媚眼更端庄、诚恳。我体会到小小的暖意，只是这个景象有些诡异。进门来的六七只猫，都冲着我的方向形成小扇面，它们立姿，挤着挤着眼睛，就变成紧闭双眼……我就像面对着一个盲人乞讨团。不过，我也像一个沙眼症患者那样，频繁地挤眼，以回应它们的示好。

7

我给它们取了名字。

邋遢王子、团豹、沙漠、毯子、芭蕾……哎呀，群众演员可多了。有几只猫，每天前来报到：海盗、警长、大花生、斗斗和梦露。我承认，自己对后几位有些偏袒，它们更像是家里的常住人口。

海盗，身体是白色，尾巴是黑色，脸也是半白半黑，左边像被斜下来的眼罩覆盖。其实我最早管它叫蒙娜丽莎。因为，它以不变应万变，永远只有一个神态，总之是那种做不成表情包的猫。像达·芬奇的蒙娜丽莎一样，让人分不出微笑还是感伤，可以说它是零度表情。我无法判断它的情绪起伏。不仅如此，它的专注超乎想象。它盯着我，如果是用七分脸的角度，它能始终不移半寸，连眼神的角度都不差分毫。它适合当画家的模特，它不挪动，不眨眼，甚至不会抖落身上的光线。它的削腮狭眼，有点像狐狸或者奸佞那种。它谨慎，习惯怀疑，从不只身进入房间，行动之前，它至少需要两名试探者或陪伴者。即使其他猫已经在房间里假寐了，它依旧选择离门最近的位置，以便及时逃脱。我想，这是只可远观、不可亵玩的猫，它排斥亲密。我说得对，也不对。事实上，它竟是最早与我有肢体接触的。

有一天，它们溜进阳台，准备在房间里小小午休。很奇怪，尽管在客厅里停留时间短暂，而且容易被打扰和打断，它们对升堂入室却乐此不疲。我拿了零食尝试靠近，它们倒着身子退后，一起向外撤离。我手里捏了一条很小的鱼干，向蒙娜丽莎示好。它毫无征兆，闪电般伸出前爪，打落了我的贿赂。似乎在表达，它在意室内和态度的温暖，远胜过区区口粮，我的表面笼络、实则驱逐的行为，近乎羞辱。我的手指，感受到它趾甲的坚硬和锋利。因为无法从表情上猜测蒙娜丽莎的心理预谋和动作变化，我从此，对它多了生分和警惕。感觉它是女性，没想到这么凶。不叫蒙娜丽莎了，改名海盗，从近似的相貌到强悍的逻辑——虽然也有女海盗，但好像不这么蒙上一只眼？管它呢，那么凶悍，就叫海盗。

我是很久以后，才理解海盗的心意，原来它只是想跟我玩。海盗的动作没轻没重，有一次它竟咬我的脚踝，留下一道拉长的牙齿划痕……它不知道怎么表达亲热才是合适的分寸。

黑猫警长，长得和我小时候看的动画片形象一模一样，简称警长；大花生是只老猫了，黄白花，嘴巴上面的胡子斑，形状像颗大花生；护士，它热衷照顾和看护，总是在帮助别人打理皮毛——它们只能叫自己的名字，没有替换的。不像海盗，是从蒙娜丽莎改名过来的；不像斗斗，也改过名。

8

斗斗，长得难看。

不像别的猫眼那样晶亮、圆润、微凸，它的眼睛平，并且下陷。它的瞳孔不居中，明显向上眼角倾靠。我分不清，这在猫世界里算近视还是斜视。斗斗也不像别的猫——胡子是集束的射线，或是微弯，在嘴巴两侧呈现小幅的扇形，斗斗的胡子，没有神气地上扬，甚至没有支撑起码的直线，而是像老鼠须一样，弯曲得厉害，对称地塌下来，就像快合拢的括号。

斗斗和梦露的毛色相近，都是橘猫，只不过它是混沌的橘色，不像梦露那么层次清晰。梦露漂亮得惊人，一看就是女孩；斗斗从样子到性格，都是典型的男孩。它特别淘，胆子大，总是率先大摇大摆进入客厅深处，等我离猫群近了，它总是最后一个撤离。斗斗，能像越位的足球运动员那样超过我的防守线，得意地钻到沙发底下，和我兜圈子、捉迷藏。它与我的互动最多，热衷追逐逗猫棒上的毛绒挂物。

我不知道，斗斗的勇敢，来自它的好奇与热情，还是因为智力上的缺陷。它的样子就像没有正常发育，至少是在某方面还未完备。我从未见它在斗争或男女情事上有所挂碍，它每天热衷在玩耍中挑战自我。

它走路，从来不走已经好生狭窄的边台，而是走在台上架起的只有半寸宽的金属栏杆上，它就喜欢杂技般的挑战感。即使是梳舔毛发，扭头又劈腿的，它也很少在平地上完成。它喜欢跳到露台四周的防腐木桩上——那个平面，大概只有十厘米见方。斗斗得把四爪拢紧，才能维持站姿。它的胸部高耸，头颅后仰，很像拴马石上雕着的小狮子。不仅如此，斗斗竟然喜欢在上面睡觉，旁边，就是落差两米多的草地。不明白，它为什么选择在悬崖般的险境里安睡。让人担心啊，可它就那么一直待在上面，简直有着孟姜女般的决心。猫群里，只有斗斗，保持着这么古怪又执拗的爱好。

它的胆子，大到贪婪和妄想的程度。我后来发现，斗斗一点儿也不迟钝。树上落了两只喜鹊，眨眼之间，斗斗就电流一样蹿升到高高的树杈上，觊觎这两个被羽毛包裹的肉团。喜鹊无动于衷，因为它们站立的枝条非常纤弱，根本承载不了斗斗的体重。另外有只喜鹊，甚至从相隔二十米的邻树上飞过来，更靠近也更戏弄斗斗这个杀心已起却难以得逞的阴谋家。

狩猎无望，斗斗潦草地跳下树。捉鸟失败，但它捕鱼技术很高，我两次看到它从小区池塘里捞鱼回来吃。海盗也捕鱼，但失手失足的时候多，枉担水上英雄的虚名，每每半截尾巴像被沥青粘住似的，湿得像根老鼠尾巴。斗斗别说尾巴，连爪子都不带湿的。的确，斗斗不笨，我发现它是最灵活的，体型更大的公猫也比不上这个少年的迅捷。

我甚至怀疑胆子大，与情感丰富相关。斗斗的自尊心特别强，假设它已经表达了兴趣和渴望，而我当天并没有放它进入房间，我会明显感到斗斗的情绪和情感都会后撤；再见面，它会蓄意和我保持一个对待陌生者的距离，让我意识到它的不快。家猫尚且不喜欢被颐指气使地对待，何况这个骄傲的少年。

我曾管它叫斗眼，后来它的好奇、勇气和热情征服了我，我因这个称呼感到失敬和抱歉。我两面三刀，背着它叫“斗眼”，当它的面儿，我尊称它“冒险家”。是种巧合，从我用“冒险家”跟它打招呼的当天，它就中了虚荣的蛊符，肯于放心地在我脚下吃饭、喝水，无论我离得多近，它都不带抬眼皮的。它勇敢得迹近草率和鲁莽。

“蒙娜丽莎”改名为“海盗”的数天之内，它的名字也从“斗眼”定格为“斗斗”。猫不认识你的时候不叫。开始，是短促的一声。渐渐，声音变成拖腔，这就算是熟了。斗斗回应我的时候最多，而因为它的拖音，我得以观察它参差不齐的乱牙。

9

和斗斗形成反差，梦露极具美色，而且行为谨慎，从来不会离人太近。它习惯远远地待着，待确定安全以后，才肯靠近。梦露的旁边从没有缺过陪伴，有时我怀疑那是它的警卫班。院子里的橘猫那么多，可无论混杂在多么近似的橘色系里，你一眼注意到的，都是梦露被其他色彩所烘托的姿色。

我们小时候，称既漂亮又不羁的美人为小野猫类型——看到梦露，你几乎立即就能领会修辞发明者当时的感受。它是一只天生经过全套美容之后才降生于世的猫。梦露有张粉雕玉琢的俏脸，有双勾魂摄魄的美目——它盯着你看的时候，是那种令人怦然心动而它自己却无动于衷的眼神。同是橘猫，它是橙金色与亚麻色结合，脸部和肚皮的部分白色，是童话里才配有的雪白。猫的瞳孔形状跟光线强弱有关，可我觉得，梦露的眼睛很少出现锁孔般的细线，它的瞳孔又圆又亮。天真、俏皮、傲娇、慵懒、羞怯，又敏感、好奇，不乏端庄……这就是传说中的风情万种吧？梦露就是这么绝妙，它显然是只少女猫。眼神清亮，梦露之所以有这样具有美瞳效果的眼睛，是因为瞳孔经常也是圆的，带有轻微的吃惊感。不像大花生见多识广，不再被许多事情惊扰，瞳孔总是细线状；也不像正值青年的警长，眼角有眵目糊，像老人那样经常蒙着一层隐约的泪水。梦露的娇俏模样，能让人把它的缺点都当特点。一只美得浑身发光的猫，离开阳光，它也自带光环。难以置信，它的嘴角竟然有颗美人痣，所以我管它叫梦露。

不仅容貌，梦露的姿态尤为性感。猫喜欢伸懒腰，把自己抻到长度的极限。它们两只并拢的前爪尽量前探，塌下肩膀，然后重心转移，用力蹬直两条后腿，伸展弹簧般的脊椎。它们还喜欢拱成一个U形磁铁的样子。每只猫都是动作轻松的瑜伽大师。只有梦露，把伸懒腰时两只前爪常规的并拢动作，改为交叠，一条玉臂搭在另一条玉臂上。这么一点儿变化，就如同外八字变成了模特步——你观察一百只猫，也找不出这样百里挑一的妩媚动作。梦露侧卧的样子格外娇嗔，它只差支起一只前爪托住自己的香腮了。

我沿客厅落地窗摆了一排花，溜进来的猫都喜欢嗅探一番。唯梦露，香花美人，相得益彰。它沉静的时候，就像中世纪油画中的女贵族那样典雅；它饱餐以后，用小舌头舔净唇边的油脂，看起来比情色明星的海报还要性感。我的露台上也摆着花盆，不过，植栽没有熬过刚刚过去的寒冬，花都死了。别人家种花，我的花盆里种着猫——梦露躺在里面，我的盆栽美人猫。它就像貌美而挑剔的白雪公主，在摆放的六个花盆里轮流试过，寻找最满意的床。因为有的花盆大，有的花盆小，有的土深，有的土浅，这样它或低于边沿，或溢出边沿。光线稍有转换，它就要换个地方睡。只有频繁调换，才能在不同时间和气候下，让睡眠中的自己感受舒适的温度、风力和阴影面积。梦露最喜欢的和相对固定的卧榻，是靠内侧的一个中等大小的白瓷花盆。过了两天，我看到它刚从蒙眬的睡意中慢慢醒来，微风吹拂它披光的毛丝，我才发现它最为中意的瓷盆，上面有着牡丹图案，旁边手书的毛笔题字是：国色天香。

竟然是若干天之后，我才得知，自己中了美人计。梦露根本没有痣，那是不知在哪儿吃东西时蹭上的难以清除的食渣或污渍。它怎么这么聪明呢？竟能如此化解尴尬，不洁之物都有了点睛的妙用。不过，没有痣又怎么样呢？它那穿越人神之别的美，其征服力，随时能够得到证明。

10

梦露每天用很长时间梳妆，它热衷打理自己，有时跑着跑着就骤停，开始频繁地舔洗，舌梳毛丝，咬通毛结。它蹲坐，斜直伸开芭蕾舞者般的后腿，埋头清理腹部的皮毛和隐私处的穴道。这是猫的日常动作：大角度劈开后腿，仿佛鞍马里的托马斯全旋——别的猫像体操运动员；唯有梦露这样做的时候，春意盎然。

风情之所以迷人，在于它是如此自然而然，没有刻意的修饰。它以那么轻盈甚至是轻佻的姿态跳回那个破旧的沙发套，就像跳进了席梦思的床垫上。它以杨贵妃的体态斜倚在垫子上，又有茶花女的做派。它的身材一点儿也不单薄，可就是让人产生娇惜之感。它大概相当于猫里的梦露——突破瘦小抵达丰腴，却仍感觉玲珑的那种分寸感，实在是太难拿捏……它做到了。

梦露是典型的美貌有余，美德欠奉，既馋又胆怯。嘴刁，有今早新做的就不吃昨晚的，有立等可取的就不吃放置一会儿的。它吃到一半，不忘去邻家看看，主要是吃个变数，它不喜欢餐食单一。我因为被嫌弃而略感羞愧，希望自己争气些，能提供更令它满意的食物。这加重了我和邻居之间的微妙竞争。梦露对食物饶有兴趣，是只挑剔的馋嘴猫；不像警长，即使正在进食，如果有哪个迫切者挤靠着它的头去吃饭，它就若无其事地让开。警长对梦露宠爱有加，它看着梦露吃饭，就一副心满意足的样子。

我和斗斗、梦露见面最多。久而久之，难免偏袒，我总为它们准备口味获赞的鱼罐头。不好看的斗斗，在我眼里，越来越长出一种可爱的喜剧感。我喜欢斗斗的与众不同，喜欢它不谙世事的英气。像个肉质小闹钟，斗斗每天来得最早，准时伫立在高高的方木桩上，歪着呆萌的脑袋等待。

梦露呢，吃什么都心安理得。后来有点儿让我尴尬。梦露有一天带了男朋友，我高兴，以为它带到我这儿跟见家长似的。男友是只白色长毛狮子猫，能看出以前是高富帅，可流浪之后，这种毛色最显邋遢。两位到我面前，二话不说，演春宫。这么富有牺牲精神的色情，是为什么？不拿我当外人，还是觉得我有这样的重口味爱好？我怕路人看到作为观众的自己，只好劝梦露："别这样，不就是为口鱼腥吗？何苦啊，你都快赶上卖淫的了。"

11

事情没那么简单，猫群有着复杂的情感交错。

隔了两天，我得知梦露和黑猫警长的关系了。黄昏，梦露停在一个被丢弃的沙发套那里。沙发套里有根散落的条带，它万般活泼地玩耍，时而身体拱成彩虹，时而像做瑜伽一样绷直两只前脚趴俯下来，时而柔媚地翻转，露出雪白透粉的肚腹……它沉浸在自己的游戏之中，但对警长来说，撩惹不已。虽然经常见面，但这一幕，警长如同初见娇娥：梦露玲珑的身影，梦露迷魅的风情。警长浑身颤抖，就像面对一个即将成真的新娘。此后几天，警长经常情不自禁地咬住梦露的后颈，意欲骑跨。梦露的表情，真的比绿茶婊还无辜，它文文静静，不在姿势上做撩拨和配合，它就那么安宁，无论蹲卧，还是翘臀，都显得无动于衷、随遇而安。这种无为而治，让意乱神迷的男猫们，是更无从下手还是更顺利得手？看不出端倪。

正当我以为，梦露和警长结成了稳定盟约，它又换伴侣了：白底黄花的大花生。大花生是只老公猫，有着狡黠的生存智慧。不知道哪儿来的直感，很少有什么美食能逃过大花生的视线，无论什么时候，只要我拉开猫罐头的环拴，就可以读秒了……它保证在一分钟之内抵达。这个老家伙狡猾，即使吃饱了，有时也要假装沉浸在美食之中咀嚼几下，以强调某种认领感，强调它可是你家喂养的宠物。这只混迹江湖的老猫，最大的爱好就是升堂入室，只要门上留出一道窄缝，大花生就开始做愚公移山的努力，试图用脑袋和前爪挤出可以容身的通道。这回，梦露陪在大花生旁边——大花生嘴唇上修剪整齐的小胡子，像是别了个小型蝴蝶结，也许这回大花生要对情感认真了。

不过，梦露和所有猫都关系美好到暧昧。和斗斗两小无猜，和警长如影随形，和邋遢王子露水姻缘，和大花生相处甚欢。每只猫都喜欢和它相偎相依。梦露更换的性伴侣最多，每次都只能维持几天，但和警长在一起的时间最多最长。它俩像法律婚姻那样堂皇而形影相随，见到前任毫无尴尬，形同陌路。倒是前任邋遢王子，某次经过我的露台，想起春情浪漫的往昔，发出两声短暂而撕心裂肺的怪号。从此，我便很少见到它落魄的身影了。

猫有时发生情绪上的摩擦，眼神乃至肢体的挑衅，无论别猫怎样，梦露一定是不惹麻烦的那只。梦露对人类的态度并不亲近，始终隔着谨慎的距离。当女邻居和我尝试抚摸，它的双耳向后紧贴，愤怒龇牙，发出“嘶嘶嘶”的警告。但是和猫，它的瓜葛虽多，公共关系却处理得极为妥当。梦露与别的猫互嗅时，更像是潦草、礼貌或庄重的亲吻。不像是其他一些猫，喜欢嗅其他猫的尾根，对性腺的气味比对食物的味道更感兴趣。我隐隐怀疑，梦露与其他猫关系良好，是因为与它们多有“私交”。它在情爱中表情寡淡，让我怀疑，它仅仅是和平爱好者——是以身体换和平，它不觉得颠鸾倒凤有什么了不起。即使旁边就是情欲高涨的猫侣，梦露只是沉迷盘中美餐，不为所动，任由二位忙于苟合。也许这种事对它来说，总是太多而不是太少。它结识新欢，又不忘旧爱，和警长的关系最是分分合合又情深意笃。它到底是用纵欲，还是用淡漠，支配了它的情人们？

梦露必是以情商处理情爱，所以没有绝代佳人和寡妇门前通常会发生的那种是非多。梦露绝少引发冲突，它只是平静地离开一个又一个男性，平静地和一个又一个男性依偎，看不出什么暗战或隐恨的迹象。我猜测不出，到底它是自由奔放的女权主义者，还是水性杨花、随波逐流的小婊子。梦露对围绕而来的追求者，既不谄媚，又不奴役。它仿佛置身事外。

12

春日渐暖，窗下传来一阵鬼哭狼嚎，是狮子和团豹。我最初没听出这是挑衅还是挑逗，分不清楚这是男人之间的决斗，还是情侣之间的调情。食盆之上，狮子和团豹的脑袋相抵，以微距逼视对方，眼睛的睫毛都快碰到一起了吧？五分钟，它们从各自喉咙里发出变调的长声——长时间保持这样的姿态，看似嚣张，但它们谁都没有挥拳，也没有亮出尖牙，只是怪声怪气地嘶鸣。我倒了杯咖啡的工夫，它们就不在原位，已经在五米开外的另一地点继续这种对峙了。

我从它们的侧后方观望，两猫的间距略微拉开了一点儿。狮子的表情看不见，倒是能从双耳向后紧贴、弓起脊背的团豹身上，感到气氛的紧张。三分钟过去了，团豹有点儿走神，高度专注导致随后的疲惫，让它乏困般眯了两下眼睛。也许春困是传染的，也许团豹通过眼神，暗示了偷窥者的存在——狮子向我这个方向扭过头来看了一眼，长毛披覆的它，面部表情迷离。团豹趁着狮子走神，缓缓移动，以最看不出动作的动作在动作，比电影中的慢动作分解得还要慢……等两者之间离开半米之距，团豹突然连跑带颠地逃离了。

第二天，我近距离见到团豹，才发现它的鼻翼留有明显抓痕，右耳边缘的血痂还未彻底干透，不知是和谁殴斗所致。团豹的体格健硕，粗朴浑圆，特别有健力者的粗犷感。本是极具威胁的体量，它应该晃着膀子过来，人人避让三分的；可偏偏，哪只猫见到它，都会乖戾地叫起来。凡是听到起伏而鼎沸的打擂声，十之八九，对阵一方是团豹，且是明显被动的一方。

这些从少年转变为男人的公猫，这些从少女转变为妇人的母猫，让原来安静的院子偶尔传来怪叫，像哭声，哭得像过气的旦角。只有斗斗，还是少年郎，即使和梦露嬉耍，也只是小伙伴之间的嬉耍，没有发现梦露的其他妙用。未经性启蒙的斗斗，像梦露一样，从不参与恶斗。我怀疑打斗的公猫中，有个暴躁而任性的拳击手，有着和拳王泰森一样的爱好。泰森曾在比赛中咬掉霍利菲尔德的耳朵，我在这些猫中，竟发现两三只的耳边，都有微小却能辨别的残缺。难道，这是猫王格斗的规则、获胜的记号？

春天的花苞酝酿着，可我好像能闻到野猫皮毛里的土味，以及发情季节里它们到处渍留甚至沾染于身的尿液气息。

13

有一天，我的腰侧长了几个小包，锐红而凸起的点状，集中在拇指指纹那么大的区域里，有种渗透体表的痒痛。

我立即聚焦，划定了嫌疑范围。它们高频率地用后腿蹬挠下巴颏发痒的部分，畅快地发抖，我看到脱落的毛丝在光尘里上升。不知道是温差、过敏还是流感，我听到它们接二连三地打喷嚏；当陌生的猫尝试尾随着进入，脸上有着可疑的眼神和血痕，皮毛上有缠结或裸肉；它们在发情时节，不知节制地滥交……还能是谁？它们接触不洁的食物和水源，它们滋生危险的细菌和病毒。我大惊失色，越想越害怕。

尽管经过医生鉴定，皮肤上的炎症并非猫癣，不知是什么感染，但我也从此谨慎，不再热情好客到让它们从容出入，我很少再打开禁室之门。我戴着防护手套，清洗它们用过的器皿；假设苍蝇落到没有及时吃掉的罐头上，我会很快倒掉，以防止病菌通过它们的肠道传播。那几天，我饱受瘙痒之扰，但并未减少对它们的喂食。因为，无法辜负它们仿佛是从瞳孔晕染开来的信任。

是的，它们逐渐像一堆我甩不掉的麻烦，每天麇集而来。野猫们从聋哑般沉默地盯着我，到哼出若有若无的一丝鼻音，再到一见我就喵喵喵地招呼起来。那些性格最羞怯的猫，一旦开始信任，会比其他猫更积极。它们不再冷傲，也开始邀宠。我只要出来，它们就一路赶来，绕着我的腿，嘀嘀咕咕地示好。它们随着我的作息习惯而改变出没规律。吃过早餐之后，它们在露台上，横七竖八，躺得哪儿哪儿都是，它们一动不动，简直像被我喂了蒙汗药般麻翻了一片。大太阳晒着，它们的尾巴有撇有捺、有问号有句号，它们就这样边睡边完成愉快的消化。以前，它们只有躺在虬结成网的灌木乱枝下，才敢这么放心睡眠。

我们之间形成一种依赖关系，是相互需要，并非简单的寄生与供养。因为它们偶尔的失踪，也会让我失落。二〇一七年元宵节，完全不知道什么理由，门前空旷了一整天，它们没来。它们像坐上春运的火车去过节了，留给我一座空城——安静得异样，令人发慌。所以，第二天我做早餐蒸鸡蛋羹，看到两只猫站上露台，我几乎受宠若惊，以至于慌乱到犹豫要不要也给它们蒸一份鸡蛋羹——它们是去度蜜月了吧？有些母猫怀孕了吧？我担心猫的孕期营养，只差照顾它们坐月子了。

14

我远远看到，一只猫嘴里叼着一团模糊的阴影。隔着距离，我看不清那是什么，比雏雀更像幼鼠，被猫咬住的脖颈，它看似头颅的部分搭垂……褐灰的小生命，它将死于无效的保护色和无望的迟疑。

人们喜欢卡通中的老鼠而憎恶现实中的老鼠。我相反。米老鼠，为什么喜欢它？迷恋它爆米花一样膨胀起来的脑袋和手脚？对米老鼠无感，我倒不怎么讨厌老鼠。作为啮齿类的底层动物，它谨小慎微，是个从未放松警惕的卑微者——从鹰，到蛇，再到猫，哪个不吃它？可怜的家伙，它就像革命文学里必然要被消灭的反面人物一样，每天都在苟活中艰难求生。

远处的猫带着猎物潜入灌丛，去享受杀戮和消化的快意。近处，低头喝水的大花生，身上有着黄花斑，偶尔还有飞鸟掠过的灰影。一只白水煮的童子鸡，它们能吃得渣骨无存。我明白，它们更喜欢活物。这些玩偶般的猫科动物，无一，不是伶俐的杀手。

我想起小时候，邻居家那只异瞳的白猫。性情温顺的猫抓到一只麻雀——它的眼睛柔情万种地看着主人，它的齿锋插在麻雀最后喘息的胸腔里。麻雀的翅膀偶尔抽搐一下，但无论我们劝诱还是追逐，麻雀都将成为无法夺回的尸体。猫死死咬住麻雀，跃上屋脊，过了许久才跳回院子。我记得那幕场景：满树落花，树下走过那只无聊的猫。雪白的猫，刚吃过一只羽色斑驳的鸟，会飞的肌肉融化在它摇晃的胃囊里。

事实上，我正陷入轻微的焦虑。喂猫，来了越来越多的喜鹊——观察之后，它们叼走猫的剩饭。

我的露台，往好了说是小资情调，往坏了说形似拳击擂台，长宽几乎均等，边上竖着几根木桩——斗斗每天冒充拴马桩上的石狮子站在上面。木桩间用粗麻绳拦着，拦绳下是被修剪得整齐而低矮的冬青丛。一个非常有力的拳击手，都只能应付正面袭来的拳头，无法防备来自四周的偷袭。我数次看到觊觎猫粮的喜鹊靠近，既有大喜鹊，也有灰喜鹊……我担心它们没有及时察觉隐蔽在灌木丛中并悄悄上升的杀手的眼睛。

猫有时饕餮，有时不怎么吃食。我开始怀疑它们存在口味偏好的问题，但会不会是一种蓄意的省俭——留下饵食，用以猎杀活物？

露台上铺的是青方砖。猫粮还好，若是水煮肉类，猫经常把它们从食盆里叼出来食用。大约有半平方米的地面砖，被脂肪里的油渍弄污了。如果喂食大鱼头，过一会儿，拆碎的鱼骨零件都一一摆在这块污暗的区域——就像在黑绒布上摊开工具箱，摆了全套的五金件。这块被油脂浸染之地，是否将成为觊觎者的断头台——我怕有一天，上面躺着一只喉管浸血的鸟。浸透砖石的油脂，其实早已包含着血，只是陈旧、隐蔽、不让伪圣人难堪的血罢了。我尤其害怕喜鹊死在眼前，死在门口，我怕寓意上的不吉利乃至凶险。我的善念与真正的慈悲，貌合神离。

15

喜鹊的翅膀有那么美妙的钢蓝色，猫的眼睛有那么动人的琥珀色，我却无法同时偏袒。因为我的喜猫会给喜鹊带来灾难……当倾心捕食者，就没办法同时倾心猎物。

如果，我把给喜鹊的食物放到树枝上，离野猫的餐台远些呢？一是枝叶繁密，喜鹊未必能发现觅食点；二是我不具备攀缘的本事，心有余而力不足；三是我能抵达的高度，对猫更是易如反掌，喜鹊并未减少安全隐患。如果不改地点改时间，选择黄昏之后喂食呢？那时倦鸟归巢，而猫是夜行者，有红外线望远镜那样不受黑暗阻碍的视线。这意味着，我不仅惠待肉食者，不仅不公正地厚此薄彼，还进行了让弱势者不知情的暗箱操作。何况，不知道猫群中，哪个夜游神享用了我的夜宵——我付出却没有得到形象上的认知和情感上的回报，这让我失去喂食快感。

我想看管猫，不许它们轻举妄动；可当我成为守护者的时候，喜鹊也吓飞了。我想周一、周三、周五喂猫，周二、周四、周六喂喜鹊；可当事者不遵守设置的时间表。我想，我想……每个设想的后面，都是困局。

统治苍生的大神，面对困局或许同样难解。当我们说命运残忍，也许正因神在给予他者慈爱；我们也难说，神，在空降的爱意和美意里，是否潜藏了未来的灾难。

16

何为均衡，何为公正？

如果我不喂食，似乎喜鹊照样健康，飞起来，能感觉它们的翅膀承受着肉身轻微的超重；似乎猫照样幸福，圆墩墩的身材，直到圆墩墩的趾爪也像袖珍象足……大神也许基于同样理由而拒绝现身，他已在世间制造了相互制约的规则，从此，生命可以相爱相杀、自给自足。那么，人类的喂食，到底是在巩固秩序还是在破坏节奏？也许对猎杀者的帮助，就是在帮助被猎杀者。饱食的猫，不必因迫切的需要去捕杀，而是在餍足中酣然入睡，从而让雏鸟可以从容试飞它们借以自救的初羽，让小鱼可以安心游到石隙之外的明亮水域？

猫，以一种奇妙的混合体方式存在。如此柔媚曼妙的杀戮者，如此爪牙锋利的萌物，你到哪里去找这么刚柔并济的宝贝？我们不由自主地被吸引，不由自主地宠溺。有时，我甚至由此理解，人类何以能够接受恶……有时，恶，就像降临到命运里的猫一样，残忍，却既美且萌——结果，它们都能作为宠物受到欢迎和照顾。

猫能够捕食鱼鸟，即使它不能出入河流和天空；可假如没有人类的帮凶，猫是吃不到牛肉的。奢侈品牌的无谷物猫粮，价格高昂，使猫的食谱里增加了火鸡、龙虾、扇贝等它捕食能力之外的食材。我们宠爱这些样貌迷人的杀手，以至于大量羽翼未丰的幼鸟死于猫齿尖利的咀嚼。然而，怎么才算偿清血债？喜鹊是否吃了猫的幼崽就算公正？在猫面前，喜鹊之力多么弱小，何谈复仇。

可难道，喜鹊不是肉食者？它们垂涎托盘上的鸡肉，我帮这些掠食者撕开了它们无法像野猫那样用利齿撕开的胸腔。那么我们所谓的不公，只是不均的分配而已。多少饲料鸡一辈子的命运，只是把自己愚蠢地吃肥，然后一只从天而降的至高的手夺命而来——人类仿佛出于慈悲才杀戮，他们分配并讨好自己所喜欢的飞禽走兽。世间存在着一种由不均衡达到的均衡，存在着一种由不公正达到的公正——这个跷跷板上的世界，永远在，生生死死地起伏。

一切，不过是杀手之间的友谊。

猫能喂养喜鹊吗？答案是可以。

更换猫粮，要循序渐进。当一个品牌的猫粮即将喂完，需逐渐加大新粮比例，有时一周甚至更长时间才能完全替换。即使我格外注意，斗斗对新猫粮还是不适。它像呛奶的孩子那样身体抽搐，要呕吐；它似乎经过艰难的反刍，又咽下去了。

过一会儿，我听到喜鹊集结，叫声剧烈，我不知道它们是出事故了还是在过节。站在窗口观望，原来，斗斗在台阶上干呕之后，在灌木丛边吐了。猫粮颗粒带着黏结的胃液，很快，被喜鹊兴高采烈地叼走。

17

一连两天，来访猫的数量锐减。到了这个三八妇女节的早晨，我发现，每天报到的斗斗和梦露竟然也不见了。

木桩上是空的，肉质小闹钟没有按时站到自己的岗位。梦露馋，可浓郁汤汁浸透的入味小鱼，也失去诱引力。难道成精了？此前我当着梦露的面，批评它的脸型尖了，不如胖了好看，我怀疑和它纵欲过度有关。难道，它们马上就给我脸色，就此退避三舍，受辱的它们报复般地不来了？或者，它们是为了躲避黑社会？最近来了一只肥硕的斑纹猫，眼角下耷，长得逆来顺受，其实是个沿途挑衅的恶霸——眼睛直盯，爪子半抬，它突然施暴，无端乱拳和发疯追逐，打得其他猫或落荒而逃，或连声惨叫。抑或，什么变化也没有发生，小野猫们狡兔三窟，其实还有另外的供养者、另外的行宫？食盆里的猫粮没动，基本保持最初的丘形。

只有大花生一只猫，趴在空调的室外机上，睡觉。睡得太多了，它简直像瘫痪了一样，很少活动，满足于神游。它茶晶色的眼睛，即使睁开，瞳孔任何时候都是一条细线，处变不惊——这几乎是违反生理规律的平静。大花生是个混久了江湖的老油条。利用我家，它已经热情地邀约两次客人了，陌生猫在它的带领下，来此赴宴。作为一只男性老猫，大花生仿佛全无趾爪，见到我立即发出小婴儿一样的谄媚叫声。它热衷于闯入人类的生活区域，喜欢向房间里冲锋，即使门缝窄得难以容身，它也乐此不疲地向内窥探，并妄想用愚公移山的决心和趾爪，一举撬动沉重的推拉门，创造一线可能的机会。只要溜进来，大花生立即选择地下室或床底的隐蔽之处，赖在那里，很难再把它弄出去。如果不是我用拖布杆刻意驱赶，它会不动声色地猫上很长时间，就像家里一件滚落地下的摆设。

大花生的叫声至贱至媚，可我判断，它对我并无什么情感牵挂，不过生存技巧罢了。不像斗斗，有种天真的赤诚，每每都能感觉到它热忱的对交流的渴望。大花生，多少是在表演热情。我怀疑，大花生之所以强行入户，并非真想被我收养，它只是在猫群面前，找到一条自证勇气的捷径。好勇斗狠的大公猫，一脸凶霸，但只要人类靠近，哪怕不是立即跌跌撞撞、连滚带爬，也是气概全无，瑟瑟发抖地躲在暗处，再也不敢现身。大花生呢，别看对人类婴儿般呢喃，假若年幼公猫与它抢食，它毫不犹豫挥掌就是一记教训的耳光；可与壮年猫相比，大花生已年老而乏力……但它勇闯人类禁区，让那些所谓的猫英雄相形见绌。工于心计的大花生选择我，作为黑社会的靠山。

18

以猫科动物命名的，有老虎和狮子。狮虎都有一种雄风，可按比例缩小体积的猫，却是阴柔的。狮虎远比猫大，可猫，艺高人胆大，只有它们敢于跟世间最危险的猛兽——人类——比邻而居，乃至同床共枕，甚至把人类当作服务于自己的奴隶。并且，猫矜持地使用这种智慧，和狗相比，它们可以表情淡漠地获得人类的青睐和偏爱。但谄媚者总能得到更多的好处。大花生的撒娇并不体面，假设它不增加表演成分，以它的长相和年龄，未必能赢得一勺美味。

在人类社会里，我们抱怨谄媚者获得好处，我们抱怨当权者不能做到公正——假设我们自己成为当权者，同样不能摆脱对宠物的纵溺，如同不能摆脱对谄媚者的亲近。我们轻易动摇，无论是想品尝一勺美味的时候，还是想赐予一勺美味的时候。人类啊人类，满是无法克服的弱点，根本做不到神那样。神有凛然的公正，他平静对待靠拢者，所以祈祷者也许如愿，也许不。

其实，我们捷巧而畏怯，崇尚权力而习于谄媚。猫身上的特点，我们都有……每个人都是猫科动物。我们有猫科动物的优美，有猫科动物的狡黠，有猫科动物的懦弱，有猫科动物的权衡，有猫科动物的无情，有猫科动物的嗜血。人类，集合猫科动物的柔媚与残忍、伎俩与暴力。

所以，无论是猫的地位，还是猫与人类的关系，都非常微妙。当猫向我们靠拢，我们不由自主地和它们亲近；不仅因为秘密的相似，更因为形象上的毫不相似，我们有一种完全不像它们的自我麻痹中的美好错觉。对，养猫还可以满足人类潜在的虚荣心：看，世界上最凶猛的狮虎那样的猫科动物，等比例缩小为人类的玩偶……这就是我们懦弱而自欺的勇气。

我们自身的角色，是主人亦是宠物。或者说，我们既是宠物样的人——奴隶，我们也是人样的动物——禽兽。

19

黄昏时分，远远的，在我的露台之外，一对扶着自行车站在那里窃窃私语的男女，引起我的注意。

小区人车分离，自行车有专门放置的区域，少有推车穿行林荫道的。最为可疑的，是自行车后座上的两个矩形笼子：网密，黑铁丝的，宽高也就三四十厘米，可足有一米多长。他们站在野猫日常玩耍的区域，左盼右顾，似乎在搜寻什么。我心头一紧，有种没来由的预感和直觉：今天没有见到斗斗和梦露，和这两个人有关。

等我穿好运动鞋，追出家门，他们已经推着自行车向另外的楼区走去。从背影判断，他们是那种质朴的劳动者，衣着和自行车都半旧。自行车除了驮着醒目的长笼子，车把还搭着拉锁坏了的黑色人造革包，已被里面装着的东西撑得变形。

两人在一个窗前停下。窗下小小的平台，有用塑料泡沫箱改造的猫窝，用以抵抗尚还料峭的春寒；两只三花的小母猫，正在窗台上熟门熟路地散步。观察之后的女人对眯眼抽烟的男人说：“就这两只吧，一起逮。”果然，他们是捕快。

我正想上前阻止，女人隔着窗户喊了几声：“高阿姨，高阿姨。”没有得到呼应，她打手机找这家的主人。耳背的高阿姨这才打开窗户，是位头发花白的老者，她边和女人说话，边用手轮流胡噜两只向她撒娇的小母猫，显得熟悉已久。高阿姨说，一只母猫刚刚下崽，还在喂奶阶段，不能抓走猫妈妈，否则猫崽活不下来。女人同意。她们商量，暂时放过，等小猫断奶之后再来抓年轻的猫妈妈。

高阿姨是爱猫之人，她为什么会心平气和地讨价还价？

因为拿着铁笼的缉猫者，同样，也是爱猫人。

20

聊天中，我才反应过来，自己并非第一次见到大琴。只是从未近切看到过，她戴着小型头灯，射出一道强烈而具侵犯性的光亮，让人无法辨识她的脸。大琴经常晚上九十点钟来喂食，不让流浪猫饿着肚子入睡。

大琴没有孩子，从小喜欢猫的她，家里常年收养着五六十只猫；那个推着自行车的男人，是她无可奈何的丈夫，早已接受现状。她的经济能力有限，但救一只是一只，她不忍它们颠沛流离。为了救助流浪猫，他们把自己有限的退休经费都花在为它们购买粮食和医治病患上。大琴对所有的猫，都自称“妈妈”。她的家已被全面占领，每个角落都是猫，再也没有空间接纳了。所以，她每晚巡查若干地点，弥补她的歉意。大琴不住我们小区，但她的喂食点包括附近若干小区。她太爱猫了，而爱的前提，就是你的情感甘愿被对方所剥削和剥夺。大琴提到流浪猫的饥饿和寒冷，说着说着，就流下眼泪。她为它们购买罐头，为它们治疗眼睛和皮肤的炎症。她逢人便劝，用收养代替购买，让流浪猫进入家门。长久喂食，使院子里的猫对大琴格外信任，它们每天等待大琴送来夜宵，并允许靠近的大琴抚弄后颈和脊背。

一方面，猫超强的生育能力使它们数量激增，大琴这样的爱猫人已无力供养；另一方面，闹猫季节的怪叫声，会引起居民反感——有人用滚烫的开水泼溅，有人蓄意投毒，有人生生切断了猫尾巴。大琴说，她刚刚在另一个小区处理了五具被毒杀的猫尸体。

能怎么办呢？为了避免出现僵寒的小尸体，当每个危险季节到来，平常省吃俭用的爱猫人，在笼子深处用最鲜美的食物诱捕，把它们捉去做绝育手术。大琴丈夫车把上挂着那只拉链坏了的人造革包里，除了罐头，这回装了专门对付利爪和利齿的防护手套。

猫的弱点特别明显。鱼没有那么明显的弱点，鸟没有那么明显的弱点，狗没有那么明显的弱点，而猫坦然地呈现自己的弱点，无论是馋还是傲慢，都让人迷恋——除了，发情。别的动物不像猫这样，歇斯底里地表现欲望。对于人类来说，绝育手术减少了猫带来的诸多麻烦，使它们成为完美动物，几乎相当于野猫从良。

狂热的欢愉多么短暂，沉迷的性爱多么脆弱——这些自由的野猫不懂，它们不知道，走夜路不能放声歌唱。对人类来说，情欲也会令人难堪。失控的呻吟、抽搐的表情、抖动的身体，有些性格极端的害羞者，甚至因难以想象让陌生人目睹自己的尴尬和失控，宁可独来独往或循规蹈矩。这些猫，不知道在人类的管控下，私情不能制造喧哗，不知道肆意带来的后果——手术的刀剪，寒光四射，将切除它们令人感到羞耻的表达。绝育手术，就是身体和情感上的绝望手术。

是啊，一只猫怎么能够理解大琴的苦衷，怎么能够理解人类曲折的逻辑呢？它们只是恼恨于自己的轻信，即使，这种信任是半年一年中的每一天点滴积累而成。它们最后发现，所谓的爱，依然是一种误解，是最爱它们的人带给它们最严重的伤害。人类的伦理至为复杂，岂是猫能够猜测和判断的？你甚至不能说，杀手不喜欢甚至不爱慕他自己的猎物。看，人类把鱼类图案绘满各种用具，杯碗、衣服和窗帘，玩具、灯具和床具，他们为鱼制作模型和雕塑，甚至把鱼的图案文上自己的身体。那又怎么样呢？爱，甚至不能阻止杀戮——人们就在绘有鱼图案的餐盘里，分割鱼的骨和肉。爱与恨，远远不如骨与肉那么便于分离。

21

得知大琴白天抓了斗斗和梦露，虽然时间已晚，我还是奔向它们即将被手术的宠物医院。三月的树，还没有萌发叶芽，光秃秃的。灯影下的乱枝，在地下铺开疏而不漏的网。想起格外勇敢的斗斗和格外谨慎的梦露，想起它们均属无效的防范……一级戒备和十级戒备有什么区别？最后还不是殊途同归，都在牢笼里。想起梦露的多情，我忽然有些难过，它一生的欢情已尽。

晚上八点多，我戴着低檐帽、口罩、围巾，选了一副深色墨镜。连露出帽檐的头发，都被我重新编织，算是换了个发型。我努力遮盖自己，我怕这种时候被它们认出来，我怕自己说不清楚，摆脱不了干系。它们的眼睛能够看穿黑暗，难道，看不穿一副墨镜的阻挡吗？也许，我的乔装是幼稚的。我是为了自己，我没有勇气直面即将被小型刑具收拾的它们。大琴是猫信任的人，我是它们刚刚尝试建立信任的人，我怕它们看到曾经最为信任的人联手欺骗它们——我的畏怯里，除了对自我形象的维护，还有对它们脆弱情感的怜惜，我怕它们由此摧毁所有对人类的好感。远远看到医院的广告珠灯，我甚至把手机也静音了，我怕它们辨别出曾经听到过的旋律。

这是个最简陋的宠物医院，塑钢板搭建，很小。推拉门里就是分诊台。左侧，用玻璃隔出个值班室，年轻的大夫低头沉迷手机屏幕，丝毫没有注意，我拉开推拉门，溜进了右侧的隔间。

大大小小，屋里有七八个猫笼。角度最高的位置，网笼里并排趴着三只橘猫。左侧那只冲我喵喵叫了两声，听不出是示好、求饶还是抗议。旁边两只并排躺着，它们身下有个矮矮的、通常被当作厕所的塑料容器，它们俩对我的临近没什么反应。

斗斗和梦露呢？怎么没看见？突然，我注意到，三只并排猫的后面，还有一只。没错，就是那张俏脸。梦露的身体试图埋在其他猫的尾部，它的眼睛睁得极大，明显惊恐，它的耳朵完全耷拉下来，像只品相失当的折耳猫。当我试图用一支圆珠笔，去触碰梦露的小爪子，它动作幅度剧烈地跳开了。与此同时，三只猫里右侧的公猫，发出混合着“嘶嘶嘶”摩擦音的低哮——我不知道它是意欲保护梦露，还是误以为自己受到威胁而发出虚张声势的恐吓。只有中间那只猫，岿然不动，对我的进犯视若无睹。

我在幽暗的光线下，迷惑地凝视三只橘猫：左边那只是母猫，瘦；右边那只公猫，也见过，不算熟；但中间那只，让我感觉非常奇怪。我好像没见过，但它说不出哪里和斗斗有点像。我蹲下来，仔细看，迷惑地在心里反问：“难道，你是斗斗？”这只猫的眼睛竟然是压扁的六边形，像蜂巢被施力变形，六角形的眼角斜拉上去……我用力分辨：天哪，竟然就是斗斗！它一夜之间变了模样。斗斗一点萌态也没有，有一点点愤怒，但更多的是轻蔑。它沉默，一身威严。我不知道，斗斗能在一夜之间，从少年长成青年。它是那么好奇和淘气，没想到大难临头，却是勇敢。也许，命运的转折，对情感丰富者的影响更大。

这些猫，它们或睁大或挤小的眼睛，我曾接收到它们英文里叫作“wink”的那种眼神。特别微妙的眼神，我反而不知道中文里用哪个词合适。飞媚眼显得轻浮，挤眼又显得不够优雅；眨眨眼显得轻了，眉目传情显得重了。我喜欢它们假装乏困眯起的眼睛里，流露出羞怯的示好。现在，它们的眼睛里，丧失了那种由信任而产生的暖意。

绝育手术会在第二天上午进行。这些猫，被二十四小时禁食禁水，以避免手术中可能出现的呕吐，那会引发呼吸道阻塞和异物性肺炎。猫是记仇的，而我不想被当作仇人记住。出于必要的谨慎，我在宠物医院停留的时间很短，蹑手蹑脚，我倒退着溜走。

这个晚上，小区特别宁静，没有乱人心智的惨叫。天亮了，门外同样没有悬念，是空旷得像被掏出一个洞的早晨。

22

我选了一件平常不怎么穿，以后也不打算怎么穿的羽绒服，用超长围巾把自己围裹起来，又加上墨镜。我希望有一件阿拉伯罩袍，尽量少地暴露自己。在前往宠物医院的路上，我从沿途的橱窗和汽车反光镜里，再次辨识和检查自己。可到了地方，才早晨八点，见到的是一把横锁和挂链，宠物医院没有开门。玻璃窗拉着严实的厚帘子，看不见里面。

我回家，晃晃悠悠度过了两个小时，忍不住又去了医院。一进门，就看到地下多了一个笼子，被很大一块米老鼠图案的粉色布包着，顶端系了绳结……花布上，到处都是喜笑颜开的米老鼠，男老鼠打着领结，女老鼠打着蝴蝶结。我从布幅露出的三角区域空隙里，看到了栅栏后面警长放大的眼睛。它从昨天的抓捕行动中逃脱了，原来只是稍晚落网罢了。这个窄长的笼子里，只关着警长，没有任何同伴。不知命运所终，警长的眼神，变成了一个孩子甚至是一个婴孩的眼神。

我看到了即将被送进手术室的斗斗和梦露。这是晴天，明亮光线照耀下的梦露，在落难中，依然美得不可方物，它的下巴枕在塑料扁箱的边线上。可昨晚成为勇者的斗斗，现在已从应激状态的对抗里被打回原形——耳朵和昨晚的梦露一样，呈四十五度的斜角，拉直线条的紧绷感暴露出它的恐惧。斗斗的眼睛，恢复为巴旦木果仁那样扁长的杏核状，昨晚魔幻的六边形消失了，它的冷傲也消失了。

医生和大琴依据经验，怀疑斗斗是母猫；但这只是猜测，流浪猫具有狂烈的野性，处于防御和对抗状态，不便近切观察，只有麻醉以后才能得出斗斗的准确性别。我非常意外：斗斗有可能是女孩子？黑白黄三花的是母猫，橘猫毛色相近，远观没有那么明显的判断依据，只是母猫通常头颅小巧一些。

麻醉的过程并不顺利。两个男医生配合作战，需要用中空的不锈钢管把猫胁迫到笼子角落，才能完成瞬间的注射。几只橘猫疯了一样在空间有限的笼子里蹿跳。斗斗闪躲得尤为剧烈，快得看不清移动的方向，它就轮流出现在笼子的各个边角。梦露试图躲在任何一只别的猫后面。一只跟我不太熟的橘猫，先中了针——它倒下去，丧失反抗能力，被医生抓住后颈，直挺挺地被带进了手术室。

我中午有约，没等到斗斗和梦露的手术，就离开了。

23

下午回来，它们的手术已经做完了。

情况不出医生和大琴所料，但对我来说非常意外——斗斗果然并竟然，是只小母猫！令我意外的，是它怀孕了。随着绝育手术，斗斗也失去了子宫里刚刚孕育的三个宝宝。这是它第一次怀孕，也是最后一次。

公猫只需要摘除两个睾丸，住院三天，它们恢复较快是因为创口很小；母猫切掉卵巢，需要开腹和缝合，伤痕是纵贯的切口，需要住院一周。为了避免猫咪恐惧，笼子外面有所遮盖，里面团缩着术后的三只橘猫：斗斗、梦露和瘦母猫。它们比手术前靠得更近，紧紧依偎在一起，以使刚刚发生的灾难不那么令人战栗，它们艰难地用受伤的皮毛传递仅存而有效的暖意。

为了防止舔舐伤口造成感染，术后的母猫，由纱布包裹全身，像穿了亚麻紧身衣；系在背后几个绳扣，使它们看上去像被蝴蝶结装点的礼物。当我揭开避光的厚布，背向而卧的梦露回头看了我一眼。它的面孔依旧精湛，只是紧身织物和小巧绳结，使它像穿了维多利亚时代的束身衣——我立即想起《乱世佳人》的电影开头，那个被勒束身段的郝思嘉。三只中的两只，所经历的都是绝育加流产的手术。斗斗怀了三胎，瘦母猫怀了四胎，只有梦露——没有怀孕，它的子宫是空的。摘除了生殖系统的梦露，从此成了真正的绝代佳人。

我恍然大悟。没有怀孕，这解释了梦露为什么被公猫如此追逐和纠缠——并非是它的淫荡，公猫争先恐后，它们想让梦露怀上自己的子嗣。其他母猫有孕在身，说梦露是少女猫没错，因为它比其他母猫都发情晚，它是真正的豆蔻年华啊。把一切归咎于梦露的水性杨花是错误的。梦露和斗斗是一对姐妹花，自然之间没有性事；梦露和大花生来往，也并非在勾引，倒更像是慰问孤寡老人——因为，我看到了梦露的耳朵边缘被剪掉了，和大花生有所残缺的耳尖一样。无论是斗斗，还是明天手术完毕的警长，它们都有肉红色的、溶洞迷宫般的耳道，它们的耳尖都会像火车票被检夹剪过一样，留下残缺。我的假设是错误的，在猫群中，并未隐藏一个爱好咬掉耳朵的拳击手；这是人类打上的耳标——公猫左耳，母猫右耳。

爱护动物的志愿组织对流浪猫捕捉、绝育、放归，为绝育后的猫做耳标，不仅为了减少志愿者的劳动，更是避免母猫被重复手术，导致它们疼痛、受罪、伤害健康。猫的生殖力超强，能够以灾难性的几何量级增长。对人来说，绝育之后的猫不乱尿，不怪叫；对猫来说，可以减少生殖系统的癌变机会，更健康，可延长寿命。尽管几乎是必然，但对绝育猫来说，耳标，是羞辱的红字标记。

当晚，我有些失眠，我记得斗斗、梦露和警长它们眼睛里深重的恐惧和悲伤。睡不着，半夜，听到有种小动物的叫声。我起来查找，窗外没有，我怀疑自己是幻听。过了一会儿，声音又响起来了。还是有叫声，短促，断续，不能连成音，像只是哽在喉咙里的一阵颤抖。好像是幼猫。很奇怪，也让我很紧张，是不是它们哺乳期的母亲被抓走了？过了很长时间，我才明白过来——不是幻听，是错觉。北京的春夜格外干燥，室内需要辅助加湿。是加湿器，生涩的转轴被摩擦，发出一种介于猫鼠之间的幼弱之声。

24

七天过去了。

我一直计算着日子，要不要去接斗斗和梦露出院呢？它们住院的日子，我都是乔装打扮探望的；如果以真面目出现放归它们，我能否冒充解救的英雄，把施恩者的形象坐实？我还是不去的好，彻底撇清干系，也许它们那双能看穿黑夜的眼睛，早已识破我背后的某种参与？我犹豫不决，优柔寡断。

后来我还是和大琴一起去了。大琴哭得眼睛都红了，因为她的小棉袄死了。这是大琴养在家里的小母猫，提早发情了。小棉袄长得漂亮，身体雪白，白得都有点玉石的晶莹色，只有一条尾巴墨色深重。这只玩具般的小猫原本脾气温柔，近来突然暴躁，情绪极不稳定，乱拉乱尿乱咬乱叫，闹得太厉害。小棉袄体重轻点，但也勉强算是到了绝育手术的适龄期；大琴本想晚些再给它做手术，一念之差，就在斗斗它们做手术几天之后，她把小棉袄也送去了。没想到小棉袄对麻药过敏，转瞬休克，怎么也没抢救过来，就死在手术台上。小棉袄为自己的情欲而死，也算是一种殉情吧？在情欲里能够为所欲为，有一种狂荡不羁的自由，也许小棉袄是那种不自由、毋宁死的刚烈之猫。

大琴哭，因为绝育手术前二十四小时的禁食禁水，她悔疚于小棉袄临死前也没吃顿好饭。作为志愿工作者的大琴，每天忙于保护流浪猫，推广“领养代替购买、绝育代替捕杀”的理念，她却没保护好自己的宝贝，让小棉袄死于一场手术的意外。

大琴不知道，我这两天也目睹了一场意外。在地下车库，一只野猫被撞死了。它来我家吃过两次饭——它来得少，我还没来得及取名。那是只黑白花的公猫。所谓白，已经污暗得近乎灰色；在后背，有个画得不太规整的圆圈——如果我跟它熟了，可能会给它起名“句号”。我有时怀疑，猫一旦被起了名字，它就不再是野猫了。但没有来得及，它就死了，头枕在一汪阴沉的黑血里，腹部不知道是不是因为内脏出血而肿胀起来。我不敢接触，反应也迟缓，听任保洁员把它铲除到异味浓烈的垃圾筒里，而没有安葬它的小遗体。我也由此，怀念起那只生活在车库里总是向我示好的大黄猫，它的失踪，到底是死于寒冷，还是死于一场类似的车祸？

听到我的描述，大琴说，院子里的猫多已打上耳标，而死于车祸的这只猫一直没有捉到，它还没有做绝育手术。去年漏网几只猫，它们生下斗斗、梦露、海盗和警长等一大批新生命；所以她今年加紧诱捕，对这只黑白花格外注意。那么对于这只横死车库的猫来说，也许相遇一个保持天性的伴侣是艰难的。它呼唤着，却没有回应，它原始的野力难以延续，孤掌难鸣。这只孤独又狂热的猫，不得不从露天到地下去寻找……直到，死于突然的灾难。

25

宠物医院里，只剩下三只橘色母猫。

警长几天前就被放了。失去法力的野猫会怎么面对自身的悲剧？

如果是家养宠物，据说在经过数天的沮丧和对抗之后，反而与主人的关系会变得更为密切。性格暴烈的海盗和绅士风度的警长，也会如此吗？当令人震颤的恐惧远离身体和记忆，它们是否从此安心坦然地混吃混睡、无所挂碍？或者它们开始亲近行刑官，反而向人类寻求保护？也许，它们屈服了，因为它们发现，自身弱小，只有依附一部分人才能抵御另一部分人。比如，野猫之所以热衷在我的露台上休憩，是因为遛狗人路过时，它们的宠物犬再好奇或凶暴，也不敢或不能跃上别人的领地，所以，对猫而言，寄人篱下反而是种保护。

何况，如果猫真的像人类，那么它们必然是健忘的动物，并且会像我们一样——更尊重有能力伤害自己的人，更愿意投靠有能力帮助也有能力毁灭的大神。只是，它们永远无法预测，恩威并施、翻覆云雨的人类何时会脸色陡变，何时会生杀予夺。再看野猫总是睡在隐蔽处，甚至睡在陡峭处——并非炫技，而是要让敌人难以接近，要在入睡时防备偷袭。自保几乎成为天性中的必然，因为，它们从未丧失至深的恐惧。

我一直没看到警长的踪影，它是出于自惭形秽而隐匿，还是出于愤怒而远走他乡？是否经过时间的缓冲，不久之后，它也会像两年前手术的大花生一样，对进食和溜门之外的活动兴趣淡漠、斗志全无？大花生终日昏睡，以至于我曾怀疑它患有某种濒死的绝症。天冷时，它壮大的身体一半钻进邻居放置的露天棉窝里；天晴时，它在我的花盆里，像湿泥一样摊平。当猫群集体出行，只有它不分早不分晌地沉睡，似乎已在暗夜里毫不停歇地奔行。大花生不活动，养精蓄锐，除非哪家拉开了门，大花生立即变得身手矫健，试图变成新的家族成员。除了与梦露关系良好，它和其他的猫既无仇恨又无缱绻，形同陌路；它的兴趣，全放在跟人类交流上。

据说，萌声萌调的“喵喵喵”，是猫对人类使用的专用语。除了人类，它们不对任何动物甚至很少对同类发出这种声音。猫只在降生不久，

所有被人类喂养的猫，都自愿变成终生的婴儿。

对哺乳期的母亲使用这种声音，求得关注和照料。所有被人类喂养的猫，都自愿变成终生的婴儿。也许它曾经骁勇，被收拾后就威风全无，彻底臣服了。大花生作为一只高龄男猫，尤擅“喵喵喵”，这是天性，还是因为遭受器官的劫掠，康复之后的大花生，从此坚定地寻找来自人类的有效庇护？“喵喵喵”，大花生不断发出谄媚之声——权力庇护之地，自由必然缩减。也许对大花生来说，混得坏，就是在饥饿和寒冷中自由地奔波；过得好，就是成为被家族收养的囚宠。猫是最具有独立精神的宠物，也不过尔尔。

26

外带箱壳体是厚塑料，格栅侧门有插销。橘猫分别装在三只箱子里，转动身体的空间有限，也许这对刚刚拆线不久的它们来说，反而意味着安全。大琴丈夫带梦露和瘦母猫走在前面，我跟着大琴的自行车，后座上驮着斗斗。

曾经给予我隆重信任的斗斗，它不看我。我现在的真面目，对它来说反而是虚伪吧？即使透过格栅，它短暂而淡漠地瞥了我一眼——我们之间的友谊结束了。人类就像最凶狠的窃贼一样，从它的肚子里，把它最重要的宝贝掏走了。那个活泼的、好奇的、明亮的、淘气的、独立的斗斗消失了。它被终身的伤害所终身教育。它因为信任，断送和终结了自己作为母亲的未来。

梦露爱吃鸡肉罐头，这一口的贪图，使它成为绝代佳人，再也不会有自己的孩子——从此，它是否还有勇气尝试这样的口味，和身体被撕开的记忆捆绑在一起的口味。对这些未满周岁的猫来说，生活的训诫未免太严厉了。

大琴和我边聊天边走，走着走着，捆绳没有系牢的箱子从自行车后座滑脱，垂直跌落……身体受限而无法施展平衡技能的斗斗被重重磕了一下。我惊慌，透过格栅观察：斗斗的鼻子里碰出了血，但它一声不吭。一方面，它经历了更大的身体劫难，这点伤害微乎其微；另一方面，它没有可以撒娇的人，它丧失了可以申诉委屈的愿望和依靠。

征得大琴同意，我把三只外带箱带回家。我准备第一步，先把它们从笼子里放出来，放到它们出入过的客厅；然后再打开推拉门，放到它们熟悉的露台上——我这么做，不过是想让它们加深印象，我想让它们记住，是我释放了它们。

27

先放那只瘦母猫。只需拇指和食指捏合，格栅上竖直的小铁棍回缩，自由之门就打开了……可它不动，依然头冲里趴着。我的箱子都快垂直了，纤瘦的它依然试图保持不动，像个用于室内装饰的雕塑。我轻轻抖动箱体，它还是不动。我开始怀疑，它有什么地方骨折或腿瘸了。我走到露台上，叫住外面的大琴，让她看看出了什么问题。我小心地竖起箱子，让瘦母猫尾巴着地，慢慢地往外倾倒……它的脊椎仿佛丧失支撑，它的身体状若液体，就这样软塌塌地，倒在地面上。数秒之后，它突然醒过来似的，一下跳进离自己最近的灌木丛。往日有猫走过，灌丛顶端的叶片会轻微摇晃；这次，纹丝不动。受到惊吓的瘦母猫，太小心了，无论它的躲藏还是移动，都一片死寂。我关上推拉门，想让斗斗和梦露在室内停留一会儿。我同时打开了斗斗和梦露的狱门。由于超乎想象的错愕，它们延迟了两秒，才飓风一样冲出外带箱。斗斗和梦露四处蹿跳，频繁撞在落地玻璃和推拉门上——一共有两只猫，但我有种火药被引爆后光痕溅射的错觉。助跑中的肉身与硬物直接撞击，发出连续的钝重之声。巨大的恐惧之下，两只猫弹跳得如此之高，频频蹿至天花板。斗斗借助了纱网，但仿佛是用爪子钩住玻璃向上攀爬的，最后停在所能达到的高度极限——斗斗只用锋利的爪尖和收拢的上臂，把自己悬吊在纱网顶端，把脸深埋在内墙和天花板的夹角里。长时间，纹丝不动。一动不动。

我安静地看书，希望斗斗和梦露能逐渐感觉安全。

十分钟后，它们躲在窗帘后面，无声无息。再过十分钟，它们尝试小心地露出头尾。又过去了十分钟，梦露不时跳入墙角那只鲜黄色的塑料拖桶里——平常是用于洗涮墩布的，随即开始了日常的梳洗和打理。

梦露认真舔舐和咬噬，四根雪白的脚趾因用力而分开。偶尔，它会出神，在中断动作的间歇看我一眼。梦露的眼睛依然清亮如露滴。其他的绝育猫都瘦了，脸型薄削，梦露没变。也许梦露的美太强烈，经得起摧毁，什么也不能阻挡它的光芒。劫难之后，它还是妖异又清纯，果真是只倾国倾城的猫。梦露继续打理自己，从容中有种凛然。

斗斗紧贴着落地玻璃，用刚才跌伤出血的鼻子，一路深嗅，焦灼地试图寻找可能逃出的裂隙。从正面看，斗斗除了略瘦，没什么太大变化；甚至像经历了整容手术一样，它比原来好看。也许得知斗斗的性别，使我重新调整了审美角度，我越看它越有一种异域风情。因为刀口缝合的问题，它的腹毛被剃掉了，延伸两侧，各有一块伤湿止痛膏药那么大面积，皮肤光裸。看起来，斗斗的腹部向上紧贴，腰部狭长，像只饥饿的豹。

忽然，外面来了一只猫，是海盗。

28

大琴说海盗前一段时间生病，差点死了，送去救治，顺便做了绝育。这解释了海盗的失踪。就像我弄错斗斗的性别一样，海盗耳标在左，是男孩。此时到来，我不知道是巧合，还是猫除了丰富的语言系统外还有奇妙的传递信息方式，能使海盗现身，前来迎接同样患难的亲人。

我打开推拉门。巡察中的斗斗，没有像我预想的那样疯狂冲刺；不，它的步伐一点儿不像逃离，反而有了几分庄重。斗斗平静地迈出那道世界分野的门槛，走向探询中的海盗。海盗贴近斗斗，仿若人类外交礼节那样贴面，这种交流方式，对猫来说不像是礼貌化了的热情，更像小心而深挚的问候和安慰……看到那种碰触，我猜它们是情感依旧却永生永世再也无法亲密的爱侣。

随后，斗斗和刚才那只瘦母猫一样，纵身跳入灌丛。整个过程中，斗斗都没有回头看我一眼，它视若无物。最专情，因而伤害也会最深吧？斗斗也许再也不会回到这个人类的房间了，因为，它再也不能和曾经的自己相遇。整个冬天，这里都是斗斗嬉戏的乐园；现在是春天，它不来了，它身体的花朵关闭了。斗斗一声也没有叫，携带着默哀的身体，远离。

尽管我把推拉门很大地敞开，来回出入，示意梦露可以离开。可梦露不动，继续待在那只塑料拖桶里；斗斗的解放，没给它带来任何影响和启发。表演失败的我，回到躺椅上凝视着它，正如它保持警戒地凝视着我。

我中午要出门，可我们竟这样，僵持了二十分钟，毫无变化。我想目睹它的历史转折时刻，看样子，得放弃。它执意不遵从，像是宁愿被囚禁，也不愿让我以恩人自居……它从来不愿把“恩”和“人”这两个字联系在一起。我假意去接个电话，回来看，梦露已经不在那只塑料桶里。它离开了吗？走到跟前检查，在窗帘和塑料桶之间，我发现一团橘色的毛丛，似乎有些高频率、小幅度的起伏。自由，是如此巨大的礼物，难道它接受起来有一点震动之下的害羞？

我再次离开，去洗漱台刷牙。牙膏泡沫丰满的时候，我听到极短的一声“喵”，几乎，只相当于喉咙间一个不动嘴唇的颤音。是狂喜、感恩、挑衅还是畏怯，我猜不出来，但那一定是梦露的声音。门外，是汹涌的、澎湃的、扑面而来的像整个世界那么大的自由……它那个叫声，几乎是对自己的鼓励。果然，纱帘下只剩人去楼空的一个小小凹痕，它就像一个美的传奇那样消失。

29

这是二〇一八年三月十七日，北京下了今年第一场雪。

亿万的雪花，各不相同，每一片都精湛。雪，来自高空却如此柔缓，来自广阔却如此均匀，神是怎么做到这一切的？他的赐福无声，他给予的美凛冽，他有覆盖万物的公正。

应该是开花的季节，却有如此奇异的春雪。玉兰花苞已是蝶蛹大小，雪就落在它们细腻的茸毛上。从零零星星，到浩浩荡荡。本来以为，这个时节的雪，只是个象征的意思，没想到，竟然下得如此意外，如此稠密，如此急管繁弦。原来，风中隐隐能闻到动物浊暖的膻腥气；随着这场雪的到来，闻不到了。

大花生蹲在冰冷的空调金属外机上，见到我，立即“喵喵喵”地靠拢。闹钟一样的斗斗，魅惑的梦露，这对姐妹花没有来；其他猫，也没有来。曾经群猫簇拥的下沉式小花园空荡荡的，雪覆盖了泥土、尚未萌芽的枯草以及猫的爪痕。这个世界，有多少爱以伤害的方式进行，又有多少残酷以拯救的面目出现。大雪无声，我听不到野猫的叫声。它们将熟悉这种阉割，将不再为欲望而燃烧。这是一个哑巴的春天。

我想象劫后余生的它们和其他猫在一起，在这样弥漫天地的大雪之中，紧紧簇拥在某个不为人知的幽暗角落……身体之外，全是寒意。

我不知道艰难的和解何时到来。

池鱼

夜捕：湖池里的鱼

湘湖，听起来地处湖南，其实在浙江。这里的鱼，据说味道鲜美。人们每天早晨赶到码头，去挑选新鲜打捞的渔获。我联系了相关人员，跟船夜捕。

湖面浩荡，不过是更大的池塘。它们在劫难逃。

3:45

路上，没人，只有两侧压低的树影。整个世界，像睡在沙床上的一条黑脊巨鱼，几乎不动；唯一一片大鱼鳞似的月亮，剥落，漂浮。

我坐在副驾驶的位置，汽车驶向约定的地点。路过一些旅游接待酒店，停车场空旷，液晶屏以醒目红色显现还有三百五十个车位。除此，夜晚呈现低彩度，近于黑白效果。一只黑白花的猫，梦游般，穿过雾里的灌丛。

湖水在雾气下荡漾。无声。

4:02

打鱼的船有两条，前后而行。舟体轻薄，一只比另一只更轻。前面那条是电动的，窄长，形似威尼斯的贡多拉，拖曳一只几乎等长的白塑料船。后面那只，船体薄得像是放大的纸船。每只船上坐个渔夫，衣服上的反光，如渔网上闪动的浮标。

我换乘雅马哈 150，驾驶摩托艇的是刚才的汽车司机。跟随先行出发的渔船追赶过去，摩托艇在湖面形成宽阔的尾迹。我站着，风大，我用一只手勾牢船上的栏杆，用另一只手摸摸挂着的救生圈：气体充满了，硬得像石头。

浪大的时候，动力充沛的船只尚不能行；一尾相比之下弱力的、仅以肌肉搏击的鱼，却可以自在游动。鱼没有四肢，陆地上寸步难行，在水里畅行无碍。水到哪里，就能把它们送到哪里。今夜，水会将一部分鱼，送到无水之地。

4:17

几盏夜灯照耀着石孔桥，穿行过去的两条船并未马上开始作业。他们慢慢靠近苇丛，把那条薄壳的空塑料船拴系在那里。两个男人回到电动船上，分坐头尾。驶离苇丛之后，他们开始撒网了。隔着黑暗和距离，我看不清他们的动作，隐约觉得，他们的动作，像把即将插植的秧苗扔到水田里。

想起前两天，我跟船去钱塘江。我是下午两三点钟上的船，天阴着，是那种看不出上下午的阴天。打鱼人先放下一块方形的浮板，上面有面三角旗。这是标记。然后，他开始放网。每隔一段，就用长绳拴系一块魔方那么大的砖头，好让渔网下沉。渔网那么大，在湾口里几乎拦截整条钱塘江。半个小时后，在指导下，我尝试拉网。尼龙绳细韧，具有一定弹性，但依然有些沉，勒手。隐约嗅到鱼的腥气，继续拽动网绳，希望在即。丝网与湖水形成一个沥水的三角面积，形成帆状的斜面，但除了从上面落下的水滴，一无所有。整个下午的劳作，最后，网上只有一尾比食指长不了多少的小鱼。只有夜晚和风雨天，或缺乏光线，或泥沙混浊，鱼看不到丝线才会撞网。否则，在贫瘠的水域里，我们什么也捞不到。

如同钱塘江湾口所看到的，湘湖上的夜捕，渔网在一个较小区域，跨度从此岸到彼岸，几乎隔断湖面。在摩托艇前灯的光束里，我看到，渔网上有浮球，每隔一米左右，就有一个光斑闪动。沉入湖水和黑暗，网，细若蛛丝，是面积最大却最透明轻盈的凶器。

4:33

一个男人划船。另一个男人，站在船头，他一次次举起手里的竹竿。竹竿很长，有四五米，比船体短不了多少，上面缀挂数个铁环。男人不断击打水面，每当抬起，沥水的竹竿就形成密集的水帘；除此，他还用力摩擦船帮，把竹竿使得像个哗啦啦带响的古代兵器。

我向捕鱼船的后方看去，推远的背景上，是大型音乐喷泉所在地。周末或节日，那里上演喷泉音乐秀：被操控程序指挥的跳舞的水柱和光柱，蔚为壮观。但平时，它们像海市蜃楼神秘失踪，只看得到高高低低、赫然林立的不锈钢钢管……后工业时代的金属藕节。此时，除了竹竿的拍溅之声，万籁俱寂。击水是为了让鱼群惊恐，它们慌不择路时更易触网。

之后的夜捕人，坐下来休息，抽烟。两个忽明忽暗的光点——他们在短暂的惬意中等待。此时，在稠黑的平静湖面之下，是无数惊惧而绝望的挣扎。

5:06

他们解开那条塑料船，拖行在后面。一前一后的两条船，匕首般划过水面，锋利而光滑，沉默而自信。两条船，一条撒网，一条装鱼；一条装凶器，一条装死者。

我凝视整个收网过程，凝视那些耀动的银光。拉网，拉上来的，是全身抵抗的铠甲和鳃丝里勒出来的血。手电发出的致盲的强光，从晶透的鼓瞪的不会瞑目的眼睛中反射出来。拉网声很轻，但把鱼从网丝上摘除后，会发出“咚”的沉重钝响……那是头骨撞船帮、脊骨撞底舱的声音。鱼，一个接着一个，栽到船里，栽到它流血的抽搐的同类之间。每个新的牺牲者都不甘，挣扎得如此剧烈，拍打的水花溅起数米。

它们没有四肢，在水下是自由，在水上是残疾。它们一次次竖起无望的前鳍，自由已逝，死之将至。这些害羞的大鱼，平常很少靠近水面，它们谨慎，不贪食漂浮而来的可疑之物，它们甚至不靠近明亮。在寒黑的水深处，它们感觉安全。白天打鱼，之所以徒劳无功，是因为鱼看得到网，即使在它们的经验里从未见识渔网，它们也抱着天然的警觉游开了。然而，在黎明之前，在夜晚的最后一道边缘，它们像是从梦境里被打捞上来的。即使强光快把眼睛照瞎了，它们也不能闭上。

对人类来说，这的确是张梦境之网：透明到隐约，轻盈到虚无，却能展现丰收的魔法。捞上来的，以白鲢居多，花鲢的数量少些。花鲢更结实，大头宽脊，所以它们的每一下挣扎，都更沉重，更沉痛。

7:28

窑里坞码头。白壳塑料船里，是夜捕所获。

船舱里的水，浅得不能保持泳姿，它们被迫侧躺下来……只有临终才能用到这样的姿势，而这是最为恰切的时候。鱼躺在鱼之间，躺在公共的弥留之际，躺在嘴里吐出和因身体扭动造成的泡沫里。相濡以沫的，是浸血的泡沫，只不过稀释为一种脓水般的微黄。鱼鳞是斑驳的红色，从水下三十米的寒冷到达水上一米的温暖，热度上升，却让它们凉透了，风像把逆行的硬刷，试图生生戗掉每个鳞片——它们一生都在呵护上面的银光，一直到被自己生生撞击出来的血浸红。

它们头侧枕着浅水，发出人声那样笨重的喘息，像是患有气管炎症。每一口，都是疼痛着吸入又疼痛着呼出。偶尔一条鱼扭动肌肉，把头探出水面，吐出像是从胸腔压迫出来的叹息。这条倔强不甘的鱼，忽然首尾支撑，像拱桥那样弯起身子；又相反用力，头尾露出水面，露出受难者下陷的嘴和尾巴凝重的青铜色。多数，只是胸鳍间隔着支起，像一遍遍撑起又一遍遍落下的残帆。最大的一条，背脊上有半圆的黑斑，但这位弥留者的前鳍一动不动，像把锈了的短匕首。这些背脊雄阔的鱼，像病床上的绝望者无法交代最后的遗嘱。呼出的每口气，都含冤：它们一生谨小慎微，却落到缓慢的死刑里。

此前，大鱼游动在辽阔的湖里，看似游动在自由里……直到身陷船舱，浸泡在微弱而低氧的水流里。弥留之际，鱼鳃如同节拍器，一张一合，它们试图制造持续的涟漪和氧气。原来，一切都是养殖箱里的动荡，这些鲢鱼始终在养大自己不出所料的死，以及在此之前，貌似安稳的一生。

鱼和鱼挤靠在一起，这是短暂的依偎。随后，它们被重摔在颗粒粗糙的路面上；被塞进闷住头脸的塑料袋，呼吸它们根本呼吸不进去的氧气；被刀口甚至斧刃剁开，看到自己体内的脏器被当作垃圾倒掉。

买家的眼里，它们只是八斤的肉或者十五斤的肉。捕鱼人将从中获利，因为杀戮也是一种劳动，并由此赢得日常的奖励。一个多小时以前的渔获，卖完了。

之所以鱼多，因为工作人员每年都放养鱼苗。之所以有限捕捞，或许也不是因为环保，而是担心卖不掉。

7:53

我和餐厅采购员走回酒店。他买了那条最大的花鲢，准备熬汤。蒙在塑料编织袋里，它濒死的身体，已染成人类新婚般的血红色；既直瞪又茫然，既鼓凸又下陷的眼珠，煮熟以后，将硬白得瘆人。

我想象那最初的时候，幼鱼在明澈的水里闪光，就像许愿池里的银币。现在这些大鱼、鳞片，就像布满污迹、被废除的镍币。

杀鱼练习：洗碗池里的鱼

在墨尔本鱼市，我们专门买那种样子奇怪的海鲜。本来卖鱼的管收拾，负责把鱼收拾为腹腔清空的食材，裹在牛皮纸里递过来。但同行的两个画家要先把鱼画成静物——作品完成之前，鱼虾需保持完整的遗容。画板上的鱼栩栩如生，煎锅里的鱼将香消玉殒。

我们连续吃了一周海鲜。每天，我动刀动剪，去鳃除鳞，手指留下腥气和两道细小的割痕。而它们，在槽池里，无法保持最后的遗容。

陆地上的兽吃鱼，天上的鸟吃鱼，甚至海里的鱼也吃鱼。鱼是人类重要的食物，它有盐、有脂肪、有蛋白质，甚至有道德家所需要的素食感——相比其他动物，鱼肉更近于食素。

星期一

两条鱼，颜色接近，都是混进肉粉的红色。样貌滑稽，体色喜庆，两个穿好演出服的小丑，它们缺乏悲剧感，更像是在狂欢节上迎接死神。

一条大的，像东星斑。它的头颅像截断的纺锤，鳃盖紧闭，贴合得找不到一丝裂隙——脸颊上的骨片，让人误以为是鳃裂，其实只是条分界的浅槽；真正的鳃裂在裂线后缘，呈锐盾状。虹膜微陷，鱼眼周围一圈橘黄，中间放大的瞳仁，呈现僵硬的灰黑色，像廉价油漆的点染。它的眼睛介于混浊与晶莹之间。鱼，死不瞑目，却丧失复仇的能力，听任被摆拍，呈现宿命的服从。

刺齿凌乱，角度无规则，像一盘被搅乱的棋，残留着失败的阴谋感。腹部以上，从面颊、背脊到体侧，遍布矿物质般细小的银蓝色星痣，大小如同老年斑——越靠脸部，颗粒越大；越近尾部，颗粒越小，形如针刺……星宿渐隐于黎明绯红的霞色之中。它有微微发福的中年的腹部，悲观主义者下撇的唇形，所有的鳍——背鳍、腹鳍和尾鳍——都贴伏，像个穿紧身衣并卷起湿漉漉袖子的人。这条鱼的脏器上附着芝麻样的黑点，好像皮肤上的斑点在腔肠里也映下阴影。

另一条小的，扁矩形的头像个行李箱，它的眼眶隆起，形同宽大眉骨，甚至更像额上的角。相比身体来说，它的头部比例隆重，具有几何线条和工业设计感。在下颌前缘，对称前伸着一双暗器：透明的锐刺，是刀尖最小的那部分锋芒。同样的锐刺，也存在于它的鳃侧。胸鳍长到它身体的一半，像是翅膀的次级飞羽，收拢时内敛、打开时张扬的柠檬黄隐藏在褶纹之中。即使是成鱼，它依然带有一种孩子气，对自己的死抱有游戏受挫般并不持续的恼怒。

这条小的，被竖直地放入锅釜之中，它几乎像蝾螈般用小爪子支撑着底部。它活着或许从未与那条大鱼谋面，却死在同一锅浓郁的汤汁里……像个陪葬的小妾，你中有我，我中有你。它们的骨刺混杂在一起，参差难辨，齿轮彼此咬合，完成仇恨般的生死相依。

是冷水下锅，直接煮的。浸泡在锅里的两条鱼，被掏取的腹腔没有脏器，凝结的管脉没有血……它们荡漾在至清无鱼的水里，死后比活着时的水更干净。两条鱼的背鳍都紧贴脊线，几乎没有面积——它们树立在最高处的旌旗倒塌，就像落帆的桅杆断了，它们失去身体上的国土，在熬煮自己的汤汁里倾翻，葬送一生的泳技。

星期二

三条鱼，其中一条眼睛暴血。它们的大眼睛，都有果冻状的外缘，已经没有景深的瞳孔泛出灰白的胶质。背鳍和腹鳍形如宽齿梳，中间连接着蹼状的粉红膜。它们紧身的鳞甲，工艺精湛，严丝合缝地贴伏，几乎难以掀起一片逆鳞。

然而，当鳞衣被戗行的利剪刮除，几乎难以目视的冰晶散落在水池和垃圾槽里，剩下它们丧失抵抗的裸皮……如老人般单薄，与肌肉是游离的，可以在轻微的按压下错位地滑动。

它们从乳晕般性感的红色，变成淋烫之下痛感的红色。

星期三

Tropic bream，热带鲤，是这种鱼的名字。

一条鱼大些，它的嘴紧抿，满怀伤感和抵抗；另一条，嘴微张，像索求哺乳的婴儿……这条婴儿鱼，有一小段腔肠从松懈下来的肛门流泻出来。

热带鲤的脸，分布数条静脉血管的淤青色，鼻梁有两道横纹。腹鳍尖利，像是体内的刺针越出皮肤。它们有手风琴似的鳃，虽说是死鱼，可被扯断的时候，它们还是流下新鲜的血。

每片鳞，看不见核心，从中央散出密集、精湛、均匀的线条，像是贝壳状的放射肋。鳞片不是绝对规则的圆，是在压力下轻微变形的不规则的圆。热带鲤生前吝啬，它看守自己的鳞，从不丢失任何一片；死后，这些鳞一片一片地被剥离，离开血肉的捍卫。覆瓦状的排列太结实，我快速用戗行的剪子除鳞——鱼鳞频频迸射，像从油锅里弹跳出来的豆粒，再看，又像从一个小罐子里倒出银币。不大的两条鱼，鳞片铺满不锈钢水槽，像许愿池一样。它们会许愿作为一条鱼的来生吗？

整片刮鳞困难，但依照剥玉米粒的办法分行刮除，就好处理多了。鱼鳞那种牙根般坚强的支撑力似乎被动摇，轻易拔除。很奇怪，刮了一侧的鳞，另一侧的手感改变，鳞皮马上柔软许多。似乎亡灵有知，放弃了无谓的抵抗。左边的侧鳍剪掉了，鱼像丢失一支桨板的船，另外一支桨垂耷着，按照人们对一条死鱼的要求那样漂向冥河。除鳞后的鱼皮，像收割后悲怆的麦茬地，留下凄冷的饥饿感。鱼皮显现暗纹，像冲击后的滩涂，又像隐匿的沙床……一条河在死后告知它全部的咒语和秘宝。

断鳃、剪鳍、除鳞的酷刑过程中，鱼的二目圆睁，躺在刽子手密集制造的伤口中，麻木地沉默。没有绝望，它们生活在比绝望更远的地方。只是我撬开鳃盖所用的指力，让那条闭嘴的鱼张开嘴，露出婴儿口唇里的浅肉红色。

从鱼变成食材的过程中，画家大厨听着声效极好的音响——两条鱼浸泡在自身煮出的汤汁和歌剧中。咏叹调极美，像是大天使的歌喉，深情而自如。我们享乐其中。不是它们。

如果上帝的洪水到来，这只是人类的灾难，一条鱼为什么要逃亡呢？席卷的惊涛恰是它失重的天堂，没有上与下、左与右，没有轻与重、升与降，那是波浪如神的大摇篮。现在，躺在盘子上的两条鱼枕在波浪……图案的餐垫上。这是完美的遗照。之后，尸骨无存。

星期四

Mud crab，泥蟹。

身体，闪烁铁质金属光，尤其腿爪上有岩斑——像藤壳覆满礁石，像雨击打在沙滩上留下的坑痕。后腿末端，形如海龟桨板状的鳍肢。蟹壳前缘，刺齿均匀，这些冷兵器的锋刃。泥蟹狠勇，它举得起巨斧般沉重的双钳。钳子有力到可以夹断人的手指，闭合时并不完全合拢，像鳄鱼悬口那样留着空隙，上下钳之间凸起的瘤体，像人类口腔的石膏齿模，像数颗用于磨碎食物的有力槽牙。它举起巨钳，臂力千钧，而此时，拳肘被两根蓝色橡皮筋牢牢捆绑，无法伸展和作为。

小而柱状的眼睛直竖，短小的鞭须挥动，泥蟹不断吐出愤怒的泡沫。它是青铜器时代的武士，复仇的力量使它更加沉着。泥蟹面无表情，却传达不可侵犯的威严表情。挪移腿爪，并不匍匐，它边走边抬升自己的身体。画家的手突然按下来，把泥蟹按在操作台的案板上，旁边就是斩杀的刀具。泥蟹拼命反抗，以致从灶台摔下来。高度加之自重，它左侧的利斧突然断了……像只甩飞的靴子。泥蟹吓住了，被自身的灾难所诅咒，它的壳甲被震裂出两根枯枝状的线痕。当人类低头察看这份预备中的晚餐，泥蟹用残疾的身体继续抗争，仅剩的唯一兵器也失守——右钳也掉了。断尽臂膀的巨人已无求生渴愿，它被放在角落，一动不动。即使无人看管，它锣死在自己的悲剧里。它像石头一样，牢牢压住自己的影子和残肢。

二十分钟以后，泥蟹还是不动。泥蟹的关节再也不能支撑和控制，残肢无力悬垂，像被风吹荡的绳子。在它刚才趴着的地方，一摊透明的黏液流下，略带浅到不易被发现的蓝灰色。那是它的血，像植物一样害羞的不动声色的血。因为肢体被生生折断，它一直在流血，流走它的能量。

三个小时以后，它被从蒸锅上端下来，被平静地装盘。它的金属盖子被劈成两半。手风琴一样的褶鳃，被扯断。它的心，一片半透明的六角形，被掏除。它的腿，全部被掰断。它的眼睛可以触到自己的尖脐，它的螯足可以紧挨自己的膏脂，这一块，那一块，作为碎尸的泥蟹。散发新鲜海物特有的腥香。它变红，变成节日的鲜艳和应邀的死。

泥蟹走红，当晚的红鱼，反而不是主角，倒像马戏团的配角。红鱼有着蛙类那样圆大而转动的眼球，有隐约的上眼皮，只是像坏了的幕帘那样不能落下。就像魔术师的礼服有着丝绸内衬，它体内的腹膜是黑色的。浓黑的黑，呈肺叶状对称地展开……剖腹之后，我就看到它胸腔里那架黑暗的手风琴。膜层极薄，撕下来可以捻成一条线，是那种可以穿过针孔的神奇织物。体内是手风琴，对称在体外的，是蒲扇状的胸鳍，上面布满铜绿色的褶皱和斑点。

眼睛圆睁。死去多时，湿漉漉的身体仿佛还在保持生前的低温。我看着红鱼的样子，怀疑鱼中的魔鬼也混了进来。只有魔鬼，才有如此千变万化的外表；天使的模样比较固定，因为他们不怕被追究过往。魔鬼的样子，总是奇诡、斑斓，充满挑衅的创意。

星期五

Dory。这个词的意思是平底小渔船，也指一种鱼——海鲂。

海鲂体侧有个突兀的鲍鱼状圆斑，仔细看，像枚古钱，海鲂的形状，像个女士的钱包。它穿了一层贴身雨衣——是的，紧裹一层塑料薄膜，反射着化学的、几乎在生物上必然失真的光。它的背鳍硬，像把全身的力气都灌注在里面。不像鳍，分明像骨头——硬得不止像旗杆，是硬得像墓碑。背鳍后方，还有两排小到不易察觉的锐刺。

它的牙，是尼龙粘钩那样的密丛，密小到极端的程度。甚至它的鳃弓内部，锋利得像长满了牙，比它真正的牙更像是牙。很难剪下来。我原来以为只有雀鳝的鳃难以摘除，因为雀鳝脸小，从指甲盖那么大的撬盖里掏出鳃叶并非易事。海鲂看似并无难度，没想到，竟然难以轻易扯断这些嚼水的工具。

从已经松弛的泄殖腔，我探进剪尖，一刀就剪到下颌，几乎剪破下唇。开膛破腹的裂口又短又窄。我像小偷一样，只能勉强伸了两根手指，从有限的口袋塞进去，掏取它赃款一样的脏器。我小时候，吃得最多的是带鱼。很好收拾。下巴那里划一下，黑红的一坨脏器就稀里哗啦地掉出来……带鱼的内脏集中在身体前部，这点和海鲂很像。有没有什么鱼，把内脏藏在迷宫里，如同童话中把心脏藏在诡秘之地的妖怪？

一走神，指端锐痛，我竟然摸到它内脏里的一根针，直直地戳露出来：两厘米，锋芒毕露。它的鳃里长牙，可我从没见过内脏里长刺的鱼。难道，它游动在自己全身的荆棘里？

仔细看，我才发现，这是一条凶手鱼。海鲂的胃囊包裹着刚刚吞下的猎物。两条小鱼的样貌清晰，只是一条两三厘米的小鱼已经被海鲂的胃液溶解成半液体；另一条，正是背上挑着独根剑刺的侠客，它的针状嘴和刚才挑破鲂鱼胃膜的背针几乎等长。

海鲂，它拥有阴谋家沉暗的体色，但它的食材艳丽多姿——像是贪污者的作风，谋杀者的爱好。

星期六

鲻鱼，又叫胭脂鱼。

没有表情，单调而平板的脸。我总觉得，它像个老修女，没有褪去羞红的体色，眼圈也是微微发红的。它的表情，看起来平淡又严肃，让人想不到它安静、下撇、紧闭、开合度极为有限的嘴唇里，却有着那么肥厚的舌头。永远喃喃自语的，祈祷或赞美的舌头。

它的体表无刺，它不携带任何凶器。虽然也有旗状的背鳍，却低顺而伏贴，如虔诚女子的裙裾。被掏空之后，它的体内，依然淤积着浓烈的一腔经血。

星期天

披坚执锐，舞缨携剑，它是戏曲里浓墨重彩的扎靠英雄。一只熟龙虾可以用来考验美术生的眼力。五颜六色的黄，里面包括了橘黄、藤黄、土黄、金黄，包括了发红的黄、发绿的黄、发灰的黄……参差而匹配。

看它的螯钳和尾柄，它是一种长成了冷兵器的动物。重兵把守自己又能怎么样呢？还不是对付不了几颗残牙。现在，它被做成了汤羹。洁白无瑕，它被剥离的肉，躺在味道稠厚的奶油汤汁里。

我们也买了红鲉，鳞片又圆又大，每片都像成人拇指的甲盖。不过一周下来，我们谁也没有兴趣再吃鱼了，它被冻起来，眼睛埋在冰碴和黑暗里。

赞美诗：文字池里的鱼

鱼，在我的散文里承担或轻或重的戏份。作为杀鱼者，我的脸并未沾上鳞片；我耐心剥下鱼鳞，让它们闪耀动人的词语之光。修辞的旋律响起，我是乐池里的指挥……它们被我的文字所赞颂。

鱼在大网和浅水里挣扎，不能阻止我作为食客杀戮的决心；我刮除它们的鳞片、掏取它们的肠胃，并不影响我作为写作者对它们持续的咏唱。旁观夜捕，亲手解剖，然后是修辞描述——我从慈善家的悲悯，到屠夫的无动于衷，然后归于诗人的抒情。杀伐在握，人类拥有转换的自由。

鱼，生前死后，都是哑者。它们保持令人满意的宁静，这是牺牲者永恒的美德。

二〇〇〇，《动物园》

沙滩搁浅的鱼，衔在海鸟嘴里的鱼，产卵后体力衰竭的鱼，冻结在冰层里的鱼，汤锅中被熬煮的鱼，化石中上千年不语的鱼……鱼，千年万年，它们疼痛不发出叫喊，死去不闭上眼睛。我见过一块狼鳍鱼化石，整齐对称的骨刺，就像叶脉那样清晰地拓印着——飘零于很久很久以前的秋天，它是一片不朽的落叶；它躺在千年干涸的坚硬的石质河床上，凝固着对一个海洋的怀念。

二〇〇四，《海平线》

在浪也不能推动的寂静深处，在无人知晓的幽暗里，鱼绚丽如花，并听任举世无双的美被默默消耗。真正的美，是一种内在的自觉，一种感情选择，而非出于生存和虚荣的要求。为了捍卫美的尊严，它们才孤独，像深海的鱼鳞，密林中的豹纹，内心的善。

二〇〇六，《桃花烧》

最后的抢救是无效的。我不甘不舍地把它搁回鱼缸，它还圆睁不瞑的眼睛，柔软地泡在水面。白雪公主住在水晶棺里依然能被唤醒，但它，将慢慢腐烂，从体表，到内脏。死鱼曾经的同伴嫌恶地游开，远远绕行它的尸体——而它像天使，漂浮在比它们更高的地方。

二〇〇八，《夏至》

在有咸度的环境里，写作者能否誓作孤独之鱼，永远张目而不流泪，坚持着它的畅游、它的鳞刺、它的捍卫和永不止息的生长？

二〇一二，《巨鲸歌唱》

鱼，闪动鳞彩，被马赛克精密镶嵌的身体……怎么能形容那种美呢？这些海里的彩宝石。海鱼奇形怪状：鳐鱼展开黑丝绒的翼展，就像海里的大风筝；比目鱼，扑克牌般拥有身体两面完全不同的花色；还有蓑鲉，非洲酋长那招摇夸张的羽饰。生活在这里的鱼对海怀有无与伦比的忠诚，那是一种关于盐的宗教……齿梳般的骨刺，仿若一条鱼从头到尾、贯彻终身的信仰。

鱼，水里结出的果实。什么是经典的海洋景象？鱼群。没有指挥，但数量惊人的鱼好像共享头脑，它们行动整齐，无论前行还是下潜，始终维护着内在秩序，不会彼此冲撞。它们沉默而一致地，在大海的咸涩里漫游，无声，却是宏伟壮阔的合唱。

二〇一三，《素描簿》

飞鱼：迹近神话中的动物，或者说，它们因接近神话而令人神往。无垠的蓝，它们神秘跃出海面，张开鳍羽，尾部形同优雅的滑板，它们就像迁徙的鸟群那样开始完美的翱翔——身体闪耀着新银器的光芒，由此进入危险而无畏的自由。这是一场盛大的集体狂欢，如此壮阔，激动人心。飞鱼起起落落，如同海上奇迹般绽放礼花。

泰戈尔写道：“鸟以为把鱼举在空中是一种善行。”想飞的鱼，身怀放置到绝境的理想。或许宗教有时就意味着某种自觉性质的自虐。飞鱼超越身份和环境的限制，把自己变成不可能的部分……这就是神性。

二〇一七，《血童话》

最让我迷恋的，当然是她：美人鱼——名字真好，无论做人的时候还是做鱼的时候，她都最美。美人鱼，既有美貌，又有美德，且不多言，比谦逊者还沉默，比勇敢者还无畏，比死更靠近永恒。

二〇一八，《星鱼》

最为美妙的，是鱼群。那么多颜色，那么多斑点和条纹，那么多形态和数量。它们聚集，又散开，变幻万千……像摇曳的焰火，像永无止境的礼花。这样的绚丽，这样丰富得超出极限的美。大地上的植物有四季；而在大海里的鱼，只要活着，它们就是终生的花朵、终生的果实。

二〇一八，《野猫记》

你甚至不能说，杀手不喜欢甚至不爱慕他自己的猎物。看，人类把鱼类图案绘满各种用具，杯碗、衣服和窗帘，玩具、灯具和床具，他们为鱼制作模型和雕塑，甚至把鱼的图案文上自己的身体。那又怎么样呢？爱，甚至不能阻止杀戮——人们就在绘有鱼图案的餐盘里，分割鱼的骨和肉。爱与恨，远远不如骨与肉那么便于分离。

行云

1

人生在世，总要受到肉体的沉赘拖累；我们不断用食物和性，填补它天然的破绽。是啊，灵魂轻盈，难以拖动生命的自重起飞。好在，我们还有几种简易的操作方式——艺术创作，或者，仅仅是买一张航空公司的机票。

很多人不愿忍受候机或者长距离飞行。作为一个严重缺乏耐心的人，我在候机厅却从不焦躁。读书，闲逛，或者就是旁观人群，我都喜欢。

机场大概算是举架最高的人类建筑物之一。顶棚有硕大的支撑管架，通常由无数个角形的钢架结构相互焊接，体现出某种后工业时代的观念艺术。奇异的顶架一旦形成，就像是高空的闲置物，几乎看不到人类作业或活动的痕迹。我偶尔看到几个油漆工站在悬梁上工作，腰背挂了根安全绳，他们徐徐放下自己，就像笨拙的蜘蛛——体重悬垂一线，看起来非常危险。悬置半空，在任何时候都给人以极度的不安感——此后几个小时，我将悬空，只是我的安全带绑在腰腹，绑在座椅上，绑在毫无系挂的虚无里。

坐在候机厅里的每个人，都被严格筛检过，他们要比常情下的人群更安全。就像远离细菌的洁癖患者一样，他们没有凶器，没有武器，没有利器，没有过重的行李和罐装的液体。别无他物，乘客只身进入机舱，就像被金属大蜻蜓吞进腹腔的蚊蚋。之所以如此，因为发生在高空的任何过激情绪反应，佐以器物，都可能产生毁灭性的陪葬。任何一个乘客，必须以安全性的面貌，才能开始充满不安全感的旅行。

事实上，我们很难克服对飞行的不适与不安，即使飞机几乎是世界上最为安全的交通工具，出事概率要比出门骑车被撞身亡的概率低多了。然而，统计学上的安全不能安慰我们；这种似乎有悖常识的常识，还要遭到我们潜在经验的排斥。机场化妆品门店里，站着促销的姑娘。她背着一对溅了些微渍迹的棉质翅膀，正商业性地扮演天使。我从来不能想象，有谁背负数公斤的翅膀，像复古油画中那样冉冉升起——我们尚且不能负担翅膀，何以负担飞行？然而，飞机航行，数十吨重的钢铁悬举着穿越云层，无论怎样目睹，无论怎样以空气动力学原理加以解释，还是令人难以置信。

老式女鞋那样的机头，写着“禁止踩踏”警示字迹的翼板，起飞以后收进腹腔的滑轮，始终隐藏的引擎……这些奇形怪状的金属组装在一起，让簇拥的人群和沉重的行李悬浮在经受不住一滴雨水的半空。假设，一个原始部落的土著人目睹此景，会怎样膜拜并笃信神迹？近百米长、翼展几十米宽、载重达几百吨的钢铁，高高低低地起落……就这样，具体之物坐落于抽象之上，沉重之物飘浮于虚无之上。

我们总是惊异于航行场景的诡异，却忽视那些司空见惯的奇迹——想想吧，天空布满云团，仅仅一朵中等规模的积云，就相当于四十头大象的体重。

2

航班晚点，乘客反复到柜台前咨询，得到的总是礼貌、模糊而缺乏确切意义的答复。许多原因都可以导致航班延误，有时因为飞机晚到，有时因为航空管制，有时因为云层携带着正在形成的暴风雨。不过，无论你是为此沉默还是抱怨，也只能无所事事重新坐回冰冷的金属座椅，等待广播的通知，甚至滞留机场附近的酒店，等待启程。等吧，天上的事你什么也决定不了，只能原地等待，就像接受被动的命运。

相反，我喜欢候机的时光，因为偏爱旅行中的阅读，似乎那是喧杂中维持平衡的有效方式。我在家里反而无法静心。可能是忙碌穿梭的人群，带给我一种时间上的紧迫感。尤其是乘坐飞机或高铁，像坐在几节连堂课的椅子上，培养了一种被迫的专注。

我选择咖啡室里一个相对安静的角落，漫不经心地看书。耳畔，间歇响起的是高亢的广播，不间歇的是低噪的轰鸣。我始终听到一种极其轻微的塞擦音。是个女人的声音，很低，经过克制依然传递很远。嗞嗞嗞的，像蛇信。持续而没有放缓频率。我环顾四周，并没有发现可疑者。头发花白的老年女性专心看她的养生手册；姿色平平又自认以气质取胜的女生看她的西班牙语；还有个中年女性，右边嘴角有个灰色的痣，睡着了。她们的嘴都闭着、抿着、咬住下唇，没有谁开口。嗞嗞嗞，嗞嗞。我的注意力已全部放在了这个微小而有效的噪声上，我抬起眼皮，再次巡查。两个男人，其中那个显然是南方口音的男子，戴眼镜，齿缝像松了的阀门那样一直危险地漏气。原来是他，嗞嗞嗞，嗞嗞嗞嗞嗞。

我边翻动书页，边啜饮咖啡，偶尔看一眼始终发音如吐蛇信的男子。我以为自己是注重公德的一个，其实，不。因为我翻看画报时，右手预先插入了下一个画页，然后我发现自己正按在一条斑块耀眼的蟒蛇身上。然后，我碰翻咖啡杯，膝盖附近炸开瞬间密集的点状疼痛区。皮肤和桌椅，到处是黏着的糖分和混浊的棕色，看着有点恶心。我擦拭地板时，才发现翻开的书页上也是流淌的咖啡渍……巧合的是，杂志里有一页讲述咖啡的内容，那些文字和图片，被真正的咖啡浸泡并散发原初的味道。

小小的意外，像有什么魔咒正显现威力……我略感不安。但愿顺利起飞，有一次因为天气原因，目的地无法降落，我只能滞留在机场附楼的酒店里。飞机一次次起降，就像剃头推子从我的耳根往头顶上走。一遍又一遍，无休无止。我可不想重蹈覆辙了。

当广播里通知登机的时候，其他乘客如蒙大赦，我也慢慢腾腾地排在队尾。

3

“还有一位乘客尚未登机，请您稍等。”

播报消息的乘务长鼻音很重，介于感冒和撒娇之间的那么一种鼻音。我听到过类似的声音，曾把飞往“大理”误听为飞往“巴黎”。广播之后，乘务长沿着狭窄的过道向后排走动，沿途展现职业的笑容，发放着薄得像围巾的毯子和儿童枕形的靠垫。她的眼睛，大得像在脸上打了一对蝴蝶结，皮肤闪烁贝壳内壁那样细腻的光泽；走起路来，她有仪式感的优雅，像水母的慢芭蕾。只是丝袜颜色偏深，这让她拥有两条熟杏色、近于黄疸的腿。

伴随《茉莉花》的弦乐声，机舱里回响着一种低噪：高亢的议论和混沌的低语，夹杂着报纸的翻动声和包裹着毛毯的塑料袋被撕开的声音。

“还有一位乘客尚未登机，请您稍等。”这样的信息被重复了两次，但大家始终没见到这个被诟病的迟到者，而显示屏里已经开始播放航空安全须知。它详细告知和演示，在紧急状态下，你应该以何种坐立或跳入逃生滑梯。

空乘人员例行起飞前的安全检查：请系好安全带，打开遮光板，关闭手机或置于航空模式。空姐们的表情礼貌而体恤，举止经过严格的分寸培训。印象中，她们总是穿着烘托身材曲线的妩媚制服，脖颈间围着印有航空公司标志的小丝巾，拖着尺寸整齐划一的箱子……这些提前登机的空乘人员，笑语盈盈地路过正饶有兴趣偷窥的乘客——不，事实上，她们并非总是如此光鲜。

她们面临时差，与家人的分离。她们有时需要面对无理的要求，协调复杂的关系，解决麻烦的乘客——这些人放置行李缓慢，长时间阻塞过道；他们如离弦之箭，踉跄着，扑上去，抢占刚刚空出来的临窗位置，并自得地向同伴炫耀自己的机敏；他们容易碰翻饮料，番茄汁顺着小桌板滴下，近乎黏稠的血液；他们的卫生习惯欠佳，把厕所弄得一片狼藉。这些天使样貌的空姐们，经常接触的，是托盘里吃剩的黄油、汤汁和果皮，是纸袋里的呕吐物，是盥洗室堵塞的水池和马桶。所有不愿意的事情，她们必须报之以持久的耐心，直至自己老去。

拥有美貌和笑容的空姐，之所以被誉为空中天使，是因为她们的确展示了天使之责。你以为天使的日常行为是什么呢？多数时候，她们保障我们的安全，她们提供让我们舒适的服务；然而，她们的劳动被我们美化；其实她们频繁处理的是种种不洁之物和不善之举，并始终原谅我们……之所以是天使，是因为，她们做到了人所不能。

我想起了自己的同学：罗。当初的少年，以英俊著称，高考之前被提前录取，将从事空乘服务行业。我们羡慕他能够逃避分数的审判，能够拥有见识和财富。我们同时也很清楚，由于不具有匹敌的美貌，我们不会拥有同等的机会。他翱翔的时候，我们注定只能仰望。

时隔多年，我在一趟国际航班巧遇正在值勤的罗。他已经不做空中服务，改为随机飞行的安全员。年近半百的罗，每年飞行一千小时，七十五万公里，太多时间是在天空度过，他以自己的一生抵达一只鸟的生涯。

他是业余的占星高手，擅长推演命盘。我问他为什么西方的星座里，有陆地上的兽，诸如白羊狮子；有海洋里的水生物，诸如双鱼巨蟹……但为什么没有禽鸟？是否因为星座学出自神明的视角，是天上的视角，是飞鸟的视角，所以，因无法看见而忽略自己？这个在中国属相里肖鸡的中年人，被我问得一脸茫然，无以作答。

长年在干燥的高空环境里飞行，他的身材依然挺拔，但眼角已生出细枝般的皱纹。半生中的许多时间里，他都在远离地面一万米的高空频繁地体验气流的颠簸，体验身体的倾斜与失重。在空乘岗位服役多年，直到，肌肤慢慢呈现粗糙的褶皱。换下制服的他，样貌与混沌乘客之间的区别越来越小。

4

飞机缓慢地脱离接驳口，轰鸣巨大。

我透过飞机的舷窗，一个地勤人员推着一辆轮车离开——如同超市中常用的那种，只不过卸去了塑料筐，只剩铁架。停机坪，大概是这个世界上最不适合超市推车的地方，因为没有任何可供选择的物品，还不如沙漠或者丛林。我看到两个戴眼镜的地勤人员，制服上有着反射荧光的交叉条带，像个倒置着的大写字母A，底端被宽白的腰带勒住。他们的挥手姿态，像招财猫那样机械，带了几分滑稽的生硬与可爱。

开始在跑道上滑行。我想象机长向前推动操纵杆，抬头的飞机挣脱重力跃升。尽管天空中悬置着那么多的头颅、心脏和生殖器，容易让人心慌意乱；然而起降基本不怎么用看外面，机长主要关注仪表板就行了；在浓重的云层里，乘客甚至看不见机翼——设备保障下的信心和技术，足以让飞机翱翔。高处的云层与黑夜里，有许多这样依靠盲飞的金属翅膀，它们之间有着至少二三百米的航线距离——所有信息，都被千万里之外的指挥塔掌握着。

我的安全带系得很紧，搭扣一侧，垂出很长一段尼龙绑带。可从行李盖的缝隙里，露出一个豆粒大小的玩具袖珍拳头——它攥得很紧。我的双肩背包是凯普林的，作为缀饰的品牌吉祥物是一只毛茸茸的黑猩猩，只有食指的高度。行李盖合上的时候，我没有注意，黑猩猩被卡住腕部，那只硬质的小手从盖子缝隙处露出来……像挣扎者在求救。人的臂短腿长，猩猩的臂长腿短——把四肢的长度做了对换。以人类的审美习惯，后者比例失调。我一直盯着那条棕黑色的斑块，直到在起飞造成的耳压和头脑缺氧中，我睡着了。

当安全解除灯亮起，“叮”的一声，我立即醒了。我站起来，第一件事就是打开行李舱盖。那只猩猩头朝下按在织物图案的旋涡里，像个溺水者，背部拱起，无力地垂下毛丛密集的双臂。我拯救了这只受难的动物，翻过身，让它拥有舒适的体位。这是强迫症患者的毛病，只有把这个猩猩玩偶放好，我才能安心；否则它将作为某种不祥的暗示，干扰我的整个航程。

我翻看着航空杂志，里面有人物采访、植物研究、公司宣传，以及房地产、保健品和书籍的推介。阅读的时候，我不自觉地眯起眼睛，似乎被纸页上的反射光晃到。无论眯不眯眼，字迹都同样带着可以克服的重影效果。我提示自己不必做无效之功，可过了一会儿，我发现自己的眼睑还是犯困般剩下一条快要合拢的细缝，似乎这样有助聚焦。

眼角里发现了那个手机光点，出自前几排C座的男性。四十岁左右的男子，短袖T恤下面露出简陋的刺青。手背上一只歪歪扭扭、写实失败的蝎子扬起U型尾针；小臂上是个千篇一律的“忍”字，旁边的刀子图案呈四十五度上扬；袖子下露出的图案不全，但可以无误地判断出是船的侧帆……三个图案的共性是潦草而陈旧。我不知道，这个中年人再老一些，会不会尴尬于自己曾经的这种励志、乏味而笨拙的张扬。

也许，他不会。因为起飞前，他持续通话，被反复提醒仍不愿关闭手机。途中，他数次打开万米之上的手机，偷偷窥视发出荧光的屏幕。他的微信里面，似乎有个焦渴而暴躁的妞儿不断在等待中催促，她黄豆大的头像让手机持续发出消息抵达的口哨声，像只求偶期的鸟。当刺青男终于在公愤的压力下彻底关闭手机，他的邻座依然火冒三丈，调换到最后一排的座位上——似乎远离一些这个缺乏素质和教养的男人，就远离一些危险。

邻座的反应，让我想起对此行为同样深恶痛绝的表哥。表哥特别注重身体健康，从饮食到锻炼的生活习惯，他一丝不苟；对关乎死亡的安全事宜，他当然格外警觉。某次，表哥把气流的剧烈颠簸归咎于邻座的通信，他出离愤怒。表哥以醉酒般的赤红脸，向乘客和乘务员抗议，几乎诉诸拳脚。数年后，勤于健身的表哥，却在水库游泳时，被冲锋汽艇撞上额头导致身亡，并且始终没有找到肇事的交通工具和责任人。

飞机突然遭遇不稳定的震荡，颠簸，像船疾行于水面，汽车驶过陡峭的路面。正在行走的乘客，扑倒在临近的椅背上。遭遇不稳定气流，安全指示灯亮了……系紧安全带，简易的搭扣比你坚强的意志和有力的四肢更能提供保护；收起小桌板，否则，它能产生斧刃般的杀伤力。

机舱里到处是灰色的塑料材质，像是昆虫的几丁质——坚固背后，是不堪一击的脆弱。起飞、降落、遭遇气流，都能感觉到塑料隔板细微或明显的抖动。在威胁性的条件下，什么所谓的硬壳都可能被瞬间击碎，无论虫体还是金属的庞然大物。

又一阵剧烈颠簸，伴随突然加大的噪声，仿佛在视觉想象里，即将坠落的、超低飞行的机翼正滑擦建筑物上方的空气。我的邻座发出几声短促而失控的惊叫，她被吓坏了。通常情况下，我不与邻座交谈，大概只有飞机上存在这样的人际关系：我们生死与共，又形同陌路。

这是一位略显苍老的中年女性，打工多年，在流水线上为助听器安装微小的零件。这是耗费眼力的劳作，她说自己看近处还可以，远处看不见。她把候机坪上的草地当成水池，她问我地上的飘带是什么——原来不是公路，是河流。当我发现，竟然是那条著名的河，不禁伤感，因为它现在勉强蜿蜒，只是一腔灌进神话里的污泥浊水。这样的河，有着泥土的质感，那种落叶色让我感觉沿途的村庄凋败了，城市也生锈了。

我的邻座是第一次坐飞机，是孝顺的女儿给买的机票。刚登机时，她很焦灼，问我飞机上是否确有厕所。在得知厕所位置和相关事项之后，她依然比其他乘客更频繁地扭动脖子，观察四周。我知道，这是不安的表现。她看机翼，看安全须知，看不锈钢推车上的餐食。她的身体不由自主地前倾，或者向后扭动，乘务员还没有走到相应位置，她就要求饮料——一旦确认，飞机上的水和饭都不要钱，她渴得刻不容缓。她焦灼地等待着被服务，生怕错过……她怕辜负女儿的每一分好意。这是含辛茹苦供养出的女儿给予她的回报，我感动的是，她女儿自己甚至舍不得买一张机票。没想到，航程中频繁颠簸，对这位原本好奇与骄傲的母亲来说，人生最奢侈的享受，竟变成严重的恐吓。当她忍不住惊叫，我握住她的手臂想缓解她的紧张；她反过来抓住我的手，用的力气很大。飞行累积的经验，教养带来的害羞，给邻座示范性的善意和虚荣，这些让我故作镇静。

5

我遇到过不太受欢迎的乘机者。

有人要求换到空间略为宽敞的安全通道，即使被婉拒，他们还是不依不饶地要求乘务员去协调解决。我见过许多起飞后立即开始涂敷面膜的女人，她们陶醉于自己的美貌，无视他人的尴尬和儿童的惊恐。我听到过戴了耳机的老者跟随着旦角唱段，声线变调，一直荒腔走板“啊——啊——啊”地唱，远比难堪的呻吟更让人难堪。有个女孩因为被叫醒吃午餐，半程不间断地怒目于她的新郎，摘下的眼罩就像给脖子戴了个胸罩，让我猜测她在即将的婚姻里是否幽恨悬生。还有那些一旦进入机舱就编程般开始哭泣的孩子，他们撕心裂肺地哭，有时中间停顿了一下，像是被塑料卡扣噎住了，接着声嘶力竭……无论母亲如何用尽所能去安慰，热衷哭泣的小孩依然持续而嚣张地哭满全程。

我遇到生活艰难的人……那个紧紧抱住旧鞋的男人。

办理托运行李的时候，我就看到这个中年男子，戴着尺寸局促的一顶红色旅游帽，肤色是那种坏木头的黑黄色，脸上却有煤炱似的一层油。他和两个同伴在一起，紧张得有点跌跌撞撞。他们口音浓重，衣着寒促，在大批前往毛里求斯的度假者队伍中格外显眼。有件拒载的行李被从履带上拖拽下来，尺寸超标，何况一侧拉链已有开裂迹象。他是这件行李的主人，来不及找个相对安静的区域，他迫不及待地打开箱盖，因为需要把所有物品分散到同伴的箱子里。与游客多携带用于应对拍照和气候变化的衣物不同，箱子剖开，里面存放最多的，是烟。至少十几条整烟，大包洗衣粉，数卷卫生纸，少量衣服，还有几双鞋。

这些廉价的鞋子没有任何包裹，没有用鞋带或其他绑缚在一起，原本塞在箱子各处，现在被随手扔出来，七七八八地摊了一地，双胞胎的一对鞋子也兵分两路。行李主人把杂物一股脑儿塞进同伴同样粗糙的行李和手提袋中，因为哀求无效，他必须放弃这个没有轱辘、尺寸过大的开裂箱子。他像是赤手空拳前往，体力是他仅剩的财富。在度假胜地，在陌生的语言和面孔中间，他靠出卖体力谋生。三个同行者都是第一次出国、第一次坐飞机，时空的恐惧将相继到来。给我留下深刻印象的，是这个男人不舍地扔下他破旧的行李箱，弯腰躬腿，抱起没有地方搁的三只旧鞋，上了飞机。

我遇到过整个家族都和飞机有关的同座。作为中国第一代试飞员，他的爷爷曾经试飞过歼 -5 战斗机，并受到领导人的接见。他的爸爸同样从事与航空相关的工作。他自己的理想也是成为飞行员，但考入标准非常困难，身高、体重、视力、血压这些自不必说，还有臂展和韧带等多重细部的考量。他遗憾自己未能如愿，并久久不能释怀，后来他终于在美国考取飞行驾照。美国在小型商务机的服务方面非常到位，如果在那里加油，就不会收取停机费用。他的自驾游与众不同，他租用飞机自驾——他说这种小型飞机通常最远航程在七百公里到八百公里，机翼采用整块碳纤维板制造。他停落飞机之后自驾的，才是汽车的方向盘。

我还有过一次美好的奇遇。

二〇一九年十一月底，我在西宁飞往合肥的航班上，感受到奇异的护佑。散客只有零星几个，机舱里都是喇嘛，他们的袈裟形成一片连绵而凝重的绛红色，间着偶尔的明黄。喇嘛多数并非光头，贴着头皮的短短黑发，只有隔夜胡茬那样的长度。已是凛冬，气温很低，他们依然从披巾下裸露着半个臂膀……就像从尘间向彼岸普度的有力桨板，正在较力于俗世的寒凉。难得地，我能够在飞机上入睡，度过了一个充满暖意的午后。

6

其实，以我的偏见，任何人在飞机上，无论平稳还是颠簸，恐怕都至少有一次想过……是的，在他所能抵达的最高处，想到那个最重的字:“死”——人生没有比它更重的动词。翻开汉语字典，每个发音下都汇聚着若干字形；然而，“死”，一个字占据一个音，在这个发音的条目下只有唯一的它，没有其他字与之匹配。连看似对称的“生”，都做不到单字单音。

死于万米之下和死于万米之上，是不一样的。远离土地，人立即体会到植物离根般的濒死感。座位下方的救生衣，是为水上迫降准备的——只是降落，才谈得到救援。乘客在空中，只是龙卷风中的一粒尘埃，除了命运之神，没有其他可能的施救者。

飞行之死，不仅绝对，而且综合。不仅死于缺氧、寒冷，也可能死于燃烧或溺水，死于物理般的撕裂或化学般的溶解，死于高空的坠亡，死于漫延过来的毒，死于一种把人顷刻间化为液体的温度……飞机变成尺寸最大的一种凶器，它可以让人一死再死。

这就是理性与感性的区别。常识告诉我们飞机是最安全的，心理上我们依然觉得飞机是最令人恐慌的。与水上的船舶和陆地上的车辆相比，飞行是最后被发明的交通工具。无论它出现得多么日常，我们也难以克服潜在的畏惧——因为作为人类，在河流与海洋，在大地与山峰上，我们或许能有一线生机；唯有在空无一物的空中，我们无法幸存。天上收留羽毛和金属，不收留我们；每当进入高空，我们很容易产生濒死之感。

我曾在高空目睹濒死。

那次刚起飞不久，机身还保持陡峭的倾斜，忽然，一个乘客解开安全带，来到商务舱和经济舱衔接处的隔板后面，直接在三个乘客脚下躺倒下来。他脸色蜡黄，嘴唇灰紫，只嗫嚅“我不舒服”几个字，就紧闭双眼。无论周围怎么呼唤，他都不再应答，似乎丧失了意识。

登机之前，我脑子里编织过小说情节：设想一个血压异常的乘客——疲惫使然，因为他一连数日心力交瘁。但谁也不知道，因何如此。我设想，这是一个酝酿危险的男人，为了让孤独的自己死起来不那么孤独，他选择在航班上与其他乘客同归于尽。水果刀、液压罐和打火机都被没收，但他有火石和绒棉，他穿的衣服会在最短时间内燃起大火。计划周密，但他倒在猝发的心血管疾病中……目睹这位男性倒在近在咫尺的距离，我吓了一跳，甚至有点愧悔，好像自己的想象突然具有某种诅咒能力。

乘客中的医务人员施救，他绷直双臂，持续按压患者的胸骨，使之出现明显下陷。机舱里窃窃私语，夹杂着奇异的安静。据说，朋友闲聊之间的突然停顿是因为有天使飞过——那么这种议论的停顿，是死神的一次窥视吗？

大地辽阔，足够盛得下连绵不断的生生死死；机舱这么小的区域，一次的生死都太重，需要众人分担。甚至不止生死，疾病都是。几次世界范围的传染疫情，扩散的源头，指向同一航班上的乘客——因为，他们在漫长时间和促狭空间里，你呼我吸，共享空气。一个男人再好色，面对严重感冒的邻座美女，都难以感到诱惑。喷嚏连连，细小的珠沫飞溅，像蒲公英形状散开的细菌雾团就是这样奔行而扩散的……这是他们之间唯一可能的亲近。真讨厌啊，他将厌恶来自她的所有化学作用。密闭环境里，疾病是要共享的；即使是死，连这样的个体之事，也要在整个机舱里传递，每个人都要分担它所带来的恐慌。

从我的角度，能看到躺倒的乘客眉间距和肩膀都很宽。他正值壮年，而此时对自己的头脑和四肢失去所有支配能力——仰头抬颌，他的气道已被打开，但里面并没有呼吸。我因为自己构思上的情节巧合，产生一种隐秘的罪感。我转过头，看舷窗外。经过调色玻璃的滤光，机翼反射的太阳变得可以直视，混杂着浅蓝的白色光斑沿着机翼滑动……我感觉自己像个阴谋家或凶手，隐藏在面目模糊的乘客中间。持续紧张，让我的手心出了微汗。我目睹医生持续按压患者的胸骨，感觉自己的命运也徘徊，悬而未决。

当心肺复苏的患者重新在地板上坐起来，我如释重负。医生不仅拯救了他，使那不再是一张不经告别就离世的脸；医生也拯救了我，使我不再拥有一双不经动作就意念杀人的手。

7

空气中始终伴随扰流的低噪，但进入平流层以后，飞行非常稳定。转危为安，死神的猛狮放过了我们这群颤抖的羚羊，我们又可以安享一餐。

空中小姐小心推动不锈钢餐车，提示并躲避从椅侧伸出的参差的腿脚。她们保持着略高于体温的微笑，但餐盒里的色拉冰凉，散发着冷藏室的霜气；冷的芹菜、冷的胡萝卜和冷的煮花生……色泽鲜艳却有些生硬，几乎带了塑料的失真感。装在半软半硬的塑料盒里，六七厘米的宽窄，看似是方形，仔细是矩形。我一脸迷惑，因为我用那把短茎的勺，数次都无法舀起盒底的那粒浅茄色的花生。眼花的我没有看清，那是自己托在盒底的一小节青瘀色的拇指。

难怪有人讨厌飞机餐，宁可饿着自己也不碰。我爱吃甜品，除了讨厌其中的司康饼和马卡龙，一般的都可接受，可飞机上的海绵蛋糕，不像蛋糕而更像海绵——如同嚼着一块从洗碗海绵上剜下来的什么东西。不过，这也都是我把自己惯出来的毛病。想起我那个热爱美食的朋友，曾经一顿饭都不对付，仅仅因为餐食的原因必以商务舱出行。他不喜欢造型简陋的不锈钢里倒出咖啡，必须听到茶勺在咖啡杯里搅动的声音。夜航之中，射灯在光洁的餐盘上形成一小片发光的区域，精巧的小罐里装着闪光的盐粒和哑光的胡椒粉……他戴着耳机，边听歌剧，边颇具仪式感地享用高空中的晚餐。他不能容忍得太多，有时包括一个男孩重复按动圆珠笔的弹簧笔盖，或一个中年女性去洗手间时从眼前移动开的装在起了毛球的针织裤里比例失当的臀部。他曾是我认识的最具品位也是最矫情的人，像只完美主义的警犬随时嗅查可疑之物。后来他生意失利，一落千丈；女儿患病，医治费用高昂，他的处境沦落到困窘的地步。从此他再也没有抱怨，出差乘机时，他把长腿折叠在经济舱狭窄的椅距里；即使剩下半个海螺形状的可颂面包，他也要当作第二天的早餐带走。他的责任和温情，对我来说颇为触动。所以，我需要提示自己，别把矫情当作品位，应当珍惜平凡日子里的一饭一蔬。

机舱温度偏低，一个冷得抖颤的姑娘，穿着长款薄T恤，她光脚缩在座位里，抱膝，试图用T恤下端包裹那十根可怜的脚趾——脚上的趾甲油已褪去一半，留一半散发旧珠宝的光。发来的餐盒舍不得吃——就那么点热量，她把它放在自己毛孔瑟缩的双腿上。不是用热水，而是用牛肉面条或鸭肉米饭作为填充物的简易热水袋，发出衰微的热力。登机时，我眼看她迅速喝下一杯摩卡星冰乐。看到被她移至脚面的餐盒，想起星冰乐上堆积着厚厚一层刮胡泡式的奶油，我感到一阵隐约的恶心。我拆开分发的小塑料袋，发现所谓什锦果仁，其实只有两种：光裸的花生和外皮起皱的扁桃仁。我谨慎地看了看油脂丰富的果仁，犹豫两秒之后，开始有力地咀嚼。

人类这种不会飞的动物，竟然可以一边飞翔、一边进食——同时完成两个动作，许多有翅膀的鸟都做不到。只不过，进餐要格外注意，控制动作的幅度。乳白或透明的一次性叉勺，脆弱得就像儿童玩具，在狭窄桌板上运用时，非常容易和空气一样轻、吹口气就能掉落的杯子发出碰撞，导致什么翻倒，溅出饮料或酱汁。所以，乘客就像操作手术刀那样小心切划。我也同样，我的肘臂贴紧自己的两肋，格外小心。我的动作协调性一贯很差，总是顾此失彼。我即使看本书，也容易掉落手边的圆珠笔。不仅是笔，书本、直尺、花镜、登机牌……每隔一段时间，就有什么掉下去，滚落到我以极其难受的姿势也难以够取的角落里。我一边羞愧地向邻座道歉，一边解开安全带，伸长胳膊向前方座椅下面试探，有时还会被显示屏的边框夹住头发，并扯下长短不齐的三两根。所以，进餐时间对于我来说，就像一场小型的军训，我的身体随时感受到戒律的存在和约束。即使只是咀嚼几粒花生，我好像对自己的口腔也加强了控制。

从飞机舷窗望去，云团播撒得非常均匀，就像烘焙车间里托盘上间隔排布、膨化起来的糕点，中间还有些散落的薄面。对教徒来说，神给予五谷、新酒和油……那么从逻辑上讲，是否意味着，天堂里的人都是素食者？否则他们会吃谁的血肉？也许地狱的炼火，是厨师烹饪所需。经过尘世挣扎，据说只有经过严格审验的人才能进入天堂，所以那里全是纯洁的亡灵，全是婴儿、处女、圣徒和僧侣，或许包含部分食草动物，总之，都是隔绝于邪念的灵魂和来不及犯罪的灵魂——这意味着，一座庞大的天堂是无辜者和好人的集中营。好吧好吧，那里什么都不缺，只是没有蛋白质的食物。

8

有人因为不愿忍受简陋餐食而升舱，也有人因为排泄不便而拒绝乘机。有时感伤，人类有何骄傲可言？我们甚至难以像宠物狗一样，良好地控制自己的括约肌。父母七十五岁以后，就不再和我出去旅行了，最重要的，是个难以启齿的原因：他们难以经受起飞和降落那些被禁绝的时段。他们怕失控，怕失去自己晚年本来维护起来就十分困难的自尊。在最小和最老的时候，我们都难以离开大地，只有在生命最饱满的时候，身心可以近于飞行。

我曾这样运用比喻："写作的时候，就像在飞机上使用洗手间，无论身陷多么狭小的世界，只要你关闭自己，就可以让眼前渐渐亮起来，就可以在遨游高空的同时放松身心。"中年发福的闺密看了以后，嘲笑我的抒情笔法，并向我讲述了她在飞机上的尴尬经历。

年轻时，她是个对自己的膀胱有超级信心的人，坐长途车可以一整天不上厕所。那时纤瘦，后来体重锐增，临近五十岁的时候她的体重是一百五十斤。随着自身体积的扩大，她的储液能力锐减，膀胱就像个鼓胀的垃圾袋那样易于显出脆薄的危险性。有一次坐飞机，几次回头，厕所的简标小人都亮着红灯。一想到搬运自己的困难，她就懒下来，没动。没想到，飞机盘旋许久未落。她濒临绝望，几乎溺死在没顶的尿意里。她的膀胱硬得像块积木，甚至没有了颤抖的余地——所有空间都被利用，占得满满的，尿液全面侵占了包裹它的弹性组织。她禁不住绷直脚趾，这是她仅有的余力了。等到安全指示灯终于亮起，她逆行人群，如同泅渡，简标小人亮起的微光如灯塔一样让她获得拯救。她说那是仅有的对身体严重丧失支配的一次经历——可以放松的时候，她的阀门紧涩，括约肌都锈住了；而她以为终于解决完毕，低头去看，发现连续的细流并未停止。她说，这次尴尬经历，使她逼真地彩排了自己的老年。

在天上的行为总要受到限制，无论是吃喝还是拉撒。生命，是连续的由进食转变为排泄的过程；人类亦是如此，无论怎么优雅，都是一架酿造臭气和废物的肉机器。许多最初甚是美好的内容，会在我们体内加工成邪念、敌意甚至恶意；通常情况下，它们被隐藏在体腔里，被我们谨慎看守、小心运输，即使偶尔流露也令人尴尬，因为它们有着明显的难闻气味。我们必须找到隐蔽之处，及时地，把它们偷偷清除……使用马桶，是一种独属人类的文明。及时和隐蔽，具备同等的重要性。

鸟类可以肆意排泄，人类不能，天使当然更不。也许天堂无须食物，正是因为要消除排泄。否则，人间不是成了天堂的下水道？也许天堂之所以是天堂，是因为那里永无饥饿，看一看棉花糖般的云团就已饱足。所以天使无须进食，就像他们洁白的襟袍无须洗涤。

而我们这些凡间的人类，只有解决了基础的生理问题，精神才能远眺高处和彼岸。

9

我总是选择临窗的位置。会当凌绝顶，高处不胜寒——这是我一生所能抵达的最高的观景台，同时又是不被高寒所困的巅峰。

临窗，是因为我喜欢看云。当我们站在地平线上，会看到各种各样的云。积云，层云，卷云；荚状云，堡状云，波状云；甚至有难得一见的马蹄涡、钻石尘和贝母云。不过，今天习以为常的、像在玻璃上留下划痕的航迹云，在第一次世界大战或者说高空飞行物出现之前，是看不到的。那时，天空古老，还没有人为搅动留下的凝结尾迹。

航行中看云，同样莫测。有时巍峨如连绵的群山；有时厚积如覆雪的冻原；有时重复到辽阔，也是一种无尽的荒漠。有时，北极熊般的云团，隐隐有着矿物质的质感；有时蔚为壮观，像座头鲸的巨大头颅正跃起于海面；有时，透光的云层里，像隐藏天上的圣母；有时云层的远方，斑影显著，孤岛般，正在余晖中沉陷；有时出现多彩的渐层，慢慢来临的暮色，让天际出现金红与黛蓝交混的耀眼色带；有时，隔了雾尘，灼烈的太阳变得可以直视；有时，垂落中的夕阳，如同被引燃翅膀的巨蛾，像要烧毁一天或一世；有时，万里无云，我可以清楚地俯视——褐灰色的大地上只有煤灰色的山体，连绵的褶皱就像上古时代的野兽脊骨化石，让人顿感时空苍莽。

飞机上能看到雨。因为飞行速度很快，雨滴在舷窗上是横飞的。尽管落如积雪的云层，有几处像被大神走过的脚印翻动过，像是翻出底层的脏雪，从而破坏了那一望无际的平整……但那是幻象，一旦上升到巡航高度，平流层之上，无雪。

天堂无法下雪。因为那里是最高的高处，无法见到更高的高处飘下来的雪。我想天堂的高度里，万物晴朗，无风无雨无雪，难怪那里的人都穿着空灵的白袍子，他们不冷不热、不饱不饥。就像不能想象天堂的食物一样，我也不能想象天堂里的人，身穿兽皮，或者拔下鸟羽为自己御寒。因为那些天堂里的鸟兽是不死的，因为它们和曾经的死者一样，只要进入天堂就不能再死一次；因为那些鸟兽也是上天堂的，命运不会让它们在天堂里承受地狱之苦。所以天堂里的人无须劳作，他们不能捕食动物的血肉，甚至也不能啜饮植物的浆汁，因为会引起排泄，他们也无须采摘棉花的蒴果用以纺织。我想象，他们只能穿着云朵，天堂里的动物可以穿着自己的皮毛……啊，唯有人类不能只穿自己的皮，他们无论活着还是死了，都需要掩饰。那么，恶人为什么作恶？正是因为他们由此看清了终极的乏趣，他们的良心才溶解在黑夜里吗？

我靠着舷窗眯了一会儿，再睁开眼睛，窗外光线暗了。周围的乘客大多闭着眼睛——在这只金属鸟的幽暗腹腔里，我们都像沉睡中被运送到远方的种粒。我望向窗外，飞机炮筒状的发动机内侧，一次次闪过脉冲式的光痕，就像火柴划擦磷皮那样。夜航中，我可以平视云层上的弦月，也可以仰望冰糖似的星星，有时被研磨得极为细碎。我能看到数百米之外的其他飞机，携带着机翼下闪烁而移动的光，穿云破雾。我想象无限辽阔天空里的夜航，如日夜兼程的迁徙候鸟，在沉默中飞越千山万水……而高悬其上的星体，已存在了百亿之年。我记得中学地理课本上的太阳系图片，轨道光滑，就像刚刚被机床加工出来的崭新剖面。围绕熔浆色太阳的数颗行星，也像被刨具处理得浑圆的工艺球，有着宁寂的光晕。一张图片可以诠释宇宙，一架飞机可以穿越世界的经纬，可你只要在夜航中曾经向深渊遥望，无论向上还是向下，就会在巨大的虚无压迫下涌起一种无力感。宇宙浩瀚，尘世微小，在星空组成的巨大网阵上，飞机不及一片被粘住的蝶翼，我们的生命更是渺小如一粒鳞粉，无须磨损，微风之下就会脱落并吹远。不过，因为有了死，人间的一切苦难都是虚惊一场。告别之后，我们依然可以开始星空下的漫游，就像举起云色翅膀的候鸟，就像灾难里诞生的英雄……美且忧伤，生生不息。

10

代达罗斯和伊卡洛斯，曾经举起云色的翅膀，曾经像飞入云端的英雄跌入灾难之中……他们是希腊神话中著名的悲剧父子。

天才的艺术家代达罗斯用羽毛、麻线和蜡制作翅膀，得以像鸟一样飞翔。他指点儿子伊卡洛斯如何操纵羽翼，并叮嘱："你要当心，必须在半空中飞行。如果飞得太低，羽翼碰到海水，沾湿了会变得沉重，你将被拽入大海；要是飞得太高，翅膀上的羽毛会因靠近太阳而燃烧。"

兴高采烈的伊卡洛斯感到飞行的轻快与自由，不由骄傲起来。他忘记了父亲的告诫，抵达足以致死的高度——强烈的光线导致黏合羽毛的封蜡融化，羽翼从伊卡洛斯的肩胛脱落。不幸的孩子双手徒劳而绝望地划动，很快栽进汪洋之中。一切，发生得如此迅速；等飞在前面的父亲回头，天空一片空旷。他惊恐地向下望去：海面，漂浮着许多散落的羽毛。

浪漫的云中飞行，随后而来的，却是火与水，是高空的灼烫与深海的彻寒。伊卡洛斯的飞行审判，如同巴别塔的拆除一样，仿佛是上帝在警告觊觎天堂将遭到的惩罚。谦逊是一种带有自我保护性质的品德，对自身的收敛与对他人的尊重，能够减少冲突和损伤。飞行中，无论碰撞到什么，都可能是危险甚至致命的。

我们今天依然是伊卡洛斯，只不过是把羽毛和蜡制造的翅膀，换成了金属和石油组装的飞机。一次高度的失误，使伊卡洛斯葬身汪洋；一个操纵杆的失误，一次空中的偶遇，甚至一只飞鸟卷入发动机的旋叶，都会引发灾难。

尽管如此，从古至今，人类向往飞鸟的生活。我们难以克服飞行的诱惑，对极限的超越，因为挑战中有着难以描摹的享乐。航行，就是坐上童话中的魔力飞毯，它将我们带离日常生活的捆绑，体验带有某种危险的美。

飞行是对自重和引力的克服，就像云朵是对污水的克服，生是对死的克服。一次飞行，集中了形而下与形而上、美与灾难、自由与恐惧的双重教育。我们就像伊卡洛斯，具有理想主义者和浪漫主义者自身所携带的危机，我们必须在勇敢与谦逊、僭越与敬畏之间，始终保持动荡而微妙的平衡。

11

童年的我，每每为“世界七大奇迹”几个字所蛊惑。两千五百年前，那位古老的旅行家昂蒂帕克踏山渡水，记录着最为激动人心的游历：埃及金字塔、巴比伦空中花园、奥林匹亚宙斯巨像、阿尔忒弥斯神庙、摩索拉斯陵墓、罗德岛太阳神巨像和亚历山大灯塔。除了金字塔，其他建筑奇迹已被时间摧毁，但这些字词组合依然带来海市蜃楼般的幻境想象。及至成年，我可以在旋转的地球仪上划动手指，在蔚蓝与五颜六色的斑块之间，寻找现实中的新七大奇迹：中国万里长城、约旦佩特拉古城、巴西里约热内卢基督像、秘鲁马丘比丘遗址、墨西哥奇琴伊查库库尔坎金字塔、意大利罗马斗兽场、印度泰姬陵。

后来，我得以在巴西目睹雨中流泪的基督像，在墨西哥参观玛雅文明古迹并等待金字塔上那道羽蛇形的光影，在空旷的斗兽场伫立，听风和消散在风中的嘶吼……我得以翻越千山万岭，穿越大洲大洋，去到捷克的圣维特大教堂、德国的童话小镇罗滕堡、柬埔寨的吴哥窟等，见证人类的智慧；也曾在新西兰的星空下、毛里求斯的海洋里、美国黄石公园的喷泉和肯尼亚迁徙的兽群旁，因自然奇观而陶醉、战栗。

我因此对飞机的伟大发明深怀感恩，正如人生是一次无限放慢的飞行，飞行也是一次无限加速的人生。它使我们的见识和体验，得以翻倍地丰富。

写作相当于精神上的飞行，这是一种既安全又冒险的感觉——我们受困于机场座椅那样狭窄的空间，因生活颠簸，被绳带捆绑，仅凭一支想象的笔神游八极。假如我们随手翻开一本航空杂志，在世界地图上标注的国际航线，像用孩子的红蓝圆珠笔画出来的弧线重叠交错——少数弧线穿越冰蓝色的洋面，多数弧线，集中在陆地区域。其实，对一个写作者来说，为实现远方的梦想与奇迹，手中的笔是他所需要的最小的工具，云中的飞机是最大的工具；或者说，笔是他的飞行，飞行是他的笔迹。他悬浮，依靠着地理的经纬和时空的坐标，却远远地高于其上——高于纸页，高于他的地平线。

每个写作者都是伊卡洛斯，哪怕是暂时的，他曾获得过飞鸟的视野、神的角度。

12

高度下降。

机翼切割云层时，我看到频闪但一闪即逝的灰色。云层不像俯视时那样洁白无瑕，而是带了点烟尘般浅淡的灰黄色。有时，云有好几层，飞机下降到一个相对明朗的空间里，上面是流云，下面的阴影之外是仿若铺开的海；或者，飞机像是潜水艇夹在极地的冰层之间，遥远之外，才有一条被压扁的窄蓝色。

云层之下，距离近切，抵达之地揭开面纱。前方椅背小屏里的航路动态图里，陆地被统一处理为苍绿色，但窗外的实景各异。一片光裸，寒酸的北方冬日地貌，没有植被；森林葱茏，大地就像只皮毛丰盛的动物；布满缓慢海浪的洋面；切得像抹茶蛋糕似的田地；简陋的人工建筑，简陋到丑陋的预制板墙体或彩钢板顶棚。有时我看到的，只是触目惊心的贫瘠。没有树，没有河，没有经过规划的建筑物……在浅褐色的地表，偶尔有人画出整齐的灰色标线，不过那些几何方块里什么内容也没有，空空如也。如果是夜航，我甚至什么也看不见，除了航道上的着陆灯，或者雨夜的停机坪像新铺的柏油路那样反射着湿黑的光。这就是远方，并不包含必然的诗意——它包含的东西大于诗意。

下降和起飞的过程，一样容易伴以颠簸。有时颠簸剧烈，频频弹离座椅的乘客感到失重的不适，一次次被安全感的织带和锁扣勒回。心脏上升到口腔里，手指和脚趾都情不自禁地内缩——我们瞬间被打回原形，像猿猴要抓住想象中的救命树枝。无论有过多少次千篇一律的飞行体验，不安都会席卷而来；我们甚至会产生倒计时的不祥预感，只剩几分钟的时间里，我们不知道，对这个世界还有什么可怜的愿望、最后的遗憾。我的朋友经历过一次真实的降落险情，从此他基本拒绝乘机，改为换乘高铁。在被空袭轰炸的战场上，躲在弹坑似乎比平地安全，因为炮弹落在同一个凹坑里的概率更低；他很清楚，飞机是最安全的交通工具，两次同样历险的可能性很小——但一次严重的惊吓，已剥夺了他继续探索的勇气。

人生就是一次飞行……起和落都是艰难的，如同生和死都是艰难的，是最难以处理的。

飞机放下滑轮，就像着陆的候鸟放下紧贴腹下的爪子；扰流板滑开并撑起，被掩挡的金属面板露出来，上面布满细密的钉孔……伴随滑轮触地时的生硬而突兀的顿挫，飞机终于着陆。这时，我们才从生死考验的景况中解脱。

渴望飞行，靠近自由——但人类所获得的飞行是借助物理机械完成的，不是依靠自身的能力，所以这种行为同时具有最大的不自由。在飞机上，活动幅度是最小的，在起落过程中连站起来都会被制止。我们以某种被剥夺自由的方式来获取自由。从空中降落，大地是最大的威胁；一旦落地，大地就成为最大的安慰。劫后余生，我们就像重新回到母腹。

所谓理想，就是平稳起飞；所谓幸福，就是安全落地。

我用力前伸脖子，脊椎上端的锁扣像被打开了，发出只有我自己听得到的两声脆响。降落同样令人兴奋，感觉自己像被吹送到异域即将获得新生的种粒，在跌跌撞撞中满怀莫名期待……甚至在故乡，我的这种感觉也一样。

邻座或许是个哈欠里口气酸臭的邋遢男人，或许是举止优雅的芳邻，随着安全带上的金属扣纷纷弹开的声音，从此，彼此远离……我们将接驳各自的生活，像放出悬笼或被子弹惊散的鸟群。

13

神话里，像代达罗斯和伊卡洛斯这样，亲如父子的，才能在一起飞翔并经历生死。现实中，从 1A 到 65F，半个小时前的陌生人，突然成为甘苦与共的同渡人。所谓“百年修得同船渡，千年修得共枕眠”，那只是适用于古代的法则。今天手机触屏上几个无声的点击，就让我们拥聚在一个机舱里飞越彼岸。

这就是我们，作为同机者的我们。偶然之间，一起靠近天堂也一起承受不安的我们。在黑暗中仰望星空的我们，干渴中等待雨水的我们，曾君临天下也将匍匐地下的我们。我曾假设，同机者在同一瞬间同时想到“天堂”这个词，我们是否真的就进入至少持续数秒的幻境，永恒的众妙之门是否由此打开？或者，当飞机落地，舱门打开，我们走下接引的梯级，是否一座隐形的“巴别塔”就在身后无声坍塌？我们曾一起上天入地、同生共死……当脚掌再次触及大地，我们将立即与庞大到无数的人群，渐行渐远。

重新仰头，我知道那些航行者看不到我们。从空中看城市，只能看到仙人掌刺丛那样向上生长的楼，几丁质甲虫般的爬行汽车。我不会对匿身其中、根本不被看到的任何一个人形斑点怀有上升到情绪的态度，何况情感。小时候我养过蚕，蚕纸上卵粒细小，蜷缩其中即将孵化的幼蚕，像个书页上的逗号那么小……小到目力难以辨识，我怎么会顾及它们的痛痒？神也一样吧？排布大地的万家灯火，以及灯光里包裹着的故事，就像黑纸上密布的蚕籽，高远处的神无从考量其中的表情与个性，怎么能顾惜到每一个？我想象那些只身或候鸟般飞过的天使，掠过我们生活的高空，从未对某个人怀有我们所幻想的关爱与厌恶，就像人类不会对微生物怀有爱憎一样。无妨，如果神无数次原谅我们，那我们也学习谅解神的计较或警惕……计较或警惕，至少，是比无视更深的关注。

人类渺小，他们在地平线上爱恨生死，度过生命的日日夜夜。每个雏鸡般的黎明，用细嫩小腿挣扎站起来；每个骏马般的黄昏，奔跑了一整天的汗湿皮毛闪着缎质的光。不能飞的鸡以扑翅近于飞翔，不能飞的马以驰骋近于飞翔，它们因此具有某种超越性的美感。在鸡和马的基础上，人类用想象力创造了凤凰和独角兽——它们由现实、神性和想飞的渴望构成。于是，云层之间，永远存在着人们想象中的生命。

云层之间，还有人类自身的生命。每个今天的航行者，都是一个活下来的伊卡洛斯，都是一个平静反抗的斯巴达克斯……他有不值一提的力量，不自量力的梦想，以及，不被磨灭的尊严。

梦见

1 孤旅

人是一棵树，梦里的落叶铺满夜晚。梦境，是仅容一人通行的天堂或地狱，没有能够邀约的同盟者。即使亲密无间的爱侣，也必须接受同床异梦的命运；他们之间，可以分享财富、高潮和泪水，但不能分享梦境。

由于我不写日记，每每陷入混沌，那些真实的发生恍如梦境，几近无痕；而我记录梦境，它们像雕镂在黑夜上的光，更近于确凿的经历。如果说现实是肉体所经历的一切，那梦境就是灵魂所经历的——是你的灵魂在说话，在暗示。假设现实生活愉快，梦境容易明亮；现实沉重，也会在梦境里留下压痕。梦是现实的拓片。白昼的人物，能越过踏板，纵身越入夜晚的梦境；但你无法从琳琅梦境里，成功盗取任何一样物品。

我所见过的最美的景致、最动人的面目和体魄，是在梦里。我梦见，皮肤闪耀金棕色光芒的年轻河神，站在黄昏河里，他两臂平伸，抱着我走向波光潋滟的落日深处。交混着羞怯的快感如此强烈，近似，愿意赴死的晕厥。此种美妙，是否因为入睡前喝了一杯葡萄酒——就像给梦境里的花园灌溉。

通常情况下，我在梦里也不放松，自律而缺少放纵，甚至也讲信用。比如梦见路过一个花园，我偷吃了架上的葡萄。我一直想着，第二天要还钱。整个晚上我不断提醒自己，直到醒来——自律和自责，贯穿了整个梦境。我在梦里也有纪律。有段时间吃药，医嘱禁服豆类，我在梦里吃了作坊里的豆子，意识到失误之后，我在梦里慌忙吐出虚幻的豆子。我的梦，没有摘掉拴在现实上的钩环。

如果我做了宴饮的梦，进食过多，早晨起床，我的体重通常真的会增加一些斤两。如果打了一夜的架，我在梦里挥舞了太久兵器，醒来会累。

我的梦不仅有颜色，还有味道。我梦到厨房里，汁水收到正好的蘑菇，在舌蕾上散开美味。我也梦到动物园的狮虎山，体味浓烈的杀戮者刚刚排出发情期腥臊的尿液。我的梦里有暖香，也有微盐的咸味；有情欲的享乐，也有身体的痛感。我曾梦见门闩坏了，正在检查，有人试图闯入。我翻转房门，把他挤入卫生间。但两条胳膊从门边伸出来，是男人的手臂。他紧紧攥住，几乎掐断我的手腕……我被疼醒了。

我怕噩梦。我小时候做噩梦，大了也做——噩梦变得更可怕了，就像长大的男孩承担起了更沉的担子。噩梦就像无法驯服的恶龙，炫耀它蓄意的狰狞与夸张性的暴力。据说苗族有种结香树，又被称为做梦树。如果你做了一个噩梦，只要用红绳系在这棵树上，打个结，你就再也不会做这个噩梦了。这个说法有意思啊，梦成了一个危险的宠物，它变坏了，变得可以咬人，可以让人疯狂……可只要被魔咒和法力系住，再怎么吠叫，它也挣不脱绳扣。

朋友给我讲做梦树的故事时，我们正在参观苗族习俗展。一个巨人般的捉梦师从天而降，悬空，在展厅里。捉梦师的头颅和身体都是用绳扣编织的，我像怔住似的，目不转睛，盯着他空洞的眼眶和飘飘荡荡的身体……等我回头，迎面遇上参观者中，一个流鼻血的小男孩。

法师所拥有的是梦的实现能力。写作者是文字的法师，他的能量，决定着梦游的里程……

那么，开始吧。

2 狂欢节

这是狂欢节的游行队伍。最引人注目的魔术师遍身金漆，就像那些在广场上收费照相的造型者。最美妙的是他携带的一对金鸟，金鸟吃虫子，虫子也是金的，蠕动着，消失在鸟喙之中。

魔术师就像童年《蓝精灵》动画片里的格格巫，戴着中世纪僧侣的末端略尖的兜帽，他的眼睛藏在兜帽的阴影里，看不见，只露出一小片弦月状的下巴。这个格格巫在我背后捂住了我的脸，当他移开手掌，我在咒语之下变成蛤蟆模样，肥硕丑陋，在周围嘲讽的目光和笑声里我羞惭低头，就看到了自己宽阔的腰腹。

为了遮盖难堪，我要求看魔术师施法的手，他拒绝了。

恼怒，使我变成巨型的蛤蟆。当我放大自己的形象以及其中羞耻的时候，我发现魔术师变得身形矮小。作为巨人的我，一把抓过魔术师的手，看到滑稽的萎缩了的小手心，以及鸟类趾骨般瘦而弯曲的六指。

我看到魔术师的爪尖：小匕首的形状，更像从某种啮齿动物那里卸下来的牙齿。

3 科技

背景，就像是在戏剧舞台，有着红丝绒般的质地和追光的灯。

这是一个最短的科技梦。

我梦见，一个公司的高管要去另一个公司的展位上偷窃展品——他这么做的价值和意义，令人不解。后来，我获得了梦里的解释：他们自己的公司并没有真正生产出那个号称已经大规模投入制造的产品，那只是噱头，用于做广告、拉投资。所以，为了通过即将到来的检验，他们不得不铤而走险，李代桃僵。

而那个所谓的展品，算我一个小小的科技猜想吧。我梦见，每个人的信息被文在眉毛里，走到哪里，都不带身份证、医疗资料和钱包。眉毛深处，隐藏着每个人独特的二维码。

4 银鱼

我惊讶地看到自己的手臂是半透明的，像清洁工戴着及肘的橡胶手套那样。在这层胶质的皮肤之下，全是一两厘米的小银鱼，密集地挤聚着，游动在我的皮肤之下、肌肉之上……那中间有薄薄的水层，银鱼抽搐、扭动并尝试游开的时候，我感觉到表皮下清晰的可以忍受的刺痛。就这样形成一副自身的盔甲。

过了一会儿，我不断地撕下自己这层胶质的皮，像是裹了面糊的银鱼放到油锅里，香气四溢。好吃，我边炸边吃，以此缓解手臂的不适。我就这么吃着自己，消化自己，以期恢复常态。

5 摩天轮

一个特别行动小组，可能与暗杀有关，正进入一个无法携带手表的巨型游乐场。这里，所有计时器都被取消了，游乐的孩子因为遗忘，将在此荒废一生的时间。

行动小组必须在不同地点，按时间次序展开连续行动，才能在多米诺骨牌的效用之下完成终极任务。追踪者尾随而至，谁也猜不出，行动小组解决时间问题的办法。

他们有秘密的时钟，就是那个摩天轮。行动小组熟记了每个轮子的色泽和时序，以摩天轮的轿厢抵达十二点方向作为行动的计时器。

行动小组成员分布在游乐园各个角落，无法辨别。他们不动声色，摩天轮的巨大时钟在转动。

6 绣鱼

我梦见的是一条绣在鞋上的鱼。

从它的鱼眼观察，世界不同。

星期一它觉得自己的主人真秀气啊，鼻孔和针尖一样大；星期二它觉得自己的主人真难看，鼻孔就像西服扣子那么大。

星期天，鞋子破了，鱼的眼睛瞎了。

7 嫌疑人

我们是幼儿园的稚童，被关在教室进行智力测试，在数个嫌疑人中选择到底谁才是火灾的制造者。

老师没有说完全部备选答案，我就抢答，答案为A：牛。

因为我勘测了牛行进的路线以及离火炉的距离，它摇动尾巴时正好可以扫过炉子，并且在尾巴尖的毛丛里，有不易察觉的轻微烧痕。

老师说我的答案是错的，标准回答是B：一个纯粹抽象的公式。

这个老师在梦里没有性别角色，只是个中性面貌、声音倾向于女性的老师，我轻易辨认出这位老师给予别人教训时不由自主上扬的语调。她教给我们这个纯数学的公式，说只要掌握它，无须参考名单，就可以推导出谁是纵火犯。

我对此存疑，并且提出理由。一是按照新的游戏规则，老师没有给出全部备选答案的情况下抢答无效；二是即使公式成立，也不能彻底否定牛作为纵火犯的可能性。我雄辩，并得意于她不能辩驳，周围的听众似乎已被我说服。

老师回避了问题。她不动声色地递过来一盘凉拌黄瓜。我被她的技艺惊住了，噤口，因为摆盘是如此不同，她把腌渍后卷片的黄瓜，像杂技团叠椅子那样一片接着一片摞起来。黄瓜片摞成巍峨的塔，就是不倒，始终维持着命悬一线的高度。

她意味深长地说："总有人比你更有能力。"

8 巫毒娃娃

一九〇〇年的悲剧发生之后，巫毒娃娃的故事渐渐在世间消失了。

某夜，王室钥匙被秘密地从某个忠心耿耿却醉倒在地的男仆那里偷走。窃取不为金银财宝，只为巫毒娃娃。一百年来，始终并且只被这个即将荣升管家的男仆秘藏着。

传言巫毒娃娃是一套，有人说是四个，有人说有五个。据说，它可以令人发上一笔巨大的横财，但几乎没有人知道，怎么利用它发财。

我最好的朋友东震得到了一个，他出示给我。

巫毒娃娃本身只是一个拇指大的小木头柱，雕刻并不精致，甚至简单到简陋。身体和面目的轮廓都不清晰，只是经过打磨，比较光润。东震拿着的时候，我觉得他只是多了一截手指似的。

这个小木柱，人们竞相争夺，重金争夺，不惜倾家荡产甚至相互伤害，乃至谋杀。真正的秘密是，巫毒娃娃本身，其实毫无价值——它的价值，全部体现在抢夺过程中逐渐上升的巨额成本。就是为了这么一个纯粹被传言包装的东西，百年前上演过惨重的悲剧。随后是历史证据被毁，民间禁谈，那么沉痛的灾难被遗忘了。而被遗忘之后，所有不幸将会重现。

那个男仆只是看守者，他并不知情；最后一个知道真相的胆小的老人，死了——似乎没有什么再能约束巫毒娃娃的力量。然而，我们突然得知秘密。知道了秘密，就等于破解，现在沉寂了一个世纪的咒语被瓦解了。巫毒娃娃面目不详的五官，暴露出来。

做过这个有关巫毒娃娃的梦之后的半个月，我读了一本书:《你就这样失去了她》。在第二十七页的注解上，我看到确有巫毒之说，这是流行于西非和加勒比海地区的一种糅合祖先崇拜、万物有灵论和通灵术的原始宗教。

9 造型者

我酝酿的，是一个邪恶的梦。

像被巨幅放大的钥匙扣，那是两个男女的性别代表符号，远看像是汉字里的“古”和“早”。恐怖的是，它们是由人体组成的，都是肚子上的皮直接缝到脸上，省却了胸腔的位置。而脸上，已经被磨平了五官，似乎平坦的腹部又和脸部融合在一起了。

据说他们的行为出于自愿。捐尸者生前早已签署捐献志愿书，并且决心如此之大，他们需要连续认定的三年，申请才可能被接纳。“为了艺术。”他们说，如此这已成为简洁的遗言。

尸体的造型艺术家的确有着别样的处理，他拥有令人震撼的表现力，以及防腐技术的独家配方。这位艺术家在广告里这样说：“你想成为艺术品吗？终生默默无闻，但你可以在死后享有令人战栗的尊敬。”

10 姐夫

我在东南亚雨林生活，我的男人常年作为游击队员在外奔波。现在，姐夫回来了。

习惯暴力的人，在家里也维持着他的暴力。姐夫把我的下巴粗糙地缝合成纠结的一团，皮肉都向左歪斜；在我的脖子部位，一根毛衣棒针那样粗细的铁签子斜斜穿过喉咙——这也是拜姐夫所赐。我不能动，一动就疼，而且必须少说话，否则漏风不说，穿喉的伤口也易于感染。

我乞求两个好心人帮我取出了签针，但那种持续的痛感，似乎还保留在气管里。我一直觉得姐夫对我很好，他对我偏宠，给我介绍新朋友。即使他让我别上一根作为刑具的针，我这种不讲理的盲目信任仍然持续着。

没想到，当姐夫发现签针不见了，大怒不已。他不断殴打我，直到我不能忍受，开始反抗和逃跑。

在最后一次的逃离中，我用事先布置好的武器杀死了“暴君”——姐夫被他自己掷出却反弹的投弹烧成火球。看着这团被摧毁的火体，我将笑对自己注定悲惨的余生。

11 光

这是个极短的梦，只有一个镜头：从远处照过来一支手电筒发出的光束。我向它走去。我感觉光的深处还有光。

那个梦如此之短，就像一根掉下来的睫毛。

12 宠物

我在梦里养了一只小狗。

隔一段时间，就会梦到同一只狗。我的宠物每隔几个月就来看我。它的样子一直没有变化，倾斜下降的椭圆眼圈。每隔一段时间，它就来看我，就像黄昏才溜回来的家猫。

13 门闩

我习惯裸睡。正准备入睡，我发现门闩松动，前去检查：它坏了。

房间临街，我突然觉得这里如此陌生，我看到五斗橱上有自己的全家福照片，才确认这是自己的家。但方位和摆设都让我毫无记忆。我觉得不安全，就紧紧盯着门闩，并提醒自己：不能入睡，不能入睡。每十分钟，我就让自己格外警醒一下，以免被困意征服。

我就这样睁大眼睛，和自己整整僵持了一夜。

直到早晨醒来，我才明白，自己是在整个梦境里都坚持不睡。这是一个空心的夜晚。

14 水晶石

我来到旅游纪念品商店。看到一件无比精美的饰物：石头里镶嵌一块剔透水晶，水晶里有一条帆船。奇异在于，水晶石精确呈现了这个石湾区的地貌，石头轮廓与这里的礁岩一致，水晶与清湛的海水一致，尤其是石头与水晶之间的衔接，就是湾区那完美的海岸线——严丝合缝，我没见过比这更精湛的工艺，两种坚硬的矿物质之间，连一个水分子都无法渗透。

后来，我猜那所谓的水晶，可能是一种玻璃，当它液化的时候，被灌注进石头凹陷的模槽之中。即便如此，复杂的石质沿槽打磨得光洁而严谨，依然是不可思议的手艺。

在最后醒来的瞬间，我突然明白，两种材质都是假的，既非真正的石头，也非真正的水晶，它们都曾是液体，可以完成轻易的塑形和复制。

这暗示了我们认识的局限。我们判断事物时，总以一个潜在不动的坐标法则来参照和判断——这个法则，石头般坚硬结实，是看似最值得信赖的固体。可惜，它并非那么不可动摇。我们所目睹的奇迹，可能不过是凡物，是一种建立在不结实之上的自以为是。

15 贺词

银光闪耀的海面。

我们在船上捕鱼，却无斩获。

后来我才被告知，撒网之前，应该先给鱼祝贺生日。

16 豹

因为灾难的大火，一只通灵的豹子获得了更高的魔法。

如果豹子用尾巴连续画出两个“Z”，青草就会在这个字形上复生，仿若从未被烧毁。饥饿的鹿会来觅食。其实这片魔法的草场，不如说是豹子为自己铺开的餐桌，当它的匕齿咬住一头鹿的咽喉，草丛就会随即消失。所以，鹿必须尽快在短暂的食草时间里找到好运气的位置——不要成为豹子一顿冒着血热的晚餐。

豹子既是鹿的恩人，也是鹿的仇人……它既是赐予者又是掠夺者。

17 人鱼

我注意到她的容貌，她脸上的不安大于美。她踩着一个个安装在地上的彩色灯泡向前。走过的路都黑了，奇怪，她的脚没有受伤，灭掉的灯泡却在黑暗里流出一道道血痕。

18 闺密

我和闺密从旅居地共同踏上返乡征程，分别坐在两个男孩的摩托车后面。刚一踏上征程，我们途中去了一趟厕所，就走散了。

我当时并未意识到这可能是被蓄意安排的。别人的通信正常，只有我的手机信号被屏蔽。我隐约意识到危险，并尝试在小巷中逃脱。几次穿梭，我都无法突破对方的包围。一切，都是因为摩托车男孩起意抢劫，并做出了阴谋的布局。当与摩托车男孩狭路相逢，我假装已与家里联系，并通知若干亲友，他们都知道我是由摩托车男孩运载回去的，一旦出事，摩托车男孩必难逃干系。我明显感到，摩托车男孩放弃了原计划，准备把我送回家乡。

就在回程过程中，一个拉丁样貌的异域面孔盯上了我。即使我防范在先，把双肩背包放在身前，这个抢包贼用力拉扯——争夺中，包里的大量美元一下子撒了出来。摩托车男孩原来已经放弃了抢夺计划，但巨款在眼前飞扬，他改变了主意，重新动了邪念。从他眼中，我看到了不祥后面的杀机。回乡太远，无望，我反向逃往近在咫尺的旅居地。

回到旅居地的宿舍，我顺着窗帘向下看，观察是否安全。旁边站着返乡中走散的闺密，她质问我，为何当初会和摩托车男孩一起走？摩托车男孩三次弑父，并最终得逞。我忘记了闺密曾和我一起出发，当我坐在男孩的摩托车后时，闺密和我说说笑笑，从未提及危险；我也没有怀疑，为何她会重新出现在旅居地，按行程她应该已经回到家乡。闺密说，她必须打电话联系当地政要，才能铲除一系列恶行。

随后我看到了武警，对村里所谓的刁民进行棍压法，镇压了所谓的流氓村。我跑到村里的餐馆，追问当初情况。这才恍然大悟，原来闺密出卖了我，她才是幕后的操纵者。谜底揭开，我因此被囚，就在这个旅居之地。

漫长的幽禁中，我全身长出又长又白的覆丝，已成怪物。

终于我被放出去，遇到摩托车男孩和他的父亲，证明那个弑父的传言是假的。当年村里是因为我才遭到镇压，父子俩未忘此事，终于等到复仇的一天，前来捉我。然而，父子两人是畏惧的，他们害怕我用自己身体上有毒的丝网黏拉他们。我知道，我能自救，不过是在自毁中的自救……网丝用尽，我也将耗尽自己的元气。

梦境最后，我的体积在缩小，像游魂，飞越那个原本只是路过却成为阻隔的曾经村庄，看到低矮丛生的灌丛，上面是蜻蜓，下面是蜻蜓尚处于童年期的稚虫，它们通透轻盈，之间只有半米的高度……我看到它们的前世和今生，看到那些我们宁死却也无法抵达的自由。身置这个玻璃鱼缸大小的地方，我就像一只力气用尽的森林蜘蛛，从蜻蜓的高度摔到稚虫的高度，摔落到草梗之间，疲惫而释然。

这时传来妈妈奇怪的话外音：“我为你骄傲。”

19 精灵

我梦见，那些精灵有着透明的翅膀和彩虹色的牙齿。牙齿一碰食物就会雾化。所以，精灵们虽然能赐予他人美食，自己的肠胃却永远在饥饿中。

20 游戏

我梦见，自己变成了电子游戏中的超级玛丽，必须不断克服迎面而来的各种障碍——尤其那些浮木，会带来撞击的致命危险。我一次次跳跃，一次次闪避……我逐渐摆脱恐惧，进入真正的游戏心态。

浮木不知道什么时候变成了横棍，最后变得像火柴棍那么小——我耐心地，把它们摆成牡丹园里的一朵花。

21 巨蟒

最初我看到是树，枝叶脱尽，已经像是旅游区那种装饰性的水泥假木。突然，我听到巨响，咔嗒咔嗒的，像是履带在最大的枝杈前磨砺。我感觉周围的人们惊慌起来，我这才看清，那条像是金属履带的东西，原来是条卷挂在上面的巨蟒。

说话间，它已经滑下树干。我正犹豫往哪里跑，巨蟒已向人群扑来，比远观时大多了，大得像条龙，从铜褐色变成惨白色，瞬间就到眼前。我不在靶心，但偏离得非常有限，眼见它要吞噬右侧之外的几人……我几乎没有分辨出它的斜倾，瞬间，我的腿已被衔到半空，我的上半身，在它的嘴里。

什么也看不见，我的头脸和上半身埋在它的厚舌与上腭之间，太阳穴的压痛来自它的腮颊或其他……并没有什么异臭，我只是感到暖热中逐渐的窒息。思维清醒，原来这就是我的倒计时，我的最后一分钟，我此生最强烈的好奇心得到了清晰的答案。我一点也没有挣扎，似乎挣扎就要面对改变，而无论何种改变，我都将看到巨蟒的脸，这是无论如何我都没有勇气面对的。这时来临的死，如同安慰和拯救。

我就那么守株待兔一样等待着死亡，等待着自己成为那只兔子……直至，在读秒与放弃挣扎的平静与恐怖中，醒来。

22 电影

我在梦中看了一个大约十分钟的电影开场。它完全以电影的画面和节奏来呈现，讲述一个能力出众的流亡女性如何在英国家庭中当保姆的故事。也许和我刚刚读过《温柔之歌》有关。

一开始是远距离广角拉开的大场景。奴隶般备选的劳动力们挤挤挨挨，数量惊人。有人在叫喊着征丁——突然，一个女性站起来，大声以牛津腔的英语回应。语音之完美，使她从卑微者中脱颖而出。

然后的镜头，是谋得职位的她在乡村别墅门外抽烟。树影斑驳，在她那张包含着丰富内容的沉默的脸上。她吹散嘴里和指尖的烟味，转身消失在门里。

门外铃响，有人前来应聘工作。大门没有打开，传来里面的声音："不，我们已经有了一个完美工作者。"

镜头转入家里的情景。的确，一个能干的说牛津腔的女仆，娴熟地打理所有事情。

喜欢橄榄球的男主人，沉浸于电视比赛。他和女主人一样，并不关心襁褓里的新生儿。

过了一会儿，女仆观察到男女主人意欲亲密，他们之间久已没有这样的时刻了。男主人表面是要亲密，其实是以亲密作掩护，去翻找女人钱包。男女主人之间的对话里，夹杂着温存与调侃。窗外的女仆似乎想倾听，犹豫之后，她又把窗帘拉上了。

亲近中，男女主人没有注意，新生儿摔落地上。

他们以为孩子死了，沉浸在错愕和悲痛里。过了很长时间，才发现孩子一息尚存。于是，夫妻抱起新生儿前往医院急救。女主人刷卡刷不出来，反问男人；男人开始还否认，但后来承认，他没钱了。

关键时刻，女仆挺身而出，她拿出全部积蓄。只是由于她不具备公民资格，刷卡无效，但可以去银行现场办理。

两个女人在工商银行，女仆要把卡里的钱转给女主人，但排队漫长，令人急迫而无望。两人改去中国银行，女主人说，没关系，这样折换的现金还会多一些。

现金拿出来了，但刚才在银行桌上的业务经理却不见了，不知去了哪里。

女仆在医院的说话声音很大，她明显变得自信了——后面跟着被她捉拿归案、想偷走款额的银行职员。而男女主人表情木然，听着女仆的讲演他们脸上没有一点儿笑意，不知是因为尊严受挫，还是因为孩子已经病危……

梦境具有的特殊质感和叙述节奏，情节不断翻转，衔接既意外又流畅——我在梦境里觉得电影出色，受到艺术感染的同时，心里赞美电影品质。

其实，就是这么一个十分钟的片子，记录出来平淡无奇，可我作为梦中观众，看得津津有味。等醒了，我才发现是个梦。我所疯狂夸奖的那个电影，原来自己才是编导……我在醒着的时候，从未这么自恋。

23 政要

我梦见一个故去的政治领袖，他以惊人的美貌和美德著称，并且还有迷人的智慧。他老年的照片清瘦，眼神明亮、透彻又坚定。

我梦见和他相遇在病房的走廊。我在现实中，没有模仿方言的才华，但在梦中，精确重现他标志性的口音。

病房门上，就像黑板报似的，写着乐谱那样奇怪的文字。这位迷人的长辈问我：“我在这里做了修改，你猜猜改动了哪里？”

我迷惑地看着他手指所示的六个字符，它们是六个烧饼那么大的圆形，里面向心的弧线长短不一，既像人的斗形指纹，又像线条组成的迷宫游戏。这样的语言和文字多么奇怪啊，弧线与弧线长度和断点不一，远处看起来大同小异，实则表义不同。如此难以记忆，怎么去学习、了解和掌握呢？

我恍然大悟，这种字形的复杂是被蓄意设计的，让间谍无法在一瞥之间靠神奇的记忆来背诵内容。可这几个圆符到底什么意思呢？难道它们是六字真言：唵嘛呢叭咪吽？

见我迟迟未答，领袖给我提示：“我把这几个圆的上端连在一起了。”瞬间，我醍醐灌顶，得到开示：“这是中国的六座重要山脉，把它们连在一起，形成图形，象征山河铸就长城。”

这位迷人的政要不置可否，报以长者的微笑，并未丧失和我谈话的兴趣。这时坐在沙发上的妈妈惊讶于这位伟人的出现，正要表态，被我暗示的目光制止了。这样，我们可以继续以平凡且平等的对话姿态，继续交流。

我在梦醒以后，怀疑，号称对政治不敏锐的自己，在破解谜题时进行了秘密的谄媚。

24 礼物

那个男孩有女童般的齐刘海，样貌清秀。他穿有隐隐缎光的绿色夹克——比草绿色要深，比墨绿色要浅，是一种介于橄榄与荷叶之间的绿色。正值暑假，男童的眼睛亮晶晶的。

我送他礼物，看起来像一团棉花做成的云朵——这是最新生产的云奶棉花糖，口感醇厚。因为限量供应，很难购买。我也是花费了很多关系和气力，才得到这样珍贵的一朵。男孩安静，但他的确因为这份礼物感到快乐。

“你要听话啊。知道我为什么送给你吗？”我蹲下来跟小男孩交流，“因为你的快乐，被你爸爸视为世间最珍贵的礼物。”我停顿了一下，说，“今天，是你爸爸生日。”

梦中的我，完全不清楚自己和孩子父亲的关系。等我醒来，依旧恍惚。那么，我是用一团云奶棉花糖，送出了我心目中最大的生日礼物吗？

25 情人

我们两家是世交，燃燃和我是从小一起玩大的女伴。后来，我们上了同一所工读学校。

某夜，我得到消息：有个坏人要来害死燃燃。燃燃的妈妈抱着女儿哭。我说：“不用怕，我来保护燃燃，我有办法。”

我从透露情报的叔叔那里拿到一把弹簧刀，把它藏在一堆工具箱上面。然后，我回家去取证件，准备回来帮助燃燃连夜逃走。

等我回来，燃燃已经遇害。因为此前没有来得及与我见面，燃燃不知道，附近有一把刀具可以用来保护自己。

杀害燃燃的男人，极其英俊，他伪造了一个似乎毫无破绽的现场，说是无意间害死燃燃——他竟然由此逍遥，逃脱了法律制裁。

多年之后，我和这个男人有床笫之欢。他依然拥有美貌，岁月无痕，他没有遭受任何惩罚；而且，他极富性爱技巧，连亲吻都令人心醉神迷。

肉体交缠之后，这个曾经的凶手出门去打篮球，挥手向依然赖在床上的我告别。

他在上篮动作之后，一个在篮筐里旋转的球突然砸向他，有着奇怪的超乎寻常的重量。男人迟疑而迷惑地发现，自己被砸中了颈后的要害部位，即将死去。他这才看到，场地外，站着身穿运动夹克冷笑的我，根本不像他以为的正穿着吊带躺在床上。

我告诉这个男人，当年正是他，害死我的朋友——假借是物理之力而非人力。那么，这是我精心策划的多年之后的复仇——他同样被意外事件砸中，是物理意义的死，没有人需要对此事负责任。以其人之道还治其人之身，我以同样的办法，报复了他。

男人到现在才意识到，刚才陪他打球的人，都是行尸走肉，看似有着恍惚笑容，其实都是有表情障碍的僵尸。是的，他将死去，无人承担后果。

这是双重的雪耻。

无人知晓，当年我之所以没有及时返回实施营救，是因为，我与某人沉迷欢情——这种不合时宜的亲密，延误我去救助自己最好的朋友。我追悔的方式并非从此清心寡欲，而是，相反。害了彼此的撩人床技，并未阻止我的计划和进程。我恰恰利用特殊的肉体纠缠，从而步骤准确地完成索命。我洗刷了冤屈：从朋友的命，到我的性。

26 假期

天堂里的游泳池，里面灌满橙汁，过度丰盛的赐予令人不适。

我震惊地看到一个玩旋转木马的魔鬼，他说他来这里度个周末假期。

他的睫毛特别长，能在上面烫出一个大卷花儿。

27 魔鬼

我梦见自己是魔鬼。

我的身体以腰部为基线，完全对称。往好里说，是个临水照花人；往坏里说，就像扑克牌上的鬼或者老 K 那样，有着两个方向的生长。并且，我戴着扑克鬼里的尖帽——尽管我力图掩饰身份，想说自己仅仅是个巫师，但越来越难以控制的外形还是出卖了我。

由于自厌，我决意放弃，我长成了唯一想去自杀的魔鬼。我看到自己的胳膊黑且虬结，逐渐变成参天巨树，枝条幽暗，雾气昭彰。

正在这时，有什么飞行物“啪”的一下，打在我的左颊。凭那短暂一击，魔鬼的直觉足以让我判断出那是一只飞鼠。

果然，这个小家伙被我攥在手里，并不咬我。它开始是乖巧的，后来才急于逃脱。飞鼠用两只前爪撑住我的虎口，眼睛晶亮而绝望。我不忍它的慌张，就把小飞鼠放到大树的高枝上，它马上躲进一个凹陷之中。

我欣慰，但退后一看，我发现在这个凹洞的上端，有只吃虫的鸟，羽色艳异。我担心飞鼠被吃掉，用手推挤，让飞鼠从隐身处里出来，从正在进食的鸟喙旁边飞走。不知道为什么，我既高兴又伤感地叹气。

此时我突然惊觉，自己不正是那棵小鼠隐身其中的树吗？我放飞鼠的位置，是在那么高的树冠——原来，我不是飞得那么高，我只是从我自己身上放飞了那只小兽。我当时并未注意，现在再看自己：树叶婆娑，全是绿意。

雌

蕊

1

“他们宁愿付你一千美元得到一个吻，也不愿意花五十美分倾听你的灵魂。”

——玛丽莲 · 梦露

女性之美，摇曳多姿。

银幕形象，有奥黛丽 · 赫本那种超越尘世的童话之美，优雅古典，清凉到具有镇静的作用；也有玛琳 · 黛德丽那种，让人觉得，“不管什么样的地狱，她都去过，而且幸存了下来”。舞台上，时装模特展示深陷的双颊和完美的锁骨；芭蕾演员展示精湛而对称到几乎非人的腿；

《花花公子》的月历女郎们，在海滩、旅馆、喷泉、加油站等场所，展示她们动荡的美：闪动杏蜜色流光的皮肤，提琴般凹陷的腰肢，高跟鞋上赤裸的足弓，缓慢揉散的头发，微微肿胀的湿亮嘴唇，以及，从比基尼泳装边缘隐约露出的蔷薇色乳晕……美，若夹杂了一点危险，更有益于它的侵略。

玛丽莲·梦露是性感女神的代表，她的面容，奇异结合着女人的诱惑与儿童的天真，介乎纯洁与放荡之间——很奇怪，她就是具有一种孩子气的美貌，具有一种无辜的魅惑。尤其是她挺胸扭臀的步态，颇具挑逗性。《纽约时报》前执行主编阿瑟·盖尔布说："当她走路时，就好像她有一百个身体部分分别向不同的方向移动，你不知该看哪个部位。"她正是凭借独特的步态当上演员的。去《快乐爱情》剧组参加女配角的选拔时，演员格劳乔·马克斯让她走几步："不是指那种连老阿姨都会走的样子。这个角色需要一位年轻的女士，她从我身边走过，光步态就能唤起我年老的性欲，让我的耳朵冒烟。"梦露按照他的要求走了几步，格劳乔说棒极了，哈勃·马克斯说："不要在没有警察的地方那样走路。"据说，梦露从十三岁就开始练习慵懒的走路方式……浓烈的风情，使她沿途散发出雌性的腥甜，她以这样的走姿展示着她那令人渴望的身体。

我以前对梦露无感，直到读了她自传里的部分片段。在这本《我的故事》里，她的表述抵达写作者的精准。她不厌其烦地数次提到自己是性冷淡："我为什么是个妖女，我完全不是，我的脑海里没有一丝关于性的念头。我不想要接吻，我也不会幻想国王或者电影明星的诱惑，事实上涂上口红、染着眉毛，加上早熟的曲线，我却像化石一样没有欲望。""即使那些追求者弄乱了我的头发，我也从来不觉得他们冒犯了我。如果有什么的话，我嫉妒他们，我想要拥有他们那样的占有欲，因为我什么都不想要。"她毫不隐讳对好莱坞的敌意："好莱坞，一家拥挤的妓院，一个为种马备了床的名利场。”“在好莱坞，一个女孩的品德远远没有她的发型重要。好莱坞是这样一个地方，他们宁愿付你一千美元得到一个吻，也不愿意花五十美分倾听你的灵魂。”人间尤物容易被认作无脑的类型，但梦露有生动的灵魂。在我看来，这些表述就像她的步态那么性感。

笔，就是灵魂的步态。有如冰刀在冰面上的划痕……行云流水，是因为行于刀刃之上。

我喜欢女性的独特表达。尽管在我的阅读书单上，男女作家的比例平分秋色；尽管我从男作家那里获益颇多——但我依然偏爱许多女作家的文字，不知这是性别的帮助还是限制。世界辽阔，盲人摸象不是笑话，而是确凿的事实。没有人能够触及全部的世界，只有彼此信赖，我们才能对触摸不到的部分有所了解。林语堂有着通达的人生理解，他说：“我喜欢女人，就如她们平常的模样，用不着神魂颠倒，也用不着满腹辛酸。她们能看一切的矛盾、浅薄、浮华，我很信赖她们的直觉和生存的本能——她们的重感情轻理智的表面之下，她们能攫住现实，而且比男人更接近人生。”男性与女性之间，在尊重的基础上那种性别经验的分享，非常重要。即使有些男性概括说女性叙事多强调自身感受与内心经验，所以感性而破碎，潜台词是批评女作家总是在说“我”，而不是“我们”，认为她们沉溺于细节而缺乏整体的宏阔视野……我认为，即使被偏见地看待，女性写作也天然与文学有着深切的联系。弱者，边缘，体恤，这些词汇就是文学自身的立场。

在我的阅读经验中，有的女作家性别特征明显，有些几乎完全消灭了自己的性别，我无法判断执笔者是打领带的还是穿裙子的。什么是文学中的女性力量？难以提炼一个答案对它进行准确的描述。力挽狂澜是一种力量，以柔克刚也是一种力量；与命运拔河是一种力量的体现，但随波逐流中的逍遥自由也可以是一种内心力量的体现。女性的写作，让我们对世界的观察、理解和释读，增加了认识的角度和切入的深度。

我怀疑，我之所以偏爱某些女性作家的表达，与她们色彩特别的经历也密不可分。

2

“作为理想，我打算过一种下流的、丑恶的生活。”

——萨冈

前些年，国内评论界频繁使用一个合并词语——“美女作家”。现在少有提及，好像一碗滚汤凉了以后结了冷油，没谁有兴趣再喝了。即使在当时的评论体系里，所谓“美女作家”，也暗示着某种专业水准的降低。单论美女，她不够格；单论作家，她也不够格——搭配在一起，似乎就不需要彼此迁就了。其实，的确有许多货真价实的“美女作家”，她们的容貌匹配着她们的才华，几乎是一种外在的诠释。

法国的“美女作家”萨冈早在十八岁就名满天下，成为著名的畅销书作家。她漂亮出众，个性鲜明。赌博、酗酒、飙车、吸毒、负债累累，她离经叛道，却备受钟爱，被称为“迷人的小魔鬼”。其实萨冈诞生于一九三五年，她跨越新世纪，活到近七十岁的时候离世，可她在人们的评价和印象中，永远是一个时代的青春代言人：俏丽的短发、少女的样貌、狂放不羁的性格。

“所有漂泊的人生都梦想着平静、童年、杜鹃花，正如所有平静的人生都幻想伏特加、乐队和醉生梦死。”她不屑于纪律性的人生，不在乎生活的无序——“有什么关系？我数学一向不好。”萨冈的表达，具有简捷明快的摧毁力。她宣称：“作为理想，我打算过一种下流的、丑恶的生活。”作为“一个持续性事故”，她说：“我相信自己有权自毁，只要这不伤及他人。”

像糖一样腐蚀牙齿，像毒药一样瓦解意志……没有谁像她这样勇敢追求消极的未来。天真的神情和老练的堕落……在持续的自毁中，她体现一种狂欢化的人格。萨冈赤足飙车，甚至在饮酒之后，车祸使她几近丧命，但并未阻止她的疯狂。她的人生，就像一台别人需要维修而她却不做丝毫保养的跑车，带着青春一路的噪声驰骋。

尽管始终有种奇怪的、缺乏来源和证据的、真实的痛苦，萨冈的文笔却轻快、易读。我是在同样年轻的时候看过她那些年轻的小说，但从未迷恋她的风格。除了小说，萨冈的随笔也才情纵横，比如她写《马》……她自己就像一匹赛马，可以在竞速中横空出世；即使并未夺冠，也会是马群中耀眼的那个。但，她是否恰恰被自己早慧型的才华所耽误？在我看来，她那让人胆寒的早慧，随后并没有沉淀为更令人尊重的智慧。不过，这些原本就非她所愿，她宁愿在微醺的沉沦和略重的丑闻中，在自愿选择的肤浅中，享受她带点无耻色彩的理想生活。

早在二〇〇四年萨冈离世之前，就有人评论活跃于法国文坛的古灵精怪的女作家阿梅丽·诺冬为萨冈之后新一代“畅销女王”。其实诺冬一九六七年生于日本，国籍是比利时，但运用法语创作的诺冬与萨冈的出道存在相似之处。诺冬从十七岁时开始创作，首部小说只花了一百二十个小时就完成，年少已功成名就。

我读诺冬的《午夜四点》，惊艳，有天赋的人任意笔墨，才华横竖都溢。成名以后的阿梅丽·诺冬，据说习惯以黑色礼帽作为自己的标签，需要隐藏身份时就不戴帽子。她用自己的照片当《幸福的怀念》的封面，照片里她戴了一顶造型奇异的帽子，似乎是在一座富有禅意、风格极简的日本庭院里拍摄的：斜逸的几条寒枝，颗粒均匀的卵石，方整的砖石，素朴的院墙。照片上的她看起来有点奇怪，让人判断年龄时略感犹豫，说不清是因为保养得当而显得年轻，还是因为心智超常而显得成熟。她的黑色连衣裙，上面紧身设计，下面花苞样张开，有点像儿童的蓬蓬裙；她的手，就像乌鸦尾羽那样张开；她的妆容，五官因敷粉而得以强化，介乎东方艺妓与西方马戏团女伶之间，又似两者的融合。诺冬的这个形象，纯真又邪恶，生动又神秘，在庄重与荒谬之间保持着敏捷的反讽。像能未卜先知，诺冬仿佛是用塔罗牌预测命运的流浪者，带有一点从噩梦借来的勇气和邪念。她的样子和她的文字，都古灵精怪，恍若莫测的梦境。

无论萨冈还是诺冬，像结合了女童的永久天真与女巫的早熟沧桑。

3

“为了创造你，先要毁掉你。”

——杜拉斯

是从纯真到沧桑，从年轻到年老……她的脸，从花园变废墟。少女时的杜拉斯面容精致，有银器一样干净的光芒，随后遭到严重摧毁，在时间中变得污浊。看杜拉斯少女时和老妇时的照片，判若两人，她已成自己的叛徒。很难相信是同一个人，两张脸之间，彼此绝缘。她的皮肤呈现出干水果表面的皱缩，是个矮小干瘪的老太太。

杜拉斯与萨冈一样抽烟酗酒，加之难以驱遣的孤寂，曾经的美貌彻底被破坏了。“当一个女人饮酒时，犹如一头野兽或者一个婴儿在喝水。酗酒对女人是丑闻，女酒鬼是个少见的、严重的问题。它玷污了我们神圣的本性。”醉醺醺的杜拉斯不乏清醒地说，“我意识到我在我身边制造丑闻。”

近七十岁的时候，萨冈死于烟酒毒品导致的肺栓塞；同样是近七十岁的时候，杜拉斯开始写她的初恋，回忆自己十六岁那场刻骨铭心的相遇。这部名为《情人》的半自传体小说这样开篇："我已经老了。有一天，在一处公共场所的大厅里，有一个男人向我走来，他主动介绍自己，他对我说：'我认识你，我永远记得你。那时候，你还很年轻，人人都说你很美，现在，我是特为来告诉你，对我来说，我觉得你比年轻时还要美，那时你是年轻女人，与你年轻时相比，我更爱你现在备受摧残的容貌。'"杜拉斯以小说的方式，复述叶芝的名句："多少人爱你青春欢畅的时辰，爱慕你的美丽，假意或真心。只有一个人爱你那朝圣者的灵魂，爱你衰老了的脸上痛苦的皱纹……"

杜拉斯的作品并不依靠剧烈的戏剧冲突，情绪的力量大于情节，具有法语的乐感和梦呓的魔力，既无耻又纯洁，野力十足，又不失古典与严肃性。她在国内曾风靡一时，广受追捧，但热度并未始终持续。我原来也喜欢过杜拉斯，但时间很短，她更像一种青春期的躁动，很快不再对我产生阅读上的吸引力。我甚至觉得，杜拉斯就是更成熟一些的萨冈。虽然这是我的偏见，但抱持类似看法的背叛型读者应该也不在少数。数年后，杜拉斯再度引起强烈关注，并非因为文学，乃是因为她的私生活。

扬·安德烈亚出版了关于杜拉斯的回忆录。扬比杜拉斯小三十九岁，是她最后的情人，也是她的秘书、知己、司机、护士和伴侣，关系持续十六年之久。在女性艺术家那里，这种现象并不鲜见，比如美国女画家乔治亚·欧姬芙的陶艺师情人尚·汉密尔顿，就比她小了将近六十岁。这些令人魅惑的老年妖物，她们像沉睡百年的童话公主那样，亲吻对她们来说算是幼龄的少年。

我们歌颂青春，是因为身置其中的人享有更为辽阔的未来……但扬、尚等情郎们，并不存在年龄落差带来的优势。相反，他们有时被彻底征服，就像母兽统治下的幼崽，被雌性激素控制的小昆虫，哪怕赴死而来。

扬疯狂迷恋杜拉斯的文字，他不读其他书，只读她的书。的确，杜拉斯的笔法率性而为，扑朔迷离，张扬如情欲，通透如高潮。有的句子水银一样，神秘、凝练、有毒。是怎样自由飘忽的灵魂，才有这样恍惚迷离的文字？一九七五年，与杜拉斯初次见面时，扬是个大学生，他从此几乎每天都给杜拉斯写信，并不等待回音。写了五年。直到杜拉斯同意，并且招募……扬成为奴隶式的情人。

整天干活。洗碗、打字、陪她看电影、开车陪她兜风。不仅如此，杜拉斯高高在上，控制欲很强。她命令，并且决定扬的喜好：从“应该”吃的食物，“应该”喜欢的羊毛衫，到“应该”喷的香水。“为了创造你，先要毁掉你。”在扬的回忆里，杜拉斯不仅有日常的阴郁和快活的残忍，还怀有病态的占有欲。杜拉斯的爱里，包含着凶狠的侵略性，是以一种野蛮施暴的方式来展示的。杜拉斯酗酒严重，就像从破碎的葡萄里酿酒，她从摧毁的肉体和精神里酿造爱情的浆汁。无处着陆的悲伤，无以名状的绝望……无论是酒精、文字还是爱情，杜拉斯都追求一种濒于致死的强度。

一九八〇年，当扬刚来到杜拉斯身边时，他喜欢不停地打电话，每天十个小时，给所有认识的人打电话，包括只见过一次的人，包括十年前在奥地利、德国、意大利见到的人。或许，某种即将失去自由的预感，使他沉迷于此。随后，他的自主生活被终结，给老朋友打电话被杜拉斯禁止。扬认为：“她囚禁了我。”是杜拉斯给了扬一个新的名字——从名字到生活，扬都被关进杜拉斯的世界。杜拉斯不允许作为同性恋的扬去见男人，也不许见女人，包括扬的母亲。

扬照顾她，忍受她，怨恨她。这个专横而才华横溢的老女人，时而是迷人的精灵，时而是讨厌的癞蛤蟆。作为同性恋的扬曾试图逃离，消失又回来，带着赎罪般的惶恐，继续接受杜拉斯的某种盘剥。这个所谓的年轻人说：“她比我更年轻。她猛冲猛杀，什么都不在乎……我，扬，我不再是我，但她以强大的威力使我存在。”

有人说，杜拉斯的写法其实非常不健康，“她是以伤害自己的一部分，去滋养另外一部分”。她把这种自我伤害的手法，作为遗产，留给了扬。尽管杜拉斯从来不允许扬坐在她写作的位子上，直到临终，自恋的杜拉斯特赦了扬，并且羡慕地嘱咐：“你什么都不用做了，写我吧。”杜拉斯死后，扬通过写作来克服抑郁，但文字风格与杜拉斯很像。从语感到结构，当主人死去以后，因为熟悉主人的命令，奴隶依然能够发出主人的声音——扬是终身制的俘虏，甚至在杜拉斯死后。掠夺得如此彻底，扬被劫持一生——二〇一四年是玛格丽特·杜拉斯一百周年诞辰，她最后的情人扬·安德烈亚于七月十日在巴黎去世，享年六十一岁。

杜拉斯和扬的关系，让我想起一种长相奇怪的鮟鱇鱼，它擅长以自己棘刺上的拟饵诱捕鱼虾。

刚刚打捞出海的鮟鱇鱼软塌如一团烂掉许久的肉，周身包裹大量黏液——它们多是雌性。为何被捕捞的鮟鱇鱼通常都是雌性呢？因为雄鱼出生不久个体还很小时就寄生在雌鱼身上，终身相附，大多已同雌鱼结为一体。雌雄这样亲密，配偶这样纠缠，在动物界比较少见。雄鱼一生的营养都由雌鱼供给，所以如果雌鱼被捕获，它会随身携带着一个殉葬的情侣。

4

“但愿我的嘴唇能嫁给那样的创伤！”

——西尔维娅·普拉斯

如果从统计学的角度，恐怕殉情的女性占比更高……她们死于自己感情的强烈或极端。

比如普拉斯。普拉斯，杜拉斯，并蒂莲般的名字，但命运迥异，就像它们分别拼写为 Plath 和 Duras，毫不相像。美国诗人西尔维亚·普拉斯，她是早熟的天才，普拉斯十二岁时的智商测试已高达一百六十分；她也是早夭的天才，死于三十一岁。昙花一现的美，始于也终于黑暗的摧毁。

黑，太多的黑——来自死去的父亲，来自死去的爱情，来自即将死去的自己。《爸爸》一诗写于普拉斯自杀前的四个月，“你是只黑皮鞋 / 我曾像只脚住在这里三十年 / 可怜而苍白 / 几乎不敢打喷嚏甚至呼吸”。不仅是黑皮鞋，父亲的形象还被比作法西斯和魔鬼。普拉斯在这首爱与畏惧交混的诗歌里，表达着不安、反感、怜悯、悲痛等复杂情绪，也表达着受压与受束中的质疑和反抗。普拉斯八岁丧父的创伤，在尾句中这样传递:“爸爸,爸爸,你这个浑蛋,我受够了。”令人感到一种终极的寒意。

一九五六年，西尔维娅 · 普拉斯邂逅英国诗人休斯。尽管休斯当时带着自己的女友，他依然暴力般亲吻普拉斯，扯下她的发带；普拉斯回应这些吻，并且像受到攻击的蛇那样在休斯脸上狠咬一口。休斯淌血的面颊，留下环形圆丘般肿胀的牙印，此后一个月都未退去伤痕。这是象征——休斯此后一生，都未退去普拉斯留下的烙印。

普拉斯陷入一见钟情的狂喜，“我已极端地坠入爱情里，这只能导致严重的伤害。我遇到了世界上最强壮的男人，最硕大最健康的亚当，他有着神一般雷电的声音”。旋风般席卷的爱情，让这对诗坛天才迅速步入婚姻。

他们有过美好与甜蜜，一起享受创作的愉悦。童话里，往往王子与公主举行结婚典礼就算到了故事尾声，因为要回避描写婚姻里那几乎是必然的磨损。这对金童玉女般的甜蜜佳偶，在现实的婚姻里渐生怨恨，充满了争执与冷战、怀疑与指责。关系如履薄冰又剑拔弩张，他们甚至上升到肢体冲突。当然休斯多情，我甚至妄加猜测，他对普拉斯当初的迷恋和随后的逃离可能是因为同样的东西，比如极度敏感。

作为情人，普拉斯的敏感是一种艺术化的情绪；作为妻子，她的敏感会渐渐变得棘手。后来休斯另结新欢，迷恋上加拿大诗人的妻子阿茜娅·魏韦尔，导致他与普拉斯之间的裂痕难以修复，珠联璧合的婚姻变成废墟。一九六三年二月十一日，普拉斯跪在冰冷的地板上，头部用衣服裹住伸进烤箱垫板，拧开了煤气开关。她事先为孩子们准备好牛奶和面包，然后用湿毛巾堵住卧室的门缝，以免泄漏的气体伤害到他们……尽管她知道，当入睡的孩子醒来，就会永远失去自己的妈妈。

普拉斯死后，休斯以未亡"罪人"的身份活着，一生受到舆论的围剿与诟病。尤其普拉斯自杀的数年之后，阿茜娅·魏韦尔以几乎同样的自杀方式，喝下安眠药并打开煤气开关，结束了自己以及她与休斯的两岁女儿的生命。饱受责难的休斯不做申辩，不予还击，但在私信中他曾表达苦衷："我知道我的沉默可能会让人们以为是证实了某些对我的指责，但我宁可这样，也不愿被扯入斗牛场中，被逗弄，被刺激，被激怒，直到我吐尽与普拉斯生活的所有细节，以供成千上万的英国文学教授和研究生们做更高级的消遣品。在这种情况下，他们除了怀有低级趣味的好奇心之外，什么也感觉不到，不管他们如何道貌岸然，假装专注于宗教信仰般的文学批评和对伦理的虔诚，他们的好奇心是属于土里土气性质的，大众喜爱的流血运动性质的。"休斯不相信新闻记者的公正性，很少接受采访。无论是出于难辞其咎，出于对自己隐私的捍卫，还是出于对孩子的保护，休斯的缄默加重了旁观者的兴趣——是的，我们愿意以体面而堂皇的理由窥私，并加以假设。

仅从简要的资料来看，容易把普拉斯想象为传统色彩的痴守者，其实不然。按普拉斯自己的说法，她在大学前和大学期间约会过数百个男孩，甚至担心自己会因为"快"而名声不佳。普拉斯热恋过别人的新郎，对方十周前刚刚结婚。第一次与休斯同居的第二天，普拉斯就去巴黎找她的旧情人萨松——就像她说休斯是"世间唯一能与我匹配的强壮男子”一样，普拉斯也曾称萨松是她一生中最伟大的爱。朋友们聚会时，已婚的普拉斯在休斯在场的情况下，在桌下偷偷用腿摩擦诗人理查德·墨菲的腿进行挑逗。不过，普拉斯对墨菲说，谁也破坏不了她与休斯的婚姻，因为他们的结合是完美的。由此可见，休斯不忠，普拉斯多情，再完美的结盟也带来限制。毕竟婚姻的领域狭小，没有天空那么大的鸟笼，也没有河流那么大的器皿，可以盛下想要犯罪的自由。

休斯的移情是引线，引爆的是普拉斯的性格缺陷。普拉斯生前出版的作品很少，获得的成就远低于她自己的预期。一方面，她热情奔放、野心勃勃，一方面又极易被沮丧击倒。普拉斯阴暗不定，喜怒无常，经常处于紧张、惶恐、焦虑、嫉妒、怀疑、自闭、抑郁与狂躁之中，甚至在歇斯底里中做出不计后果的破坏性举动。其实每次歇斯底里，都包含一场小型而血腥的自我践踏。她把别人逼疯，也把自己逼疯。走向崩溃的普拉斯多次试图自杀，为此曾割伤自己的腿，曾服下大量安眠药，曾被送进精神病院接受电击治疗，曾蓄意制造车祸。普拉斯宣称：“死亡是一门艺术，所有的东西都如此，而我使之分外精彩。”生命的花园虽然盛大，但每天都需要为死神剪枝，普拉斯向往成为那祭献的玫瑰。“就像玫瑰花 / 合上花瓣 / 在花园里 / 僵冷 / 死之光 / 从甜美、纵深的喉管里溢出芬芳。”然而，她并不能如自己诗歌里说的，“像猫那样死上九次”。

许多创作者饱受精神困扰，死成为终极的解脱之道——死，甚至并非医学意义的恐惧，而是文学意义的优雅。我小时候看电影《王子复仇记》，除了劳伦斯·奥利弗的演技、孙道临的配音，我印象最深的一幕是奥菲丽娅自杀的场景：头枕水面的奥菲丽娅像朵睡莲缓慢漂流，涟漪般荡漾的金色长发也缓慢卷入涡流。米莱斯的油画《奥菲丽娅》，再现了那种凄凉哀婉的氛围。而现实中，英国女作家伍尔夫选择了类似奥菲丽娅式的投河。伍尔夫既感性又理性，既优雅又神经质，她饱受精神疾患的折磨，数度自杀。决意离去，她的口袋里装满用于自沉的鹅卵石。再比如，英国当代著名戏剧家萨拉·凯恩，这位在虔诚的基督教家庭长大的、成绩全优的乖乖女，主要的创作题材是崩溃、暴力、性虐、毒瘾、变态、战争和屠杀。这位才华纵横的被誉为“英国继莎士比亚与品特之后最伟大的剧作家”，一生写了五个剧本，每部作品都在挑战观众的心理承受极限。她在医院卫生间里，用一根鞋带结束了自己二十八岁的生命。伍尔夫、普拉斯、萨拉·凯恩，她们有多敏感，就有多锋利，她们依靠直觉和幻象勇往直前，甚至依靠紊乱里的超能。人人拥有死亡，但她们的死亡计划由自己制订，直到成功谋杀自己……如向日葵般忠诚，她们追逐的，却是死神镰刃之光。这些写作的女性没有体验衰老的感受，因为，她们没有得到过一个完整的晚年。W、O、R、D……在打字机键盘上敲击的每个字母，都可能是陷阱突然翻转的、令人踏空的小小圈套。

从某种程度上说，这种伤害和危险恰是灵感的来源，看似非法的交易以命作赌。所谓艺术品，就是在她们的心脏和头颅里雕镂，身体和精神因此千疮百孔。在她们眼里，“幸福”总是显得俗套，散发出难以祛除的有贬义倾向的体味。她们很少写哪怕只是低糖分的句子，她们习惯更多的苦，诗句像被直接碾轧过的血肉。与休斯分开如遭撕扯的普拉斯疯狂写作，也许是亡命徒般离去的预感，也许写作是她对死亡诱惑的挣扎、抵抗与自救。一切，有如潮汐，在离去时，海滩露出斑驳的死物和生机勃勃的活体……它们共同形成普拉斯的灵感，形成裸呈而致命的诗歌。

普拉斯生前绝未预料自己不久将成为女权运动的偶像和烈士。不错，她在诗歌里表达女性的抗争，但她同样表达了妥协与屈服。从爸爸到爱人，从父权到夫权，她的经历看起来更像失意者，尤其是婚姻的牺牲品。其实，婚姻并不那么容易令人做出事实判断，就像普拉斯形容过的钟形罩，象征某种巨型而透明的笼罩，它既提供保护，又限制着自由的翅膀——普拉斯像只头破血流待在里面的受伤之鸟。后来普拉斯赢得的哀荣，与休斯关系很大；我们很难剥离她与休斯的关系所带来的利弊，就像很难剥离普拉斯身上传统与现代的矛盾。普拉斯绝大多数的作品，是她去世后由休斯整理、编辑、出版的——普拉斯的自传体小说《钟形罩》在美国出版，连续数月居畅销书排行榜之首；普拉斯的《诗集》获普利策诗歌奖，已故作家极少获此殊荣。不仅如此，休斯谈到普拉斯的"自杀尝试和意外幸存"，谈到普拉斯的某个短篇如何"像马戏团空中秋千的回旋光芒一样萦绕深切的恐怖：她的电子休克治疗经验带领她逃出了那远离自毁倾向的冬眠期"……他比任何人都更理解她扭曲的心灵。

休斯的第一本诗集《雨中的鹰》是献给普拉斯的。休斯生前出版的最后一部作品《生日信札》，汇集了他几十年来默默为普拉斯生日所写的八十八首诗作。十月二十七日是普拉斯的生日，在最后一次度过亡妻生日后的一九九八年十月二十八日，休斯死于癌症治疗期间的心脏病。这是彼此折磨一生的感情生活，这是纠缠到最后的怀念。休斯与普拉斯初见时，凶狠的吻与血痕已注定这场狂暴的传奇。第一本和最后一本都是献给她的……命运，像条咬噬尾巴而毒死自己的环蛇。

无论情爱或生命，原本就是一场美如烟花的幻觉……我们唯有靠灰烬证明它曾经存在。

5

"对魔鬼的充分认识能够有效地抵制它。"

——弗兰纳里 · 奥康纳

许多女作家的写作焦点，终身围绕在解决与配偶或与母亲的关系上。无论是从事文学研究，还是出于读者的八卦心态，我都愿意挖掘作家的情感线索，以期了解作品的成因。弗兰纳里·奥康纳是一个我极度偏爱的作家，但从有限的资料里我找不到有关于此的任何信息，是否是因为她的疾病与早逝？与普拉斯一样，奥康纳也是童年丧父，也是英年早逝，并同样是死后赢得重要的奖项。但奥康纳从未受到婚姻的束缚，也没有体验过恋爱带来的剧烈冲击和强力撕扯，我们在她身上找不出爱情的勒痕。

奥康纳的父亲很早死于红斑狼疮，她备受父爱呵护的童年也随之结束。作为独生女，奥康纳继承了父亲的遗传基因，二十五岁时同样被确诊为红斑狼疮。她当时靠输血度过危机，后经注射当时尚在实验阶段的激素得以控制病情。大剂量使用的激素使奥康纳骨质疏松，她的髋骨不能支撑体重，她起初借助手杖，等到三十岁时不得不依靠铝制拐杖才能行走。疾病缠身，奥康纳的骨头和关节疼痛，脱发严重，坏死的牙床进食困难……直到三十九岁，她同样死于红斑狼疮。

一生的大部分时间，奥康纳和母亲以及三位姨妈住在农庄。奥康纳痴迷鸟类，养殖鸡、鸭子、鹌鹑、天鹅和孔雀。有张照片就是她架拐站立，欣赏她养在庄园里的孔雀……相比之下，孔雀有着更为强健的腿力，它们可以支撑收束其后的华丽而嚣张的尾屏，并在簌簌作响中轰然开屏。据说奥康纳五岁时，教会了她所喜爱的矮种鸡倒退行走，曾被百代电影拍成滑稽短片放映。黑白胶片里，五岁的奥康纳一晃而过，形象是像童星秀兰·邓波儿那样的洋娃娃；七岁时奥康纳的照片，显露出近乎男孩的英气和超乎年龄的严肃；及至青年，奥康纳变成一个标准文员的模样，像个公司里平凡的打字秘书；再后来，奥康纳戴着眼镜，包着头巾，脸上那种古怪而早衰的成熟，使她跟老年杜拉斯的类型相似，仿佛潜藏着随着岁月推移就会逐渐显现的丑陋。也许这是多年患病导致的摧毁……所谓疾病，就是一种日常化的身体暴力。

无论情爱或生命，原本就是一场美如烟花的幻觉……

然而，奥康纳并不自怨自艾，她乐观幽默，惯于自嘲，顽强到堪称强悍。奥康纳有过的唯一一次出国之旅，是前往欧洲的卢尔德。这座小城是天主教的朝圣之地，据说那里的泉水能治愈疾病，尤其是瘫痪，所以每年汇聚慕名而来的残疾旅客。奥康纳在一篇描写此次疗养之旅的文章中写道："在那儿，我为自己正在创作的小说祈祷，而不是为我的骨头，我没那么关心自己的骨头。"她认为，"除写作外我不需要做任何事，为此我可以藐视我的病，视它为一种福分。"如影随形的疾患，以及死亡那响尾蛇发动攻击的倒计时预警，让奥康纳的写作变得非比寻常，具有惊世骇俗的震撼力。

她这么总结："最近几年我在思考两件事：病痛和成功。其中之一单独并不会给我太大影响，但是两者结合起来则对我影响巨大……我认为那些没有得病的人失去了上帝的一次恩典。"不错，这或许是由病痛参与才达至的成功。然而，"病痛"这个词写起来有点抽象，"成功"这个词用得有些潦草。作为一个被死亡威胁的患病作家，奥康纳目标清晰，全力以赴，有着超人的自律和勇敢。她每天坚持打字，即使是过世那年的春天，在医院刚刚输完血，她也要继续动笔——写作是唯一来得及的道路。

我曾设想，奥康纳之所以缺乏情感纠葛，是因为患病的她一直在维修和维护自己，无暇他顾，没有处理爱情的余力。后来，我读她的《善良的乡下人》，极为精湛，让我瞠目结舌的同时，又似有所悟。这个短篇小说写的是，拥有博士学位的赫尔珈三十二岁了，她身材高大、金发碧眼，遗憾的是装有一条假腿。当遇到上门前来推销《圣经》的腼腆青年，享有智力优越感的赫尔珈在其引诱下有些春心萌动。但她自以为是了，这个伪装的"善良的乡下人"是个十足的恶棍。赴约而来的赫尔珈被诱导着，穿过大道、牧草地、森林和山坡，进入贮藏多余干草的老谷仓，并且爬上梯子，来到阴凉、黑暗而生锈的仓顶……

最终被丢弃在那里。那个看似恭敬、纯朴而痴情的推销员早已提前走了，离开的时候，他得意而幸灾乐祸，因为此前他摘下了赫尔珈的眼镜，赢得了她的吻，他的提包里还携带着一件最为重要的战利品：那条从赫尔珈身上取下来的假腿。

奥康纳的人物，总是有着非常突出的“生理特征”——身体或心理的畸形感。她在《小说家和他的国家》中这样表达过：“一个生动的畸形人物是可以接受的，而一个僵死的正常人却是不可接受的。”其实在奥康纳的作品中，我们很难从字里行间捕捉到作者的个人轨迹和自我意识。但《善良的乡下人》里的角色赫尔珈，有条行动不便的假腿，奥康纳似乎借此主动对拄拐的自己进行反讽。奥康纳是否毫不在乎自己的某种残疾，才无动于衷地将之用作小说素材？抑或，那个心酸而残酷的结尾，其实是对自我的预警、告诫、恐吓和惩罚？……爱情，是不是一条彻底被她自我否决的道路？

作为相貌平平的未婚姑娘，奥康纳的才华和性格依然不乏爱慕者。她对待感情非常冷静，她的热情似乎在别处。一位老师曾做证，奥康纳没过多久就能成为圈子里的明星，但她“用她的讽刺吓倒了男孩子们”。相对于许多女作家跌宕起伏的戏剧化人生，奥康纳的情感经历相对空白。如果勉强寻找，有个似是而非的短促瞬间，在《善良的乡下人》里留下线索。

一个名叫埃里克的丹麦人，曾经在一九五三年的某天路过奥康纳和她妈妈的农场，结识了她们母女。埃里克推销的并非小说里的《圣经》，而是大学教科书。据奥康纳的传记作者说，两人之间“至少带有一点浪漫的痕迹”。这点介乎友人与恋人之间的亲近，让奥康纳和埃里克之间有了一次尴尬到败兴的接吻。事后埃里克这样回忆：“当我们接吻时，我觉得她的嘴几乎完全松弛，这使我的嘴唇没有挨到她的嘴唇，而是碰到了她的牙齿，像是在吻一个死人。”小说中的骗子拿走了姑娘的假腿，从此杳无音信；真实生活中的丹麦人返回国内，奥康纳还保持着与他的通信，并且在男方已婚后，满怀“最美好的祝愿、情感和祈祷”期待着：“我们很开心你计划返回南方，希望我们可以帮助你，让你的妻子在这里有家的感觉。把我们当作你的自己人，因为我们便是这样想你的。”奥康纳善意的书信，与埃里克像是吻到一块石碑或者骨头般无情的话，形成一种尖锐的对比。

他们之间，只有浅尝辄止的吻。也许，奥康纳只有在写作里拥有非凡的天赋，在爱情领域笨拙无比；也许，奥康纳太过孤寂，她会陷入一时的软弱与妥协，但在陌生的情感领域又有所犹豫；也许，受损的健康使她根本无暇他顾，在爱情面前止步是她出于理智的退让；也许，奥康纳根本志不在此，她并不能从情不自禁中得到快乐，吻触不过是游戏性质的一时体验；也许奥康纳对丹麦青年并无缱绻深情，她的僵硬只是某种礼貌的拒绝；也许，奥康纳总是用诙谐甚至嘲讽的口吻来谈论自己的痛苦处境，亲密接触的刹那，她的心神已经游离出去旁观。总之，人们可以把男方的一面之词当作辛酸的证词，也可以当作滑稽的笑柄，来说明奥康纳的笨拙、怪诞、疏冷或纯真无邪……当认识的人回忆起奥康纳，说她“在某些方面，确实天真得不可理解”。

就是这样的弗兰纳里·奥康纳，生活在农庄微型的母系社会里，生活在一群禽鸟之间，难以自如远行，连像样的恋爱经历都没有，她却写出如此惊世骇俗的作品。奥康纳想象力超群、才华横溢，有着别具慧眼的洞察力。她的描写像斧子一样，前端的斧刃足够薄，后面的斧头足够沉，结合了精度和重量，无往不至。奥康纳的文笔离奇、阴暗、陌生、冷酷、凶狠、暴戾，同时极其幽默、生动、神秘和美妙。伊丽莎白·毕肖普说奥康纳：“她的作品比十几部诗集有更多的真正的诗意。”因为“充满了野蛮、同情、闹剧、艺术和真理”，著名诗人罗伯特·洛威尔这样评论奥康纳：“我发现很难想象一个更有趣或更可怕的作家。”

我第一次读奥康纳的作品时，就像真的挨了一记闷棍。暴力和不幸事件在她的小说里出现得如此频繁：枪杀、溺水、大火、猝死、抢劫、车祸，层出不穷。《好人难寻》收录十篇小说，全书死了十人，平均每篇小说死掉一个。奥康纳真是狠啊，写得那么结实。她在平静叙述中隐藏凶险，让人毫无提防就发生陡峭的翻转——此前读者和戏中人物一样，并不知道自己多么临近悬崖。漫不经心，循序渐进，手起刀落，杀人如麻，超然物外。天啊，弗兰纳里·奥康纳，她根本就是一个无法被学习的作家。

有人对阅读奥康纳感到不适，不知所措。让人最为震惊的，是奥康纳出生并成长于天主教家庭，她一生虔诚，似乎没经历过信仰危机。她过着修道士的规律生活，总是前往教堂祷告，床头永远放着《圣经》。她在生活中，竟然成了恭顺听话的乖乖女，她曾致信神父，请求准许她阅读作品被列为禁书的纪德。奥康纳连想读一本禁书都要请示，既然如此，她怎敢写得百无禁忌、居心叵测、近乎邪恶？

她的小说在早期遭受过宗教媒体的批评，指责她的作品是“对《圣经》的粗暴否定”。奥康纳的认知恰恰相反——“因为我是一个天主教徒，我更能胜任艺术家”，“我阅读很多神学作品，因为这让我更大胆地写作”。她是笃信者，并且拥有不可思议的爱、勇敢和自由。她的作品，反思的主题是爱与罪，是天启与救赎。至于那些夸张而惊悚的写法，奥康纳解释：“对于耳背的人，你得大声喊叫他才能听见；对于接近失明的人，你得把人物画得大而惊人他才能看清。”为此她坚持：“有些时代是能够向读者求爱的，有些时代却需要更为激烈的东西。”

种种矛盾之处，都是围绕在奥康纳身上的谜语。再次回到《善良的乡下人》和那个丹麦青年的呼应关系上，回到读者始终迷惑的问题上。奥康纳到底置身一个怎样的内心世界？丹麦青年埃里克对那个吻的刻薄描述，无异于羞辱和伤害，就像抱走了赫尔珈那条木质的假腿，是否智慧的奥康纳早已做出先验的判断？是否奥康纳根本就处于“无性的世界”，一吻只是验证了她的麻木和抵触，她没有半点世俗的情欲，唯有对上帝的满腔奉献？还是说，情感受挫的她，利用小说完成了对男主和自己同样恶意满盈的报复，因为文字和宗教的力量足够她释放所有的敌意，从而在现实中变得豁达宽广？抑或，奥康纳太纯真了，因精神的纯真才能在文字里享有作恶的果断，就像只有清澈的水滴才能倒映万物，只有无邪的孩子才能犯下不被道德困扰的罪行？

我读弗兰纳里·奥康纳的散文和书信集时，得到某种解读，和我的猜测有所呼应。作家可以在小说中隐匿自己的身影，在散文里却难以擦除指纹，其态度、倾向和立场会得到直接的呈现。奥康纳令人战栗，她可以轻描淡写地完成掷地有声。

她说：“对魔鬼的充分认识能够有效地抵制它。”

她说：“罪恶并不纯然是一个要解决的问题，而是一个要忍受的神秘。”

她说：“我不知道同情是爱的开始，还是爱的腐败；也不知道爱完美的事物更难，还是爱衰弱的东西更难。”

在我看来，奥康纳只用这样一句话，就完美诠释了在虔诚教徒和邪恶作家之间存在的所谓矛盾。她说：“你只能凭借光来看见黑暗的东西……而且，你借以看见的光可能完全在作品自身之外。”

这个没有活到四十岁的天才令我迷恋，她是如此磊落与出色，无畏非议，毫不犹豫。因为虔诚，她才看似邪恶，因为残忍背后是至深的怜悯。正因为她在生活里是严肃而执拗的，才会在文字里释放那么强烈的反讽与幽默。这是一种对峙，也是一种平衡，她的作品因此充满张力与强度。

什么是美？从黑暗里镂出来的光。这是她躲避黑暗的方式——深入其中并持久闪耀。由此证明，黑暗并非不可击穿，我们就是它的溃口，就是能够隐藏其中并透出的光线。

6

“她等待刀尖已经太久！”

——茨维塔耶娃

如果说奥康纳的写作不需要爱情，茨维塔耶娃则相反，她需要无时无刻不在的爱情——就像需要水和空气，否则活不下去。她写道：“命运的经卷 / 对一个女人毫无吸引力 / 对她来说 / 爱的艺术是世上的一切 / 心，对所有的春药 / 最衷情 / 一个女人天生就是一种 / 致命的罪孽。”

茨维塔耶娃与里尔克、帕斯捷尔纳克的三人关系，是著名的诗坛佳话。一九二六年，帕斯捷尔纳克写信给里尔克，介绍茨维塔耶娃，并请求里尔克把诗集寄给茨维塔耶娃。其时，里尔克在瑞士，帕斯捷尔纳克在俄国，茨维塔耶娃正流亡法国，在巴黎过着拮据的生活。他们相互通信，那是至深的渴望，那是源自内心的交响乐——像恒星发射着强劲的电波，尽管相隔遥远的距离，他们的情感、才华和见解彼此照耀，像光束穿透宇宙之间黑暗的光年。

不过，这段佳话在传诵中被渲染与赞颂，在许多文学爱好者眼里，已提纯为一场伟大到失真的传奇，诸多历史细节不被追究，乃至被蓄意忽略。我们知道，一九二六年十月，患有白血病的里尔克采摘玫瑰时刺破了手指，引发急性败血症，死于他无数次书写的玫瑰。可早在死去之前，里尔克就停止给茨维塔耶娃写信了。茨维塔耶娃的激情易燃，表达直露，诚挚而莽撞，猛烈而无所顾忌。她的爱储备着巨大的能量，甚至只需要对方几克感情的酵母，她就可以在自恋般的爱意与想象中陶醉到疯狂。面对“我爱你，我想跟你上床，就这么简单，这是友情难以企及的简单……”这样无所顾忌的告白，以及茨维塔耶娃对约会的时间和地点的要求，让里尔克心生畏怯。尽管里尔克的情史丰富，尽管只是书信里的炽烈，尽管里尔克与克拉拉、莎乐美、侯爵夫人等有更多、更亲密、更深入的书信来往，但茨维塔耶娃进攻性的大胆奔放，还是让病中的里尔克以诗人的敏感察觉到不安，并迅速以礼貌的方式退场。这是纸上的拥吻，茨维塔耶娃与里尔克通信时间不过数月，其实他们终生没有见面。

而流亡海外的茨维塔耶娃与帕斯捷尔纳克在通信期间一共见过两面——尽管有过多次见面之约。一九三五年帕斯捷尔纳克赴巴黎开会时，终于再次与茨维塔耶娃相遇，他们泛泛交流之后匆匆分开。通信里的情投意合并未换来现实的热烈，曾经的默契变为意外的尴尬。茨维塔耶娃与帕斯捷尔纳克通信长达十三年，尽管她假想帕斯捷尔纳克是未来的丈夫，并想和他生个儿子，但这些都是假设，似乎超越世俗的爱意根本无法逾越俗世的门槛。

虽然与帕斯捷尔纳克是柏拉图式的恋情，但茨维塔耶娃并不排斥肉体的欢愉。她贪图情欲的享乐，这不仅安慰她的孤独，也激发创作的灵感。正因她自己是个带电体，才能频频遭受爱情的电击。茨维塔耶娃一生爱过很多人，她与曼德尔施塔姆有过短暂的爱情关系，也爱过丈夫的亲兄弟，以及同性的帕尔诺克。如此孜孜不倦、迫不及待，她的灵魂有一种剧烈的饥渴——不停歇、不满足，她永远像个感情中的饿婴。即使痛苦和受挫，她也能像雌壁虎一样，有着惊人的爱的再生能力。茨维塔耶娃如此浓烈地渴望爱情，如此频繁地需要肉体与灵魂的结盟，又这样能量汹涌、缺乏克制、不计后果……人们容易把疑惑的目光，转向她的丈夫埃弗隆。

事实上，茨维塔耶娃基本上以失败告终的情爱，并非在向婚姻复仇，但她一生中最为重要的转折都与丈夫埃弗隆相关。他们在彼此的纠缠与折磨中不离不弃，算得上同生共死。

一九一一年，茨维塔耶娃与比自己小一岁的埃弗隆相遇，他俩的生日是同一天。次年，两人结婚。茨维塔耶娃将他们的结合视为上天的神迹，并说：“我和埃弗隆真心相爱，此生永不分离。”虽然婚后受过种种挫折，但埃弗隆因参战而失踪的时候，茨维塔耶娃四处写信寻夫。埃弗隆的政治立场有过数度变化——那不像是主动的选择，更像被动而软弱的摇摆，甚至有资料说埃弗隆是斯大林时期的苏联间谍，曾经参与过对叛逃者的追杀。但茨维塔耶娃就像给埃弗隆的信中所写：“你只要还活着，我就会像条狗一样地追随你。”一九二二年，茨维塔耶娃投奔流亡到德国的丈夫，后又辗转布拉格和巴黎，最后回到俄国。埃弗隆也说过，他和茨维塔耶娃谁离开谁都不能活。一语成谶。一九四一年埃弗隆被捕并遭枪决，同年茨维塔耶娃自缢身亡。

埃弗隆在一九二三年十二月给远在俄国的老友瓦洛申写了一封信，这是对研究茨维塔耶娃的创作非常重要的材料。他的确太了解她了！“茨是极易动情的人，比先前我离开时还要变本加厉。没头没脑地投入感情风暴成为她的绝对需要、她生活的空气。由谁煽起感情风暴此时并不重要。几乎永远（不管是现在还是先前）建筑在自我欺骗上。情人一经虚构出，立即刮起感情风暴。如果煽起感情风暴的那人是微不足道的、目光短浅的，很快便会现出原形，茨便又陷入绝望的风暴。直到新的煽动者出现才有所减弱……今天绝望，明天狂喜、陷入爱情、献出整个身心，过一天重新绝望。而一切都是在敏锐而冷静的头脑支配下发生的。昨天的煽动者今天刚遭到机智的、恶毒的嘲笑，并通通被写进书里，一切都将心平气和地、精确地化为诗句。一个硕大无朋的火炉，要点着它需要木柴、木柴、木柴。无用的灰烬抛掉，而木柴的质量并不那么重要。只要通风好，总能燃烧起来。木柴坏，烧得快，木柴好，烧得慢。不用说，我早已点不着火炉了……她回家了，可心里老想着别人。人不在跟前反而能使她感情升温。我知道她确信自己失去幸福。当然只到不久就将出现的下一个情人之前。现在一心写献给他的诗。对我视若路人。不让碰她，老发脾气，几乎到了恨我的地步。我既是她的救生圈又是套在脖子上的磨盘。……生活快把我折磨死了。我坠入五里雾中，不知如何是好。一天比一天更糟……”一个月后，埃弗隆继续写道：“最近一个时期我总觉得即将返回俄国，也许因为受伤的野兽往往爬回自己的洞穴。”埃弗隆是个绅士，擅长隐忍，但茨维塔耶娃追求自己的同学罗泽维奇，一度使他难堪到无法承受。一九二五年，茨维塔耶娃生下儿子格奥尔基，这个孩子正是茨维塔耶娃和丈夫的好友罗泽维奇的结晶。

她是那样一个女人：多情、主动、直接、感性、彻骨、咄咄逼人……她的内心像个总在发情期的母兽，感情骤燃，充满蛮力。很多人的感情储量恒定，舀去一勺就减少一勺；而她有个魔碗，即使被掠走一半，剩下的马上疯长回碗沿。无论有多少次经历，也不能累积为经验，她永远是幼稚的、急迫的、糊里糊涂的、掌握不好火候的、迷失而狂热的。远距离的关系似乎更适合她，她与许多人几乎没有什么实际接触，就已结成精神上的同盟。她为生死未卜的丈夫写诗，为遥远之处的某个人写信……触不可及，正好让现实不构成干扰，她的想象强大到足以制造一个比现实更结实的建筑。她的热情，几乎等不及对方的回复，就已完成对感情的自我美化与肯定；假设对方的回应挫伤了她的自尊，她可以另换人选，以重新开始这样的程序和循环。茨维塔耶娃并不长久忠诚于某个具体的爱人，她忠诚于爱情本身。

之所以如此，有性格或命运的各种潜因，我想，至少并存数种可能。

因为她孤独。无论无心还是蓄意，茨维塔耶娃与祖国的诗歌阵营，与流亡的侨胞圈子，都保持疏离，不那么合群。但是写作需要读者的回声，就如她在给帕斯捷尔纳克信中所写：“我写作的时候，除了作品什么也不想；写完以后——想念你；发表以后——想所有的人。”每每写完作品，她需要得到立即的反馈。她喜欢朗诵，只要有人请求，甚至不等请求，她自己就主动表达：“想不想听我来给你们朗读诗歌？”

茨维塔耶娃越是孤独，越是急于找到灵魂的相知。我想到一句卡夫卡的话，分外悲伤："我永远得不到足够的热量，所以我燃烧——因为冷而烧成灰烬。"

还有，我们看到的疯狂，可能是她的慷慨，她在进攻里包含渴望奉献的一切。能量多得满溢出来，自称"同时可以爱十个男人"的茨维塔耶娃，在《我砍开我的血管》这首诗里，修辞凶猛。"我砍开我的血管：不可遏制 / 不可回返的生命喷涌向前 / 快接住你的盘子和碗 / 很快，每只碗将会太小 / 每个盘子显得太浅。"茨维塔耶娃与曼德尔施塔姆在国内战争期间，有过短暂的爱情关系。后来，娜杰日达·曼德尔施塔姆——这位文学史上的伟大遗孀——靠记忆使曼德尔施塔姆的诗歌得以存世，她说："与茨维塔耶娃的友情关系，在我看来，在曼德尔施塔姆的创作中扮演了重要的角色。"她认为，正是因为遇到"光彩夺目的、野性的"茨维塔耶娃，曼德尔施塔姆的创作才发生了重要的调整，并且"她在他身上打开了生命的爱，和一种能力——一种发自本能的和无羁的爱的能力"。根据她的看法，"茨维塔耶娃拥有一种灵魂的慷慨，不自私，从不要求相等的给予。它直接地出自她的任性和激情，而这些，同样不要求相等的回应"。茨维塔耶娃的女儿这样描述自己的母亲："她为人慷慨，乐于帮助他人，最后的急需物品也能和人分享，她没有多余的东西。"种种资料表明，茨维塔耶娃愿意在各种情感关系上和人际交往中展现个人魅力，并且渴望奉献自己的身体、才华与激情。我想，她是特殊材质的女人，具有惊人的感情储量和爆发力，她强悍到，能够经得起连续的给予与摧毁。

也许最重要的，是写作。我需要再次引述埃弗隆的信，注意这段："一切都是在敏锐而冷静的头脑支配下发生的。昨天的煽动者今天刚遭到机智的、恶毒的嘲笑，并通通被写进书里，一切都将心平气和地、精确地化为诗句。一个硕大无朋的火炉，要点着它需要木柴、木柴、木柴。”茨维塔耶娃迎接爱情的动荡，也能平息爱情带来的损耗——只要它们转化为写作的燃料。受到限制的时候，爱情就是她的自由；在悲惨落魄的时候，爱情更是她的享受……无论任何时候，爱情都是对平庸现实的反抗，就像诗歌一样。不过爱情确实是俗世的情感宗教，当你成为信众，你将迷狂、高烧，失去自我免疫，将在其中每日祈祷，如果不是祈祷幸福，就是祈祷死——就像诗歌一样。每当茨维塔耶娃疯狂追求爱情，她总是渴望与对方的肉体融合生下“儿子”。她多次表达渴望，无论是与罗泽维奇、帕斯捷尔纳克或巴赫拉赫，她总想和他们生“儿子”。难以分辨，“儿子”到底是孩子还是诗歌，她表达的，到底是她作为女人的生育渴望，还是作为诗人的创作激情。我们知道，茨维塔耶娃极具艺术直觉，她的写作也需要调动生理性的本能，才能达至高潮。感情中的混沌和盲目，对她的创作来说反而是一种理性和自觉。她无须挑剔，无论是艺术上的大师，还是平庸甚至是想象中的情人，只要能激发她的创作火焰——烈火吞噬一切，木柴、纸团或尸体。无论是爱情的催生还是毁灭，都使她的才华得以在其中成倍增长，就像海浪遇到鼓动的暴风或阻碍的悬崖。何况，爱情已是茨维塔耶娃的自限性疾病，她承受忐忑、迷醉与狂喜，也承受挣扎、高烧、谵妄与种种撕裂之痛，之后总会自愈的，并且留下诗歌的结晶。她就像去苦涩的海水中取盐，那些诗句，有盐度和硬度，还有闪耀如钻石的光度。所以，她根本不需要从所谓的糊涂与挫折里吸取什么教训，恰恰相反，她从中获益。她愿意忍耐身体的不良反应，将之视为对艺术的自救。她从来都是愿意为诗歌燃烧的，她早已将之视为命运，并接受坦然的牺牲。所有的爱情都来吧，因为她需要引燃自己，让文字的火焰升腾。她认为，文学是靠着激情，靠着偏爱，靠着极端和纯粹来推动的。对于想要表达的，她一直要说到允许表达的终点。她有凶狠的柔情，她的肉体、灵魂和才华都是一体的，她的语言、个性和命运都是极端的。

茨维塔耶娃的父母都是艺术家，她一生充满了挫折、打击、变故与死亡。历史上许多耀眼的天才死于被毁的命运，原因有个人的，有社会的。与一切都不协调的茨维塔耶娃可以说参与完成了自己的悲剧，但最大的力量，来自时代压迫下的厄运。她的丈夫失踪、流亡，而后被枪决，她的孩子被流放、被饿死，她不断忍受着贫困、饥饿、流亡与诀别，甚至作品也不被允许发表，她不得不靠帮厨或打扫卫生之类的粗活来糊口。一九四一年，没有任何生计来源的茨维塔耶娃向作协恳求一个洗碗工的岗位，被拒之后，她自缢而亡。她的遗言极其简短，几乎没有什么文学意义的修辞，只是告诉自己未成年的儿子以及因被捕而生死未卜的丈夫和女儿，直到生命的最后一分钟她都在爱着他们。茨维塔耶娃对死亡的唯一忧虑，只是请求人们“不要活埋我，检查仔细点”。这是那个写下“我不会背叛我灵魂的鸽子，以它来取悦蛇的下颌”的孤傲灵魂，最后乞求一点落实在她遗体上的关怀。茨维塔耶娃随后被埋在一个无名墓中，没有谁参加葬礼，甚至她儿子也没去。她终生渴望爱的获得与给予，离去时无一亲人。这样一个饱满、生猛、孤傲的灵魂，像牲口一样被套住脖颈，悬于一线，最后死于窒息和绝望。女儿曾回忆茨维塔耶娃：“她不太害怕炎热，却特别害怕寒冷。”她是烧灼的，不惜以自己为燃料……直到，火死灰寒；她是汁液充盈的，空气中全是她慷慨的香气……直到，像烂掉的果实从梗柄处折断。

茨维塔耶娃的这首诗，几乎成为她一生的注解。“脚踝上的脚镯多么残酷 / 骨髓渗进了铁锈！ / 生活：刀尖，爱人在上面 / 跳舞——她等待刀尖已经太久！”

她的悲剧命运和天才能量都太强烈了……耀眼到刺目。隔着时间和语言翻译，我们依然能够感受到那种孤绝的光芒，那种丰沛的激情和超载的力量。她的文字灼烫，燃烧的同时又有凛冽寒意，火焰之中有灰烬。任性到痛彻，热烈到绝望，强悍到极端……茨维塔耶娃表达奇诡，叛逆而具颠覆感。即使她不惜肝肠寸断般地自毁，也具有咄咄逼人的攻击性。她的作品如此有力，以至于我觉得必须是“茨维塔耶娃”，而不是“茨薇塔耶娃”，否则就无以表达那种合金般的质地。

我最喜欢的茨维塔耶娃作品，是她的回忆录。恰巧，我偏爱的几本回忆录都与俄国相关，比如纳博科夫的《说吧，记忆》，比如曼德尔施塔姆夫人的回忆录。人民文学出版社在二〇〇三年出版了一套五卷本的茨维塔耶娃文集，其中的回忆录是她对一九二七年至一九三七年间自己早年经历的回顾——纪念碑式的写作，令我深受震撼。其中的人物，无论是母亲、普希金，还是幻觉中的鬼，她都写得如此传神——“传神”在此处作双关解：一是传达出传主的神韵，二是透露出神明的参与。她的风格铿锵而奇诡，只能相信，神使她的句子在腕力下运行。其实对于遣词造句，她既是天才，又有手艺人的极度精心。她给丈夫的一首诗，第二节曾有四十余种不同手稿。她在笔记本里记下了大量构思和修改方案，反复筛选和推敲。

我曾想过，对茨维塔耶娃的作品，读者需要甄选译本，因为她的文字里蕴含着狂野的自由和天赋的教养，天才能掌控那种剂量之间的平衡，假设译者不具备舌头上的精确味蕾和笔头上的精确火候，就难以微妙传达，或因粗糙失去其中韵味，或因规矩失去其中活力。不过，茨维塔耶娃太强悍了，强大到经得起误读和错译。是什么炼就如此文字的材质？是轻而易举的爱情，是亡灵喃喃不息的耳语，还是苦役般对词语千万次的锻打？她真是拿命来写的人啊。没有工具，她用手指凿挖现实的硬砂岩。我觉得，这双作家的手，即使指头流血、甲缝藏泥，也是一双世界上最干净的手。正如她在日记里写的：“我可以吃，以一双脏手 / 可以睡，以一双脏手 / 但是以脏手来写作，我不能……还在苏联时，当缺水的时候，我就舔干净我的手。”

7

“我闪烁着生存的光辉。”

——苏珊·桑塔格

获得一九八七年诺贝尔文学奖的约瑟夫·布罗茨基在获奖演说上，提到三位俄国诗人：曼德尔斯塔姆、阿赫玛托娃和茨维塔耶娃。布罗茨基致敬他所崇仰的诗人们说：“在最好的时辰，我觉得自己仿佛是他们的总和——但总是小于他们中的任何一个个体。”这位饱受肉体苦役和精神折磨并被苏联驱逐出境的流亡者，在自己的书房，在写作的打字机前，摆放着茨维塔耶娃的肖像——布罗茨基毫不犹豫地宣称：茨维塔耶娃是二十世纪最伟大的诗人。

“他确实做到了——他的同胞们都同意，他是那个时代唯一继承曼德尔施塔姆、茨维塔耶娃和阿赫玛托娃的人。”这是苏珊·桑塔格对布罗茨基的评价，她还指出：“家是俄语。不再是俄罗斯。也许，对很多人来说，他生命后期令人吃惊的决定，是他在苏联解体之后以及在无数崇拜者的力劝之下，仍拒绝哪怕是短暂地回国访问，以此表明他的立场。因此，他在别处——这里——度过他大部分的成人生活。俄罗斯是他的思想和才能中一切最微妙、最大胆、最富饶和最教条的东西的来源，而它竟成为他出于骄傲、出于愤怒、出于焦虑而不能回去也不想回去的伟大的别处。”

对于苏珊·桑塔格来说，这篇评论写得一般，远远不及她其他篇目那样炫目。但每当我发现自己偏爱的作家之间，有着这样那样的情感联系，就有种近乎安慰的喜悦。比如读西格丽德·努涅斯——她曾是桑塔格的秘书，桑塔格儿子的女朋友，她在《永远的苏珊》一书中追述与桑塔格母子共度的时光，我在中译本的第十九页找到一句迷人的信息：“苏珊开始和约瑟夫·布罗茨基幽会。”当然，相比桑塔格一生中其他更为紧密或长久的关系，这段情感的知名度似乎不高。桑塔格曾坦言经历过九段恋情——五位女性和四位男性。不过她说："我的肉体生活相比我的精神生活不值一提，不过是些陈词滥调。"

苏珊·桑塔格与西蒙娜·德·波伏瓦、汉娜·阿伦特并称西方当代最重要的女性知识分子。被誉为"公众良心"的苏珊·桑塔格，在美国几乎是家喻户晓的人物——她是真正的偶像，使知识分子同时具有明星的魅力和学者的尊严。

我第一次看到苏珊·桑塔格的照片，就被她的样子迷住了——似乎简单说"喜欢"，已经是对她的某种不敬。苏珊·桑塔格的容貌非常风格化，是那种严肃而知性的好看，正好匹配她令人倾倒的智慧。照片中的苏珊·桑塔格兼具男性的阳刚与女性的妩媚，她的眼神坚毅、犀利而桀骜。年轻的时候，她令人怦然心动又肃然起敬；即使老了，也很少有人像她那样我行我素，老得那么威风凛凛。苏珊·桑塔格发量浓密，粗硬的发丝之间，像是蕴藏彼此不妥协的静电；中年时她的标志性头发，是满头黑发中一缕标志性的白发，像道永不熄灭的闪电；只是到了晚年，她是短发，并且像钨丝那样银耀光芒，像层菌丝那样柔软服帖……无论什么阶段，苏珊·桑塔格始终气势如虹，仿佛晚年的她依然有能力分娩一个关于未来的有力的婴儿。她的照片，就像是她灵魂的样子。

苏珊·桑塔格的照片多为著名摄影师安妮·莱博维茨的作品。安妮·莱博维茨的镜头里囊括了无数名流，是"能劝说任何人脱掉衣服的摄影师"。我们都见过她的作品，比如那张裸体的约翰·列侬侧抱着黑衣黑发的小野洋子躺在地板上的照片——照片拍摄几小时之后，约翰·列侬就被自己的疯狂粉丝枪杀了。一个是意见领袖，一个是艺术大家，苏珊·桑塔格与安妮·莱博维茨相识于一九八八年。当时三十九岁的莱博维茨为五十五岁的桑塔格拍摄随笔集的封面，此后她们搬进纽约同一栋公寓大楼，成为情感和生活的伴侣。

同性取向曾是讳莫如深的话题，现在早非禁忌。在我最喜欢的女作家中，同性恋或双性恋不少，比如伊丽莎白·毕肖普和玛格丽特·尤瑟纳尔等。关于这个问题，我出于好奇，向一个并不避讳双性恋身份的朋友求证："仅就性爱体验而言，你的倾向是什么？是男性还是女性带给你更多的享受？"他诧异地望着我："这种事怎么能按男女来区分呢？我面对的是独特而具体的个人，要看感情，而不是性别分类。"他的回答，改变和丰富了我的认知，令我吃惊、震动，甚至有点儿羞愧。我们选择爱侣或配偶，往往看容貌、看能力、看地位，这些难免包含着条件的选择，是现实，也是或多或少的势利。性别取向既有天然，也有后期教化的成分，我们一直带着社会和生理的枷锁。我从来没有以朋友的角度去设想过，他所选择的，他所渴望亲近的，不是抽象的"他"或"她"，而是血肉包裹下有质感的独一无二的"这个人"。那么，我所热爱的那些雌雄同体的灵魂，她们尊重自己和他人的个性，听从内心的呼唤，不会驯服于简单的分类原则；她们的想象力自由而野性，她们的爱没有界限；每个爱人都是独立的他或她，性别并不构成选择障碍，她们并没有男女意义上的"种族歧视"，包括肉体享受也是如此。在她们看来，某些所谓的道德只是一种被暂时视为典范的习惯，而不侵犯他人的自由大于一切。

安妮·莱博维茨不仅拍摄了苏珊·桑塔格那些摄人心魄的肖像照片，还陪在患病的苏珊·桑塔格旁边，记录了她被疾病折磨的过程——记录她的抗争，记录对她的抢救，也记录她的死。二〇〇一年十二月，五十二岁的莱博维茨生下一个女孩，陪着她分娩的是苏珊·桑塔格。二〇〇四年，苏珊·桑塔格与莱博维茨的父亲塞缪尔相继去世后，摄影师又有了一对同样没人知道父亲是谁的双胞胎女儿：一个叫塞缪尔，一个叫苏珊。

一九七五年，苏珊·桑塔格在四十二岁的时候被发现乳腺癌晚期，癌细胞已经扩散到淋巴结，威及生命。苏珊·桑塔格曾在访谈中说："因为以前我从来没有生过病，总以为自己的身体即便承受无限的惩罚也能够恢复。"刚开始她吓坏了，之后的反击激进而暴烈。为了彻底清除癌细胞，她选择不惜损毁形象的根治性切除术：双乳全切，包括胸壁的大部分肌肉和腋窝的淋巴结，同时选择带有极端性的化疗方案和免疫处方。尽管极端痛苦，并且医生允许耐受不了的时候暂停，但她从来义无反顾。顽强反抗，使她死里逃生。这强化了苏珊·桑塔格的主观意志——只要她足够强悍，就可以否决死神的决定。一九八八年被诊断出子宫癌，她继续寻找侵略性的疗法，并坚信自己还是会化险为夷、战胜概率。她绝口不提可能的死亡，她的儿子戴维·里夫后来把这种态度形容为"积极的拒绝"。不仅如此，苏珊·桑塔格甚至充满活到一百岁的长寿渴望。即使化疗的副作用引发严重的神经性病变，过程十分煎熬，她甚至需要重新学习走路，但她依然态度凶狠地对抗命运，似乎死亡只是人生的选项之一，是可以被撤销的。然而，疾病对她纠缠不休，事实上在一九七五年、一九八八年、二〇〇四年，桑塔格分别被诊断出乳腺癌、子宫癌、白血病，但她从未屈服，她像受伤的猛禽那样奋力啄击死神，甚至将之视为可以吞下去的猎物。苏珊·桑塔格几乎出自本能地反抗权威，而死神是世间最大的权威，是终极的裁判，她到最后也没有被驯服。

在与疾病缠斗的三十年里，苏珊·桑塔格孜孜不倦，她说过："一天只有二十四小时，但我试着以四十八小时来对待它。"即使在化疗途中，她也勤于笔记，给《疾病的隐喻》积累素材，她将强烈的个人经验转化为深沉的智力思考。当骨髓移植手术与药物依次失去疗效，她躺在医院里继续工作，拒绝与亲友谈论自己的死亡，直至生命最后一刻。桑塔格曾提到过，一个临终的作家如何口授秘书打字，并在打字机的噼啪声中过世。据说，君特·格拉斯在死前半个小时还在创作。对写作者来说，那或许是最好的结局——正如苏珊·桑塔格的所言所行。她说："真正爱某种东西就是要希望死于这种东西，或者只活于其中，这是同一回事。"

桑塔格的儿子戴维·里夫回忆母亲的临终情形："她一死去，我就请房间内的其他人离开。我要真切地看一看。我不管不顾地脱去了她的上衣。她全身上下都是溃疡。她的身体，从嘴里到脚趾都是溃疡。痛苦必定十分强烈。她看上去不再疼痛了，这么说，真的死去，反倒轻松了。"疾病是落实于日常的酷刑，她的身体满目疮痍。对常人来说，死神或许有蒙娜丽莎那样吉凶莫测的微笑。苏珊·桑塔格近距离看到的死神是狞厉的暴君，她像个不朽战士那样终生对抗侵略。她并不陈述和描摹自己，置身苦难，使她深切认识到这个世界在隐喻之下埋藏的真相。疾病给患者带来有罪的幻觉，但苏珊·桑塔格以敏锐的洞察力和穿透力，以坚定而清晰的理性，破除文化认知上的妖魔与鬼魅。她在患病之前已完成《反对阐释》，之后的摧残使她越挫越勇，写下《疾病的隐喻》《旁观他人的痛苦》等振聋发聩之作。被桑塔格描述为"当代文学的理想丈夫"的加缪，这样表达："疾病是一座修道院，有着自己的清规、苦行、静谧和灵感。"无论肉体怎样被毁灭，这些作品就是苏珊·桑塔格在废墟上的重建。当我们难以用肉眼判断物体的重量，只要看看秤盘上的刻度，就会了然于心。我们难以想象数十年疾病与治疗的双重折磨和苦难，但看看对称之下她的文字，我们敬畏其中的力量——天赋之上加诸敏感、疼痛和独立，它们所焕发的光彩是巨大的。

苏珊·桑塔格令人望风披靡的勇气，体现在多方面。不仅面对疾病，她带着报复般的仇恨力量反击；她在生活上也是坦荡而无畏。当十七岁的苏珊·桑塔格遇到二十八岁的社会学家菲利普·里夫，十天后闪电结婚，并于十九岁生下了儿子戴维。桑塔格二十六岁时决定与丈夫离婚，按照她自己的说法：和菲利普的关系既没有通过隐私和孤独才能获得的自我提高，也没有伴随着激情而来的辉煌和英勇的自我失去。苏珊·桑塔格提出不要对方的任何赡养和资助，她独自抚养儿子戴维。此后，她只身携带“七十美元、两只皮箱以及七岁的儿子”来到纽约开始生活。无论面对疾病还是生活，苏珊·桑塔格勇往直前，但她最令人尊重的，是一个知识分子承担的责任与行动。

勇气，这个词对桑塔格来说是如此具象，它简直有着自己的体积和体重！她无惧争议，在危险与关键的时刻，她挺身而出、孤往绝诣，做出并不符合“政治正确”的表达，哪怕威胁到自身的安全。她在萨拉热窝内战前线，在枪弹和炮声中前往剧院，指挥当地演员排练《等待戈多》，以隐喻方式声援并表达对世界袖手旁观的嘲讽。伊拉克战争打响，她发表反战长文；美军虐囚事件曝光，她对事件以及美国社会进行淋漓尽致的批判。在印度裔英籍作家萨尔曼·拉什迪因小说《撒旦诗篇》遭到宗教追杀的时候，知识界一片沉默，因为有译者和出版商被伤害或暗杀，人们唯恐自己的发言会带来祸患——又是苏珊·桑塔格，她公开发表声明和演说，抗议对作家的迫害并号召公众加以抵制。她冷静而果断，代表才智和良知，始终保持思考的动力与实践的能力。她甚至自我否定，不是摇摆，而是源于专注、自省和颠覆。苏珊·桑塔格在获得耶路撒冷文学奖的演讲中说：“作家的首要任务不是发表意见，而是揭示真相……以及拒绝成为谎言与讹传的帮凶。文学是微妙与矛盾之所，而不是简单化的声音。作家的职责是使人不轻易听信于精神抢掠者，作家的职责是让我们看到世界本来的样子——充满不同的要求、区域以及经验。”

她的声音有时会刺耳，那是因为刺破了我们在平静中的自我保护，刺痛了自我保护中放弃的良心，让我们在不安中重归自省，让我们愧于对社会生活缺乏责任和担当。苏珊·桑塔格不仅留下了丰富的文学遗产，更为知识分子确立了严苛的标准，也为评估重大事件提供了清晰的尺度，因此被誉为“美国公众的良心”。

苏珊·桑塔格擅长穿越现象，直击本质。她的表达充满张力，有真理般的语感。

“世上最令人向往的是忠于自己的自由，即诚实。”

“美——以及对美的关心——是会带来限制的。”

“符合一个现代社群真正利益的，是公正。”

“对事实视而不见的自然倾向，是一种诱惑，它源自我们的直接利益和各种问题在我们心中引起的恐惧。”

“只有我们感到自己有同情心，我们才会感到自己不是痛苦施加者的共谋。我们的同情宣布我们的清白，同时也宣布我们的无能。”

就像逆鳞，一眼能被看到。苏珊·桑塔格的论述不仅精彩，还达到了评论很难达到的感性，甚至有令人怦然心动的性感——她以极为严肃的态度和方式，抵达了思想的极端性感。“我闪烁着生存的光辉”——桑塔格曾这样评论自己。她还把自己概括为：“我是一个好战的唯美主义者，还是一个几乎与世隔绝的道德家。”苏珊·桑塔格在描述一个遥远时代时的用语，我觉得也可以用来形容她自身：“内省的能量、热情的求知、自我牺牲的准则和巨大的希望。”

苏珊·桑塔格是女权主义者吗？有人认为当然，这是不需要怀疑的；有人犹豫和迟疑，她好像不那么典型。还是那个曾做过桑塔格的秘书、做过她儿子女朋友的西格丽德·努涅斯，这样谈到她对桑塔格的印象：苏珊·桑塔格是一位女权主义者，而且是一名觉得大多数女人都有欠缺的女权主义者。苏珊·桑塔格自己这样表述：“我当然承认男性与女性之间存在的区别，不过区别不大。显然，我们文化中的一切都在使这种区别扩大化。根本的区别可能只在于不同的生理结构和性器官。但是我不相信存在所谓女性的写作和男性的写作……我看不出有任何理由，女人不能写男人写的东西，反之亦然。”“我对女性怀有强烈的忠诚，但是并没有到只把我的作品投给女权主义杂志的程度，因为我对西方文化怀有同样强烈的忠诚，尽管它深受性别歧视的损害和腐蚀，但它仍是我们的文化。即使我们是女人，也必须与这个被腐蚀了的文化共存，然后努力对它做出必要的修正和改变。”“我不会去建立，也不会去废除一种女性文化、女性情感或女性情感的准则。我认为男性变得更阴柔、女性变得更阳刚都没有关系，那样的世界会更加迷人。”

“女性的解放不仅是拥有平等的权利，女性还应该拥有平等的权力，”苏珊·桑塔格强调，“我的观点是要废除一切隔离，我在反性别隔离的意义上是个女权主义者……”的确，桑塔格并不仅仅关心女性，她也关心同性恋、病患、遭到宗教追杀而逃亡的作家、战争中被忽略的民族。如果说，女权主义在本质上是关注弱者和边缘人群，给予被忽略与被损害者以平等，那么它所关注的，就不仅仅是女性。如果只关注一种性别属性，便与女权主义的本质诉求相悖，反而不那么女权主义了。

苏珊·桑塔格在评论里闪耀着思想的光芒，她的一个句子，就够我们在写作中跋涉一生。我简直是抱着一种教徒般的爱去爱她。尽管我几乎凭借本能地信赖她的文学品质和文学声誉，但奇怪的是，我一点都读不进去她自己颇为看重的小说，无论是《恩主》还是《在美国》，都并不喜欢。

8

“‘尊敬’这种纯金，如果不掺杂一定的恐惧成分，可能会太软。”

——尤瑟纳尔

与读苏珊·桑塔格的小说有相似的感受，我曾经也不喜欢玛格丽特·尤瑟纳尔，但后来却经历了巨大的转变。

一个了解我审美趣味的朋友对我说：“你肯定非常喜欢尤瑟纳尔。”我茫然。因为就像读苏珊·桑塔格的小说《恩主》和《在美国》，我第一次试读尤瑟纳尔的作品不解妙处。听他一说，我重新拿出来看，还是没感受到尤瑟纳尔的磁力和魅力，没觉得诱人啊，我没找到文字之间勾人的手指和能把我囚禁其中的饵料。我不甘心，隔了半年多又翻出尤瑟纳尔文集——不是吸引而是排斥了。我一般能够感知文字的肌理和节奏，但我最初看尤瑟纳尔的文字——它们像硬质页岩，词与词之间颗粒感强烈，不水乳交融，却形成稳固的内部结构，我甚至觉得它们是拒绝读者融入的。我想朋友误判了我的审美，在奇迹般的瞬间到来之前，我曾三次把尤瑟纳尔束之高阁。

有一天，我翻找别的资料，尤瑟纳尔的书掉下来。不知道情境和心境发生了什么样的改变，我突然找到了阅读的语感。天啊，我以前怎么抗拒数次？！尤瑟纳尔的作品对初次阅读的读者来说，容易觉得其中包含着先天性的拒绝；必须找到密钥，必须找到那句芝麻开门的咒语，才能豁然开朗，得以进入那个大放异彩的世界。一旦重新发现尤瑟纳尔，我在一个时间段里贪婪地悉数阅读，我不放过每一个字……完全不是蘸取而是沉浸，我像濒临溺亡者那样，因无力抵抗而感到缺氧的虚幻。我愧于自己曾经的轻率，庆幸自己终于没有错过。最经典的文字，如同黑胶唱盘上的古典乐曲，首次倾听时你无法跟唱，可能还略嫌它沉闷，你在其中找不到朗朗上口的节拍和重复性的副歌……然后，有一天，你才发现自己的内心甚至根本不配盘旋那样的旋律，根本不配像唱诗班那样加入对神的唱颂。有的作家让你愉快，有的作家让你沉思，有的作家让你疼痛，而尤瑟纳尔……她让你在膜拜中恐惧。

如果说苏珊·桑塔格的智识反而影响了她的小说表现，尤瑟纳尔则无懈可击。她是我无法评价的作家。尤瑟纳尔就像巨鲸，根本无法盛进任何容器里；或者说，她就是深不见底的海洋本身。她的浪涌，她的旋涡，她的洋流，她的飓风，无论怎样的孕育与毁灭，都在她从容不迫的节奏里。有些女作家性别特征明显，写作焦点终身集中在解决与母亲或者配偶的关系；有些几乎完全消灭了自己，让人无法判断执笔者的性别……玛格丽特·尤瑟纳尔，别说能不能从文字里区分男女的问题，我读《哈德良回忆录》和《苦炼》的时候，美与恐惧的双重压力令我浑身战栗，恍惚于这些是人写的还是神写的——尤瑟纳尔的头脑和胸襟有若神庙，令人敬畏。

“玛格丽特”在法语里是“雏菊”的意思。我们发现，法国文坛上的这两朵“雏菊”大相径庭。在中国的大众阅读领域，玛格丽特·杜拉斯这个名字比她的作品名气还大，而玛格丽特·尤瑟纳尔的知名度，远远低于她不世出的才华。玛格丽特·杜拉斯容易让人惊喜和兴奋，但微醺很快消散；玛格丽特·尤瑟纳尔，进入可能带有一定的难度和障碍，但这是一场宿醉，后劲大，等你意识到的时候已不能支配自己，你将深受其毒。其实，两朵“雏菊”都有天然的沧桑感，杜拉斯是一生下来就老了的早熟婴儿，尤瑟纳尔是永远不会死去的神。其实从我个人的角度，她们甚至是不能放在一起比较的——因为你能看到禽鸟的翅膀，但你看不到幽灵是怎么飞的。

如果说到身世，两个玛格丽特倒有一点相像。杜拉斯的父亲在她七岁时去世，尤瑟纳尔的母亲在她出生不久后去世——她们不曾拥有父母双全的完整童年。不幸的童年，或者非常规意义的童年，常常是锻造一个作家的初始条件。普拉斯八岁那年父亲离世。苏珊·桑塔格五岁那年父亲离世。八个月的伊丽莎白·毕肖普还在襁褓中父亲就离世了，五岁时母亲被检查出患有精神病。弗吉尼亚·伍尔夫的母亲在她十三岁那年离世。弗兰纳里·奥康纳的童年相对美满，父亲活到了她十六岁。总之，这些卓越的女作家在未成年之前，罩护她们的世界已天缺一角。作家在童年受过内心的罪，无论从伤口中分娩出的是敏感、脆弱还是独立、强悍，那都是她此后生涯中默默运行的东西。

生下尤瑟纳尔十天之后，她的母亲死于产褥热和腹膜炎。尤瑟纳尔从小受到父亲的加倍疼爱，她在法国度过生活优渥的童年，在数位女管家的呵护和家庭教师的悉心指导下，年少的她博览群书。成年以后到了母亲的坟墓前，尤瑟纳尔并无波澜："我在精神上和肉体上对她同样冷漠。她的坟差不多像一个陌生女人的坟一样，并不引起我更多的温情，人们只是出于偶然，向我叙述了那陌生女人的临终情形。"伟大的尤瑟纳尔只有娇宠她的父亲，我因此怀疑，她是否反而幸运地避开了母爱？母爱是盛大的暖意，也是日常的腐蚀，尤瑟纳尔避开可能影响她未来质地的软化剂，她才能以独特的情感发育，变成这样不循规蹈矩的世间罕有的合金型作家？

尤瑟纳尔对母亲的淡漠态度，让人隐约猜测她的"佛系"。尤瑟纳尔在美国一所学校教过近十年法语和意大利语基础课，师生们的印象似乎也支撑着这种想法。"她总是披着披风、围巾，裹着裙子，看上去就像一名修道士。她喜欢褐色、紫色和黑色之类的颜色，她很懂得协调色彩。她有着一种令人兴奋的神秘气质。""她行为怪异。她彬彬有礼，但是无人可影响她的决定。你瞧得见，她最大的愿望，就是赶紧上完课赶紧走。她对学校生活不感兴趣，人们试图了解她，无人成功。形象上，她令人起敬。她永远笔直，永远穿长裙，永远端正，像个中世纪的女人。""她对我们淡漠，从她讲课的样子，你能感觉到她要么是极度疲倦，要么就是不打算用心。身体笔直，而你能感到她智力上是松懈的。她讲的东西，她并不真的在思考。""她像一个权威的男性，有一种自然而然就高高在上的方式。她像男人一样吸引我。我到现在都不能想象她烤面包或者拿吹风机吹头发的样子。我甚至猜她一天天用的都是中世纪的器具。我们都听说她跟一个女人生活，但谁也不敢跟她提这个事。我想她肯定没有孩子，也从没想过做母亲。我记忆中的她仿佛是用岩石雕刻出来的；我甚至感觉她的脸像石头一般。她属于那种生活在时间以外的人，人们深信这样的人永远不会死。”

这个传言中的女人是存在的。沿着线索，就会发现，尤瑟纳尔私下的情感生活远非设想中的寡淡，而是相反。一九三七年，尤瑟纳尔曾前往伦敦拜见当时已成名的英国女作家弗吉尼亚·伍尔夫，伍尔夫描摹她的特征，“红嘴唇，精力充沛”，还写道：“这个女人肯定是有过去的。我觉得她把自己交给了爱情和智慧。”这是女性的、作家的、惊人的、准确的直觉。

一九三四年，三十一岁的尤瑟纳尔已经漫游了整个欧洲。她是双性恋者，情欲燃烧，“性”趣广泛，受到酒精和肉体的强烈吸引。在这一年，尤瑟纳尔遇到了同龄的美国女人格雷斯·弗里克，这是她一生最为重要的人。格雷斯的父母早逝，她由伯父抚养成人，获英语文学硕士。认识尤瑟纳尔后，格雷斯展开热烈追求，不断写信邀请尤瑟纳尔赴美。二战爆发后，尤瑟纳尔前往美国投奔格雷斯，从此两人开始数十年的共同生活。格雷斯倾尽所能、倾尽全力地陪伴、照顾和保护，把尤瑟纳尔只用法语完成的作品译成英文。无论尤瑟纳尔处于怎样的困境，格雷斯都因与之相守而心满意足。尤瑟纳尔深怀抱负，除了写作的荣耀，其他都是辅助光芒的道路；而格雷斯耗尽一生的光，只为照亮尤瑟纳尔写作的书桌。患乳腺癌的格雷斯受尽折磨，怀着一腔哀怨：“我没活够。我跟你活，哪里活得够。”格雷斯早于尤瑟纳尔九年离世。尤瑟纳尔不喜欢自己被写入传记，她在世的时候就已销毁了自己的部分资料。尤瑟纳尔的遗嘱规定，她与格雷斯之间的通信、日记等所有遗物，暂保留在哈佛大学图书馆和巴黎的出版社，在她死后五十年才能公开——也就是要等到二〇三七年，读者才能真正了解尤瑟纳尔与格雷斯的情感过往。

据说格雷斯去世之前，甚至完成了某种近似的移交，向尤瑟纳尔“推荐”了杰瑞·威尔森；或者说，尤瑟纳尔已经转向自己的未来——这位年轻的旅行伴侣杰瑞比她小四十七岁。七十七岁的尤瑟纳尔与三十岁出头的杰瑞一起旅行，彼此深深吸引，他们重新游历了尤瑟纳尔年轻时与格雷斯曾经去过的地方。尤瑟纳尔与杰瑞共同生活了五六年，她乐于显示这种亲密的关系，但也需要处理随后的麻烦。与尤瑟纳尔在一起期间，杰瑞认识了一个年轻男人并要求去印度旅行时与之同行，尤瑟纳尔同意了，却分明感到某种关系上的失落。杰瑞与尤瑟纳尔保持着复杂的情感交流和纠葛，直到因同性恋行为导致的艾滋病去世，死时未满三十七岁。杰瑞死了以后，尤瑟纳尔曾心灰意懒，感到自己老了。她在一个笔记本上发现自己从前记下的一个想法：“我认为我终于成功地彻底摧毁了自身的贪欲。”她在空白处补充了一个备注：“一九八〇年。不。”——一九八〇年，那时她遇到杰瑞。然而，尤瑟纳尔就是尤瑟纳尔，她渐渐恢复体力，继续创作。

一九八六年，杰瑞死后，她抵达巴黎下榻丽兹酒店。不仅是因为舒适，也是为了寻找杰瑞的踪迹。她想重走一遍杰瑞的路，任何地方都不放过，她要看一切，从杰瑞住过的酒店房间，到杰瑞死去的医院病房，还有杰瑞的火化场。这是深情吗？可以这么理解，我们也可以从中发现尤瑟纳尔的习惯。尤瑟纳尔不断旅行，这是年少的经历使然。风流的父亲居无定所，在漂泊的床上体验鱼水欢情；年幼的尤瑟纳尔跟着父亲四处辗转，过早地熟谙了欢场情事。尤瑟纳尔天然恣肆，她像自己的父亲一样喜欢旅行，沉湎情欲。从青年到晚年，尤瑟纳尔经常运载着行李和自己，完成地理意义和历史意义的漫游——特别的是，她似乎尤其喜欢回忆意义的重复之旅。格雷斯死后，尤瑟纳尔重新游历年轻时她跟格雷斯去过的地方；杰瑞死后，尤瑟纳尔不惜走远路，去专门购买一种杰瑞和她都很喜欢的蜡烛，以至于花费的气力超过体能，导致她进入半昏迷状态；尤瑟纳尔甚至花很长时间，去找寻曾经带着小狗散步的街道。

这种故地重游——我怀疑，不仅出自念旧的习惯，更是出自写作的习惯。第一遍是偶遇，第二遍是重逢；第一遍是眼睛里的素材，第二遍是内心的段落；第一遍是勾勒，第二遍是校正……到了老年，她把一切走成了回忆，并等待从回忆里生发的力量。就像一只经过长途迁徙的鸟，回望有俯瞰的高度，平静中有千山万水。我这样猜测，是因为尤瑟纳尔对写作的态度格外郑重，她从未辜负她自身携带的使命。尤瑟纳尔早已深怀抱负，她挚爱法语，确信自己能够为之增加伟大的遗产。她之所以避开人事纷扰，之所以接受生活中的一切偶然和挫折，之所以经历或讲述可怕的事情，反而有一种出世的镇静……护士迪迪一语中的："说到底，一切都可以成为您书中的素材，这个念头让您得到解脱。"玛格丽特·尤瑟纳尔斩钉截铁地回答："那当然。"对文学和荣誉的渴望，使她永不止息："如果时间允许，我也许会继续写下去，在另一本书里。"即使在即将离世的一九八七年，尤瑟纳尔依然聚焦创作——她随便在什么地方坐下来，就可以开始在膝盖上写；或者跟路过的人交流几句话，然后接着进入文字的世界。

回望尤瑟纳尔的一生，她几乎体验了全部的情感类型：异性的与同性的；同龄的与老少恋的；短途的与长情的；艳遇的与执迷的；痴心的与寡情的……她把女作家各种类型的感情体验个遍，然后活到丰沛的老年。当然，她经历过挫折：丧母，漂泊，失去财产，失去爱侣，疾病缠身……但她坦然接受命运的各种安排，有时平静得有些无动于衷，我们似乎琢磨不透，这种看似的寡情，到底是由于悲观导致的不计较，还是一种和宽容相似的淡漠。无论多么可怕的事情，她转述给别人也显得语气正常，包括自己感觉窒息的垂危时刻，对她来说似乎什么都算不得确切的不幸。正如，她似乎也没把生前就赢得不朽之名看成多么大的幸运。她是法兰西学院三百多年历史上的第一位女院士，院士服得请圣罗兰公司重新设计，连洗手间都写着名字，只供她个人使用。这样史无前例的绿袍加身，尤瑟纳尔似乎也没有当作多大的荣幸，据说自典礼之后，她甚至再也没有迈进过法兰西学院的大门。尤瑟纳尔有一种宠辱不惊的味道，所谓的镇定，或许是为文学准备的忘我——身临其境，心游物外，所经历的对她而言都是积累，所承受的都不能摧毁她，这是神的无情，这是神的全能。

她的作品融合感性与理性、哲思与诗意、古老与现代、西方与东方，血肉一体，这些元素无法被剥除和拆解，她不受任何拘禁。尤瑟纳尔溶解了历史、哲学、宗教、政治、伦理，特别厉害的是，她溶解了自己的性别与性格，是的，她溶解了自己。她的作品中什么也不缺，只缺少执笔者的痕迹。只看到魔术，看不到魔术师——这是神的创造。不是花蕾，不是发情的动物，而是支撑一切却匿形的春天；是的，春天能创造万物，只有神能创作春天。

正如让·勃洛特在《尤瑟纳尔论》中所言“没有作者”，这一特点贯穿尤瑟纳尔的全部小说创作。她就是皇帝哈德良，她就是炼金术士泽农……但她是谁？典雅而广博，你知道她不是什么，但永远不知道她是什么。尤瑟纳尔完全隐匿在文字背后的黑暗里，看不到身影和指纹，听不到声音和呼吸。

尤瑟纳尔每部作品都需要花费很长时间，反复修改。“有些书，不到四十岁，不要妄想去写它。年岁不足，就不能理解存在，不能理解人与人之间、时代与时代之间自然存在的界限，不能理解无限差别的个体……经过这许多年，我终于能够把握皇帝与我之间的距离。”她说，“我之所以选择用第一人称去写这部《哈德良回忆录》，就是为了让自己尽可能地摆脱任何中间人，哪怕是我自己。”

《苦炼》源于一九二六年左右开始创作的小说，此后时断时续，尤瑟纳尔与她的人物一起成长，一直到一九六八年《苦炼》发表，前后跨越四十二年的时间。刚开始写作时，尤瑟纳尔和她的主人公泽农出去游历时的年龄相仿；当结束写作时，她已经比泽农去世时的年龄年长五岁。从创作手记中可以看出，四十年来尤瑟纳尔是如何涉猎文艺复兴时期的宗教、法案、炼金术士、风俗等包含细节的历史资料，因为泽农本身兼炼金术士、哲学家、医生的多重角色。尤瑟纳尔不断地走着回忆之路，想象之路，她的脚步落在泽农的足印里，她为此详细记录："一九七一年，我在布鲁日的街上重新走泽农来来去去的每一条路，比如，他怎样变换线路去铁匠铺给人看病，哪一个地方是他吃饭的客栈。他在哪一个街角看见成为阶下囚的伊德莱特。"她如此熟谙角色的一呼一吸，熟谙他们的一饭一蔬，甚至他们的生日还会为他们烤制蛋糕。如此付出，使尤瑟纳尔获得小说家"完全进入人物角色"的特权，她彻底化身为生活在中世纪的泽农，正如她在创作笔记中所谈到的："无数次，夜晚，难以入眠，我仿佛觉得自己将手伸给泽农，他累了在休息，躺在同一张床上。我很熟悉这只灰褐色的手，修长，手指扁平，干瘦，指甲很大，颜色很浅，剪得很干净。手腕骨头突出，手掌凹陷，布满纹路。我感觉得到这只手的力量，它准确的热度。"

照料她的护士迪迪回忆，晚年的玛格丽特·尤瑟纳尔在疾病摧残下依然竭力维持自己的尊严。医生为了测验她的记忆力，请她说出自己的出生日期。此前她曾高傲而狡黠地回避可能伤及她自尊的问题，此时，已经不能保有完整记忆的她反问："那么，您可以告诉我哈德良皇帝的出生日期。"你可以说这是一个骄傲的灵魂，因为疾病和衰老依然无法盗取最为宝贵的东西；你也可以说这是一个谦卑的灵魂，玛格丽特·尤瑟纳尔像全然奉献的雌蛛，让作品像孕育出来的幼蛛一样以凌迟的方式吃掉自己。当尤瑟纳尔进入生命的倒计时，她已经不认识周围的人了，护士迪迪这样说："当她平静下来时，甚至她谵妄中时，她都是迷人的。她有时用英语，有时用法语，讲述她的旅行，她看见自己站在舞台上进行评点，表示赞赏和鼓掌。她再一次显得与众不同，她与任何一个说胡话的老妇人都不一样。她的话语仍然那么优美和连贯。只不过与现实再也没有关系而已。”尤瑟纳尔与自己作品之间的距离消失了，她不再是创作者，而是融入所有。她把自己动脉里的血泵入每个角色的毛细血管里，她把自己的骨殖打成碎渣和粉末，灌注每个角色的肉身。

蜘蛛和上帝都是慷慨的，最卑微的生命和最伟大的造物主都是如此。之所以说尤瑟纳尔的小说“没有作者”，因为她并非简单地搬运自己的经验，并非仔细抹除了自己的指纹；作者之所以认不出，之所以消失了，是因为她研磨了自己，完全溶解在字词里，她彻底地为作品献出了自己……如是，尤瑟纳尔因人的谦卑而抵达神的伟大，她完成了由人到神的演化。她的原名是玛格丽特·德·凯扬古尔，十八岁时她将自己世袭的贵族姓氏中的字母颠来倒去，乱码式地重新组合，由此诞生了一个奇怪的姓氏：尤瑟纳尔。她就这样，把自己放逐于家族的谱系之外。尤瑟纳尔靠自己的力量，完成晋升为神的个人史诗：世间没有谁，能为她命名；尤瑟纳尔的母亲早逝，尤瑟纳尔自己也没有生育，血缘既无来处，也无去路；除了尤瑟纳尔所创造的，她本身再也不会显形……她是神的传说，是万物的奇迹，是荣耀的历史，是永恒的沉默。

9

“所有的女人都将拥有翅膀，跟我一样！”

——安吉拉·卡特

对尤瑟纳尔的作品，我经历过从不能接受到彻底接受的转变。也许是某种唯心主义的执念，我的阅读往往受感性支配，对某一个作家容易态度极端，喜欢或排斥都是整体性的。但安吉拉·卡特，是个例外，因为她不像其他作家那样有着内在的作品稳定性，安吉拉·卡特让人琢磨不透。读书的感受不同，有的作品能让我产生理智的好感，但我更喜欢狂乱的兴奋，哪怕古怪而陌生的规则之外的表述。多用一个新词，尝试一种新的表达，不是浪费而是生产和创造，就如同文学的破坏力反而是种有益的建设。

随便翻开一本安吉拉·卡特的小说，就能发现她的与众不同。比如《魔幻玩具铺》开篇，写青春期女孩性意识的苏醒，非常传神："十五岁那年夏天，梅勒妮发现自己的身子是肉做的。哦，我的美洲，我的新大陆。她着迷地展开探索全身上下的旅程，翻越自己的山脉，深入自己潮湿富饶的秘密幽谷，俨然科尔特斯、达·迦马或蒙哥·帕克。她裸身站在衣橱镜子前看自己，一看就好几个小时。她伸出手指沿着肋骨的优雅结构滑过，感受心脏在肉体内扑腾跳动，仿佛蒙在毯下的鸟，接着手指从胸骨往下画一条长线到肚脐（那是个神秘的山洞或岩窟），再用掌心摩挲自己有如初生翅膀的肩胛骨。然后她扭动身子笑起来，环抱自己，有时会兴奋激动得来个侧手翻或者倒立，她不再是小女孩了，这是多么丰美的惊喜。"

在《新夏娃的激情》《爱》等篇目里，安吉拉·卡特写得那么琳琅满目、光怪陆离，让我目不暇接；她那么异想天开，离经叛道，蓬勃的野性大放异彩。那种雌兽般赤裸而坦诚的情色，那种既原始又前沿的女性主义，让我彷徨无措。最初阅读安吉拉·卡特，我能发现她的巧妙、精妙、奇妙、玄妙和美妙，同时也体会着不适、不测、不祥、不安和不快……奇幻瑰丽又毛骨悚然，她溢出我习惯中的审美。

安吉拉·卡特是英国最具独创性的作家，她被喻为寓言家、先知、神仙教母。这个神秘女巫，在自己的王国里，用文字的坩埚和曲颈瓶酝酿千变万化的美妙化学，配制她的独家迷药。服用者目眩神迷，由此坠入那个童话与神话之间前所未见的幻境。一切，仿佛目睹精怪拼贴出的咒语，仿佛进入塔罗牌的梦魇世界——那里繁密的花瓣上悬托着精灵，错乱的根系里缠裹着骷髅；那里缭乱缤纷，到处是关系的暧昧、感观的放纵、审美体验上的极致享乐与倏忽而至的杀伐之气，到处是快活的罪恶、磊落的淫秽、调皮的残忍、天真的情色……变态与血腥，绚丽而糜烂，字里行间都是湿气昭彰的令人陷溺的沼泽。一切，就像塔罗牌中的角色或者包藏祸心的情侣那样，翻云覆雨中吉凶莫测，有着对称中相互背叛的腿，以及倒错下瞬间亡命的脸。

安吉拉·卡特的魔幻与巫术，有时像发生在一个马戏团般的世界里。她的确热衷描绘马戏团的场景，比如她笔下的著名角色飞飞，就是个生有翅膀的空中飞人。我记得自己读到《马戏团之夜》时瞠目结舌，因为符合习惯的空中飞人形象必然是玲珑如玩偶，轻盈到仿佛拥有鸟类那样中空的骨骼，可安吉拉·卡特塑造的飞飞是个女巨人：壮硕、结实、威风凛凛。这使得飞飞缓慢悬停空中的画面，更惊心动魄，更具危险带来的压力感。马戏团和杂技演员，都充满了灿烂与浮华，充满了狂野的冒险元素，充满了对现实逻辑的冒犯，却因为她卓绝的描写而令人信服。

她是一个缝制百衲衣的天才，就像用碎片拼制杂耍演员的戏服那样，她改造和拼贴童话和经典文学，使之陌生并令人震惊。享受这种旧瓶装新酒的互文性，“尤其是，如果新酒可以让旧瓶爆炸”。安吉拉·卡特认为，《睡美人》《穿靴子的猫》《小红帽》《灰姑娘》等等——“这些摇篮故事都是精心乔装的政治寓言”。童话这种形式，不仅是现实生活的微缩景观，它包含的隐喻和影射里有着对现实法则的背叛——童话的红色里，既有夺目的鲜艳，又有血腥的残忍。安吉拉·卡特的哥特式暗黑童话更是如此，大胆甚至邪恶，它们背叛甚至是审判了童话中原有的甜美内容和伦理。

拼贴、挪用、篡改，安吉拉·卡特完成对原有情节和典故的价值颠覆。她把撕碎的残片，在万花筒中轻轻旋转，就幻化为不可思议的新景观。戏谑与戏弄，恶意与恶作剧，邪欲与邪行……有着猫一样既是孩子又是杀手的微笑，安吉拉·卡特的童话野性而天真，她在禁忌区里肆无忌惮，不被功能性的教化所收买，有着不驯服的激情和渎神的乐趣。她的逆反并非带着怒气的抵抗，而是一种轻快的反讽，在最残酷的情节中也包含着滑稽与玩笑。

许多读者刚开始看她的作品，可能像我一样，心里乱糟糟的，难以立即说出到底是喜欢还是不喜欢——她像个用赃款完成捐赠的慈善家，甚至在道德上难以置评。小说里的那些人物，就在那儿令人瞠目结舌地做爱，或者兴高采烈地作恶。当然，安吉拉·卡特元气淋漓、胆气饱满，具有令人战栗的才华，但那些高密度的闪耀文字不仅让目力不适，也充斥着大大咧咧、毫无羞臊的放肆肉欲。学院派的教养和知识储备，没有让安吉拉·卡特变得束手束脚。往远说，我们从中能够感知拉伯雷、薄伽丘那种津津乐道的欢乐而有力量的风俗感和粗俗感；往近说，我们能在阿莫多瓦和库斯图里卡的电影中找到那种眼花缭乱、活色生香的味道，那种浓郁的狂欢节里随时享乐的气息，那种插科打诨、无法无天的氛围，那种雌雄同体，并在镜像中翻倍为复数的性别倒错与身份交叠。即使这种审美趋势，容易让人动摇对其文学严肃性的认识，她依然信马由缰，持续带来美学上的冲击力和破坏力。当《烟火》出版时，后来成为安吉拉·卡特重要朋友的洛娜·塞奇曾评论安吉拉·卡特是“最使人亢奋的作者之一……同时你一定会发现她品位的庸俗；她用自嘲的扭曲快感代替了自知的克制。总的来说，《烟火》是她才华的优秀样本——时而扣人心弦，时而糟糕透了，却总是不知悔悟。”

安吉拉·卡特让人又爱又恨，让人不适。不仅因为她对自己的才华那种毫无节制甚至毫无节操地运用——高密度、高压缩感、高饱和度，像是被油漆笔刷出来的句子。不仅因为她的狡黠与刻薄——刻薄来自观察的犀利和表达的精确，安吉拉·卡特使之不成为缺陷，而是一种灵敏、综合而及时的天赋。不仅因为她擅长反唇相讥，有着兴高采烈乃至妙趣横生的恶毒——她使正确变成乏味的平庸之举。不仅因为她的作品里充满极端任性的关系设置和突兀的情节翻转，明明毫无道理，她却有本事无论在什么样的歧途和困境里都能痛痛快快地活下来。我们的不适，不限于她的语言与技术，还因为她对习惯和奉为经典之物的解构和破坏。她写得怪异而鲜活，逾越纪律和禁忌：恋物、残杀、滥交、乱伦，围绕诸多罪行，展开人物之间纠缠不清的血缘与情爱上动荡的施受关系。在安吉拉·卡特视为美味的故事里，在内心被道德捆绳所绑缚的人看来，明显带着幸灾乐祸的下流、得意扬扬的轻浮和肆无忌惮的残虐。没有什么能约束她，教养、传统、伦理。她就喜欢那些使人道德上不安的情节，因为道德常常是社会管理成本最低的手段，但会伪装为情感的归宿、灵魂的乐土、日常生活的正义。安吉拉·卡特把艺术视为无奈的政治，但，她的政治让人不适、惊恐乃至震怒，尤其是对性别的理解和塑造。安吉拉·卡特是非常自觉的女性主义者，但她并没有被观念所捆束，被立场所限定，而是获得百无禁忌的自由，多了理解和表达的工具和武器。她写过声名不佳的科莱特，并与波伏瓦对比：“当然，科莱特不可能写《第二性》，正如波伏瓦不可能在大众舞台上裸体跳舞，这正是两位伟大女性各自的局限。”

安吉拉·卡特曾担任创意写作的指导老师，当课堂上有人带着几分刁难地问道：“你的作品什么样？”她的回答石破天惊：“我的作品像冰刀一样划过男人阴茎根部。”安吉拉·卡特讨厌把女性处理为无知无辜的受害者，对她们没有什么廉价的同情与安慰。她的传记作者英国作家埃德蒙·戈登这样表述："不管多么厌恶英国社会的父权意识，她还是感觉女人如果只是简单地怪罪男性的侵犯，她们就要为这种意识的延缓负一定责任——在此过程中，她们作为同谋固化了'女性是柔弱的性别'这一臆断。"

安吉拉·卡特擅长改写人物命运，尤其是改写温柔顺从的女性形象。连小红帽们都并非被引入歧途的小姑娘，她可以色情地主动把狼人毛茸茸的头部揽向自己贪欢的肉体，也可以用猎刀剥夺狼的力量，剥夺传统社会中狼作为男性力量的象征。在她的作品中，有大量从绝境中反转命运的女英雄，为了复仇不惜以暴制暴，或者以性爱来俘获她的猎物。

在《染血之室》里，安吉拉·卡特版的《蓝胡子》这样描写：

> 细薄的平纹棉坯布猛燃起一阵火向烟囱蹿去，像只魔幻的鸟。接下来是她的裙子，她的羊毛袜，她的鞋子，全都进了火里，永远消失。火光照透她的皮肤边缘，如今她身上只剩下未经碰触的肉体，令人目眩的赤裸的她用手指梳开头发，那发看来白得像屋外的雪，然后她径直走向红眼睛的男人，男人蓬乱的鬓毛上爬着虱子。她踮起脚尖，解开他衬衫衣领的扣子。
>
> 你的手臂真粗呀。
>
> 这样才好把你抱得更紧。
>
> 此刻，世上所有的狼都在窗外嗥叫着祝婚歌，她自动送上那个欠他的吻。

安吉拉·卡特的小红帽，才不是什么被骗的无知儿童，她是这样写《与狼为伴》的：

你的牙齿真大呀！

她看见他的下巴开始流涎，满屋尽是森林的《爱之死》歌声，震耳欲聋，但这明智的孩子丝毫不退缩，尽管他回答：这样才好吃你。

女孩大笑起来，她知道自己不是任何人的俎上肉。

在《萨德式女人》的文论里，安吉拉·卡特曾这样形容："代表女性的往往是数字0，被动的、环形的字母O，一个'代表无的符号''一张沉默的嘴，牙齿已被拔光'。"她继而以石破天惊的思路，重新解读因性虐和变态而备受争议的萨德，并充分肯定他对于女性解放的意义。安吉拉·卡特张扬女性的权力与自由，提出"道德色情"的概念，构想一种服务于女人的色情作品。她认为对繁殖的崇拜仅仅在于它能带来社会的稳定和繁荣；离开了繁殖的功能，性才能在男女之间自由而平等地流动。她的写作带有强烈的游戏精神，又包含清晰的政治寓言，安吉拉·卡特塑造的女性形象，不再受困于情欲的绳索、关系的迷宫、父权社会为女性留下的教条；她们不是讨好的玩偶，不是衰退的幽灵——她们不再被动，并非男人美丽的奖品或祭品。对萨德式女人而言，性提供愉悦和享乐，性甚至是犯罪的手段，不是繁殖的工具。她们在放荡中毫无悔憾，反而逍遥快活；纵情纵欲的一切，都像是梦魇中的犯罪，不需要支付成本，不需要承受惩罚。

安吉拉·卡特是一个难以被归类分析的作家。甚至不能说她在某个群落的前端或边缘，她单枪匹马，骁勇无敌。安吉拉·卡特只是安吉拉·卡特，我觉得她不能被叫作安吉拉，不能被叫作卡特，对她的名字，我不习惯简读和缩写。她是难以被压缩和概括的，她只能是安吉拉·卡特。她不像任何别人。狂飙突进，她有生出新世界的子宫。安吉拉·卡特给人带来狂喜和不适，阅读起来会像害喜似的……那是一种新生事物带来的恶心感。

也许因为缺乏风格上的同盟，或者在判断上令人迟疑，在相当长的创作时间里，安吉拉·卡特并未取得与她的才华相匹配的声誉。她在世的时候，只是一个仅有小众拥趸的边缘型作家。她在文字里毫无畏怯，会得意于自己挑衅的有效性。在那些热情奔放的表达里，她没有把吓得瑟缩发抖或气得血脉喷涌的守旧者放在眼里。她的强悍体现在，孩子气地像推倒积木一样推倒巍峨建筑般的观念。她似乎满不在乎，其实她在意评论的反馈，期待受到瞩目，会因为担忧某个作品完成得不好而陷入恐惧。安吉拉·卡特有时极端自信，在写完《霍夫曼博士的魔鬼欲望机器》之后，她给好友写信说："就算不是杰作，它也不比近三十年来任何一本英语小说差。"出版社的否定性反馈对她打击很大，她走向极端的自我怀疑，泄气地表达："真正让人毛骨悚然的是，我有时会感到自己根本就是天赋平平。"她甚至会以校对为借口，抱走自己一本辗转许久受到质疑但终于即将出版的译作，再不归还。安吉拉·卡特自由奔放的表达，让人误以为她所运用的字词是活的，它们相爱、结婚，生下这个世上前所未见的孩子……在任何情况下都能妙语如珠，她的写作似乎从来不需要咬笔的停顿。但，一切并非信手拈来，她会做大量的案头准备，勤奋阅读，参考文献，她认真到经常拖稿。所以，安吉拉·卡特的自信，有时未必像她自己想象的那么结实。就像对《霍夫曼博士的魔鬼欲望机器》，她会形成极端反差的前后判断。

就《霍夫曼博士的魔鬼欲望机器》而言，坦率地说，我本人并不喜欢，虽然里面有我迷恋的卡尔维诺、博尔赫斯一系的质素，但整本书那种漫威加科幻的乱炖味道，不是我偏爱的口味。包括《英雄与圣徒》，包括《马戏团之夜》的后半部分，我都无感。我喜欢安吉拉·卡特的，是她那些精湛的短篇小说，是她耀眼的处女作《影舞》，是《马戏团之夜》的前半部分，是她走向圆熟与欢快的最后一部作品《明智的孩子》，等等。

她黑色而华丽的文笔令人惊艳。没有黑色，华丽就显得太过风俗；没有华丽——黑色就显得太过沉闷，她使两者相加的效果远大于和。拥有那种天真的邪念带来的致命诱惑——这既可以用来形容梦露的美貌，又可以用来形容卡特的魔笔。如果说，作家的写作如河流，即使有分支，也有基础的走向，但安吉拉·卡特让人无所适从，她是那种能够随水变成洪水的河流。迷恋她的，认为她能以好品质来表现恶趣味，就如恶趣味丝毫没有影响她的好品质，安吉拉·卡特天然拥有嘲弄道德的自由；讨厌她的，认为她并未把轻浮和败坏转化为优雅，她的下流永远不是正义，只是算不得正义的杀虫剂，祭杀那些有罪的文字。安吉拉·卡特还有一个特别奇怪之处，她明明早已死于她创作最好的时候，可我阅读她的同时，却像担心一个活人那样担心她，因为她写得光芒四射，她挥霍才华，几乎到了惊人浪费的程度，令人心惊肉跳又痛快淋漓，这种古怪的感觉一直追随。

一九九二年二月十六日，五十一岁的安吉拉·卡特死于肺癌，死于创作的盛年。这真让人悲伤，设想她那些没有完成的计划，比如《被删除的感叹词》——唉，仅仅是这个题目，就太有质感、悬念和吸引力了。不过，在她离世的一九九二年，我还没有从大学毕业。我读的是汉语言文学专业，但尚年轻的我整日浑浑噩噩，不怎么读书，古典文学读得很少，对国外的现实主义、魔幻主义或者两者的结合也近乎一无所知。人到中年以后，我才有迟来的醒悟。及早遇到那些能够打开视野、引导方向、调整审美的杰出作家有多么重要，虽然不能像《冰风暴》的原著作者里克·穆迪那样，二十岁时曾做过安吉拉·卡特的学生，但假如在年轻时就遭遇卡特，肯定是有助远离平庸的捷径。其实安吉拉·卡特的译本引进中国多年之后，我才阅读她的作品，并遗憾于如果我早些开始，就能更早发现自己对文学的理解有多么墨守成规、多么僵化。近几年，我去过英国的巴斯，参观已成为著名景点的简·奥斯汀故居，参观有着蜂蜜色砌石的浴池……但当时没人告诉我，安吉拉·卡特在这里的海丘巷五号居住过数年。她住在巴斯的时候，还没有声名日隆。有些作家在毫无悬念的成功中逐渐松弛，他们的才华不再绽放；相比于此，寂寞有时是件曲折的好事，作家在困扰之中的探索是种更值得期待的冒险。然而对安吉拉·卡特来说，是否减少了经济和杂事的纷扰，她的怒放便会更加精彩？总之，这是一个带有不幸色彩的事实：安吉拉·卡特的早逝在某种程度上，帮助铸造了她的传奇。

“死后的第一个早晨，安吉拉·卡特即跻身伟大作家之列。”埃德蒙·戈登在其传记作品《卡特制造》中说，“她去世后的三天，悍妇社（与她名字联系最紧密的出版社）卖出了她所有的书。……她的长期拥趸对这波盛赞——与她从前获得的认可完全不能同日而语——十分愤慨。超过二十五年来，安吉拉·卡特一直在产出逆时代主流的长、短篇小说和新闻报道。在英国文学最为清醒的现实主义者所统治的时期，她玩起了不登大雅之堂的哥特恐怖、科幻小说和童话题材，信马由缰地描写奇异和超现实的景象。她的作品时而滑稽，时而性感，忽而恐怖，忽而残忍，但始终具有锋利而颠覆性的智慧和华美的文风。她想要拆解支撑我们生活方式的神话角色和结构——尤其是关于性别身份的种种神话，在她生命的最后十年，她已经变成了女性主义的象征。但正是现在，在她已然销声之时，她的才华才得到广泛认可。”《卫报》周刊上的讣告里这样褒扬：“她反对狭隘，没有任何事物处于她的范围之外：她想切知世上发生的每一件事，了解世上的每一个人，她关注世间的每一角落，每一句话。她沉溺于多样性的狂欢，她为生活和语言的增光添彩都极为显要。”这个特立独行的天才在死后，读者迅速弥补了她自己生前甚至已经习惯的忽视。安吉拉·卡特受到狂热的追捧——被爱慕，被奉承，被崇拜。如今她成为英国文学研究中的热门，在二〇〇八年权威媒体评选的“战后五十位英国最伟大作家”排行榜中，安吉拉·卡特位列第十，超过了大名鼎鼎的伍尔夫。

作为好友兼粉丝的萨尔曼·拉什迪把卡特称为“善良的女巫”，他说：“我所认识的安吉拉·卡特是最满口粗话、毫无宗教情操、高高兴兴不信神的女人。”“很多作家都清楚她是真正罕有的人物，她是真正的独一，这个行星上再也不会有任何能与她相像的东西了。”拉什迪之所以在《纽约时报》悼文中这样写，是因为他认为：“她这个作家太富个人色彩，风格太强烈，不可能轻易消融：她既形式主义又夸张离谱，既异国奇艳又庶民通俗，既精致又粗鲁，既典雅又粗鄙，既是寓言家又是社会主义者，既紫又黑。”拉什迪这段矛盾而准确的概括，让我在对安吉拉·卡特的作品感兴趣之外，还特别想了解她的私人生活。

“为什么人们要对我无聊、孤僻、渺小而又乱糟糟的生活感兴趣？”安吉拉·卡特曾对读者的好奇有此疑问。不过，她的情感生活并非她自己描述的那么乏趣。不仅是离经叛道的文字挣脱枷锁，安吉拉·卡特的个人生活也是寻找自我的一条践行之路。正如她自己写过的话：“所有的女人都将拥有翅膀，跟我一样！”

一九四〇年出生于传统保守家庭的卡特，曾长时间受控于宠溺她的母亲。后来，她不惜主动地激怒母亲，背离她原来的教养和教育。安吉拉·卡特因为叛逆父母等各种原因，亲手破坏自己上牛津大学的机会，很早嫁给了大她很多的化学教师卡特。后来她利用毛姆奖的奖金逃离婚姻，在日本极端父权文化情境的刺激下，成为一个激进的女性主义者。不过，她终身保留卡特这个前夫姓氏。她有过日本男友荒木创造，也曾与小自己十几岁的韩国少年陷入爱河，也曾以偶遇来解决自己暴躁不安的肉体渴望。她的文字里流淌着情欲的液滴，情色本身，也是人间至为重要的享乐游戏。一九七三年夏至一九七四年秋是她成年后最长一段没有恋爱的时期，她既满足于单身，又为缺乏性生活而沮丧。“我感觉就像是坐在这个张着嘴的、充盈着液体的大洞上。”

她写道，“耶稣啊，女性的性欲真是一副残酷的十字架。”后来，她与比自己小十五岁的马克一见钟情，同居多年育有一子——她临终才结婚，为了法律上的方便。

有意思的是安吉拉·卡特一生中发生的几次重要转折，以及这些转折的方式。

安吉拉·卡特曾患有肥胖症，八岁时体重就达到四十多公斤，衣服都是成人尺码。在母亲的溺爱喂养下，她在青春期的时候已长成“庞然大物”。安吉拉·卡特的成长，原本缺乏让她叛逆的突变因素。但是，当她发现母亲有着幼化子女的倾向，便开始蓄意反抗，不再做那个乖胖的女孩。严格节食、开始抽烟、说粗话……这是安吉拉·卡特在主动剪除和母亲之间的精神脐带。她的形象，从胖成一个畸形的负担，到拥有可以炫耀的身材——安吉拉·卡特在短时间内，走到两极。

骤变，其实在她一生中的不同领域有过数次重复。有人认为安吉拉·卡特嫁给老师卡特，是擅长利用婚姻，包括选择时机和估算收益。我不这么看，完全不能认同这样的揣测。事实上，在安吉拉·卡特去往日本的时候，她并未对婚姻解体做出准备；就像她离开日本的时候，也从没想到会离开她的情人荒木创造；就像她重返日本，荒木创造没有在海关迎接，当她带着焦虑、愤怒和悲伤前去寻找时，却意外路遇一个求欢的陌生男孩，于是他们在一个满是镜子的房间疯狂交媾……如果从表象上看，容易得出对安吉拉·卡特的印象：“爱的到来像一道霹雳，走出去也一样，甚至更快。”不仅爱情的结束，友谊的解体也有类似的痕迹。无论是跟写信多年的好友卡萝尔还是重要的评论者洛娜·塞奇，在某个时刻，好像都是由安吉拉·卡特主动让她们之间的关系动摇和疏远——事前没有铺垫，事后没有犹豫。包括安吉拉·卡特的居住地——喜欢巴斯就住了三年，离开巴斯也立即行动，而原因，同样都是这里的宁静。她买房也有一定的随机性，去哪里任教也有一定的随机性——经济困窘时，她会抓住到来的任何一个机会，哪怕在另一个大洲，另一块大陆。安吉拉·卡特像是听任自己莽撞的好奇心与即兴的热情，在具体事件上缺乏处心积虑的预判，哪怕重大抉择，她也愿意掷出命运的骰子，听任于命运的偶然性。但，这并非放弃自主的结果，我认为这里有着必然的基础。

她严格自律，把自己的身材从脂肪中雕刻出来；她曾是个口吃患者，后来变成一个富于交谈魅力的人，甚至富于表达的进攻性；她从害羞内向，变得胆大妄为；她从听起来保守的妻子变为开放型的情人……尽管她从溺爱自己的母爱中反叛，从表面看不出端倪和裂纹的婚姻中逃逸，对自己的极端反弹和反抗毫无预警，选择和转折非常突然，一旦下决心改头换面，就孤往绝诣，有种不再调整和改变的决绝，但我不认为她天生果断。其实，积攒自我改变的气力并不容易，必须近乎无情地断掉自己的后路，防止非常易于发生的犹豫和妥协使自己前功尽弃。她把自己驱赶到足够远，远到对别人抱歉和对自己恨悔也不能回头的地步。恰恰是为了防备某种惯性会威胁到她产生依赖，会影响她的独立性，安吉拉·卡特才付出一种矫枉过正的努力，夺取对生活的自我控制权。

如果没有偶然因素触及，安吉拉·卡特非常擅长忍耐，一旦被某个因素触及，她会变得或主动，或耐心忍受，在失控边缘尤其容易做出即兴或剧烈的反击。安吉拉·卡特曾经把她决心成为作家归因于一个重要时刻——别人借给她的一张碟片上有剧院演员朗诵波德莱尔和兰波的片段。安吉拉·卡特说："那张碟片是诱因。就像用罐头起子撬起了我的头颅，让所有的内在变形。"其实安吉拉·卡特就像这样一盒罐头，在不被撬动的时刻，像罐头一样天长地久；一旦被撬动，一切的变化，都会立即发生。

人如其文。尽管有时，这条规则看起来不那么明显，但作家的价值观和审美总会在作品中有所流露；即使在虚构情节中，也隐藏着作家秘而不宣的心理轨迹。安吉拉·卡特的故事中总有非常陡峭的情节翻转，她笔下的人物总是遭遇突如其来的大火、劫掠或其他灾难，把既定的生活摧毁，变成废墟，主人公不得不开始崭新的道路。其实，安吉拉·卡特以强力的破坏手段驱离自己，就像她所描绘的角色一样，她是自己生活的纵火犯，烧成灰烬，为了使自己不再回头，然后她以戏剧化的方式，把自己投入到命运的轮盘赌里。所谓勇敢，有的是做别人不敢做的事情，有的是做自己不敢做的事情，安吉拉·卡特通过持续地做自己不敢做的事情，来完成别人不敢做的事情。

所以，这不是随波逐流，安吉拉·卡特从未在根本方向上整体构建自己的人格。无论悬置其上的是父权、母权还是神权，她都没有在垂直的叹号式的恐吓下，成为压在鞋底的小虫。她不断对抗，更是对抗那个可能不再对抗的自己。看起来的大相径庭，看起来的矫枉过正，是因为只有从内部进行革命，才能洗面革新得如此彻底。当她决意叛逆，勇敢地打开了潘多拉的魔盒……从中释放出的，不再是臃肿的肉虫，而是一只被囚禁的最终超越自我的蝴蝶。

生活中的安吉拉·卡特和她笔下的人物一样，着迷于冒险，并且和她的主人公们一样，为偶然性承担后果。安吉拉·卡特从不自虐，她不断调整自己。她是一个寻求自我解放的人，努力培养着自身的活力和明智。她明确意识到，自身的极度忧郁与羞怯已沉积到往昔的记忆之中。她的一切越来越好，实现了充分的自我满足、自我肯定与自我平衡。熟悉她的清洁女工都提供出可靠的证言："安吉拉看上去很野性，但她是最温和的女人……是你希望拥有的母亲的类型。"安吉拉·卡特说："我年岁越长，就越感到无限轻松。"她写过《织被人》，几乎是个勾勒她自身的传记性故事。其中的叙述可见，安吉拉·卡特将自己视为自己身份与幸福的唯一创造者。

安吉拉·卡特早在一九六七年出版的《数种知觉》中写过:“死亡肯定不骄傲，甚至连自尊都没有；他实际上是个挂着铃铛和气球的小丑。”当一九九一年她被确诊肺癌时，在本能的恼怒之后，她坦然接受事实，并为自己恰好在患病前购买了巨额保险而沾沾自喜。安吉拉·卡特井井有条地整理日记、处理财产，她勤恳而详细地安排自己即将开始的葬礼，有序而轻松地与朋友告别，她把从容的幽默感维持到了生命的终点。

10

“我要积聚一种力量可以让我得到永恒的庇护。”

——西蒙娜·德·波伏瓦

我年少懒惰，虽然上的是中文系，大学期间读书并不多。在有限而狭窄的阅读里，文学里尤其散文里的女性，几乎是由类型化的祖母、妈妈和姐姐组成的。她们因为劳动而贫穷一生，渐渐像即将死去的虾那样弓弯起腰背，被河流裹挟着流向远方的海，流向比眼泪更咸的命运，仿佛是作为被牺牲的食物去喂养整个世界。我们习惯了受苦的“好女人”，不习惯安吉拉·卡特这样享乐的“坏女人”——她提示了令人陌生的女性生存可能，她竟然可以像海胆一样保留自己的刺，并且用这些棘丛自由行走。

我后来读到一些女作家，她们是如此有力，如此有趣，如此有刺甚至有毒。对于文学来说，毒是一种巧妙的进攻，刺是一种有价值的锋芒。我联想起令人敬畏的雌蜂——毒是化学的，针是物理的，蜜蜂的尾针有着生物学的完美毒性。它们随身携带武器，誓死捍卫，不惜以命相搏，但正是它们，让美和果实得以传播。一根针，无论是在刺绣还是在复仇，它都可以一剑穿喉；一只雌蜂，无论它是在舞蹈还是在酿蜜，你都会心怀敬畏。从这个角度来说，所有的雌蜂都是刺客；从文学的意义来说，那些女作家在这个世界有着更为夺目的绽放。她们留给我们不死的春天。青春和衰老，在女作家这里不是递进的时间过渡。比如青春吧。我怀疑在萨冈这里，青春是个贬义词。萨冈们永远停在青春期，读者往前走了，她们还停在原地，没有层次和后劲；她们的创作没有发酵，一切都大致保留最初的样子。在安吉拉·卡特那里，青春更近于褒义。安吉拉·卡特们的活力在于，她永远比你年轻，也永远比你老，她们的作品里不是无知的童年，而是成熟的童年。青春是暂时不老，童话是永远不老。青春期弥漫的情绪，像气体缺乏方向；成熟期的毒针不同，它有着对爱恨和生死的裁夺力量，永远保持着尖锐的方式。

我喜欢书页里的枯花更胜于新鲜的蓓蕾——不是因为喜欢亡灵更胜于生机，而是我觉得枯花活得更长，因为它有记忆所增添的灵魂之重。这就像我读过青春荷尔蒙类型的作家，后来阅读兴趣转变，会更喜欢茨维塔耶娃、毕肖普、尤瑟纳尔。这当然与我的个人成长有关。当我年轻，容易听任或者说是放任自己被情绪化统治，并享受其中伤颓所带来的麻醉快感。及至中年，就难以从那些作家自恋的自洽或自厌中获得满足。我对美的理解，发生着变化。

就像小时候我只喜欢年轻漂亮的女性，她们的样子让人原谅所有的不讲道理，她们什么都是对的，连不对都那么像对的一部分。等我自己过了知天命的年纪，再看一些女作家的作品和照片，我开始理解某种陌生的岁月之美，当然，这里或许包含着我的自我保护与自我安慰。许多女作家年轻时的样貌都有种别具风格的动人，她们身体里有足量的雌激素，以供养皮肤真皮层里的透明质酸酶，这使她们看起来有种美妙到失真的透明感。随着年老，岁月修改了她们的容貌，她们或许深深浅浅地沉淀着内心的倦意。其实对女性来说，完美的自我要求几乎是一种等同恐惧的压力，我开始学习去理解她们老年以后依然带有倔强和坚持的那种残损。暮年的美丽难道不是美丽吗？当然是，可我曾觉得这种美因为安全而乏味，尤其她们也许变得不美，甚至难看——皮肤上落满深深浅浅的寿斑，脚腕处堆积着松弛的线袜，佝偻的手腕甚至握不牢一支写作的笔。然而，有些生命的礼物，恰恰埋藏在晚年；如果不走那么远的路，你就无法见证它们闪光的时刻。

沧桑历尽，她们活得面目全非，依旧凛然——她们已不受被摧毁的容貌的摆布。她们的皮肤残留了昔日的荣耀，寿斑其实也是一种勋章；她们的颈纹显著，有如树木的年轮，记载着她们的年岁与日月，雨雪与风霜。她们头脑里的沟槽如自我斗争的战壕，它们经历濒死的烽火，也是守护灵魂的掩体。其实，我有时会想象她们的智慧，如何储藏在及至年迈依然清晰的大脑沟回里。并非简单生物学意义的颅内构造……我想象旋转如重瓣玫瑰，花期漫长，即使盛开已久，大脑中这朵智慧之花毫无枯萎的迹象，始终散发芬芳而沉郁的香气。时间没有减损她们的魅力，反而变成隆重的赐予。有时天才易碎，人世间虚弱的舞台不足以承载他们的重量，于是他们陷入垮塌后的深渊里。女性天才尤甚，带有脆质的成分，多少人就这样过早地死于自己的出色。而这些苍老的玫瑰，她们拥有结实的晚年，得以用布满皱纹的眼睛从容洞察这个始终未能将她们摧毁的世界。在那种有力量的苍老面前，青春之美所获得的肯定倒显得轻率和廉价。她们在年迈依然毫不妥协，是一种多么傲人的嚣张；坚持到终点的美，说明它从未在途中被出卖。也许她们再美也算不得尤物，那是因为被称之为“物”，已是对她们的极度轻慢。每当听到“永恒的女性引导我们上升”这句歌德的唱颂，我总想起她们——她们在年龄上的衰老，已是在最大限度地靠近永恒。

也许我们用年迈的智慧来形容是不合适的，如同一个人的生理年龄再年轻也可能暮气沉沉。所谓永恒，就是无所谓年轻无所谓年老，只要元气和勇气在，只要创造的梦想和能量在，老——只是成年人的成长。当萨冈和杜拉斯说她们生来就老了的时候，茨维塔耶娃、桑塔格和尤瑟纳尔无论什么时候都从未减弱年少的锐气，像弗兰纳里·奥康纳，像安吉拉·卡特，她们是没有晚年的，不过她们能在死后依旧活着……生命末端衔接的不是死，而是奇迹。老与不老，跟年龄即使有关系，也并非匹配或捆绑的关系……就像经典童话，既纯洁又野蛮，是最年轻的同时也是最古老的。伟大的女性既没有年轻过，也没有老过。她们的可怕在于，可以从非常古老的长成非常年轻的，像有毒的水母一样，在循环中永生与再生。

当西蒙娜·德·波伏瓦在《青春手记》里写下“我要积聚一种力量可以让我得到永恒的庇护”时，她还非常年轻。几乎在少女时代，她就为自己的独立人格奠定基石。女性成长，没有能够直接继承的奇迹，只有自我塑造，才能不让她对自己和整个世界感到厌倦。作为女权运动最重要的支持者，波伏瓦的光彩在作品里一直闪耀，她曾这样感慨女性的命运：“她的双翼已被剪掉，人们却在叹息她不会飞翔。”而安吉拉·卡特《马戏团之夜》中壮丽的女飞人则有这样的表达：“所有的女人都将拥有翅膀，跟我一样！”无论经历怎样的困境，无论堕入怎样的人间深渊，一些女作家就像传说中的人鱼，用自己的血脚印走出一条开花之路。她们的人生或许包含着不幸与灾难，也许写作是她们克服灾难的方式——读者记住的是她们的文字，而不是灾难，我觉得没有什么比这更能体会女性力量的强大。如果说人们的血肉死去，剩下骷髅，那么在她们被磨损的旧骨架里，还会剩下一对翅膀……那就是不熄的自由，在死之前的时光里，她们曾飞离无论多么辽阔或精美也不能将她们禁锁的鸟笼。

我爱她们身上无望的柔情或凛冽的智慧。她们或保守或奔放。她们亦好亦坏，亦勇敢亦怯懦，亦天真亦残忍。每一个“她”，组成了她们，但每一个“她”都是不可抽象的。阅读她们，我最强烈的感受是我那胆怯者的灵魂，做工是多么粗糙和潦草；就连我怯懦的歌声，重复练习得已让人生厌，却依然不够克服我内心的焦虑以获得自信。是的，在伟大女性面前，我们永远都是爱的学徒。当她们年轻，当她们年老，当她们告别……她们只是把自己变成书籍里安静而壮阔的史诗，变成我们奉献在墓碑前那丛倦意却超越生死的玫瑰。写作就是通过一支笔掘开道路，哪怕这是一把掘进的锄头，挖开自己黑暗中的坟墓……她们在这条路上，向死而生。

雌蕊在情色绽放中酝酿果实，并消失在自己的创造之中。女性通过自己的剧痛与狂喜，分娩了孩子和人类的未来。生育并命名，这是只有神能够完成的创造。女作家们创造前所未见之物——笔就是自己的权杖，她们因此骄傲，因为她们不仅主宰自己的命运，也破坏环境中的某种秩序，并篡改一个原本并不由她们掌控的世界。

血童话

卡夫卡："没有不流血的童话。"

——题记

1

明亮的蓝宝石眼睛、薄金叶片的衣服、做梦都未想过哭着要东西的快乐王子，让一只失恋的燕子为信使，给予他所能够付出的一切……最后，作为一个毫无光彩的盲乞丐，快乐王子和他的燕子朋友，死在一起。我记得二十五岁生日的黄昏，重读王尔德《快乐王子》，那绝对的美与绝对的悲伤，涟漪般漾开……我沦陷其中。

假如非教育孩子或职业需求，恐怕没有谁成年以后还读童话——

我们戒除了对糖果的爱好，迷恋似乎有害。青春期的孩子开始长高的时候，童话的高度就逐渐下降，一旦我们的指尖可以够到童话的尾巴……那一刻，有什么破灭了。绚丽的色彩从此消失，成人，被判处以色盲症的方式来看待他们自己的生活。

大学毕业后，我做儿童文学编辑，本应随童年撤离的内容依然伴随我漫长的八年。兔子、大象和狐狸，折纸、漫画和游戏。八年、九十六个月和三千个日子，直到，心生倦意。

我像《绿野仙踪》里的铁皮人，没有一颗心能容纳充沛的感情；也不流泪，因为一流泪，身上的铁皮就生锈，更动弹不得。幼年的我，曾经幻想得到一张能变出珍馐美味的餐桌、一只陪我玩耍的宠物企鹅、一个能趴在耳畔告诉我考试答案的小精灵。而今，那个动物说话，那个天使或魔鬼随时出现在你路过的树下的童话世界，我早已丧失信任。它力求栩栩如生地呈现，但失效，简陋的戏法无法使我上当。我知道，自己生活在被神灵彻底放弃的人间。我有无神论者的麻木、冷漠、急躁和傲慢，不想耗费时间和精力，在一场语言的徒劳的骗局里。

是否，这是不再年轻的标志？从对未来神秘而饱满的想象力，过渡到漫不经心的宿命论。我每天带着间离的态度，一边缺乏热情地校对和编辑书稿，一边设计秘密的逃离之路，终于如愿，被调到成人文学期刊。

直到有一天，我偶尔翻开自己二十年前编辑的经典童话丛书，心里一惊。尽管多年前我已写过《黑童话》和《仙履》来表达质疑，但当时仅凭大致印象动笔，并未重读文本。一旦接触具体的情节，我觉得有什么动荡不安的东西就隐藏在深绿而丛生的枝条后面。时值仲夏，声嘶力竭的蝉声像一种警报，熟悉的面孔越来越陌生。

博物馆里的修复技师，常常发现一幅古老画作之下，隐藏着另外一张被颜料覆盖的脸。这就是我当时的感受。我错愕，卸妆的演员不再属于戏剧里的角色。王子不是曾经的王子，公主也不是曾经的公主。那些英雄和骗子，那些魔法师和胆小鬼，他们表情狡黠、动作灵敏地出没……唯有专注，才能帮助我发现，耳熟能详的情节里如何密布意味深长的伏笔。

原来，童话的力量是缓释的。在破开保护性的透明胶囊之后，它释放的药力之苦，长久滞留在我的味蕾上。

2

魔法至关重要。

童话一贯以神奇的手段来解决困境。如果没有魔法，多么乏趣，简直相当于发育尚未齐全的童话；或者说，没有魔法参与的，是更近于故事形态的比较勉强的童话。

无论打火匣，还是阿拉丁的神灯，这些无中生有、秒变万物的宝贝，都是一劳永逸的服务工具，通往不劳而获的享乐生活。“不劳而获”的生活方式不归人间，分明只属天堂；而魔法，是天堂在这个世界的瞬间显灵，让我们尝到一口从神的宴席上滚落的果子。它太美味了，以致我们像餐桌下的狗一样摇动兴奋不已的尾巴。

显灵物，也可能是一棵许愿树或者什么动物。比如那条被勒索的小金鱼，遭到渔夫老婆的一次次奴役。不知餍足的贪婪，使她忘记穷困中曾如何自我压榨，倒是把勒索别人的力气都算作付出……直到频繁降临的天堂，重得足以把她夯回到地狱里。

所谓魔法，等于脱离现实法则的手段；阅读童话，也不能以现实的情节逻辑去要求。但《渔夫与金鱼》的故事，让我习惯性地，在荒谬的推理中踉跄了几步。小金鱼既然能给苛索无度的老太婆变出许多卫士和仆人，以匹配她新晋的女皇身份；为什么，它不在被捕获时变出一个力士，帮助自己从渔网中脱身？渔夫又能如何？在魔鬼般的力量下，他只能屈服，甚至都不能保证还剩下一张完整的渔网。小金鱼何须纡尊降贵，以感恩捕猎者的饶恕，听任无能者颐指气使的派遣？

就像鱼只能生活在海里，是否小金鱼也有神力上的局限？比如，它的能耐仅限给予，无法惩罚——它受困于级位不高的神所必须遵从的美德？还是说，一切不过是小金鱼的恶作剧，甚至是蓄意蓄力的报复，因为它明白，无限给予然后彻底剥夺，才构成更重的刑罚？

渔夫和老太婆到底是贪婪，还是没有智慧支撑更大的贪婪？要什么木盆、房子和贵妇的身份，他们为什么不干脆先要一条同样法力无边的小金鱼？如果小金鱼同意，意味着分割了它的神力，剥夺了神的特权；如果不容挑衅的小金鱼拒绝，意味着它没有遵守“要什么都给”的赎身条约，成为背信者，它的不肯就是它的不义。

渔夫忽略了，他其实遇到一个置神于死地的绝杀机会。

3

也许，渔夫的胆怯来源于教训。

因为人不知道他所遇到的神，什么时候会成为魔鬼——就像魔法不需要铺垫和积累，没有过程，只是瞬间完成的后果。渔夫的网，打捞上来的，或是一尾听话而万能的金鱼，或是一个孤单而暴躁的禁足魔鬼——这是《天方夜谭》里的故事，我们从语文课本里熟知它的精简版本。

渔夫仿佛是从虚无中打捞，他希望渔获满满，鱼鳞多如海面上的耀眼光斑。然而，三网下去，一无所获。耗尽体力的渔夫，撒下了绝望中的第四网：所罗门的瓶子里关着魔鬼。这次，渔夫差点丢了性命。

魔鬼，烦躁得生出憎恨的魔鬼，获得自由之后的第一件事，是要给他自由的人去死。他所呈现的暴怒，是我们每个人内心的魔鬼风格。魔鬼针对的恰恰不是所罗门，不是真正的置他人于死地者。如果仇敌的权力巨大，令人无法挑战，我们深知复仇会带来更大的灾难，我们会选择临近的替代目标。

恩人，几乎是最好的选择。

一是熟悉套路，恩人通常具有好心肠，缺乏坏手段，可以减少我们施暴过程中的自我伤害；二是清理债务，没有什么比恩人的屈服乃至死亡更快的清账方式，无论是财产还是情义，我们不再有负于人，瞬间摆脱弱者的被动立场。恩情重过罪行，轻过惩罚。

敏感、急躁、易怒，魔鬼长期体验着受挫者的心境，以致他的性格更符合一个魔鬼的要求。我有时猜测，魔鬼在他的困境中变得情感丰富。孤独、屈辱、消沉、不甘和悲伤，魔鬼被迫与自己交流，向自己许诺，也跟自己赌气。他蓄积的力量，足够危险，足够毁了自己。魔鬼缺乏一个像其他童话里那样宁愿禁受跋涉之苦、搏斗之险，以及禁受与荣誉、性命相关的种种考验而依然无悔地前来拯救自己的兄弟、朋友或英雄。所以，当渔夫到来，偶然地把他从无涯苦难中营救出去，魔鬼因情谊缺失的巨大委屈和靠近情谊的巨大恐惧，无法平静地处理自己的情绪。何况，渔夫随手完成的拯救，像在羞辱魔鬼的无能；相比之下，魔鬼禁受的苦难显得多么缺乏价值。消灭渔夫，魔鬼就可以消灭见证自己耻辱的人。

受到威胁的渔夫设法用诡计营救自己，他对魔鬼说：相信他有本领变大，不相信他会变小。魔鬼迎接挑战，似乎以此洗刷加诸自身的屈辱。魔鬼，就像个任性又好胜的孩子，他竟重回封印之中。经过历练的魔鬼，反而保持了他的单纯；长期不与他人接触，魔鬼没有经过心智锻炼而依然轻信，他绕不过一个句子里的策略。其实，何必呢？如此虚荣，如此不服气？魔鬼何须向一个俘虏和死囚来证明自己？魔鬼满足渔夫的愿望，他没有提防渔夫在所谓遗言里布下的阴谋，从而再次置身绝境。

谁都如此。若变成巨人，是天赋和本事决定的；若要把自己变小，不仅需要本事，还需要品行，这是难的。成功者克服人生的难度之一是，要想继续克服自己——变得谦逊，是更大的考验。在某种程度上说，成长，人人可为，因为我们都会从孩子变为成人。相对于生命刚刚开始的受精卵而言，那个未来的自己就是不可思议的巨人。短短二百多天，它放大的倍数相当于天文数字。想变小？不，你没有回去的路，就像没有逆时针下走动的光阴。

所以，一个能够收敛自己的魔鬼，他身上一定或多或少具有天使的品德和神迹。决定胜负的，并非渔夫的狡诈，乃是魔鬼的天真。

全本故事着意塑造一个有勇有谋、绝不气馁也绝不放弃希望的渔夫，最终使魔鬼服从；现实生活里，当我们从渔网中总是收获毫不值钱的废物，并险些丧命，面对一只吉凶未卜的瓶子，我们是否还有愿望、勇气和能力打开它？即使里面囚禁着我们的幸运天使，我们是否因来自经验的恐惧，而把它掷回苍茫的大海？

4

因为没有手起刀落，没有及时处死渔夫，魔鬼付出昂贵的代价。再次被囚于瓶颈之中，他不得不苦苦哀告；曾经的自由唾手可得，如今他却要屈膝以求。渔夫和魔鬼的故事，利用了童话的惯用招数：延宕，以及由智慧赢得的逃生机会。

魔鬼杀伐之前，要和渔夫聊天；巫婆想把小孩子架在火上烤出香喷喷的脂油，此前得把他们养得胖胖的；即使心狠手辣的恶棍和劫匪，也要趁着月光先把刀子磨快……他们真有耐心啊，直到受害者想出自救的好主意。

这些心不在焉的坏人总是耽误事，发呆、出神、贪睡，都是错失的理由。有的爱玩猜谜游戏，乖乖等待对方想尽办法猜中自己的名字。在神话和童话里，名字的作用非常重要。一个巨人或怪兽，无坚不摧，却因为被人知晓名字而丧失抵抗，被人彻底掌握了命和运。尽管如此，乐此不疲。狮身人面的斯芬克斯，不直接吞食路人，非要猜谜。双手沾满秘密者，将沾满他人和自己的血……倔强的斯芬克斯只有一个谜语，最后不惜抵押自己的死。但此前的牺牲者都没有想到，谜底就是自己的名称——人。俄狄浦斯赢了，斯芬克斯羞愧地跳崖而死。这个高智商的怪物，自尊里所携带的耻感，令他会为一个谜底殉葬——也许越是具备力量，越难以承受最低程度的击溃。于是，揭开的谜底战胜始终的尊严，人的智慧战胜怪兽的力量，不断变换腿只数量以便逃走的狡猾之徒，战胜驻守原地的诚实巨兽。

《小红帽》中的延宕同样明显。

大灰狼第一次遇到森林里的小红帽，当时就判断出“这小东西细皮嫩肉的，吃起来一定很解馋”。但狼没有立即吃掉她，反而露齿微笑，建议小红帽去树林里转转。它为什么拖延？有的版本含混地一笔带过，有的版本说狼要一箭双雕，吃完外婆再来吃小红帽，还有的版本说是担心樵夫。树林里没有旁观者，可以不受惊扰地享用美餐，狼却要放过猎物，难道，它要像人类一样坐上餐桌来维护礼仪？狼的选择显然不合常理。替狼解释，说什么它担心樵夫看到，这是根本站不住脚的。狼还需要在樵夫那里维护什么形象和荣誉吗？如果狼担心被樵夫捕获，它去人类住所而被抓住的概率岂不更高？或者狼当时吃饱了，再也吃不下一客小红帽这样的甜点？可它分明吃了外婆之后随即吞下小红帽，说明狼有足够消化祖孙两代的胃纳。如果说狼蓄意克制一下自己的欲望，为了在轻微饥饿感中获得大快朵颐的享乐感，那么双鸟在林，不如一鸟在手，它为什么不陪着小红帽一路走到外婆家——让小骨头不跑，老骨头不丢?

我怀疑，这头奇怪的狼另有打算。让小红帽死掉之前，狼要送给她一件秘密的礼物：去认识歧路中的世界，开放的花、歌唱的鸟，还有那赏心悦目的一切。大灰狼替小红帽遗憾：林子里的一切多么美妙，她却只管往前走，就像是去上学一样。狼的劝诫多么诱人，多么有魅力啊，绝非妈妈的嘱咐那么单调：让小红帽不要停留，不走岔路，直接把葡萄酒和蛋糕送到外婆家——这是母亲、成人、道德、伦理等等之类的一切对我们提出的务实要求，功利而直接。大灰狼告诉我们欣赏花开、倾听鸟鸣，告诉我们歧路上有更值得我们驻足和游历的曼妙之美，告诉我们人生重要的，并非工具性地完成任务。

狼也许并非慈善，它并非执意给予弥留者临终的关怀。吃掉一个厌世的灰心者，吃掉一个乏趣的平庸者，都不如吃掉一个满怀好奇与热爱的勃勃生机者更享乐。牺牲品对这个世界的贪恋，就像他仔细洒在自己身体上的烹饪作料，滋味无穷。这使狼的杀戮，更具有价值、意义和快感。

警惕那些披着狼皮的、披着羊皮的。你不知道，在毛茸茸的脸或鳞片覆盖的脸之下，是怎样令人惊艳或惊悚的五官。

5

童话里的动物令人迷惑。这些既懂语言又有心计的家伙，在人与兽的交界地带，我不知道它们是得到了双重的自由，还是得到双重的管教。不过，即使最小的动物也不容忽略，蝴蝶有幽灵一样的翅膀，蜘蛛在它的弦琴上弹奏死亡之歌；即使死亡的动物也必须尊重，吃剩的动物残骸甚至具有它们活着时候不曾拥有的魔力——灰姑娘们除了向母亲一样的仙女和圣诞树般挂满礼物的植物许愿，剔尽血肉的许愿骨，也能为她们降下闪光的裙子和舞鞋。

出场的动物，种类很多。鸡鸭鱼肉，有多频繁地出现在餐桌上，就有多频繁地出现在童话里。蛙鸣，就像夏夜池塘里那样此起彼伏……有歌剧演员的嗓音和派头，青蛙在童话里的戏份很重。青蛙，像大颗的绿宝石，它先知般黑水晶的眼睛里，盛得下善良的祝福与邪恶的诅咒。《格林童话》里的第一个故事，就是《青蛙王子》。如同魔鬼囚禁于所罗门王狭小的瓶子里，一个人类的王子被压缩到一只青蛙的体量，他等待着打破咒语的解救者。

金球是公主最心爱的玩具，被高高抛起时掉进了井里；大哭的公主不惜答应各种要求，以换回金球。无论公主带在身边的，还是青蛙尚未出口的一切，她都答应。可是，如果她是公主，应该有若干金球，为什么独独珍惜这一个？如果她只有这么一个金球，为什么会当作普通的皮球那样玩耍而毫不珍惜？为了一个金球，公主用自己和许多作为嫁妆的金球一起去交换，为什么？这和君王倾国倾城以博美人莞尔是不一样的，因为君王的主观难以被量化判断；仿佛在公主的天平上，左边是一个金球，右边是九十九个金球，她竟然也执意要换！情节中并无提示，是否掉进井里的一个具有别样的纪念意义；若它只是百分之一，为什么公主瞬间把它看成百分之百的全部？

人难以失去即时的享受，即使它能够失而复得，即使它原本并不值得珍重，它也会在失去的瞬间，变得价值连城，变得无可比拟。现实世界，我们亦是如此对人对物。比如，男人与早生倦意的女性决绝分手，突然得知她结识新欢，顿生不舍和眷恋。我们总是缺乏足够的理性衡量，在损失面前，方寸大乱——为了牌桌上失去的十块钱，会愤怒地押上千百以博一个把它赢回来的机会。不能说是冲动，就是本性。这就是公主的态度和选择：“你要什么东西都行，我的衣服、我的珍珠和宝石，甚至我头上戴的这顶金冠。”后来的事实证明，公主的誓言并非一时失口，而是连续的决定，最后她甚至嫁给了青蛙。

青蛙最初所求，就不是华服美钻，似乎它看重的是尊严。它的条件，是和公主同坐一张餐桌、同用一套餐具吃饭、同睡一张床……其实，里面包含对婚姻状态的逼真比拟。

公主不甘心地嫁给了动物新郎，好在穿蛙皮或熊皮的王子，脱下皮囊，就拥有一个男人的英俊外形和性能力。白天是禽兽、晚上恢复人形，或者白天是人形、晚上是禽兽，是我们每个人都在上演的昼夜变形记。蜕变可能是不完整的，是难以割裂的——我们像《野天鹅》中那个最小的哥哥，一半是人的臂膀，一半是天鹅的羽翼，在天地之间踉跄；我们像半人半兽的潘神，用天使的嘴唇吹奏音乐，用魔鬼的性器渔猎美人……对抽象的音符和具体的肉身，我们都意乱情迷，饱含狂野到不能平息的欲望。然而我们最后，常常主动或被动，要在两者之间做出非此即彼的选择，并从一而终。

这绝不像脱下衣服那么容易。或像剥皮那么难，那么疼，那么血肉模糊。到底是人类还是动物，常常很难分清。但必须表明立场。人，天生就是好的；兽或妖，天生就是坏的。就像在虚拟的绝对里，孩子天然就无辜，仙女天然就冰清玉洁，没有肛门，不会排泄。童话强调非此即彼的两分法，剔除掉大量模糊而难被容纳的灰色地带。所有的观念都是成人赋予的，我们把自身的沉淀物传递给孩子，让他们的瞳孔只能看到两种颜色，非黑即白。

何去何从？妻子烧掉了青蛙皮或者什么怪兽的皮毛，魔咒从此失效，或者是那个英俊的少年从此告别，永不折返。这是残酷的不允悔意的选择，就像只有死者，才能得知自己，究竟是前往天堂还是地狱。在现实中，产后的母牛吃下胞衣，湿漉漉的幼崽失去庇护，失去返回子宫的路；在童话里，巫师扔下的兽皮，被魔法裹住的灵魂，在世间存活下去的机会是渺茫的。

6

谁能分清，我们到底是披着羊皮的狼，还是披着狼皮的羊？撕下来的，到底是哪副面具、哪张脸？谁是茹毛饮血的肉食者，谁是肠胃清凉的素食者？也许我们都有杂食者贪婪的野心和胃口，每个人，都是不能把自己锯开的潘神。

如果你仔细观察蝴蝶怎样从花蕊中汲取它的蜜浆，会得到惊人发现。常常，蝴蝶不是优雅安静地啜饮，它的头颅起伏，其状，无异于一头狮子用牙齿撕扯幼鹿。

是的，我难以区分肉食者和素食者。《三只小猪》里的情节让我生畏。狼吃了两只小猪，还想吃第三只小猪，却输于后者的智慧……童话里，好人的主意叫智慧，坏人的主意只能叫阴谋。结果，狼从烟囱里滑落到滚烫的开水里，被盖上锅盖的小猪煮熟，成了小猪的晚餐。这样的情节令我吓了一跳——是因为吃猪的狼在我的常识里，而吃狼的猪完全在我的知识准备之外，它简直像潜伏下来的怪物。我们知道，狼已经吞嚼并消化了两只小猪，假设，前两只小猪刚下肚不久，第三只小猪如何能区分，狼皮之下，谁是谁的肉？能不能说，第三只小猪正在吃自己兄弟的尸块？还是说，那最后的胜者、最后的王，有权煮熟、有权吃掉所有人？

这第三只小猪，是童话里被赞美的英雄。

7

英雄，是必不可少的角色。他们本应勇武过人，为公义而战，不惜牺牲利益和血肉——可童话里的拟英雄行为，与此大相径庭。

一种是《打火匣》里的士兵那样的英雄。巫婆找到士兵，让他到树洞里取宝，金币银币他尽可取用，她只要那个打火匣。士兵钵满盆满地归来，追问打火匣的用途。拒绝告知的巫婆，立即被士兵砍了头，全然不顾这个有益无害的老太太刚刚为他带来巨额财富。他的刀毫无顾惜。士兵燃起打火匣，里面有三只万能的仆狗随时供他差遣。有了秘器，士兵偷窃了公主，后来成了国王。这个偷香盗玉、窃钩窃国的杀人犯，从此逍遥。

童话里有大量的意外之财。除了天降宝物，获得财富的常用手段还有盗窃和抢劫，一夜暴富的主人公比比皆是。《杰克和豆秧》里的杰克，顺着豆秧向高处攀爬，然后从食人妖那里陆续偷来金子、会下金蛋的鸡和会唱歌的魔琴。第一次冒险之后，杰克和寡母已经改善了生活；完成第二次冒险以后，杰克一家已经衣食无忧，因为只要有需要，母鸡随时会下一颗闪光的金蛋。杰克第三次爬上豆秧去偷那只魔琴，未免太过贪婪。食人妖的家眷无论是因为仁慈还是好奇，她的干预和保护，使杰克幸存，可惜，她并未得到应有回报，反而痛失亲人。把宝物洗劫一空的杰克砍断高高的豆茎，追赶小偷的食人妖，活活摔死了。

妖精和魔怪，被人类欺负和杀戮。人和妖魔在童话里经常打赌和发誓。可人类是轻诺寡信之徒，他们随口答应，许诺给出自己的财富、领土和儿女。这些戏言和谎话，却被妖怪和魔鬼当作盟誓。人容易失信，魔鬼倒是守信，否则人类的阴谋不可能得逞。最后的结果，是不履行诺言的狡猾人，把忠诚履约的妖魔扔进热锅，推下深渊，或者把他们吊死在不能上天入地的烟囱里。比如小武士的故事，讲他为了证明自己的勇气，假意和妖怪做朋友，骗取信任，得知秘密的藏匿处。于是小武士翻山越岭，找到湖畔一只鸭子的巢穴，把蛋打碎，因为妖怪那颗脆弱的心脏就藏在里面。只为虚荣，小武士就背叛友谊，杀死了拿他当朋友的妖怪。好在，童话美妙国里拥有罪恶城里的自由……在那里，法律都是不说话的。

除此，还有一类孱弱而虚妄的英雄。《勇敢的小裁缝》是其代表。

一个所谓勇敢的小裁缝，其实是靠自我吹嘘、巧言令色和虚张声势畅行江湖。“一下打死七个”，小裁缝不满足于自我赞赏，他给自己缝制这样一条绣字腰带，佩戴着招摇过市。他所掩盖的事实是，他打死的是七只苍蝇而非七个人。善于使诈的小裁缝深知，半个事实比整个谎言，效果翻倍。到处是强盗、骗子和背叛者，以自以为的铿锵真诚，赢取天下。国王畏惧于小裁缝的力量，把半个王国和自己的女儿嫁给了他。有了打火匣的士兵，和有了印字腰带的小裁缝，在童话里多么勇敢——他们觊觎无论是强盗还是国王的财富和女儿，并终将赢得。

小裁缝从打死七只苍蝇的小事开始，一步步杜撰自己的传奇。尽管他从未成为对决者，但他打死巨人、抓住独角兽和野猪的勇敢者声名日隆。注意，这里有一点不同之处。常规的故事里，勇士面临的考验，难度升级；但小裁缝挑战的，是从巨人到独角兽再到野猪，难度在显著降低。这是反逻辑的，如果小裁缝打败了最厉害的，后来者根本不是对手，不存在胜败的悬念。为什么，要采用递减的情节？

是否在暗示，小裁缝的元气，已越来越不足以维护自身的勇士形象？婚后的公主通过裁缝的梦呓得知了他的身份，但小裁缝同样伪装梦呓击退了国王的谋杀计划。由此可见，得到江山的小裁缝，并没有得到爱人的心。权力和美人何用？他得不到真正的尊重和爱意。因为，小裁缝的伎俩，是利用他人的蒙昧和恐惧；不过，当小裁缝用外在的权术捍卫内心的虚弱时，所暴露的，正是恐惧在他自身上彰显的功效。

为什么在童话里，花招和诡计成为英雄的制胜法宝？或许这是针对并适合孩子的。因为儿童尚还弱小，尚未拥有能够与来犯者正面抗衡的强力；要想在现实中反败为胜，唯有依靠智慧来四两拨千斤。让孩子懂得智慧的重要性吧，不必因体量渺小和力量薄弱而绝望。智慧还有个好处，它不像拳击那样在强弱上立判输赢，相对虚的智慧比量化的力量判断起来要吃力，要模糊和迟疑。所以，说依靠智慧，不如说，依靠的正是智慧难以被立即验证实效，无论成长还是谎言，都需要这样一个被拖延的时空，需要这样一种皇帝新装那样虚幻而完美的存在。

小孩子无不向往英雄。英雄情怀，是极为动人和高尚的。可我总怀疑，呼唤英雄的时代，是悲伤的。每当想起冷兵器时代或者中世纪，英雄这个词，会让我联想起刀斧下汹涌或淋漓的血……几乎可以断定支撑其中的，是结实而庞大的死亡。

当然，血，有时源于英雄自己的身体。童话里的英雄毫发无损，而生活中，我们习惯了血肉模糊的英雄。赞美英雄，即使英雄意味着战争、矛盾、危险和超越常人的选择。

一个英雄，周围有着百倍的庸常之辈；如同一头狼的出现，背后要有一群羊以备牺牲。这是英雄的成本。不过，如果庸人繁殖得过多，就像密集的羊群亦如铁蹄，能践踏和踢死尚在饮奶的幼狼。为了活，羊宁死也不会吃彼此的肉；但它们一样可以踩碎彼此的头骨，一如踩碎幼狼的。

自然界伟大的平衡并不会被破坏。因为没有狼的时候，羊将从羊群里，选出一头狼。

8

虎狼环伺的世界，一个清白无辜者如何存活？尤其，精致小巧到只有拇指那么大。

童话里有许多袖珍的小人儿。必须要小得彻底，小成玩偶，小成不可思议的艺术品，否则将沦为侏儒的命运。他们小得易于被忽略和消灭，随时在动荡与危险里。拇指汤姆曾逃脱于惩罚者的绳索、烤箱、牛腹，他后来成为国王的宠臣，穿着蝴蝶翅做成的衬衫，小鸡皮做成的靴子，可惜还是死于一只蜘蛛的毒液。

哦，我那时多么喜欢她啊，我的拇指姑娘。她那么小，装不下一点罪恶。胡桃壳是拇指姑娘的摇篮，她以蓝色紫罗兰的花瓣作垫子，以玫瑰花瓣作被子。婴儿般幸福的拇指姑娘，被一只从碎玻璃窗中爬进来的老癞蛤蟆劫持了——拇指姑娘的童年瞬间就结束了，因为她瞬间就到了给小癞蛤蟆做媳妇的年纪。

拇指姑娘的玲珑心脏，只有豆粒那么大，却承受那么多沧桑。在她拯救一只贫苦的燕子并最终被它所拯救之前，拇指姑娘为田鼠劳作、被金龟子遗弃、遭到鼹鼠的觊觎。这些样貌丑陋的准伴侣，围绕着花蕊一样的拇指姑娘。而拇指姑娘在遇到她的王子之前，一直是情感上的流浪者，无处收纳她那颗盐粒般的眼泪。她的易碎感那样强烈，相比之下，每个孩子都是高耸的巨人，所以，拇指姑娘唤起我的保护欲和难以施救的无奈感。夜色中的拇指姑娘，我想象她的美貌，像萤火虫那样精致又明亮，真实又缥缈。

童话对美貌的形容，与众不同。安吉拉·卡特的《精怪故事集》里，一篇童话名为《有五头奶牛的小老太婆》。一个小老太婆连根带枝完好地挖起一株五棵芽的香草，把它带回家。等她再回来，发现卧室里面坐着一位少女，“眼如玉髓，唇如暗石，面色好像浅色的石头，眉毛犹如两只互相伸着前爪的黑貂。透过她的长裙可以看见她的身体，透过她的身体可以看见她的骨骼，透过她的骨骼可以看见水银般蔓延的经络”。我的阅读在这里遇到了障碍。透明的植物美女，这是一种我难以靠想象完成的美。你必须忽略去想，她倾国倾城的五官实际是悬浮于空气中，她晶莹剔透的脏器中没有任何储存的排泄物……不，算了吧，我还是喜欢我的拇指姑娘，因为她干净得没有什么破绽。

以美貌著称的，还有白雪公主。不过，白雪公主有什么好？乏趣，我感觉不到她的生动。即使逃难之中，进入七个小矮人的房间，她一会儿用用这个的勺，一会儿用用那个的碗，七个床都要均匀地睡到，太挑剔了。难道，是善良使然，她以此安慰七个渺小的暗恋者？毒梳子和毒苹果，两个差点害死白雪公主的道具，难道不是从侧面暗示和证明着她的虚荣和贪吃？她没有美德来匹配她的美貌……不，算了吧，我还是喜欢我的拇指姑娘，因为她纯洁得没有什么主意。

虽然喜欢拇指姑娘，但她只是我的亚军。最让我迷恋的，当然是她：美人鱼——名字真好，无论做人的时候还是做鱼的时候，她都最美。美人鱼，既有美貌，又有美德，且不多言，比谦逊者还沉默，比勇敢者还无畏，比死更靠近永恒。

如果没有绝唱，就不是天鹅；如果没有遗嘱般交付整个世界的爱情，她就不是她。把她的尾巴剪开，把她的身体撕裂，从此，每一寸土都是美人鱼的立锥之地，每一步都是她的沥血之路。巨浪涌来，像鲸即将搁浅。亲爱的美人鱼，带着死于彼岸的决心，带着海洋教堂中忘我的信仰……她使美成为庄重。

看看现实版的美人鱼。残酷的病症，总是拥有好听的名字。比如植物人，不是意味着两条清凉的手臂。比如东方美人病，其实就是多发性大动脉炎。还有，美人鱼综合征，它并不指一种牺牲倾向的情绪反应，它是一种极为罕见的先天性下肢畸形。

看上去，像有条美人鱼的尾巴。患儿腹部以下完全粘连，两腿内侧直到脚踝都紧紧缝合，小脚呈微微向外张开的V形，脚趾大小排列错位，如湿答答的尾鳍。他们伴有器官的缺失，甚至是肾脏、肠道、膀胱这样的重要器官。在子宫里，胎儿的两腿就长在了一起；他们的肠道无菌，是通过脐带，从母体里获得营养物质和血液里的氧气……存活，是安全的。一旦离开母亲海洋般的羊水，患儿的夭折率极高，死亡，几乎是必然的命运。因为，不仅止撕裂鱼尾那么简单，他们还必须经过器官的重重再造。“美人鱼综合征”曾经的幸存儿夏伊洛·佩平，八岁时已经历过一百五十多次手术。

美人鱼的每一步都走在刀尖上。这不是形容。

9

我曾猜测，美人鱼从十五岁开始，愿意承受分开双腿的剧痛，可能与性的隐喻有关。鱼尾闭合，所谓的鱼水之欢是在体外；人腿分岔，交合中才能深入侵犯……由此，美人鱼完成她的成年礼。

印象里的童话，是没有性的。其实，强奸、偷情和私奔，在童话里是并未被滗清沥净的内容。不过，儿童不宜的内容有时存在得非常隐蔽，只是一根隐约线头。

最后破壳的丑小鸭，兄弟姐妹都讨厌它，连鸭妈妈都驱逐它……那么，丑小鸭到底是谁？为什么被整个家庭嫌弃，因为它的样子，暴露昭然若揭的丑闻：鸭妈妈和天鹅的私通。丑小鸭，讲的是私生子逆袭与励志的故事。母鸭亲口抱怨，那个做了父亲的坏东西其实一次也没有回来看它们，它指的到底是孩子的哪个父亲？一颗天鹅蛋出现在鸭蛋里，看似荒谬其实并不奇怪……它们之间，是同母异父的关系。天鹅都是喜欢通奸的，连宙斯都装扮成天鹅和丽达交欢。

再比如，受到诅咒的公主将在十五岁被梭子或纺锤形的物体刺出血来。为什么是十五岁的青春期，为什么是纺锤形的？梭子或纺锤，形状和硬度，都类似男人的性器，是不断穿插到她们生活里的日常之物。十四五岁不仅通常是女性初潮的时候，在童话丰盛的漫长世纪里，这也是女性尝试和开始性爱的界龄。男人携带身体的纺锤形器具，刺入，并让她流血。

童话经得起阐读，乃至是谬解与歪曲。一种对《小红帽》的分析，把大灰狼解读为用花言巧语欺骗，然后在床上等着女孩到来的男人……狡猾的攻击者和天真的受害者。母亲“别乱跑”的警告，是对女孩行为的制约；而小红帽的行为，象征反叛。我没有从这个角度看待过这则故事，但我认同，那些红帽红鞋，醒目夸张……讨厌又诱惑啊，那是一种经血般预示不洁与可能性的颜色。

孤单的小美人，除了依靠自己的身体，还能利用什么逆转命运，摆脱贫贱、悲苦和恐惧？就像被囚禁在塔里的莴苣姑娘，用自己的长发拉上了王子。既然这个办法行得通，莴苣姑娘为什么不把长发拴在塔里的窗钩上，然后顺着自己的发绳降落到地面……她只需要一把剪子，就早可以逃脱女巫的监牢。她到底是不满足于普通女孩的长发，要保持那一头金丝般浓密长发的传奇；还是，没有王子的时候，她尚未找到逃脱的方向，不值得轻率丧失身体的武器？且不管高塔本身，是否象征男性图腾，至少，莴苣成功地以自己身体的一部分作为拯救工具……头发柔软又强韧，她体内秘密的甬道也一样，具有炫目又隐秘的超能力。头发垂下去，仿佛她钓下去的渔线；王子和她，将在塔的内部，进入意乱情迷的涡流之中。

而灰姑娘的故事，有不同版本。法国诗人贝洛改写其中最重要的部分，赋予她一双水晶鞋。在贝洛的故事里，仙女教母让灰姑娘从园子里取一只南瓜，然后自己动手掏出瓜瓤；又让灰姑娘找到一只捕鼠器，把里面的六只小耗子变成六匹骏马，把一只大老鼠变成马车夫；灰姑娘捕捉的六条蜥蜴，被变成六名男仆。灰姑娘参与了魔法的诞生，她准备幻术所需的原材料。灰姑娘坐在南瓜马车的座位里，坐在簇拥的老鼠仆人之间，让我逼真地联想：灰姑娘其实是坐在一只捕鼠器的弹簧和扳扣之间，她自己是那块等待被偷窃的持续散发美味诱惑的奶酪。她知道那种危险的、惊心动魄的、改变结果的碰触……所以她不动声色，等待因其准备充分而必然到来的劫掠。我们知道，德国有个让女孩跳火堆的古老仪式：如果鞋子脱落，证明她不是处女。法国和西班牙教堂的中世纪浮雕，如果女性光脚，表示性堕落。而灰姑娘的水晶鞋，纯净又紧致，象征着完美的阴道……它在子夜时分被王子的沥青弄脏并且丢掉了。

10

即使是成人世界的性，也存在绝对的乱伦禁忌。俄狄浦斯生来就背负弑父娶母的厄命，他远走他乡，以期躲避和逃离，结果还是在不知情中娶母为妻，陷入盲者的深渊。可是在安吉拉·卡特编选的《精怪故事集》里，我读到《和自己的儿子结婚的女人》，叙述得如同和别人的儿子结婚的女人那么正常。

童话里，只认衣衫不认人。灰姑娘穿了舞裙，继母和姐妹都不认识她。即使有过子女的夫妻，公主提前跑到王子将要抵达的另一片土地，就能被他当成陌生的新娘。为什么朝夕相处的亲人，换上衣服，就彼此陌生？儿子甚至不认识变态爱慕自己的母亲，和她睡觉，并让母亲怀孕。

童话似乎不怎么看重生育之恩，甚至都不算作重要的事情。母亲可以生下拇指孩子，也可以生下野兽或者生下一口锅。母爱，并非无可置疑，可疑的阴影在滋生。有些母亲即使死去也不忘成为女儿的保护神；有些童话，母亲比巫婆还阴险邪恶，甚至违背伦理，可以因妒杀死女儿，因爱与儿子偷欢。

童话大多展示的是母女关系，母子关系的比例相比更低。《和自己的儿子结婚的女人》以一对后来结婚的男女，分别展示了奇怪的母女和母子关系。女孩的妈妈出去拾柴，在路上生了她，用破布包起婴孩，扔到树下，就继续赶路了。作为弃婴，女孩是鸟儿衔食喂养的。男孩的妈妈呢，由于嫉妒，把娶来的儿媳赶出家门，自己涂脂抹粉扮成儿媳的年轻模样，与儿子睡在一起并怀孕。两个妈妈的下场不一样，不管女婴死活、从未喂过一口奶的母亲从此消失，或许逍遥在她的自由里；那个变态爱宠的母亲呢？曾与她交欢的儿子亲自点燃她身体下的柴和煤，烧死了她。在这样的价值观里，母亲的溺爱比母亲的遗弃更有罪。

不必追剿母性的缺乏——冷漠的母亲啊，她对自身的命运都如此冷漠。童话的价值天平非常奇怪，与现实中的兑换原则迥异。苏丹童话《阿赫和她的野母亲》里，为了减轻拾柴的重担，这个母亲请求狮子帮忙拎柴火，并把自己的一只手作为支付条件给了狮子。随后，是她的另一只手，她的一只脚，还有另一只脚。“这没有什么好担心的，这是我的天性。”母亲对自己的作为毫无悔意。失去四肢的母亲并未沦入悲惨处境，她野性大发，变成了丛林里的母狮；在她身上的最后一点做人的遗迹，是她在晚上回到女儿身边待一会儿，唱歌和找点吃的。为了减除乃至免除劳役，一个母亲肯放弃这么多，肯把自己的四肢作为食物喂给狮子。她是太沉重了吗？以致一根再细小的柴枝，都变成压死骆驼的沉重稻草？

和这个野母亲同样收在安吉拉·卡特的《精怪故事集》里的，还有一个惩罚严苛的母亲形象：《鸟妈妈和小鸟的寓言》。鸟妈妈有三只小鸟，要带着它们过河。她把第一只放在翅膀下，问小鸟：“孩子，等我老了，你会不会像我现在这样，载着我飞？”第一只小鸟回答：“当然啦！”鸟妈妈说：“你在撒谎。”说罢她就让小鸟滑落到河里淹死了。第二只同样放在翅膀下的小鸟做出了同样的回答，遭受了同样的命运。只有第三只回答：“不会的，母亲。我怎么能载着你飞呢？那时候我就有自己的小鸟要载了。”真话获得母亲的肯定，它幸运地活到了河流对岸。鸟妈妈所表现的，是道德家所要求的寓言形象，而不是母亲的生理选择。没有人欢迎这样棱角分明的真话，锋利得够剪断亲情了。只要她在母亲的角色里，就会贪恋谎言里的温暖和安慰。我记得读这则童话时的沉默，因为，我觉得自己能以第三只小鸟的真诚完成第一只小鸟的回答。只是，我像只羞涩难以表态，因而颇近冷漠的小鸟。这只小鸟，不生育，她没有未来中的孩子，她将努力承住一只成鸟的重量……因为她的母亲将因衰老而蓬松羽毛，因年迈而松懈肌肉，因丧失行动能力而变成她需要载重的孩子。

母亲之所以经常出场，是因为对儿童来说，她的确是人生最重要的角色。另外，母亲有的是生理意义上的，有的是法律关系上的。童话里，寡妇多，继母频繁。受限于当时的医疗条件，短寿常见。女人更是经常死于难产的床上。可惜，继母并非母爱的延续者，她常常是以女性面孔呈现的具体而家常的恶魔。

11

“妈妈杀了我，爸爸吃了我。”

格林童话里叫《杜松树》,《精怪故事集》里叫《刺柏树》, 还有《鹅妈妈歌谣》，都传来这令人毛骨悚然的声音。故事讲述一个男孩被继母所杀，她用箱盖砸断他的头，然后拎起来，把他剁成块儿炖煮；不知情的爸爸吃肉喝汤，称赞味道鲜美，再来一碗。继母所生的女儿，也就是男孩的小妹妹，在餐桌下捡到了哥哥大大小小的一包骨头，埋到树下。杜松树忽然发出火焰一样的光芒, 从中飞出一只小鸟。做完这些，小妹妹不再哭泣，她心里舒服，快活地回到屋里，吃喝起来。

男孩的冤魂化作青鸟，它唱起这首恐怖的歌谣：“妈妈杀了我，爸爸吃了我……”用这首歌在金匠家拿到金链子，到鞋匠家拿到皮鞋，又把磨盘套在脖子上。小鸟飞回家，还是唱着这支歌，把金链子给了爸爸，把皮鞋给了妹妹，用磨盘砸死了体若筛糠的继母。然后，重新变回男孩，他用后母的尸骨熬成了一锅汤。爸爸不满意，肉老了。当他询问自己的妻子去向时, 男孩这样回答:“大约是去亲戚家探望去了。”

就像当初继母敷衍自己的丈夫，男孩去看望外婆，或在朋友家玩儿一样。继子以同样的残忍，向残忍的继母复仇。

男孩靠自述获得解救。奇怪的是小妹妹，缄口不语。她为什么不敢说呢？妈妈又不会像杀了哥哥那样杀了她。还是说，她太小了，即使是掌击，也令她在颤抖中屈服吗？

知情者不说话。《美人鱼》和《野天鹅》里，都有哑巴的公主。安徒生像海底巫婆一样割了她们的舌头，让美丽的她们不能为自己申辩，反而让不能说话的苹果树和茶壶在那里饶舌。当妈妈把肉块扔进锅里炖了起来，小妹妹站在一旁哭着，眼泪都掉进锅里，所以连盐都不需要放了……等等，假如怯懦让她噤言，她为什么能目睹分尸现场，并且离得如此之近？只有贴近煮食尸块的锅，她的眼泪才能一滴不落地掉进汤汁里。为什么，她比屠夫更具备直面残忍的勇气，目不转睛，深嗅血腥？如果哥哥惨死给她留下创伤性的阴影，为什么，在目睹无论哥哥还是妈妈的惨死之后，她都能迅速满血复活，转瞬，就高高兴兴地吃起饭来？

再残忍的事，似乎只要发生在别人身上都可以忍受，哪怕发生在亲人身上……看着血腥的尸块，我们是最有资格喝汤的人。

12

童话从来不是真空无菌的文体。

童话，是连在现实脐带上的胎儿，吸收现实的血氧，甚至入世的现实原则。比如，它要求你善待所有路遇者，冻僵的燕子、卡在树桩里的牛、流动缓慢的河、衣衫褴褛的乞食者……原本只身行路的主人公，会带领潦草莽撞的盲从者，怀着各自的好奇和热情奔赴远方。这些看似毫无功用之辈，会在随后的劫难中施以拯救。童话暗示，你不要怠慢他人，因为他们可能是化装成的贵人或恩人；否则，他们会转化为仇人或小人。

还有，赤裸或含蓄的血腥，野蛮与残忍的暴力。暴力尾端的血，性初潮的血，同样洇上童话的古老羊皮纸。就尺度而言，童话甚至比许多文体更大。被挖出的眼睛、割了的舌头、掏取的心脏，被野兽的利齿利爪撕成肉条，被燎烈的火烤出油脂，荒谬、怪诞、恐怖的情节比比皆是。酷刑不仅是砍头，煮汤，烧成灰烬，还包括心理摧残，比如把尸体切成块儿，风干后裹上米，送给死者的亲人吃。只不过，童话里的暴力，似乎恶作剧般带有天真的游戏感。或者说童话里，有着对恶行的虚化与美化，一种“卑鄙艺术学”，充满欢快的残忍、明亮的血腥，是爽快或狡黠的，无动于衷或兴高采烈的。

暴力、性和脏道德，本是童话里禁止出现的内容；而它们频繁，像血色一样使情节鲜艳。

因为，童话里的内容对现实的僭越是普遍的、高强度的、夸张的，美得极端，爱得极端，恨得极端……所有的倍数都放大，也包括暴力。何况经典童话所诞生的年代，人治色彩重于法治，谋害和残杀，都比今天频繁和日常。暴力的介入，但愿能给儿童刚刚起步的人生打上一针疫苗，以使他们从此形成心理上的免疫和抵抗。

13

谁是施刑者？

这是一条标准的童话公式：坏心眼的人在开头用阴谋杀人，杀得鬼祟；好心眼的人在结尾用酷刑杀人，杀得磊落……报复相当残酷，因为正义收取高昂的利息，甚至不允许坏心眼的人反悔和认错，一次失误，足以招致千刀万剐的杀身之祸。

我其实并不喜欢白雪公主。从某种意义上说，白雪公主还不如坏皇后善良。出于嫉妒的坏皇后，至少难以直面白雪公主的死，才指使猎人在偏僻地下手；即使坏皇后迫切渴望对手死去，她采用的是让白雪公主安乐死的方式，过程无痛，并且享用水晶棺的白雪公主无损美貌。而白雪公主纵容甚至就是指使，给她的继母施用铁鞋酷刑，用她凄惨的哀号来为华丽的婚礼助兴，似乎那更能彰显她复仇后的荣誉。白雪公主的兴致和乐趣，不说邪恶也够冷酷。

当然，王子们永远宠着白雪公主，不以为意，可那些乳臭未干的小男生有什么判断力呢？不辨是非曲直，只要白雪公主有足够的美貌，他们就只知道穿着芭蕾紧身裤来显示发育中的生殖器。童话的公式还有一条：没有现实化的婚姻意义的结尾。“公主与王子过上了幸福的生活。”没有谁向我们揭示，疲倦的幸福持续了多久，之后是否接续斑驳的命运。白雪公主永远是白雪公主，她不会长成坏皇后的样貌……即使从推理上讲，坏皇后的样貌就是一个老了的白雪公主。

童话里的成年妇女容易充当反面角色。巫婆或者后母，都生着一张割茎断根的镰刀脸，根本不配拥有爱情。一个乡下老太婆想和小伙子结婚，小伙子要求她把湿床单裹在身上，才能在早上接受她，痴情的老太太，当晚就被冻死在结冰的床单里。小伙子松了口气：“谢天谢地，老太婆再也不会来烦我了。”但小伙子可以直接拒绝呀，何必给予致命的报复呢？是老太婆不切实际的情欲，让小伙子感觉受辱吗？

我们知道，童话中的女人热衷嫉妒。嫉妒的理由千奇百怪，一个妹妹遭受迫害，可能因为姐姐嫉妒她的美丽或者更早的订婚。但老女人不被嫉妒，只被厌弃。这些窃想者，下场可怖。丑姑娘、仆从、老太婆，想获得本不应该的爱情领土，她们得用血肉喂养。另一个老太婆，只是偷吻爱慕中的王子，因为这种越位，“他们把老太婆的骨头做成短梯，供姑娘爬到床上。姑娘把老太婆的皮做成地毯铺在地上，又把她的头做成盆，好在里面洗脸……就这样，姑娘嫁给了王子。这是她的宿命”。

惩罚残酷，是童话的规律，不过，对“坏人”是严苛的因果相报，对“好人”是赦免所有的罪。那么，谁好谁坏，两者之间的界限是什么？我们不得不尴尬地承认：童话常常势利，以貌取人，以财富和地位论断人。

14

在克什米尔的童话《中国公主》中，国王在圣人的怂恿下，亲手将自己的爱妻推进烤炉，然后烧毁整个房子……他从这场谋杀中获利。他迷恋的中国公主，只剩灰烬以及灰烬中的一块鹅卵石。国王和圣人平分遗骸。国王所挑选的这块鹅卵石，不知是由妻子的心还是胆熔炼而成的，它的法力，能把碰到的金属都变成金子。

为什么，国王对中国公主的爱意与日俱增，转瞬，他就进入谋杀的果断与快感里？因为圣人告诉他：“如果一条蛇一百年没被任何人看到，它的头上就会长冠，变成群蛇之王；如果再过一百年还是没被人看见，它就会变成一条龙；要是三百年都没有人看到它，它就会变成拉弥亚。拉弥亚拥有巨大的魔力，可以随心所欲地改变外形。它非常喜欢变成女人的样子，就像你的妻子这样啊，国王！”

三百年，她在沉默中独来独往。是孤独的力量，使这位隐士获得自由，可以按照心意变化形体。现在，这个妻子因为是一条蛇而必须去死，无论她是多么美丽温顺，无论她是多么纯真无辜，无论她曾怎样与我们同舟共济，也是同床异梦的敌人。她的外貌就是她的罪行，她的身份就是被处死的正义理由。不，位格应该降级为“它”，因为不配享有人的灵魂、情感和命运……我们的内心，从来没有从种族歧视和奴隶制中解脱出来。无论具有怎样的神通，只要非我族类，就是异端，杀无赦。

成为庸众，就拥有生存的安全性。成为标签意义的好人，就拥有更高的安全性，甚至是杀人的安全性。都说童话教给儿童真理和公义。我不这样认为，童话里教的谬行和不义不比前者少。无论是偷窃财产，还是宣泄坏情绪，都可以成为杀人的理由……被当作正面形象的主人公并未因此受到行为责惩，甚至道德声讨也没有。阿里巴巴拿到了山洞里的财富，那些匪徒不仅失去钱财，也失去了性命，被阿里巴巴的仆人用热油烫死在躲藏的罐子里。

原来，舆论和法律的高弹紧身衣，可以随物赋形，任由行动而不受限制。正义者越过常规，只要为了一个美好的结果，为了一个大同世界的幻境，可以毫不犹豫地消灭多少鲜活的肉体；正义的钟声有力，像机械臂力把坏人的头颅砸入隔水隔光的地狱，让他们不再享用下一个春天。是的，他们会杀人，就像运用刀叉那么优雅自如……也许正因此，他们才把自己定义为好人。

15

童话鲜艳如玫瑰，支撑花的茎，却密布棘刺。我们看到无畏到无耻的勇士，为了财富肆意杀戮。柔弱到懦弱的美人，委身于沿途的命运。愚顽到愚蠢的怪物，相信拿着誓言当戏言的情感骗子。万能到万恶的宝物，它的光芒下堆叠无数曾意欲攫取、却已属于尸体的手。有美，也有彻骨的寒意……欢迎来到童话的冰雪纪，领略凛冽的纯洁，领略复仇中致命的公正，简约的真理也不因其正义而减少粗暴。最有力的美，携带暴力，如同死神之吻让人彻底沉陷。

童话里为什么有大量不合逻辑和伦理的段落，大量含混乃至毁灭性的道德呢？童话常常来自民间，是由不识字的人创作和讲述，受限的教育程度使他们不受礼数和伦常的约禁。他们自身遭遇暴力和欺压，反过来，情节的解决手段也是以自己熟悉的方式。

没有一种文学体裁，像童话那样获得了为所欲为的豁免权。它可以获得物理世界失真的完美，也可以拥有极权的能量。

往往，儿童并未留意其中的残暴色彩。他们没有那么深重的道德，甚至连深重的同理心也不具备——那些需要足够的阅历才能养育出来。孩子会用小刀把蚯蚓碎尸万段，旋转螺丝钉那样旋下蜻蜓的头，用火点燃猫的尾巴……他们无动于衷，乐在其中。他们的身体没有那么多的疼，他们的情感没有足够的丰富，数年之后，他们才懂得什么叫以己推人和感同身受。童话让他们成长，也让他们吸取着其中的残渣，尤其成为经典或准经典的作品。

经典，就无人质疑，就可以隐藏无数条魔鬼的遗嘱。也只有隐藏在童话里，隐藏在对儿童的教育里，它们才能在传承中，得到永生。

既有至美，也有对称的黑暗……但我们歌颂童话的完美就像歌颂皇帝的新装。我们没有勇气，揭穿裸体的真相。因为，皇帝会要了我们的命；或者因为，我们的羞耻会从麻木中苏醒——那也是一种会要命的理性。就让我们沉浸在欢呼中，在彼此的噪声中淹没。我们宁可杀了那个多嘴的孩子，也不愿因此被证明懦弱。

胆怯和回避，导致我们被一直欺骗……被别人，被自己。乃至，终生。

16

童话有个特点。某个讲述者的故事，倾听者像鹦鹉学舌一样，向他人完整复述，一遍又一遍。或者就是主人公自己的遭遇，他无论沿途碰到谁，结果子的树、动物、过路的陌生人、神仙，他重复着，不厌其烦，不落半个细节、一句对白。下一个段落简直就是上一个段落的回声，如一组镜像迷宫。

然而，这不就是我们这些健忘症患者每天所做的吗？我们并未从童话和历史中提炼经验、吸取教训。换件衣服就不相认。情形一致也不相认。无论情节和细节多么相像，我们不认识，固执地一再重复灾难……厚重的刃，犁出血槽，无数人死于同一把刀下。

童话的魔法，不仅指无中生有、滋生万物的宝贝，还有神奇的修复能力。被挖出的眼睛能够复明，肢体残疾可以痊愈，被损毁的世界也有壁虎尾巴一样灵活的再生功能。之所以健忘，因为付出的代价不值得珍重，它们随时可以在魔杖下卷土重来。极权的童话不在意牺牲，极权的历史不需要记忆。

童话可以隐喻历史，历史可以编撰童话。成人虽然与童话世界渐行渐远，但一直利用童话来抵达自己的愿望和目的。童话的遮羞布可以用来蒙住牺牲者的眼睛，不过，即使被直视也无妨，他们可以用童话的外衣把自己的残忍掩盖起来。无论多邪恶的目的，都可以在包装下纯真无辜。

魔鬼，可以在童话里借尸还魂。德国的希特勒也说要带领人民，开始一场前往童话天堂的浩荡而伟大的行程，他们站在绝对而完美的童话理想境界上，杀伐无度，一个个躺下去的生命，让他们每每发现自己脚下的道德高地又往上长了那么一厘米。他们根据自己内心的嗜好，极其自我地构建起一个任意宣判的法庭。他们披着天使外衣，可以完成恶魔都难以完成的恶行，却以为构筑起一个适合孩子的天堂。所有的暴君，都把自己看成最伟大的童话建筑师。

童话可以是一种致幻剂，它能够弯曲现实的弧度。把扇子看成孔雀、桌子看成犀牛只是初级的迷乱，然后，是彻底的颠覆：是真魔鬼可以任意指认谁是魔鬼；是你，自愿把毛骨悚然的世界认作金碧辉煌。

想想吧，《蓝胡子》的故事原型，是十五世纪的骑士吉尔·德·莱斯。他曾参加战斗，后来沉湎变童，诱拐、强奸并谋杀了至少几十名儿童。他承认“玩弄儿童，并从折磨和杀害他们的过程中获得纯粹的快感”。当他进入蓝胡子城堡，成为童话传说中的人物，鸡奸并杀害小男孩的恐怖行径，变成了一个男人因七个妻子难以克服的好奇心而将她们全部杀死的近于英勇的光荣事迹。

我们也许不能准确把握，一个故事对孩子会产生什么样的寓意，就像童话里的母亲可以奇怪地生下一口锅。然而仔细观察，就会发现……童话在现实中，留下的，是一枚血拓印。不过，就像不追究好人的罪一样，我们也不追究童话的恶。孩子的无辜不容置疑，童话的纯真不可指摘。

17

二〇一六年五月，我去墨尔本，住在郊外的朋友家。

气候舒适，自然风光也美，她家附近就有海鸥、鹦鹉、骨顶鸡等多种鸟类。朋友说，数年前，出门跑步还能碰见袋鼠。作为宜居城市，墨尔本特别适合我这种懒散者，拿散步当锻炼。只不过，这片移民新区都是面积辽阔的别墅，入住率不高，到晚上，到处充满那种富人区特有的黑暗。

有一天晚上，我去散步。想起白天和朋友聊天，她说我们都是童话的顺民，即使成年之后，具有了分析理性，再看童话，立即降为幼龄孩子的低智，固守当年的阅读体验，从不诘问。她的想法令我思考。也许童话提供了另一版本《皇帝的新装》，小孩子、大孩子、老孩子集体欢呼那种失真的完美……只有成长者，敢于说出其实从未伪装、几近裸体的真相。童话和现实映照，镜像相反……所以那个勇敢的揭露者，在童话里是孩子，在现实里是成人。

走着走着，我心生迷惑。有没有可能，是我们辜负了童话的古老智慧？它从一开始，就坦率得近乎冷酷地告诉孩子：好人未必就那么好，坏人也未必就那么坏。问题出在阅读者自身。每个人，都是自己意识的皇帝，甘愿被骗术围绕。也许，我们都是那个穿新装的皇帝，由于怯懦，努力说服自己，有如相信神话般相信童话。我们沉湎于节日狂欢，忽略、拒绝和厌恶那个小男孩发出的噪声。

我不知不觉，走到一个陌生池塘，它被高高低低的苇叶围绕着。我感到的，是植物那种美好的清凉。索性坐到岸边，我看夜空，星宿满天，好像有场天上的暴风雪彻夜不息。蝎子座，扬起有毒的准备蜇死众神的尾鞭。我试图从密集的光斑中，辨认更多的星座。

几乎是直觉，我感到有什么在暗夜里向我靠近。对面的黑暗里似乎窸窣作响，极为轻微，若有若无。我警惕地盯着，一直盯着，对面什么也没有——只是黑暗。我变得不太肯定，怀疑，一切只是我的敏感和错觉。

至少过了半分钟，或许更长时间，我惊觉，有一团黑暗是活的。水汽浩大，消弭着那种不属于人类甚至不属于人间的禽兽气息。瞬间，我看到了它：黑暗里的那团浓黑和那点艳红。

黑天鹅。

那一刻，我分辨不出，是被席卷而来的美还是惊恐钉在原地。如同走在森林的寂静中，隐隐嗅到不安的气息，然后突然看到一张斑斓而生杀予夺的面孔。黑天鹅优雅，只是血喙，如同黑布托起的扁凿，如同刚刚行凶过后的滴血器械……它不动声色，向我靠拢。

男左女右

1

二〇一八年十月六日下午的临时决定，让我在那个十一假期的尾声里充满悔意。悔意浓重，到悔恨的程度。我对即将到来的日子，满怀绝望。我一边沉浸在沮丧无助的情绪里，一边听着“唰唰唰”那种忽大忽小、不规则的噪声持续从卫生间传来。那是混合着屎粒的石粒垫材，被带着怒意扬出笼子的声音。这双激烈劳动的手非常袖珍，它们，只有我的指甲盖那么大。

我错了，不该信任它们幼萌的长相，害人精造成的祸患远超预期。精神上遭受的摧残让我成了一个娶了祸水女人的倒霉蛋，一时的失控可能换来多年的悲剧。

一个星期以前，我偶然从网上看了几张黑尾土拨鼠的特写，当场意乱情迷：天哪，怎么有这么可爱的萌物？无论站坐、发呆或窃窃私语，它们都让人忍俊不禁。胖墩墩的身材，肥圆的小肚子，短短的爪子，吃东西时用双手捧着的姿势、快速咀嚼的嘴巴和鼓鼓囊囊的腮帮。土拨鼠的身体比例关系就是可爱的，企鹅也是这种类型，日常行为也逗趣。

我想到宠物店里看看，没打算买。我承受不了养育的麻烦，从孩子到宠物。每天到阳台报到、等待喂食的十只流浪猫，已经是我甩不掉的心理包袱。何况，养鼠？猫与鼠，对付这两个相互敌对的世界，我缺乏平衡的技巧与耐心。

宠物店的场地中间，用玻璃围成的几米见方的围栏里，圈养着二三十只黑尾土拨鼠。这是些小小的移民，它们来自遥远的北美大陆。据说国内尚未掌握繁殖技术，所以宠物店的墙壁上粘贴着海关检疫证书，说明小家伙们通过了人类的卫生要求，不携带鼠疫等令人闻风丧胆的病菌。养这类异宠，往往要从幼龄开始，否则它们将终身保持着警觉的距离，不易与人亲近。没有刚刚断奶的，一窝两个月大的适龄幼鼠也已被预订，仅剩的这些土拨鼠已经快四个月了——对我这样的新手来说，它们也许属于年龄偏大了。即使要养，我也等明年的新生鼠崽吧，这期间，我正好冷静一下，想想自己能否承受宠物带来的拖累。

店家是个眉目清朗的小帅哥，他一伸手，几只大胆的土拨鼠站直身体，踮起脚尖，尽管站立不稳，它们也摇摇晃晃，尽量上举手臂……我不知道那是它们的好奇心驱使，还是出自一种索求抱抱的渴望。总之，它们擅长营造出一种“你非常被需要”的幻觉。

我告诫自己：警惕，千万不要落入它们的陷阱。我转移注意力，去看宠物店里那些有鳞彩、没表情的蜥蜴。看起来，它们独立而冷漠。这种动物适合上班族吧？好像既不需要花费太多时间和精力，也不必因为缺乏陪伴而负疚。可惜，我不喜欢养蜥蜴或鱼这类动物，因为体会不到情感的互动。

大概一个月以前，我开始构思新童话。这个选题属于“命题作文”，要求是发生在动物园里的喜剧。我感觉吃力。写散文时，我的思路是顺畅的，语言障碍少；写童话，我需要进行思维上的转译，需要在情节上不断推进——这超出自身能力，让我分外焦虑。仅仅勾勒动笔前的梗概，多普勒测试仪显示，我已出现明显的脑血管痉挛现象。养个宠物，或许能够分散我的注意力？不不不，太麻烦，还是算了。

多数土拨鼠都缩在玻璃箱体的一个夹角里，除非一把食物从天而降，否则，它们挤成几乎不动的群体。个别的，沿着边线跑场子，唯有一只土拨鼠特立独行——它兴致勃勃，在玩跑轮。它一会儿在外面推动跑轮空转，一会儿钻进其中蹬踏，古铜色的金属跑轮像复古的电扇那样转动起来。别的土拨鼠，尾巴像毛笔头儿；这只与众不同，尾巴呈斜梯形。问店家，得知土拨鼠在情绪紧张的情况下，尾巴容易炸开；但看它，不像，更像是尾巴的发型天生不同。它在困境里自信且独立，积极而逍遥，甚至是怡然自得。土拨鼠长相酷似彼此，像从同一模具里翻制的月饼，群体中难分彼此；凭借这条独特的尾巴，我能一眼认出它。何况，它是摊平了趴在地上休息，小脚丫像外八字一样撇在两边；其他的，都是缩成自我防御状态的球体。我观察了一会儿，它自娱自乐，旁若无人。它打动了我，改变了我的主意和心意。虽然得知它是女宝宝时，我略感意外。

本来只买一只，这个女宝宝是我心仪之选。可土拨鼠是社会生活发达的群居动物，想到以它开朗活泼的性格，却要终其一生，孤独地生活在陌生的巨兽之间，相当于一个人被独自运往火星，然后生活在一群恐龙之间……我心一软，算了，给它找个伴儿吧。

店主隆重推荐一位男宝宝，它的脑门上，有一道马克笔画出的黑线用以区别——马克黑身价最高，两千五百元，其余都是一千八百元。

马克黑并非因长相俊逸而成为王子，是因性格超好——即使陌生人，把它凌空抄起，翻仰向上，后脑与地隔着足以致命的高度，它依然报以高度的信赖——不抓、不咬、不挣扎。它摊开四肢，露出柔软的腹毛，长久保持被迫的姿势。

看马克黑的表情，我怀疑它的温顺中，更多的是畏怯。我略一犹豫，店主就挑选出一只毛色最浅的雄鼠，说它好看。这只男宝宝眼神晶亮，端正健硕，经过长途的颠沛流离和集体生活的你争我夺，它的皮毛顺滑而完整，不像有些小鼠，磕蹭痕迹明显。但我有种奇怪的预感，觉得这个男宝宝会比较麻烦，所以要求店主再换一只，不想要它。店主还是力荐这个男宝宝，说它与女宝宝的大小和色泽，匹配度高；他建议我在它和马克黑之间，挑选一只。犹豫之下，好吧，就是它。就这样，在品性和颜值之间，我选择了后者。

取了名字，男的叫左左，女的叫右右。

2

然而，这位鼠左左，英俊而暴躁。就是它，当晚就让我崩溃。

我知道它是土拨鼠，天生就是挖掘机，可左左强大的决心和破坏力，还是令我震惊。左左用它那比缝纫机还高频的门齿，把笼子的塑料底边啃破了角；用它那看起来火柴梗般脆弱的手指，把砂石扬得像火热的建筑工地。

鼠左左是在最短时间内把我逼疯的男性。在它到来的二十四小时里，我几乎没睡，听它上演全武行。上蹿下跳，左奔右突，前顶后撞。啃咬踹踢，肢体动作多不说，话也多。有个土拨鼠的网红视频，是只喜马拉雅旱獭，跺脚之后，以中年男的音质大喊“啊”。土拨鼠不这么叫，真实的声音是叽叽喳喳的，像鸟，不是大叔的声音，反而非常萝莉。

以左左那样的嗓音，那样分贝的动静，就算是喊声吧？听着像一只折翅的伤鸟。

带左右回家是仓促的决定，各方面的准备都没有做好。店家垫材缺货，没有木屑或玉米芯那样的软料，给了我一包替代的爬宠砂粒，质地干燥坚硬，更适合龟或蛇。这成为左左发动攻击的武器。沾着尿味、裹着屎粒的砂石，被它扬撒在铁笼四周，散发让人恶心的啮齿哺乳动物的臭气。

我购买的玻璃饲养箱几天之后才能到货，它们暂时在这只原本的刺猬笼子里栖身。说暂时，是因为空间狭促，的确委屈两只热爱运动的小家伙；另外，也关不住，黑尾土拨鼠智商高，会开锁，越狱易如反掌。只能趁它们尚处于不了解情况的不安全感中，拿小铁笼当个权宜之计。铁笼的弊端立即显现。仿佛有场隐形的地震，震源处发出源源不断的臭气和噪声，通过一双精巧的小手，向周遭呈涟漪状扩散开来……振幅如此辽阔，不仅我的房间里弥漫鼠气，包括被熏陶的我，闻起来，都臭味昭彰。

左左，这个叛逆的问题少年，令我当晚几乎一夜未眠。天亮以后，左左的强烈反抗日以继夜，体力不减。我发现自己被严重干扰，几乎一天，水米未进，从忧心忡忡到精神恍惚。我还以为养宠物能缓解脑血管痉挛，没想到不切实际的一念之差，导致我感觉自己的脑血管都快爆裂了。

男左女右，作为配合默契的搭档，它们肩并肩、背对背，锲而不舍地扬撒沙砾。这个迅速组成的反抗联盟，让我们两个临时家长一筹莫展。我羞愧地联系了店家，希望能够完璧归赵，愿意为此赔付一千元钱。提议遭到拒绝，人家答复：各行有各行的规矩，店里以黑体字明示过了——售出概不退换。

怎么办呢？同在一个屋檐下，它俩的余生，会让我的余生苦不堪言。

男家长想出一个新办法:“要不，我们直接送回店里？它俩连同买的用品和粮食，都白送，我们不要退款，不耽误他卖给别人。”这回行了吧？毕竟，这对尖牙利爪的小祸害刚刚到家。我苦笑，自嘲这是比嫖妓都贵啊，一夜花了四千多；还没能近身，我压根就没摸过人家。

不到二十四个小时，留宿一夜的土拨鼠能让店家白赚四五千——竟然不行，人家坚决不接收！我总不能把两个小东西，像弃婴一样装进摇篮，写好纸条，然后鬼鬼祟祟放到人家门口吧？也许店家短时间内难以找到我们这样匆忙决定的蠢货，而小暴徒会越长越大，成为越来越难以解决的麻烦。

算是砸在手里了。黑尾土拨鼠的寿命，有的是五到八年，有的甚至更长——我估计这些年自己都不会消停。

也许觉得室温低，也许需要相互安慰，左左和右右晚上睡觉的时候，脑袋深埋在抱缩的趾爪之间，团成两个紧张的球体。它们挤靠着，样子可爱又可怜。我凑近，它们一动不动，不肯也不敢抬头观望。

我想象它们漂洋过海而来，想象在很大很大的飞机舱里，它们也曾很小很小地蜷缩自己。大而轰鸣的黑世界，对比着两条孤弱的小生命，像长篇小说里两个不起眼的标点。我叹了口气，心生怜惜。

睡吧，左左右右，晚安。

3

我在网上查资料，想听听经验之谈。笼子至少要静置一周，让土拨鼠充分适应环境；要增加手喂机会，以建立亲近感；不要很快放出笼子，不要贸然抚摸，等等。

左左和右右刚来时，样貌酷似对方，不容易分出张三李四；观察中渐渐发现，它们从外表到性格，都大相径庭。左左是浅金色的，右右是熟杏色的，不仔细看分辨不出来，像两个成精的猕猴桃。左左圆头圆脑，眼睛是橄榄形的，有时呈莫迪里阿尼油画中的人物那种眼形。拍出的相片里眼仁漆黑，日光照射下瞳孔的颜色没有那么浓，但它依然可以用咖啡豆一样的眼睛，表达对我的怀疑。右右眼睛小，在土拨鼠里算是眯缝眼了，腮颊微陷，比左左略瘦。乍一看我经常在恍惚中弄混，后来左左越吃越多，右右越吃越少，差距才逐渐拉开。

有些小鼠天生亲人，有些警惕高、攻击性强，不肯当面进食。左左贪吃，非常馋，对食物毫无抵抗，喂什么，它都如饥似渴，把食物的一端咬在嘴里，抢夺一般加了甩头的力气。我喂的是土拨鼠专用粮，是以提摩西草为主的草棍，一厘米长，我的手指得小心捏住草棍后端，以防被鲁莽的左左隔着铁丝咬到。为了食物，左左不惜铤而走险，它抢食的时候，简直有点气势汹汹。到家不久，为了和右右争夺我指端捏住的一截土拨鼠粮，左左对食物失控的热情让它来不及分辨和判断，就跳起来一口咬下去，误伤了我的手指。尽管知道左左并非有意，我也气得数落它。如果有错，左左的表达方式不是躲到角落里反省，而是叽里咕噜，一通辩解式的回嘴，好像自己受了多大委屈。左左在我的指甲上留下一个麦麸色的咬痕，小米粒大小，但指甲底端出现一道纵向的深裂。我不知道用多长时间，它才能缓慢上升到能被剪除的高度。疼痛、烦躁加之无措，我恨不得拿左左喂猫。

左左的吃相，倒是有几分庄重和威严：站得笔直，腰背挺拔，两脚叉开，手里抱着一截草棍，就像站在麦克风前进行讲演。左左多吃多占，如果自己那份吃完了，就从右右手里抢。右右吃东西时，驼着背，像只掉了尾巴的秃松鼠——不过黑尾土拨鼠本来就属于地松鼠科。论仪态和神情，左左气宇轩昂，右右略显平凡，这是颜值和做派导致的落差。

左左是美男子，长相英俊，仪表堂堂。右右长得没那么好看，显得獐头鼠目的——一共就两颗门齿还没长齐，一颗有点往前，一颗有点往后，但尖嘴猴腮，照相好看。不过，土拨鼠的好看或不好看，有多大意义呢？性格好才是最实在的。土拨鼠体现了心灵美比外表美更重要的原则。

左左的毛病多，情绪易激动，有时无端大喊大叫，像头袖珍的驴。声音古怪，既非大鸟又非小兽，高亢、短促而持续——声音也是袖珍的驴叫。刚到家的左左扬撒垫砂，我以为那是偶尔的应激反应，错了，左左就是有这个人类看成恶习的毛病。不仅如此，土拨鼠嗜好拆家。虽然到处磕咬和翻刨是土拨鼠的本性，可家里来了惯偷的感觉也够烦的。当然右右也爱搞破坏，尤爱撕扯。结实的棉窝很快变成碎布头，得三天两头地换——右右和多数雌性土拨鼠一样，是名副其实的“败家娘儿们”。可右右亲人，它的缺点可以被视为淘气；左左像是生性顽劣，经常拿出攻击架势，不知是虚张声势，还是痞子式的尚武。

我很快发现，左左体型壮硕，其实胆小。如同有些动物面对猎食者，防御措施是突然扩张自己的体积——左左进食的威武姿态是出于紧张，反而是右右的驼背塌肩代表松弛。因为紧张和过度焦虑，左左才反应过激。数天之后，我第一次打开笼门，让它们在阳台附近跑动一下。大胆而果断的右右抓住时机，立即展开探索；左左相反，完全不敢迈步，它退回角落，疯狂刨沙——这同样是在宣泄紧张。我强制把左左带出来，它的确吓得屁滚尿流——留下一连串屎粒，它跌跌撞撞地逃回笼子，抱缩于角落，再也不肯移驾半步。隔了两天，我第二次给它们放风，左左吓得在外面疯跑，几近癫狂——抱头鼠窜，这个成语形容的状态非常准确。我只好戴了防咬手套，抓它回窝。惊惧之下的左左，隔着牛皮护具手套，下死劲咬了一口。几乎又是上回的指肚位置！疼得我从食指到肩头的一根血管像被突然烧红。怕摔着这个小浑蛋，我忍着剧痛也没有脱手；但把它扔回窝里，忍不住咆哮着用手套打了它两下。左左表情狰狞，龇牙尖叫，美色全无。

左左既粗鲁又神经质，是个外强中干的家伙。当我趁左左睡觉紧缩四肢的时候，从笼子缝隙小心地伸进手指，我触碰的，像是包着一层皮毛的混凝土，没有任何弹性。我尝试握左左的前爪，冰凉的小拳头握得很紧，肘部以超乎想象的力气夹牢，抗拒着我的善意；有时甚至张嘴，露出示威的长牙。我悔意浓重，唉，当初不要它就好了。对比鼠左左的不堪，马克黑在我的虚拟回忆里，越来越成为一个趋于完美的理想男性。可怜的右右，命运悲伤，要和左左这个小浑蛋厮守一生。别看白天左左是个打劫食物的强盗，到了晚上，就成了伪娘；即使它不再把自己抱成紧张的球体，也采取侧卧姿势，头非得枕在右右的怀里，还要被右右的胳膊搂住才踏实。

4

相比睡眠中依然紧得像个铅球的左左，右右是放松的。右右到家没几天，白天就把头扎进垫料，像小舢板那样划开水面、破浪而行，休息的时候伸长手脚、摊扁身体，像靠岸停泊的船；晚上，右右摊开手脚，睡得像个大大咧咧的老爷们儿。我只要一伸手，胆子大的右右就靠过来，把脸贴到笼子上，带着温驯和满足的表情，享受铁丝缝隙里有限的接触。之所以成为视频里的网红，是因为土拨鼠可能患有皮肤饥渴症，抚摸能为原本群居的动物带来安慰。土拨鼠闭起眼睑，仰起下颌，它有一张陶醉到迷离、几近晕厥的高潮脸。只要一摸上右右腮帮，它从鄙视眼秒变高潮脸，仰起下颌、摊开肚腹，仿佛丧失所有自主意识。很快，右右学会站起来，像是机场过安检那样乍起胳膊，让我搜身般把它的全身摸索一遍，还常常就势抱住我的手指，脑袋赖在我的掌心。

右右聪明灵巧，胆子大，心眼多，好奇心重，热衷冒险。关在暂时栖身的刺猬笼里三天，右右就学会溜门撬锁。我用铁丝把侧门拴死，用最沉的字典压住上面的出口。右右隔着笼子，把字典啃破一个很大的缺角，然后大力推举——幸亏我在现场抓个正着，它才逃跑未遂。随后，左右以其利断金的决心咬断铁丝，搞得我手忙脚乱，赶紧修补。

熬到它们到家的第九天，玻璃饲养箱到了，专门用于阻止越狱的。连我都需要按平双手，掌握着分寸，平滑用力，才能打开玻璃推拉门；就凭它们分币大小的袖珍手掌，那点微不足道的面积和力气，根本不足以愚公移山。

我组装箱体，直到晚上十一点多，才算安装完毕；把它俩抱进去，就像完成了潦草的乔迁。第二天清晨四点半，我怕它俩抵抗不了秋凉，起来给它们放了一只新棉窝。右右马上会意，率先钻进去；笨左左跟着，它做什么都不得要领，好在它懂得妇唱夫随。

两个小时以后，天光放亮，我隐约听到异响。我赶紧前去查看，惊讶地发现，光着脚的左左站在玻璃缸门外——见到我后，它发出一连串高亢叫声，几乎相当于得意的仰天大笑了。玻璃缸的配线口，不知怎么被打开了。那是个直径几厘米的孔洞，用内有旋卡的扁圆塑料钮堵着。我昨晚肯定扣上了圆钮，但它现在分明脱落在地上。

左左围绕玻璃缸四周打转，在我的监控下，它才敢向外围小幅度探索几步。不用说，左左是从犯，主谋和肇事者肯定是高智商的右右。但右右毫无踪迹，无论我怎么呼唤，它一点声音也没有。

所有房间搜查一遍，没有。难道，去了地下室？那里堆积书籍，收纳着过季的衣物，使寻找变得非常困难。我在地下室驻足，倾听，一片寂静。右右仿佛人间蒸发了。

可它再心思缜密，还是被自己的屎粒出卖行踪。看来，右右探索了地下室所有的边边角角，所有能够抵达的远方，它都已独立造访。

我颇费周章地翻翻拣拣，同时感觉可笑，因为自己的行为正像一只巨型土拨鼠。我确信，右右此时正躲在某个角落的阴影里，窃喜。我抬起跑步机的液压轴，终于在合页深处，在这个最不易被发现的藏身之处，捉拿了自鸣得意的潜逃者。

等我把千辛万苦找到的右右送回玻璃缸，眼见它补充了半块草饼和几片胡萝卜之后，熟悉地回到那个配线口。右右再次试图转动旋钮，动作娴熟，就像电影镜头里的劫犯在转动银行金库的大门。

右右对食物不感兴趣。如果说左左有近处的苟且，右右就有诗和远方——从性情上看，右右像个文艺女青年。它喜欢抚摸和自由，尽管两者存在矛盾：一个需要远离人类，一个需要靠近人类。或许右右觉得，只要逃出笼子，可爱的自己就能同时赢得自由和爱抚。尤其清早，右右疯狂地磕笼子，声音巨大，它大概觉得自己是只公鸡，是负责把我叫醒的。它爬上爬下，寻找越狱之路，运动天赋惊人。

阳台上有个亚克力材质的书报架，整体透明，中间只有几根细而光滑的不锈钢横杆——相距遥遥，超过左右体长。男家长判断，纵使土拨鼠拉长身体也够不着横杆，就没有移开放置到书报架顶端的塑料喷水壶。我第一次听到响声，发现喷水壶倒在地面上，以为是左左和右右撼动基底震落下来的。同样的情况发生第二次，我就猜到，大概是它们之中的谁爬到上面去了。

男家长不信，于是右右在他眼前当场表演一场精彩绝伦的攀缘。我们错愕地发现，右右以流畅的速度很快抵达顶端——快到，它借力用到横杆、侧板的孔洞、搭在后面的空调缠管，我们甚至不能复述它的行走路线。右右手脚的每个落点，都处于不可能的边缘，然后它完美地利用自己攀岩运动员般的头脑和肌肉，成功抵达。右右花样迭出地冒险，乐此不疲。

我愿意放出来散养……但猫狗在人类居室里可以随意走动，它们的自由是彻底放弃反抗带来的，是人类可以控制的自由，可以随时给予或收回。而黑尾土拨鼠，还不习惯受到限制。别看黑尾土拨鼠有金属光泽的皮毛那么顺滑，别看它们的爪子精致而脆弱，可它们的趾甲长而尖，就像库克船长的铁钩手。就是依靠看似易断的关节和弯成弧度的小镰刀趾甲，它们能释放出不可思议的能量和耐力，快速掘进，徒手开凿庞大而复杂的地下隧道。现在英雄无用武之地，它们只能到处啃咬和翻腾，来小试身手。无论是苹果枝还是火山灰的磨牙石，它们对这些专业磨牙用具不太感兴趣，更喜欢给人类带来烦恼的方式。它们啃家具、窗帘和鞋子，用它们的嘴来入木三分地了解这个世界。

最愁人的，是它俩没学会上厕所。

5

视频里介绍，黑尾土拨鼠不乱拉乱尿，会定点在笼子一角排泄。这样的传说，我有幸见到两次。左左右右初来乍到的几天，我半夜起来观察，惊喜不已。尽管笼子空间极为有限，左左右右竟然自觉划分区域：筑起相对的高台睡觉，屎尿分别位于距此最远的两个角落——哇，它们还分男女厕所呢。不仅如此，屎粒码垛整齐，都快成摆上地摊的工艺品了。这都是在半梦半醒的迷糊状态中完成的，我不禁感叹它们深入灵魂的文明。早晨起来，屎尿已经被它们到处乱窜的小脚丫搅匀在整个场地。我当时不担心，毕竟空间狭窄，闪躲不过；等有了大笼子，问题就会迎刃而解。

我错了。曾经目睹，有如幻觉。

别看左左和右右个头不大，圆圆的小肚子，是比印钞机速度还快的制屎机。我有段时间完全听不得“史料丰富”这个词，给我非常不好的画面联想，眼前浮现左左和右右的深色屎粒。我不断用一把扁小的扫刷，从土色的垫砂里，扫出密集的黑色颗粒，跟考古队员发掘考古现场似的。相对来说，食肉动物排便次数少，因为食草动物摄取的食物热量和营养物质更低，它们不停咀嚼，消化系统忙碌，排泄频繁——所以，厕所问题更为重要。

我买了陶瓷、金属、普通塑料、亚克力等各种材质，三角、矩形、半圆等各种形状，敞开、半封闭、封闭等各种方式……的宠物厕所，可它俩通通不会用，分不清食钵和屎盆。也许是垫材的问题，它们在干燥清甜的玉米芯中以埋屎为乐，将其当作游戏？可换了木粒也一样。我改用尿片，效果更糟。我早晨起来一看，它俩把屎粒摆放得如此均匀，像围棋盘，每个交叉点上都布置了一枚——屎粒几乎等距间隔，布满除棉窝外的几乎每寸空间。两个黑暗中的数学家，得有多么缜密的心思，才能完成这种掌控和布局。

我的呵斥无效，左左反抗般怪叫；右右开始一直不吭，后来学左左，有种泼妇般近于叫骂的音频。一个不遵守规矩，另一个遵守规矩的大概觉得自己吃亏了，立即效行。它们两个比着捣乱，劣迹斑斑的左左把乖巧的右右也带坏了。最可恨的，它们有时拉在窝里。我看着左左沿途掉屎粒，就气不打一处来；在左左的带动下，右右肆无忌惮，一边在跑轮上健身，一边甩动屎粒。也许是因为无论怎么维护家庭环境，左左转瞬就能把它变成屎食混合之地，右右索性迅速放弃了无效的清洁努力……笼子里，右右秀气的屎粒和左左粗犷的屎粒交相辉映。

宠物厕所，外有围挡，下有格栅。左左和右右似乎反感踏上半步台阶，讨厌踩在硌脚格栅上——只有厕所里是干净的。把厕所垫高，每天倾倒带着屎粒的垫砂，洗被它们弄脏的棉窝，我真是烦死了。我羡慕那些把生活打理得诗意盎然的女人，我非常不喜欢也不擅长家务，房间潦草而混乱，像就要搬家或刚被窃贼打劫过似的。我只把自己收拾利索，出门相当于“鸡窝里飞出金凤凰”。但我偏偏强迫症一般，忍受不了它俩的狼藉，希望它们规整而清洁——这种心态，大概相当于，失意的父母指望孩子实现未酬的壮志。

后来我想想，也许怪不得它们。在最初的四个月里，它们生活的条件是和几十只鼠群宿，沆瀣一气，无法养成良好的卫生习惯；现在开始教育，也许能够改善和纠正。

我一发现左左和右右想要拉尿，就马上把它们推进厕所，并迫使它们待在那里。如果定点排泄成功，就给予零食加抚摸的奖励；如果相反，就用卷成筒状的报纸，轻打它们的小脑袋。从事教育的过程，令人沮丧，我整天像一个下流的窥私狂，专心盯着它俩的肛门。持续努力，结果基本失败。让我意外的，倒是左左偶尔会打破我的绝望，眼看它抬脚踏入厕所，煞有介事地出恭……可惜，是偶尔的。面对处罚，原本松弛的右右偶尔惊慌地横冲直撞，一旦镇静下来，就用不驯服的眼神瞥我。

不管怎样，左左和右右拒绝定点上厕所。有的猫不会用猫砂，轻度的不会掩埋排泄物，重度的几年都搞不懂这些沙砾的真实用途。我开始怀疑，左左和右右就是这样。

6

反思自己，我的奖惩也有问题，它们在移动中完成排泄的用时很短，我常常判断不出刚刚遗留的罪证到底属于它们之中的谁。我的犹疑使惩罚不能立即落实，让它俩认为有时乱拉乱尿并无不良后果；假设我归罪错了，这就更加重它们的迷惑。一个多月以后，我痛下决心，强制分居；否则左右在一起，难以清晰划分责任，根本无法维持清洁，时间越长，越积恶成习。

右右留在原地，体格健硕的左左放在与客厅连接的封闭阳台上。北京的秋夜不算太冷，我怕突然降温，还是准备了很厚的棉窝。左右相见，声耳相闻，就是不能相互依偎——它们跟对山歌似的此唱彼和，大概在抒发想念和对我这个强权者的愤怒。我幻想两个小魔鬼能平静下来，早日对自己的排泄物各负其责，不要在屎尿的问题上彼此连累，只有左右共同努力，才能维护好一桩美满自在的婚姻。

两小无猜的它俩从来交颈而眠，现在只能在孤枕长夜。分居不久，不知是因为想念还是恐惧，左左很快学会了一定要到厕所才开始尿尿，并且至少一半的尿量是准确投放的。左左的姿态稳健，表情凝重，上厕所的时候非常专注。当然遗撒现象时有发生，左左算不得从善如流，但对比自己的女友，它所创造的，已是令人瞩目的佳绩。

左左排泄有专门姿势，右右却没有改邪归正。右右只有锥尖大的私处，所用尿片面积，却堪比十几个妇女所需卫生巾面积的共和。右右毫不克制自己，须臾不能忍，它毫不在意括约肌的状况，无论是在眺望还是跳跃，随便什么姿势，右右的屎球就“扑噜扑噜”肆无忌惮地掉下来，它的排泄就像呼吸那么自然。甚至，是躺在我身上、眯起幸福的眼睛、享受抚摸的时候。它根本不在乎。分居期间，右右尿床，枕着自己的屉屉很香地入睡。左左，从来没有。

这才发现，我可能冤枉了左左。我想当然地认定：大屎粒属于左左，小屎粒属于右右。左左不停地吃，它有足够的原材料来制造各种规格的屉屉实验，有粗大的屎段，也有秀气的屎粒；右右同样，屎粒有婉约的尺寸，也有豪放的尺寸。通过更为仔细的观察，我逐渐被迫承认一个事实：窝里排泄的罪魁祸首，竟然，是右右。

别看左左壮硕，除了吃，就是睡，跟地主家的傻儿子似的，智商不如右右；但时间稍长，就能发现它特别敏感。有任何一点风吹草动，左左的内心反应都丰富而剧烈，乃至有时防卫过当。奖励带来的安慰，惩罚带来的羞耻，在左左那里有天壤之别，所以能带来调整和变化。

右右在精神上更自由独立，不在乎别人的看法，所以校正起来比左左困难。这位聪明过人的文艺女青年，以自我为中心，凡是有利于自己的本事都会，凡是给自己带来麻烦的技能都不会，并拒绝学习——可爱就够了，还要怎么样？我怀疑，右右甚至会因为起夜时外面温度更低而懒得起来，它贪图棉窝里左右共同的体温带来的暖意。

左左比右右更容易养成好习惯。没想到，浪子回头，比起文艺女性从良……良家妇女的良，反倒容易些。右右始终不改。也许在行动受限的情况下，无所拘束地排泄是右右唯一表达自由的方式。右右喜欢做所有我不喜欢它做的事情，去所有我不想让它去的地方，反正只要我不喜欢的，它都喜欢……这是一种淘气而倔强的挑衅。

看网上视频里，那些别人家的土拨鼠，如此听话，岂止会上厕所？它们会击掌，会绕圈，会跳跃，听得懂许多口令。我是糟糕的饲主，我幻想它们落在别人手里，一定会被调教得温顺，更有清洁习惯、良好秩序和超乎动物的教养。由于训练方法不对，或者互动时间有限，总之，我做不到让它们像视频里表现的那样言听计从。

在试用了十几款厕所之后，我放弃了努力，不再像其他土拨鼠家长那样在玻璃缸里分区明确。我定制了超大尺寸的不锈钢架子，把玻璃缸改造为整体厕所。这下，左左和右右走到哪里，哪里就是厕所。我们仨就不受困扰了，从此解脱。

左左和右右，重新团聚。所谓的离别之苦，对右右来说仿佛并不存在，它见到左左无动于衷，跃上跑轮开始日常的健身。而左左，激动得跌跌撞撞。当右右摊平身体小憩，左左卖力地用啃梳的办法，殷勤打理右右——顺毛修甲，状若男仆。

7

厕所问题解决之后，给它们洗澡的次数和麻烦都大大减少了。洗澡对左左和右右来说，就是劫难，是叫名副其实的“洗劫”。

作为享有社会生活的啮齿类动物，它们依靠自己的气味来标明领地，释放信息。这种气息是左右之间现在相互信任、未来彼此迷醉的；但作为人类的我，顾不了那么多，一切只以人类的喜好来决定。我自己倒是频繁洗澡，我怕自己让别人的鼻腔里飘过一丝可疑的鼠味而不自知。它俩必须清洁，我才能少受连累。

为防抓咬，我用洗猫笼。没有插销，洗猫笼采用扣环设计，门边对称的小圆环沿着由窄而宽的边门滑至底端，完成锁死。进入其中的宠物插翅难逃，因为它们无法均匀分配力量把两侧圆环同时推向顶端。担心它们害怕，我让左左和右右一起经历初次洗澡。

哺乳动物，从啮齿类到灵长类，感到恐惧的反应，常常是排泄系统的括约肌失控。猴子是这样，土拨鼠也是这样。进入洗猫笼内，魂飞魄散的左左和右右，各自拉出可观的屎量，真的被吓得屁滚尿流。尽管水流温热，经过缓冲才淋洒在它们身上，左左和右右依然恐惧和绝望，求生般拼命嗑咬铁丝。

还是左左，最终在吹风机的暖意吹拂下，似有所悟，终于平静下来。左左以一种理解的眼神凝视着我，过了一会儿，在吹风机的噪声中开始梳理自己。

右右在整个过程从未放弃反抗，它以强烈的怒意，全程奋力啃咬，把笼子晃得地动山摇。右右曾咬断过简易的笼子越狱，所以它刻不容缓地想要复制成功经验。但洗猫笼铁条的粗硬，远超它的预判。有两次，右右发狠咬住伸进笼子的洗浴毛刷，传递到我的指端，我能感受到它发自牙根的恨意。

淋浴过程中，我去拿浴巾的短暂间歇，右右曾想从笼子里挤出来；结果，脑袋钻出来了，铁丝紧紧卡住脖子。右右进退不得，被憋得窒息。我惊恐万状地想拉开间距，但铁丝硬度太强，没有弹力；而此时的右右紧闭双眼，身体几乎悬吊起来，一动不动，并伴有仿佛是临终前的失禁。我几乎崩溃，手边没有任何脱险的工具，最后用尽蛮力，才让右右退回身子，缓上那口压在胸腔的一丝余气。我惊魂未定，估计右右也吓得不轻。

即使在我的不停宽慰和暖风烘干的舒适中，劫后余生的右右依然表现出与平时截然不同的狂暴。它继续发疯啃咬，以至于架在洗漱台上的铁笼摆幅剧烈，整体倾斜，“咔”的一响，一端掉入洗池凹陷的底部。我吓了一跳，这并未吓退右右，它没有中断，也没有减缓动作。右右罔顾自己站在陡峭的倾斜面上，它像一台电量充足的微型发动机，似乎是与死亡的倒计时争分夺秒，以惊人的爆发力和耐力，对抗着前方想象中的死亡。

吹干它们浸湿的皮毛，我把洗猫笼放在地下，准备到厨房拿点零食作为犒赏。就在我转身走出几步之时，我听到身后一阵狂啸……不可思议，右右竟然从洗猫笼脱身而出，它大叫，听起来像过分激动导致的打嗝声。我颇为诧异，不知道右右是如何做到的，它怎么会如此精通物理学，能够匀速推动圆环、抬升笼门？连我都控制不好，它竟然秒破难关？数日之后，右右重复了过程，我才知道，它是从一处稍宽的间隙中挤出来的。这样破解，如果无关智慧，至少是和勇气密不可分。刚刚才被卡得几乎窒息，仅仅十几分钟过去，右右就敢再次向死而生。

除了第一次洗澡，右右曾奋力逃脱，以后它就不逃了。其实右右心眼多，我只要拿出洗澡笼，它就瞬间躲远。左左不长记性，洗澡笼里放半个坚果，就可以非常轻松地请君入瓮。如果单独洗澡，右右能从略宽的那个格栅里钻出来；如果把胖左左也放进去，右右能跑也不跑了。如果往抒情文摘的方向，是不是可以说，彼此的情感，让它们觉得分离的恐惧大于其他？这种恐惧限制了右右的行为能力，哪怕需要一起面对灾难，它也放弃了对自由的尝试。

除了洗澡，除了晚上睡觉像大姐大一样把左左揽在自己怀里，除了这两项之外，右右对左左的关心不多。我曾以为右右是完美文艺女青年，后来发现，它在生理上容易失禁，心理也有点毛病和缺陷：它心眼小，嫉妒心非常强。无论训练上厕所时短暂限制了它的自由，还是在分瓜子时少给了它一颗，右右都会颤动两腮、磕击牙齿，一副“气得发抖”的样子。右右好妒，尤其是享受按摩服务的时候。如果我把右右当作重要抚摸对象，左左享受了一点顺势而为的余热，右右是可以容忍的；如果主要关注度不在右右身上，左左多享受到了一点漫不经心的指端余热，右右也磨牙错齿，气到不行，会尽最大可能让自己的身体覆盖在左左身上，使抚摸之手只落在它的一己之身。而专注抚摸左左，会招致右右的强烈愤慨。我以前说右右是靠排泄来表达它的自由，只是修辞；后来才知道，这竟然是写实的描述。一旦我做出让右右不高兴的事，右右就会立即做出让我不高兴的事——那几乎是唯一的：在窝里乱拉乱尿，以排泄来排泄不满。这样想来，右右陪着左左洗澡是应该的，因为左左分明是受它的连累。

8

总体上说，左右相处不错，算是两个关系和谐融洽的小朋友。多吃多占的左左从右右手里抢吃的，右右不在乎，抢就抢呗。右右在意的领域，膀大腰圆的左左未必能赢过右右。

有一天我看完晚场电影回家，天气降温。我看到两个色泽迥异的球体：一个棕黄，一个粉红。棕黄色的，是团缩着暴露在外的左左。右右呢？垫着一块小毯子，把另外一块粉红色的珊瑚绒毛巾紧紧盖在自己身上，并且掖好被子的边边角角——如此严丝合缝，把毛巾完全包裹成自己的体形。

再比如，小时候的左左右右，都对蹬跑轮乐此不疲。右右总在跑轮上，左左抢不过。我不用看，就知道谁在跑：右右有腾空动作，像啮齿类里的小豹子，连收窄的腰腹也像；左左无论怎样抵达自己的极限速度，也总有一只落地的脚，它不会腾空，它的体重无法“形而上”。我就像个竞走裁判一样，知道这是两种节奏，两种运动。灵巧的右右捷足先登，也想玩的左左就朝相反方向推动——它们在秋千一样晃来晃去的跑轮附近吵嘴。在这个问题上发生冲突，右右必占上风。有时，左左把身体趴卧在跑轮的底弧，想阻止右右上机——直到，它的腹部被右右的小脑袋生生垫起来，活活掀翻在地。记得最严重的一次，我在卧室听到连续两三分钟的激烈争吵，两个小家伙，你一言我一语的，谁也不示弱。等我去客厅看个究竟，发现左左和右右分别占据玻璃缸两个距离最远的边角，背对背，互不理睬，处于明显的冷战状态。我为了调节对峙的气氛，打开音箱，放了几首经典的古琴曲。它俩竟长久驻足，一动不动，凝神倾听。我没想到，它们是如此专注的音乐爱好者，半张碟片放完，左左和右右依然没有改变姿势。我大为感动和震撼，它们的情感如此丰富，如此具有艺术鉴赏能力……当然，是我想多了。仔细一看，原来是左右的争执和抢夺，让跑轮的螺扣滑脱，轮盘从转轴上掉下来，不转了。左左右右在赌气，并非是音乐让它们灵魂出窍。

好在，随着左左越来越胖，越来越不爱运动，加之我升级为转动轴固定的不锈钢款，有关跑轮的争端，终于得以解决。

9

缺少运动，长期的室内饲养，易导致宠物缺钙。我定时让左左和右右去阳台上晒一会儿太阳。第一次日光浴的时候，右右颓坐之后马上开始打理皮毛，齿噬自己的肘臂，偶尔双手抱头，从后向前胡噜一下自己的脑袋，就像刚刚剪了寸头的小男孩那样。而左左急速抓挠光滑的笼子底网，幻想逃遁的样子分外滑稽，它总是不得要领。土拨鼠喜欢待在幽暗的地下，太阳光线本来就容易让左左紧张，何况，左左看到透明的玻璃推拉门外，有猫。

我住一楼，有个几近荒废的小院，七八只流浪猫在此安家，每天早晚等着喂食。猫猫们见到左左和右右，它们愣住了，挤在门边，兴奋得像在看色情表演。它们摩拳擦掌、跃跃欲试，想当志愿者冲出来帮我抓耗子。我没有驱散围观的猫，在潜意识里，我想用天敌来恐吓左左右右，由此凸显我是它们唯一的保护者；离开我，它们立即就会大祸临头。

猫猫们误以为这是为它们准备的新鲜食材，几天不见端上桌，不禁迷惑。流浪猫渐渐明白，两个鼠辈竟然是我的宠物。我的移情，我在价值观上的堕落，让它们猝不及防。流浪猫不理解我的立场和态度何以翻转，它们情绪落差很大，从错愕到伤心——随后几天里，它们不爱吃饭，腮部削尖，对我喵喵的撒娇声明显减少。

二橘从来不会离我很近，这只被绝育的公猫始终保持警觉和畏惧，它不会围着我的腿打圈，宁可放弃先到先得的罐头，也要等我远离，才靠近其他伙伴的剩饭。可自从发现左右那天起，二橘就成了日夜盯防的警察；它站在离土拨鼠最近的地方，等待一声令下的那个缉拿时刻。后来，我的保护和偏袒，让二橘对我深感震惊和鄙夷——在这两者的合力之下，二橘前所未有地向我靠近，即使我与它相隔的只有一层薄而透明的玻璃，二橘也没有半步退缩。它法官一样的眼睛，死死盯着我，凛然中压抑着愤怒；或许它想用这种无言的谴责和批判，唤起我的觉醒。

作为天敌的猫，难以理解鼠辈获得的宠爱。

作为天敌的猫，难以理解鼠辈获得的宠爱；许多的人，也把小型啮齿类当作该死的东西。自然条件下，生活在草原的黑尾土拨鼠都是草食，除非偶尔吃掉在吃植物时遇到的昆虫。它们依靠草原活着，而别的动物依靠它们活着。猎食者来自四面八方，熊、獾、貂、猫、狼、狐狸、蜥蜴，从鹰到蛇，天上地下的，谁都吃它们……它们卑微如草芥，它们繁殖力惊人，因为它们是最低端的肉。每个日子，都相当于一场苛刻的生存考验——它们颤抖着，知道自己的身体对众多猎食者来说，只是被包装好的重量不同的肉块。是的，几乎被所有动物吃——这种严重的不安感，世世代代，追随它们一生之中的每时每分，乃至，作为一种恐惧的基因沉降在它们的血液里。

10

我毫无道理地持有某种偏见：特别怕蛇的，不怎么怕耗子；特别怕耗子的，不怎么怕蛇；两种都怕，和两种都不怕的，属于少数。我应该属于不怎么怕小型啮齿动物那种，不仅如此，我甚至存有某种偏爱。或许，这跟我几次与鼠接触的特殊记忆相关。

我多年前养过一对仓鼠，取名为瓜子和花生豆。在街上售卖的摊主为了解除我的疑惧，说这种号称金丝熊的宠物，天生不怕冷。信息误导，致使它们的生命在大学宿舍入夜的低温环境里难以为继，我亲眼看到，瓜子如何在我的掌心死去。最后的刹那，不透明的雾，瞬间覆盖了瓜子晶体状的瞳孔——它像瞬间变成了白内障，变成了盲人，湿润而闪烁的光熄灭了，只在秒钟的一次颤动之间。

另一次，是在我去体验饲养员生活的动物园。其中一项工作是喂养红鹮，我却体验到日常而让我触目惊心的残酷。

红鹮，是世界上颜色最红的鸟类。那是一种鲜艳到辉煌的红，一种极其明媚的猩红。我想起 scarlet 这个词，所谓猩红，指的是一种象征罪孽的深红色。我此前看过红鹮的资料，发现在同一条的注释里存在着相互矛盾的说法。一说，红鹮的叫声高昂而忧伤；另一说，红鹮的叫声单调而喑哑……因为气管里没有鸣管和鸣肌。红鹮和鹦鹉一样是晚成年，不像小鸡那样出壳就能活动觅食，它们需要从亲鸟的喉间取食半消化的食物。红鹮是吃肉的，刚刚出生的幼雏无法处理肉块，在动物园环境，必须由人工育雏，用泥鳅、虾、面包虫等打浆填灌它们的肠道。

饲养员早晨为红鹮剥虾，去掉小虾的头尾，只留节状的背，免得幼鸟被虾的额剑和须刺划伤。众多被掐断的虾头堆积在塑料袋里，一动不动；而许多虾身的细弱附肢，还在频繁抽搐。桶里盛满清水，翻跃着身体光滑的泥鳅们，将被捞出来碎尸万段。陪着虾和泥鳅一起被剁进馅儿里，要被粉碎机打成浆泥的，还有一日龄的仔鼠。

比一粒花生大不了多少。之所以选择一日龄鼠，因为它们皮薄骨脆，因为它们浑身软糯，因为它们没有覆毛，因为它们的眼睛来不及睁开，因为它们的嘴巴没吃过这世界上的一粒粮食，没喝过这世界的一滴水，所以没有不洁与感染的可能。这是每天送给红鹮的祭品。将近二十只幼鼠拱动在木屑里，盲目地寻找并不存在的母亲。它们的皮肤薄得像一张糯米糖纸，难以抵御早晨的微凉，而我掌心的一点暖意就让它们安静下来。作为哺乳动物，它们命如蜉蝣，甚至来不及朝生暮死。它们生来的目的，就是为了速死。

那些喂鸟的饲养员是最温存的天使。他们爱抚雏鸟，陪它们玩，叫它们小名，和它们说话，吻它们的颈羽……为了它们做什么都可以，包括日常的杀生。但没有谁愿意忍受幼鼠被刀剁成馅料时几乎发不出声的惨叫，忍受它们喷溅的血滴和抽搐的残肢——所以饲养员先把幼鼠泡进盛水的透明塑料盒里，让它们溺死。

一日龄的幼鼠，像缺氧的鱼一样游动，靠频繁蹬腿的力量，把口鼻伸出水面，挣扎着呼吸。最弱的被踩在最下面，最先死。很快，水里躺着十几条被杀的、贱死的、小小的命，它们体色煞白，像被清空了血槽，呈现出一种失真的矿物色。

我从水里捞起一只小鼠，它冰冷，一动不动。不知为什么，我用食指的指肚，持续按压它的心脏。它竟然，慢慢恢复呼吸……开始是一顿一顿的，渐渐，手脚抽搐。它有着极其精巧的半透明趾爪，它蜷卧的样子，看起来就像电视纪录片里的熊猫幼崽。我捧着它，为了让它取暖，把阴影里的手伸到阳光下。它本能地把右爪搭在右眼上，似乎承受不了突然到来的光亮——它太小了，还没睁眼，眼睛的位置只是眼皮下一团小小的青蓝。它右手搭在右眼上的姿势，看起来，就像在委屈地哭。它有个小丑模样的发红鼻头，它从针尖那么大的嘴里叹气。它的皮肤如此细滑，它的身体如此软糯，它的趾爪如此晶莹，它的姿态如此乖巧……假如它诞生在实验室的无菌育婴箱里，假如它能长到成年，它的皮肤像白雪公主那么白，它的眼睛是深琥珀的棕色，它的趾爪终身保持婴儿一样的粉红色，它的叫声奶细，连尾巴都像根干净的刺……然而，它被宣判悲惨的死刑，似乎它根本不配活上一天。它的命运，远不及它那些被人类视为丑陋、肮脏、猥琐的同类。人人喊打的老鼠不曾拥有宠物的幸运，不曾被哺喂营养，不曾被抱拢在人类的怀里；它们的童年或成年之间的区别，只是经历着睁开眼睛还是闭上眼睛的恐惧。

我手心的幼鼠，半透明，像个袖珍的工艺品。小小的幸存者，生命力极强，几分钟之后，它缓过来，苍白的体色渐渐变得红润，只是体力尚未恢复。我不知该拿活过来的它怎么办，这样离开母亲的奶鼠根本不可能养活。饲养员过来看了一眼，从我手心拿起，再次把它淹到水里。原本虚弱的幼鼠求生欲如此强烈，它突然疯狂蹬踢，再次努力把口鼻探出水面。看它那么倔强地抗争，我不忍心，又把它捞出来。

其后几个小时，它一直活在铺着垫纸的塑料盒里，直到被饲养员送到猛禽或毒蛇的嘴边，去经历第三次的死亡。这只无辜的幼鼠，我什么都没有给予，只是给过它所用不到的人类短暂的怜惜，以及更多次的恐惧和死亡威胁。即使它多活几天又能怎么样呢？我随后在动物幼儿园里，看到了数只稍稍长大却依然娇小玲珑的白鼠，它们被喂养，是为了给薮猫之类的动物玩耍……至死的。

红鹳需要肉浆。即将被处理的食材里，包括泥鳅、虾、小白鼠，熟鸡蛋，奶粉状的进口狗粮，还有平常储存冰箱的一把面包虫。面包虫力图从周围混合的粉末里钻出头，漫长的饥饿之后，它们似乎终于有什么可以吃的——可惜，它们来不及享用半口最后的晚餐，就被旋转的飞刀打成残末和浆泥。即使是头部只有绒毛的小红鹳，也相当于成熟的杀手。

动物身上汇聚美与自由，也汇聚日常到无辜的暴力。在饲养员或兽医的眼里，不能说杀就是恶的，不杀就是善的。甚至不能说，杀比不杀更近罪恶。每救助一只食肉动物，就有无数牺牲品被献祭；救一只，等于杀一群，如同放生毒蛇到群鸟之中。存在的价值观，被相对论所动摇。没有绝对的慈善与温柔，没有绝对的残忍与冷酷，极致之中，必有彼此——我们如此看待动物，神如是看待我们。

可我始终难以忘记那只作为口粮的幼鼠，难以忘记它的淤青眼窝，难以忘记，我短暂延长它的生命，却在一次次增加死亡的重量。

两次与小鼠的近切接触，给我留下的都是悲伤的回忆。这是第三次机会，作为有罪的人类，我希望自己能善待左左和右右，让它们能体会到来自异类的宠爱。

11

黑尾土拨鼠之所以成为网红宠物，除了萌态可掬，还有个重要原因是性格各异，它们不像鱼那样千篇一律，远比兔子和豚鼠生动。

右右体重轻，不仅是胖瘦的问题，它仿佛有着禽鸟那样中空的骨骼。左左沉，浑身都是体力劳动者那样结实得发硬的肌肉；在它睡着的时候，搬运它就像搬运一块大而圆滚滚的鹅卵石。没办法，右右挑食甚至厌食，而左左实在太爱吃了。左左的胃有多大？栗子那么大？乒乓球那么大？它怎么能塞进那么多东西。我有时错觉，左左每天吃下的东西大于它的体积。它们主要吃手指饼干似的专用土拨鼠粮，吃无限量供应的提木西等牧草，包含蔬菜、燕麦和坚果等零食。左左对胡萝卜有强烈热爱。咔嚓咔嚓的，清脆的汁水在鼓胀的颊腮里溅开，它吃得兴致盎然，嘴唇附近的须毛染上菜汁的微黄。

据说土拨鼠不挑食，生菜、红薯、苹果等，几乎什么都吃。这个说法，不适合右右，它最初这些都不爱吃。很快，任何食物都难以笼络右右。即使胡萝卜它也食不甘味，咬一口就后悔似的扔在地下，甚至额外加了一点点力道蓄意摔在地上，像打牌甩出了王炸，然后就跑去玩儿。它不仅对食物兴味寡淡，对咀嚼也缺乏耐心，不耐烦吃东西耽误了玩耍。右右是典型的一心二用，它不像左左做什么都有专业的架势。右右吃东西的时候希望享受抚摸，上厕所的时候还想着越狱——无论吃饭还是拉屎，稍微花费点时间它就不耐烦了。左左吃一个瓜子的工夫，右右能吃仨；进食太快，右右吃栗子也会噎着自己。饭吃两口，屎拉一半，右右就扔下吃的，挂着噼里啪啦掉下的屎粒跑开。

即使右右已经远远跑开，左左还在保卫它的食钵。食钵有一半功能是放置牧草的架子，需具备一定高度，所以防打翻的陶瓷食钵一面高耸，两侧有半高的围挡……形似微缩的男人小便池。不过，这个尴尬的造型非常有利于左左护食。左左的头脸深埋在食盆里，前肢也陷进去，它肩膀抵住，两臂撑开，用一己之身尽可能堵得滴水不漏，像个出色的橄榄球运动员。它不仅防右右，连我都防，放进去的零食再想拿出来，没门。我的手指无论朝哪个方向移动，警觉的左左立即进行完美的防守——它的身子移靠过来，堵死出口，试图把侵犯者排挤出去。它已经习惯大量剥夺右右的份额，要吃一点五倍到一点七五倍。每天都像即将冬眠那样吃，抓紧时间，过度储存。左左吃得滚瓜溜圆，重得跟个铅球似的，我一狠心给它断了夜宵。被迫减肥期，发愁的左左咬开一截又一截的木柱，把它们当作想象里的粮食。

左左视若珍馐的，被右右弃若敝屣。情感需求强烈的右右，只要有玩耍，只要有摸摸和抱抱，茶饭不思。食物只要掉在地下，它十有八九就不吃了。不像左左，什么时候都能捡起来大快朵颐。我怀疑，哪怕沾了屎味，对它来说只相当于抹了点腐乳。

左左永远在吃，右右永远在玩。换句话说，左左活着只是为了吃，右右不得已才吃，只是为了能活下去接着玩。

12

跑轮是锅状的，外面有个正方形支架，整体是不锈钢材质的，光滑得缺乏摩擦力。两个月以后，右右像是蜘蛛侠或者 FBI 里无所不能的特工，它两脚踩玻璃，两臂仿佛在单杠上做引体向上，竟然能爬至细窄的框架上方，并用头撞击天花板的纱窗。右右攀到跑轮光滑的顶端上去，把自己运抵左左仰头都看不见的地方。这个鼠里的女特务没有什么高颜值，但本事天大。右右每天进行野战军训练，并不断拓展新技能。在有限的空间里，它开展许多健身项目，分别是奔跑、竞走、举重、跳高、跳远、自由体操、单杠——它可以完成标准的引体向上。无论我把它俩的小环境整理得多干净，把右右放进去半分钟，就给你折腾得天翻地覆。水壶倾倒。铁架床哐哐作响。右右通过执拗地拽动下面的衬布，竟然不可思议地掀翻了跑轮。我怕砸伤它们，从此再也不敢在跑轮下面放衬布了。

奇怪的是，胖左左并未因贪嘴而失去帅哥的美貌，甚至因为胖，睡起来都仪表堂堂。左左越来越懒，偶尔在跑轮上比画两下就适可而止地站定，像个微型北极熊似的默默打量着我。然而，半夜能清晰得听到静音跑轮的运转声，有时跑得地动山摇——不用问，一定是健身达人右右。

左左要撑着吃下最后一颗粮食，才能无憾地入睡；右右入睡前，要消耗掉最后一点精力，直到努力睁眼的力气也没有了，才无奈地睡去。左左爱吃爱睡，话也多，包括梦话；右右有多动症，睡觉少。左左采纳养生的作息时间，睡得早，在下午四五点，就开始与整个夜晚相衔接地正式入睡。它仰躺着，横陈着，睡得永垂不朽的；旁边久久垂立着不知所措的右右，就像追悼会上的遗孀。

随着左左变胖，右右的守寡时间增多了，左左光天化日也睡得地老天荒的。尤其黄昏，右右每天都要承受绝对的孤独，房间里回响起它对抗寂寞的跑步声——右右不爱吃又太挑食，不知道哪儿来的能量。

有一次，我仿佛看到谋害亲夫的交通肇事现场：右右蹬踏着如汽车轮毂的跑轮，下面躺着不省人事的左左。左左的一半身子压在下面，一半身子露在外面，这样跑轮底端始终摩擦左左的腹毛，跑轮的外缘蹭着左左一只半举的手臂。右右有时停下来，低头嗅嗅左左，看看它是否一息尚存，然后继续狂奔，发泄尚未挥霍完毕的充沛精力。

这样说来，好像左左除了好吃懒做，一无所长。其实不是。我不知道土拨鼠的性格会像香水一样散发前后不同的调性，不到最后，无从得知它们真正的味道。

13

不错。左左显得笨拙。看人家右右，吃玉米时转动带芯的薄片，就像转动微型汽车的方向盘。左左什么都拿不住，半个栗子壳都捧不住，能丁零当啷地不停掉落到地上很多回。左左的智商可能不如右右，但它有情商。左左懂事，慢条斯理，有种敦厚的温柔。

尽管对食物的态度狂热，左左从我手里接食物的动作非常缓慢，缓慢到失真的程度，像电影中的慢动作。自从发生因抢食而误伤我的事情，左左对待喂食过程，变得极为慎重，就像包含了某种仪式。它需要反复确认自己衔住的到底是什么，才肯用牙轻咬下去。它细嚼慢咽，像个法国人那样吃饭，啃过的栗子只剩油亮外壳和里面一层纤维状的棕衣。不像右右，狼吞虎咽，吃过的栗子必然留着一层薄厚不均的参差而浅黄的栗子肉。好在不浪费，左左会爱惜地捡拾起来，把剩饭打扫干净。左左需要减肥，右右需要增重——我给右右喂营养膏，左左是用来收尾的，它舔食过的餐具至少能达到洗碗机的清洁标准。

如果说右右是个捣蛋拆家的“败家娘儿们”，左左就是居家暖男的类型。它也参与拆家，但更像是附和右右的一种讨好。刚来的时候，两个小坏蛋几天就彻底拆毁一个暖窝。拆到第六个的时候，它们想出了新主意，掏出其中的棉絮，转移到笼子另外一端，铺成很大一团。右右主要负责破坏棉窝，左左最爱叼着棉絮来回奔波……它一嘴白胡子，弄得跟圣诞老人似的。睡在蓬松暄软的棉团里，白天沉湎于“白日梦”，晚上继续享受“云上的日子”——这样的云床，就是左左献给右右的笨拙的浪漫吧？

可棉絮哪儿哪儿都是。右右平常健身的功效不知哪里去了，吹了点风就闹了两回肚子，简直是鼠界里的林黛玉，沾了棉絮，笼子里更是一片狼藉，极其不雅。我干脆撤了棉窝，改成不怕啃咬的铁架子床。自从换了全方位厕所和铁架床，左左没有垫砂可供扬撒，缺少棉织物可供撕扯，它养成了新的嗜好：铺床单。空置的两只小爪子轮流倒腾，左左跟个星级酒店服务员似的，一丝不苟地不停铺床。它有时平铺，有时把珊瑚绒毯子铺成既是褥子又是被子的筒状，直到累得晕倒过去……随后的漫长时间，左左坐月子般赖在床上，不下地了。

也许因为珊瑚绒毯子的质地和自己的皮毛类似，它们很少破坏，不会像撕裂棉窝那样暴力。原来从棉窝里用力拽拉取乐的右右，第一次见到铁架床的时候愣在原地，它张了张嘴，咬了咬空气，大概体会到了某种陌生的虚无感。受挫的右右拒绝换新，它赌气地缩到跑轮后面，思考鼠生。几分钟以后，不甘的右右重返战场，沿着铁架床一个又一个的镂花空隙，尽其所能把左左铺出的床单扯出来一角。再看睡成一团的左左，就像包子长了饺子边儿，半个床单都快被右右掏出去了；直到左左的部分肢体，仰躺在刑具般的裸露铁网上，右右才善罢甘休。而左左，在铁架床的持续震荡中或者接着睡，或者醒来，岿然不动，听凭自己的野蛮女友胡作非为。

最早左左欺负右右，后来右右欺负左左，最后它们培养出默契的相处模式。左左已经从一个莽撞的坏小子，成长为一位举止优雅的绅士。左左微微伸开胳膊，清除自己的腋下，就像要掀开皮毛大氅那样有派头。胖是胖点，但它胖得体面，胖得仪表堂堂，睡觉都气宇轩昂的。左左不再像曾经那样以右右为靠山，反而罩护右右，而且非常惯着右右，从不抱怨。即使熟睡的右右偶尔又拉尿在床上，左左默默爬出来，在棉窝外，另找地方凑合一夜。

好奇心强烈的右右在笼子里整天拨拉，到处翻腾和搜查，它登高下低地寻找逃遁之路。左左属于姿态型的革命家，每天挠墙，一副为自由而奋斗的样子；其实它满足于在屋里喊口号，坚决不上街——真的门户大开，它半步都不肯迈出来，是个典型的宅男。我本来以为，带有推拉门的饲养缸是对越狱的终极解决方案，没想到，鬼机灵的右右竟然开始啃滑槽，这样让玻璃无法立住。帮助右右实现理想的左左，啃得比右右还卖力气。我一不留神，它们已在平常出入的左边把金属滑槽啃下去三寸的长度。我赶紧把推拉门调换一下位置，让这侧的玻璃贴紧内槽，让它们无从下嘴。没用！我吃个午饭的工夫，它们换了方向，跑到露出内槽的另外一侧，如法炮制，一寸的金属槽又被啃掉了。我只好在豁牙槽上，用棉签涂满辣椒酱，这才暂时遏制了事态的发展。可我怀疑自己是不是太乐观了。左左为了右右好像什么都干得出来，可能过不了两天，它俩就学会吃辣了。

14

就像厕所教育一样，左左因为自尊心强，批评它，管用。如果我大声呵斥来制止它的行为，左左会停顿，慢吞吞地找个角落，反省似的低下头。扬沙子和铺床单等心理焦虑外化带来的小动作，左左基本克服。最初阶段，左左并非早睡的那个。如果我晚上在客厅看书，左左就跟陪着我值夜班似的——我不睡，它也不睡。我误把这理解为宠物的忠诚，后来想想：左左可能太敏感，开着灯，它睡不着。炽灯如昼，右右已熟睡，左左倒是半梦半醒，强迫自己睁着防范的眼睛。我必须去漫长抚摸，哄它睡觉，甚至情不自禁地即兴编曲哼唱："好宝宝，坏宝宝，叽里咕噜肉宝宝。"左左这才放心，一旦睡着，它只差打起嘹亮的鼾声了。和体重相匹配，左左心重，它只有在充分获得安全感的情况下，才肯放开自己。

羞怯的动物往往谨慎，但它给予的情感更饱满，更可靠，更长久……似乎是经过了理性的选择。左左就是这样，它害羞腼腆，有着和它的超重体型不相匹配的细腻。它渴望亲近，喜欢被抚摸，但它很少表现得像右右那么不管不顾。爱惜脸面、像是害怕被拒绝的左左，总是装作若无其事地经过；等听到我语气温柔的招呼，才把自己圆圆的脑袋和胖胖的身子靠拢过来。左左很享受，但它克制，表情不像右右那么夸张；有时它会装睡，把脸埋进毛巾里，以掩饰自己。右右一会儿歪过脸，一会儿抬起下巴，指引和指挥着我下一步的按摩应该如何进行，应该前往哪个方向。可无论我的手轻手重，无论速度是快是慢，左左对抚摸从来逆来顺受，什么都是好的，都是对的。曾被当作小浑蛋的左左，分明是个暖男。

我每天都要花几个小时照顾左左和右右，抚摸它们聊胜于无的袖珍耳朵，就像是从黄木耳上掉下的两粒碎渣，抚摸它们原本野生却已驯服的沙质皮毛，以及皮毛下面细滑如丝绸的肤质，喂它们新鲜的牧草和偶尔的零食，清洗和更换它们弄脏或者撕成褴褛的毛巾……我得承认，土拨鼠的萌态也会让人产生审美上的倦意和疲劳，另外，黑尾土拨鼠上镜，但本尊没有网上的盛装图片那么出彩——它们穿上衣服“人五人六”，脱了衣服“不三不四”。但它们有种特别可爱和生动的性情，当它们浴后散发微香，我会忍不住亲吻这两个小家伙。

就这样，当左左在我指甲上制造的咬痕还没有上升到可以剪除的边缘，这个心重而情痴的傻孩子，已经信任我了。我每次咳嗽，左左和右右都会热烈地呼喊回应；跟它们说话，它们倒未必接茬。大概因为咳嗽时，气息来自更深的胸腔，这酷似土拨鼠的表达方式，它们的每声叫喊，都气灌丹田，都像发自肺腑。左左像经过变声期的男孩，不那么怪腔怪调了，只是有时声音大到声嘶力竭，感觉它像是用尽了胸腔和腹腔里全部的力气。

15

我最大的感慨是，谁也别说什么大话，因为我当年不屑成为整日除了晒娃，自身毫无存在感的女性——她们对别人的客套和敷衍熟视无睹，真以为自家孩子是个万人迷——结果，自从我养了土拨鼠，跟别人聊天时，绕山绕水又无休无止地扯起这个话题，罔顾别人对陌生的啮齿动物的根本无感乃至反感。我沉浸其中，体会不到我享乐式的饶舌，在别人看来是多么讨厌的多嘴。

自从养了左左和右右，我出差期间就有点神情恍惚，常把酒店里玻璃隔间的淋浴房，虚拟为它俩自在的空间，仿佛看到它们用灵巧小脚跑来跑去的活动身影。出差时，我把左右寄养在我的图书编辑郭悦那里。售卖的店家有托管服务，但毕竟空间狭小，人家也不可能像对待宠儿那样纵惯着它们。郭悦是善良而聪慧、细心且靠谱的姑娘，喜欢动物，对动物的办法颇多，小朋友们在她那里既娱乐身心，又学习本领，每次都玩儿得不亦乐乎。尤其是迅速适应新环境的右右，更是从卖萌中赚到便宜。郭悦说，右右应该出版一本《马杀鸡姿势大全——如何更好地享受人类按摩》，一定会在土拨鼠界成为畅销书。

帮我照顾左右，郭悦也由此解开童年之谜。

她曾住在外搭出去的阁楼间里，曾以为精灵就住在自己的屋顶：白天悄无声息，夜深就听见精灵们像是用小笤帚走动的唰唰声。她深信，那绝非老鼠。因为不用开灯，只要她在黑暗里坐起来，声音就停止；甚至是只要她睁开眼睛，一切就归于安静，刚才的窸窣之声仿若幻觉般消失。老鼠再敏感，怎么能在绝对黑暗中隔开数米之远，感知到有人睁开眼睛？

左左右右的玻璃缸就放在郭悦的卧室，她在家时不关门，任由它们出入。深夜，巧合也好，异样也罢，入睡的郭悦明明听到什么翻捣的动静，等她睁开眼睛，周围安静。开灯，左右两个都无辜地酣睡在小窝里。只有一次，她抓到右右掩盖行迹时刚刚抽回的小脚和装睡中有所眨动的眼皮。小小的啮齿类动物，也许远比我们想象中聪明，它们或许能感知人类的心跳，感知人类眼皮张开时瞬间改变却难以察觉的风向。

对左左和右右来说，去郭悦家，大概相当于度假或者走亲戚。每次接回来，它俩都是一副还没耍够的样子，但愿它们不要感觉自己从仙女家又落回到巫婆手里。

养到两个月的时候，要出差十天，这次我没往郭悦那儿送，让男家长代班。平常是我一个人喂食、打扫、陪它们玩耍，反正我不坐班，整天在家。男家长早出晚归，上班时它们还没起床，下班时它们早已入睡——所以在它们看来，那只是个“熟悉的陌生人”。我不放心，反复叮嘱男家长，如果它们淘气，他必须要像个君子一样动口不动手：可以口头批评，不能打——因为黑尾土拨鼠非常记仇，它可能由此终生怀恨在心，难以再与人类亲近。

结果，忙碌且怕被咬的男家长，一个星期都没有给它们放风。这打破了它们的生活规律，尤其剥夺了右右短暂而重要的快乐。是否，右右由此焦躁不安、深感不满？是否积怨总有爆发的一天？男家长说，正在享受抚摸的右右毫无征兆咬了他一下。虽然下口不重，也令人意外，因为右右从来不咬，无论怎么揉搓和摆弄，它都不张嘴。问题不在右右身上，右右肇事后立即逃逸，钻到跑轮后面的狭窄缝隙里，躲着不出来。反而旁边看热闹的左左，不知是为右右叫好，是要安慰受害的男家长，是不安，还是怕殃及自己，它夸张地表示惊讶，连续大叫起来。此种高亢之声，通常发生在左左表示问候或者得意炫耀的时候。我当时不在现场，难以从男家长的转述中做出判断。然而，恼羞成怒的男家长不解其意，以为即将遭到来自雄性的第二轮攻击，他举起卷起来的报纸筒，连续暴击左左。

16

出差之前，我和左左右右已经建立信任，从来徒手抱来抱去，不用担心受到攻击和伤害。不管它们在做什么，我只要伸手抚摸，它们像胖嘟嘟的肉雕塑一样，立即被时光凝住。左左已经放松地把宽阔的颌骨和短粗的前肢，搭在我的虎口，昏昏欲睡。它暂时还没有右右的胆量——我晚上写作或者阅读，有时会把入睡的右右抱出来，让它躺在我腿上接着睡。尽管这会让左左略有不快，也许并非嫉妒，而是左右习惯相互依偎。我相信，不久以后，就能把左左和右右抱在一起，当我晚上的暖手宝……没想到，左左无辜遭受男家长的体罚。

正因为左左懂事，突然的委屈和受辱，让左左一度心理扭曲。就像是人遇强光要抬起手臂遮挡视线那样——我回来后，只要我的手一靠近，左左三条腿撑地，头侧扭过来，用一只前臂挡在胸前，摆出持盾般的防御姿态。那个缓慢而稳重的左左不见了，它格外警觉，反应过激，像电影里的沉默武侠那样突然出招，快得暴躁而粗鲁。好在，它只是做出佯攻的样子，其实更像是一种外强中干的抵挡。

我担心多日努力，会付诸东流——左左自己待在角落，连视线都不和我们交流。男家长反复道歉，拿左左最喜欢的零食贿赂。我也花了几天时间，不读书不看报，从早到晚陪伴左左，缓解它的紧张情绪。积怨并非立即消除，但左左性格憨厚，没有不依不饶，它似乎有所原谅。终于，可以抚摸它了……左左的肌肉又僵硬了，脊背也不自觉地抽搐。左左嘀嘀咕咕，发出各种怪声，像只蛤蟆，或者像个捏压发声的橡胶玩具。

数日之后，委屈的左左对男家长耿耿于怀，对我还是消除了芥蒂。给它挠挠下巴和肚皮，左左会带着分外的珍惜去享受，同时带了一些担忧我突然翻脸的防范。它更谨慎和小心，唯恐自己的行为招致无端责罚；直到确信我的宠爱，左左才翻过身，重新向我袒露圆圆鼓鼓的肚皮，以示它还在坚持信任。左左胆量本来就小，能够有这样的举动，算得上努力了。

好性格的右右无端要咬人，这件事在我心里是个疑团。直到，不久之后，左左完全复制右右的行为——都是在男家长抚摸它们的情况下，都是在看似并未招惹它们的情况下，突然袭击。并非复仇。男家长回忆发现，两次被咬的共同点，都是发生在自己酒后。男家长恍然大悟，他当时喝高了，几近醉酒，没轻没重地抚摸它们。原来，这两个小家伙就像缉毒犬一样，对酒精极端敏感和反感，它们给予一个醉鬼切肤的教训和惩罚。

找到了隐蔽的原因之后，我格外小心。哪怕只是临睡前喝了半杯助眠红酒，我也绝不招惹左左和右右。试探出彼此的喜好和厌恶，我尽量不碰触它们的边界，以免冒犯。这对彼此来说，都是一种尊重。

对男家长不再放心，我出差就把左右都送到郭悦那里了，免得爱喝几口的男家长再次失控，酿成冲突。

17

郭悦认为，左左比右右年龄大一点，它们之间的形体差异不仅仅是食量和运动量导致的。证据来了，到了二〇一九年一月下旬，开始偶尔传来短促的打斗声和尖声的求救声，那是想初试云雨的左左激怒了不谙情事的右右。

此前，我数次摸到右右的皮肤有很小的疹粒，一直都有，此起彼伏的。它或许是对什么过敏，还是洗澡时皮毛没有被吹干？右右是如此天真烂漫，我根本想不到别的，以至于很久以后才反应过来，那是它小小的乳蕾。右右的心思和兴趣，都在儿童游戏般的玩耍里。右右不管不顾，奔行到哪儿都视左左为无物，每天踩踏无数回——不论是左左正沉入冥想的脸，还是它熟睡中袒露的肚腹，右右用带着尖钩的小脚丫，踩着从上面呼啸而过。以前左左对右右会绕行，它万分爱惜自己娇小的女伴；现在，左左开始试探和追逐它的新娘。

据说黑尾土拨鼠在发情期性格不稳定，行为表现不一。有的雄鼠非常暴躁甚至是暴戾，会咬人；有的，变化不明显。为了保险，许多人建议选择绝育，免生后患。可我对此事犹豫，一是左左温柔而憨拙，我怕它在被伤害后改变性情；二是我可怜左左，如果左左在野外的自然环境，怎么着也得三妻四妾，到如今只有唯一的伴侣，只有笼子里被迫的忠诚；再对受限的情欲斩草除根，我多少有点不忍。三是我存有侥幸，那些发作明显的雄鼠，也许因为孤独得无处发泄，才暴跳如雷，如果雌性存在的情况下，整天和右右耳鬓厮磨，是否会减少焦虑和压抑，也许情况会好些？

左左除了愈见肿胀发红的器官，除了对右右饶有兴趣的试探和追逐，我没看到它有什么其他变化。右右有时对骚扰无动于衷，有时负隅顽抗，结局总是左左草草收兵，它臊眉耷眼地，等待下一次的可能。所以，多数时间里，它俩相安无事。屡屡求爱失败，左左似乎感觉到尴尬，但它只是窝在角落生自己的闷气，从未无端发泄。心重而情痴的左左，需要一段时间来缓和自己的难堪，才能重建勇气，展开对右右的追逐。偶尔左左索爱过度，招致右右的激烈对抗。右右和左左短暂扭打之后，躲到跑轮后面或木桩底下掩护自己。左左不会家暴，无法得逞的时候只会郁闷地接着叹气。

右右心大，我晚上写作的时候，它就躺在我腿上呼呼大睡，甚至被送回棉窝时它都浑然不觉。着急的是左左，它来回踱步，心急如焚等待被偷走的新娘。左左不敢像右右那样，在别处留宿；左左越困，越焦灼地想要回到安全的窝里。尤其是进入发情期以后，左左格外关注右右，它难以独自成眠。每当右右失而复得，左左总是略带嗔怪地看我，但并不真正计较，就如释重负地依偎着右右，很快睡着。发情期的左左对我们的态度没变，依然举止沉着而端庄，它没有像小时候那样犯浑。看到左左这么克制到懂事的程度，我觉得好像可以不做手术，在发情期间注意些就行了……虽然我也不知道注意什么，它看起来并无太多异常。

作为宠物的它们，被囚禁，终身都将维护没有其他选择的忠诚婚姻，这是无法变节的爱意，就像没有自由一样，它们也没有背叛的资格。左左不必通过激烈决斗和漫长奔波去寻欢，它的新娘近在咫尺，它的性爱唾手可得。也许，不必冒险和竞争，这会让左左的平和延续下去？手术计划渐渐拖延下来，我不打算带左左去医院了。

随着左左的阴囊变成日渐凸起的狭长豆荚状，笼子里经常传来右右鸟叫一样的声音，我不太分得清，那究竟代表抵抗，还是诱惑。后来，我发现右右有了一些变化。没有遭遇任何威胁的情况下，右右睡眠时团成球形，这通常是紧张和低温时的表现。不是温度的问题。右右变得谨慎，门铃的响声，塑料袋的窸窸窣窣，风吹草动，都让它迅速躲入跑轮后面的角落，甚至对我也存有不必要的警觉和提防。怎么啦？这不像是右右不管不顾的性格啊。我恍然有所悟，右右不再是无辜少女，成年就可能受孕，它以潜在的小母亲心态重新看待世界。右右无忧无虑的纯真时光结束了，因为即将成为一个母亲，保护孩子的目的首先给雌性带来的，是警觉和隐忧。

无论左左还是右右，所作所为，终将是一场徒劳无功的努力。因为在家庭饲养环境中，黑尾土拨鼠的繁殖率极低，低到几乎不孕。它们不会有真实的孩子，只有幻觉中的后代。

18

二〇一九年春节，大年初一，男家长回老家了，只剩我独自在家。我给左右放假，听任它们四处探索。春节是人类的节日，与它们无关，我的做法大概有点古代帝王因为自己的喜事而大赦天下的意思。我彻底打开笼门，眼看右右四处游走，开辟多条旅游路线；心存疑虑的左左只是趴在玻璃门框上，略略探出的肥胖上肢在上面摇晃了几下，许久，未敢越出雷池。我稍稍远离，左左终于可以跳出，两次把脚掌落到客厅的地板上，又像站到了烙铁上似的立即跳回窝里。

即将黄昏，是左左习惯入睡的时间，我想把它抱出来在外面多跑一会儿，遭到左左的反对。左左不想出来，它躲我，几次努力，都争不过我。它急于脱身，用牙在我拇指上轻轻咬了一下。我承认，只破了很少一点皮；但我怕感染，就用力挤压伤口，挤出数滴血。我想起每天精心的爱护与照顾，想起为它们买过那么多食物、那么多棉窝、那么多厕所，想起我减少了出差和看电影的频率，想起我花费那么多精力，给它们清洁，陪它们玩耍，甚至每天数小时按摩，就差给它们讲睡前故事了……溺爱换来这样的结果，左左怎么突然变成了小白眼狼？

我决心给它点儿教训，不能让它小视我的威严。我故作生气地让左左看看它所制造的伤口，不知道是女人潜在的戏剧性倾向，还是要给它心理上制造教训，很奇怪，说着说着，我竟然流泪了，索性放声大哭了两三分钟。玻璃门里的左左，以一种特殊的眼光看着我——尽管物种不同，我依然从直觉上判断，那是一种关切和歉意。我决定不轻易原谅，免得左左养成咬人习惯。事实上，由于我的娇纵，它俩已经养成挑食和不定点上厕所的毛病，不能再增加坏习惯和恶行了。所以，尽管接收到左左眼神里的愧悔信息，我还是冷脸转身进了卧室，不再理睬左左。

随后，我进进出出，间或听到左左笨重的脚步声，听到右右被骚扰发出的尖叫，听到不知是谁搬动木桩的声音……我都不为所动。平常，我属于过度关注的类型，有什么风吹草动，我立即像救火队员般赶到现场。这回，我要抓住机会教育左左，给它点颜色看看。

我偷窥，发现左左一直没睡。它平常下午四五点就睡得不省人事了；此时情形相反，是右右早已入睡，而晚上八九点了，似乎知道自己惹祸的左左，依然圆睁着毫无睡意的眼睛，不安徘徊。

19

动物是否也有道德？看到左左因负疚而焦灼，我还是心软了。

大过年的，我不应该跟鼠辈计较。它的寿命不过数年，它只有我一个所谓的主人，一般情况下，左左听话，即使处于发情期的特殊阶段，它也算是少见的温驯了。它的睾丸肿得厉害，是个显赫而沉重的累赘。左左的身下像装备有两枚导弹，体积大得夸张，明显和身体不成比例，走路时垂坠着，几乎拖到地面。这相当于男人携带着两个吹鼓的篮球那么大的睾丸行动，当然多有不便，左左受困于步伐之间的障碍，比平常的样子更笨拙。而右右，还是一副懵里懵懂的样子。据说雌性甘尼森土拨鼠每年发情只有六个小时，黑尾土拨鼠是否同样？可怜的雄性必须不熄火地等待，以免错过珍贵的瞬间。自尊心和情欲同样强烈的左左，正因为经常被拒绝而苦恼，遭受折磨，烦躁不已。何况，起因应该怪我，是我违背了左左的意志，非要让它出来玩儿——我强迫着要给它一种拔苗助长的自由，这已不是自由，而是不自由。我又缺乏过程中的耐心，缺乏对它的尊重，才让左左对我示警。我又何必小题大做，逢场作戏，吓唬原本就心重的左左呢？

晚上九点钟了，踱来踱去的左左还没睡，它以前多梦，现在失眠了。我不忍，于是在小板凳上坐下来，向左左展示自己几乎已看不到擦痕的拇指，安慰它没事，让它以后注意好了。获赦的左左关切地凝视着我，饱含热望地靠拢过来。在我面前，它侧着身子低着头，动作笨拙又诚恳，一副认错的样子。我的手从左左脖子底下伸进去，去挠它的胸口和肚皮，它很喜欢这样。左左短胖的胳膊抱着我的手指，脑袋温顺地倚靠着，很享受地闭起眼睛……我的掌心，感受到它一阵阵轻细的鼻息。我们之间，弥漫着一种甜美而宁静的和平。

毫无征兆，左左偏过头，在我小指下端的掌侧位置，发狠地咬下去……像是识破了我拙劣的受伤表演，像是释放它一下午积攒的屈辱，像是伪装乖巧只是为了这一刻的复仇。左左的尖牙嵌进我的皮肉，疼痛让我惊叫起来，瞬间猛力抬手——左左沿着弧线，被高高甩离到玻璃缸以外，同时，我的血也疾速滴落在地板上。

顾不得教训滚回窝里的左左，我立即用清水冲洗伤口。在血流速度减弱之后，我拿上手机、钱包、社保卡等东西，准备去社区医院进行处理。就在这时，我一眼瞥见了电脑旁边空着的磨砂玻璃瓶子，愣住了。

这是四百八十毫升的糯米酒汁，度数大约只有零点五度，粒米无存，只有从其中压榨出来的微微透黄的浆液。我马上想起，在第一次把左左抱出来的时候，我只喝了两口；而在左左发动攻击之前，我喝下了整瓶……我根本没把醪糟当作一种酒。

醉酒的男家长在没有招惹它们的情况下遇袭，我总结过，它们的嗅觉对酒精极为敏感，一丝气息都可能导致它们失控。我平日小心，但过年的喜庆中，我的警惕性下降，没想到，在我看来度数低到可以忽略不计的醪糟也会招致这样的后果。

我用纸团捂住流血的伤口，去社区医院。路口有违规燃放的焰火升腾，我在疼痛与恐慌中一路奔跑，无暇欣赏。值班医生说，必须打狂犬病疫苗和破伤风针剂。虽说我当初选择黑尾土拨鼠，就是因为据说它们经过进口检疫，不携带任何病菌，但狂犬病致死率达 100% 的统计数字，还是令我胆寒，我还是需要疫苗注射的心理安慰。

药剂分别注射，手掌两针，左肩一针，左腿一针。然而，注射在左腕的破伤风皮试，我呈现强阳性反应。医生建议我明天去其他医院打免皮试的破伤风，这种类型不像需要皮试的破伤风针那么常见，寻找起来，可能得费一番心思。

我当晚打车去了熟悉的协和医院看急诊，但那里也没有免试型破伤风。北京在春节假期一贯空旷，尤其大年初一。打车无人接单，很久之后，我才等来恩人般的司机。从小区门口下车，已是临近十二点的子夜。冷，黑暗，空寂，疼痛，以及这几个形容词混合在一起所产生的恐惧，让我瑟瑟发抖。

打开家门，左左没睡，它见我进门，从角落直奔铁架床，一头扎进熟睡右右的身子底下——它的目的，是埋起脑袋，这样既能不看我，也能不让我看见它。

地上的血迹已变成暗色。我用湿墩布擦洗，空气中立即嗅到那种微微的腥气。

20

事先阅读过养殖知识，我知道部分土拨鼠发情期暴躁咬人，但溺爱之下的妇人之仁加上侥幸，我纵容左左的整个青春期，直至得到这样惨痛的教训——伤口不长，只有一两厘米，但左左的牙，在我的手掌犁出宽而深的血肉沟壑，快伤到神经了。

当一早赶回的男家长质问肇事者，玻璃缸里突然传来一种奇怪而陌生的声音，像是塑料扇叶连续而快速的颤动。我们分析不出哪儿来的怪声，直到反复确认：它源自左左。左左的嘴和腮都一点没动，它以奇异的方式，发出一种低微却高频次的威胁。它只对男家长示警，对我，倒是从来没有发射过这种响尾蛇般的电波。

我必须在二十四小时之内注射破伤风疫苗，而节假日期间的急诊室，咨询电话往往无人接听。我们顾不得左左的反应，马上出门，一家一家医院地跑。终于，找到了药。我带着六个针孔回到家，左左依然没睡——自从发生流血事件，它的睡眠时间锐减。它极其警惕，察看着我的一举一动。也许因为对可能到来的惩罚心生畏惧，左左才难以入睡？大年初二的这一整天，我都没有把它俩放出笼子，受伤的教训让我心有余悸。作为旁观者的右右，似乎也明白了事态的严重，它知道自己受到了左左的牵连，并没有像平常那样表示不满。我半夜偷偷用手电筒照射，左左的眼睛在反射光点。

大年初三，左左比右右更热切地想要从笼子里出来。我不想让严重失眠的它太难过，又拿不准它的态度，到底想忏悔还是继续施暴。因此，我的右手裹着包扎的纱布，左手握了一把塑料小铲，用来防身。

左左从有限的缝隙里侧身挤出来，小心翼翼地接近我，卑微而怯懦。我坐在矮板凳上，左左微微站起来，高度正好够着我的膝盖。我穿着珊瑚绒的家居服，大概与土拨鼠的皮毛有几分相仿，殷勤示好的左左，开始在我的膝盖处像打理同类皮毛那样梳理起来。它卖力地，饱含热情地，一梳再梳。我时刻留意左左，果然就如前次，它陡然色变，从温柔敦厚到阴险剽悍，只在半秒之间——左左张嘴就咬，幸亏衣服厚，它迅速合拢的牙齿，擦着我的皮肤划过去，直接嵌进布料里。

我吓得从板凳上一下跳起，站着，飞快地用小铲剥落挂在膝盖处的左左。左左并无悔意，它弓着身子，眼神狂乱，准备冲过来，向我发动新的袭击。我原本舍不得打它，但两次警告性的触及无效，我被迫用塑料铲敲打了几下它的脑袋，这才与拿着报纸筒的男家长合力，把嚣张的左左驱赶回窝，迅速合拢玻璃门。

我惊魂未定，有种劫后余生的后怕与难以置信。再看玻璃门后的左左，无畏无惧。它的嘴不停地动，像念念有词，又像在骂人。它用锋利的爪子疯狂抓挠门框，随时准备蹿出来复仇似的。左左肋骨之下的腹部起伏明显——它的暴躁抵达暴戾，它的生气抵达狂怒。

21

从流血事件到蓄意咬人，仅仅三天，左左蜕变为另外的样子。尤其第三天，从早晨到下午的几个小时之内，左左变形剧烈，令我感到极为陌生。

目光不再温良，充满了强烈的敌意——左左目露寒光、气势汹汹地守卫着自己的领地。它是最凌厉的前锋，最出色的后卫，一旦有谁靠近玻璃缸，它极为敏捷地跳过去，封堵每个方向，并持续颤动口腔里的簧片，显示出极强的攻击性。左左的动作灵活，两个巨型睾丸也不再构成障碍，真的像导弹喷射着加速的火焰。我目瞪口呆，看到整日昏昏欲睡的小懒汉，变成眼神邪恶的暴徒。睾丸激素水平的急速上升，使它无法平息狂怒。凶暴的左左咄咄逼人、六亲不认，不仅让男家长感到害怕，我都不敢越雷池一步，给它们喂食和清洁笼舍，变得困难。情况急速恶化，哪怕给无辜受到牵连的右右喂食，我们也只敢从只有几毫米宽的窄缝里勉强塞进去，努力躲避着发飙的左左——龇着几颗凶器般的尖牙，它可比一只决斗的蛐蛐凶猛多了。“胆小如鼠”这个成语，原本用在左左身上是非常准确的，一点点动静，包括塑料袋的揉搓声，都会让它惊恐万状地奔逃。现在，它看我的眼神是桀骜不驯，看男家长的眼神简直是杀伐无赦了，往日的怯懦荡然无存。

我万万没想到，自己喝下一瓶度数极低的酒酿，导致左左一场摆幅极大的变形记。我觉得酒精和荷尔蒙，都令人狂放，都具有相似的迷惑性。也许酒精散发出来的味道，与荷尔蒙的味道存在潜在的相似点，以至于发情期的动物每当闻到，都把身上带有酒味的人看成了竞争对手。当初对于尚未到发情期的右右来说，酒味同样让它感觉到来自雄性的威胁，感觉到超越常情的危险。对于发情期的左左来说，意味着竞争者的入侵，它要捍卫自己的领地和权利。来无影、去无踪的荷尔蒙，真的像酒一样，让人丧失理智，它的威力如此巨大，可以彻底修改性格和命运。酒和荷尔蒙加在一起，如同酒精遇火，产生强烈的刺激性，产生某种爆破力巨大的化学反应；睾丸素鼓舞下的左左，随后立即进入癫狂状态。左左变得雄风凛凛，它不吃不睡，斗志高昂，睥睨一切，无惧于挑战任何庞然大物。

我想起那句俗语“酒壮屄人胆”，有的人在清醒状态和酒后判若两人，从内向谦卑，变得狂妄到不可理喻。左左一贯胆怯，那天在酒精刺激下的发作，或许连左左自己都是意外的，导致它闯祸以后的持续惶恐。自从见到他人的血，自从制造了他人的恐惧，左左就体会到暴力和权力的快感。过去种种，似成耻辱，似乎成了今天的复仇动力。为了看护自己的领地不被侵犯，自己唯一的新娘不被偷走，为了自己雄性的尊严必须得以证明，左左骁勇好战，带着病态的疯狂。

左左野性的苏醒，并非全无道理，此时此刻的野生同类正在忙于竞争和打斗。左左来自不知哪国的人工繁殖基地，假设它源自北美草原，那么作为买家的我，就剥夺了它一生的辽阔未来——我的买卖，造成了对它一生的伤害。如果左左真的觉醒，它认为自己不该是我的天生囚徒，不该是我的娱乐奴隶……那么，它的认识和反击，也谈不上什么误判。

左左不再回应我的呼唤，它不叫；我想如果它能叫，应该是咆哮了。不过，即使它不出声，这个突然演变出来的小野兽，也令我们瑟瑟发抖。这天正月初三，民俗里是“老鼠娶亲”的日子，说是要在灶房留一些糕饼，留给要办喜事的老鼠们。可惜正是这一天，我决意给左左做绝育手术——它再也娶不上亲了，从此将断子绝孙。

虽然人类给予宠物看似温暖的爱，可它们一旦危及我们的安全，我们便毫不犹豫，手起刀落，结束它们的情欲或者性命。这些可怜的动物，本来和我们一样，各自完整地生活在不同的世界；可因为我们喜欢它们，它们将被取走自己的基因、后代和未来。因为只有它们破损，才能镶嵌在我们的生活里；只要是一个健康、完整、创造力旺盛的生命，就会给我们带来麻烦，就难以作为奴隶和我们的生活兼容。

我给宠物医院打电话，约时间带左右去绝育。养黑尾土拨鼠的少，不是所有的宠物医院都能接诊，而且必须找到专门的异宠医生。手术时间约在初五，好吧，左左和右右还剩一天的蜜月期。

22

大年初四，左左已进入人工设置的绝育倒计时。

不吃不喝、彻夜难眠的疯狂，使左左看起来既精神燃烧又体力疲惫。左左依旧亡命徒般看护着自己的每寸土地，依旧想越出牢笼跟某个假想敌决一死战，但已逊于前夜的疯狂，它就像一个高烧病人正在缓慢降低热度。左左开始偶尔伸长身子趴着，通常这是放松的信号。它略为犹豫和停顿之后，还是隔着玻璃狭缝接过我递过去的生瓜子。被欲火烧坏了的大脑，似乎有所恢复。当然，情欲也"病来如山倒，病去如抽丝"，尚存的余勇，足够支撑它闪转腾挪、左突右奔。

不过，左左的凶猛里有令人尊重的部分，它是为了保护妻儿——虽然暂无后代，但它扶着铁架床，尽职尽责，看护熟睡如婴的右右。左左小时候总是紧紧依偎右右，一副需要被保护的样子，我的朋友们看着照片都管它叫"伪娘"；现在，这是一个从生怯者的行列里站出来的勇者。我无法绕过这个野蛮的保镖，无法侵入它们的领地一秒钟——这个被戍卫的爱情孤岛，已无人胆敢来犯。左左以自己的锐利和披靡，让我看到一个鼠辈的忘我的勇敢。性，还是具有忘我之力。非洲草原，牛羚打斗，狮子就在一旁，牛羚对身边近在咫尺的威胁视而不见，无所畏惧。

平心而论，左左算是不错的丈夫。右右三千宠爱在一身，当它仰面熟睡，左左意乱情迷地凝望着它，百看不厌。值勤的左左寸步不离，一级戒备，高度提防，连我们路过时的影子侵犯了右右，左左都怒目而视。右右受到左左的连累，影响了它日常的食物和触摸，但右右似乎并不嗔怪左左，它在威武的左左身边突然变得小鸟依人，夫唱妇随了。雄性百倍于雌性的发情时长，那么，左左终于等到右右珍贵的春宵一刻了吗？我无法做出清晰的判断，它俩从来感情甚笃，即使因为性的问题发生争执，也转眼化干戈为玉帛，互相啃梳，打理起彼此的皮毛来。右右还不知道自己也要无辜受罚，要陪绑着走上手术台呢。

手术前，洗个澡妥当。尤其原来闪烁金色光泽的左左，经过几十个小时的炽燃，不仅明显瘦了，而且皮毛松散无光，黏结打绺，有点“马瘦毛长”的落魄相。绝育后很长时间不能洗澡，不知得臭成什么样。

我拿了洗澡笼，把玻璃门拉出等宽的缝隙，底端用洗澡笼卡死，上面用棉枕堵死。贼精的右右立即躲避，而凶相毕露的左左，试探之后，径直进了笼子。淋洗之前，我平常先把洗澡笼放在地面垫好的尿片上，搁置数分钟，过一会儿再来拿开，尿片上滚动着许多它们恐慌之下失禁的屎球。这回等我拿来浴液浴巾，安上吹风机，做好一系列准备工作——再看移开的尿片上，洁净如新，一个屎粒也没有。这说明，被单独关押的左左毫无惧色。是在花洒喷水之后，左左才泄露了两三颗非常有限的屎粒。我慌张，不小心溅到左左眼睛上几滴水，它坚持不懈地死命嗑咬粗铁格栅，它的恼怒显然大于它的恐惧。

23

大年初五，民俗要接财神，我要去支付一笔手术费用，针对左左右右。

左左必须绝育。对于右右绝育的问题，我非常纠结，以致失眠。

疏于体育锻炼的我半夜踏上跑步机，疾行数公里，还是不能平息自己。送去医院做手术的前夜，直到深夜三四点，我才艰难入睡。原来每每打开玻璃门，右右直接起跳蹦到我身上，它被抚摸时因舒服而陶醉的可爱表情，它放心地在我腿上酣睡，被轻轻挪动也不醒来……而我要辜负这种信任了。我没勇气再冒险，再提心吊胆地假想右右下一秒就像左左一样勃然色变。我希望左左右右快乐，结果，却要带给它们此生最大的伤口和疼痛。而且，我都不能预测后果，一路惴惴不安，心怀隐忧：右右的好脾气是否因此消失，反而会变得像左左一样陌生而狰狞？

这天早晨，男家长和我戴好全套防护措施，动用各种手段和工具，颇费周折，屡败屡战；再加上左左对我的残余信任，我在前面导引着，才费尽九牛二虎之力，把令人惧怕的骁勇左左关进洗澡笼。被单独关押的左左，以一种轻蔑的眼神回望我们；它令人生畏的表情和蛮力，让我们沿着笼子上了一圈小小的铁夹。

我选择了附近一家资质、设备和条件很好的医院，与遍布的小门脸店相比，已经算是动物医院里的“和睦家”了。专看异宠的宋医生，负责接诊啮齿动物、鸟类和两栖爬行类等非犬猫动物。宋医生说，雌鼠一般不用绝育，它的发情期短，破坏力也不像领地意识强烈的雄鼠那样大；而且雄鼠绝育，雌鼠不在化学气息的诱引之下，发情表现将会弱化。因为手术室正被占用，且手术进行过程谢绝参观，宋医生把左左留在医院，估计两三个小时以后，等左左手术结束，他会通知我。

宋医生说，有个问题。医院只有适合猫狗的伊丽莎白圈，用于术后防止动物啃噬伤口，接诊黑尾土拨鼠的机会很少，所以他们没有合适的尺寸。

这不是问题，我有！左左右右一直过着装备齐全的生活，我买了许多用得上、用不上的东西，堆满半个阳台，其中就包括这个黑尾土拨鼠专用的小尺寸脖围：伊丽莎白圈。主材是透明而可弯折的塑料片，用尼龙粘扣在宠物脖颈后固定，形成一个喇叭型的保护罩。这个脖围原本是为它俩洗澡用的，卡圈正好适合土拨鼠，可惜它俩反抗强烈，清醒时很难戴上，所以搁置起来。

我们抱着右右回家，它不知道自己侥幸逃过一劫。男家长取了脖围，返回医院去接左左。虽然我是幕后那只被咬伤的黑手，但不愿自己被左左当作坏人记恨；如果把账算在男家长头上，似乎并无大碍，反正他们接触时间少，大不了相忘江湖。

我看着表，左左此时正在遭受宫刑。

24

左左刚回到家的时候，麻药劲儿没过去，它有点懵里懵懂，发蔫，走路也不太稳。大约一个小时后，左左清醒过来。临出院给它打过止疼药，现在，似乎明白自己处境的左左愠怒地抓挠我给它准备的新软垫——是的，愠怒，虽然缺乏支撑愤怒的体力，但左左看起来也是电量十足的样子。

第一眼看到左左，我诧异于它为什么没戴那个伊丽莎白圈，男家长不是专门回来取走的吗？男家长转告宋医生的说法：左左戴上脖围，行动受限，饮食也会受到影响，对它的情绪好转不利；何况伤口已被仔细处理好，里里外外精密缝合了三层；左左略长的尖牙，也被修平……这样处理之后，伤口应该不会被左左咬开。

离近了看左左，我发现，它的长相在两天之内发生了急速变化。做手术前，我就知道它从小白脸变成了猛张飞，两侧对称生出放射状的黑须；而现在它的眼睛像画了烟熏效果的眼影，眼角还各描出一道长及耳际的黑眼线。我把照片发给郭悦，她非常惊讶，感叹：“真的完全不像左左，都认不出来了，感觉它变成了穿耳钉、化浓妆、留杀马特发型的街头混混。”是啊，对比过去憨憨的萌态，我们都不敢相信，这位黑化了的大魔王就是左左。

大魔王的威风，止于外表，左左的身体内部伤痕累累。它的下腹和后腿，部分的毛被剃除了，露出肚皮中间一个墨滴状的胎记，刀口就在正中间，血痕隐隐。伊丽莎白圈还有个说法叫耻辱圈，左左虽然没有戴这个脖围，但它两枚具有核武器般攻击力的导弹被卸除了，留下两个或许被它自己视为耻辱的空囊。

我把那个很大的铁笼，放在厨房角落——这里既保温又通风，还有隐蔽性。术后的左左直接回到这里休息，我没有让它和右右相见——它们咫尺之隔，被一扇木框磨砂门阻挡了视线。右右并不知道，它威武忠诚的大丈夫已成不幸的小太监，因为左左一声不吭，没有用叫声来传递信息。它正在身心剧痛的突然重创之中，这种情况下见右右，也许会挫伤左左的自尊心，让它丧失生趣。作为罪魁祸首的我并非假仁假义，除了妇人之仁，隔离也是一种必要的保护——尽管没有这样的医嘱，我还是禁止左左和右右接触，担心失势的左左会受到右右欺负，也容易造成伤口的感染。我想让左左恢复几天，再上演爱侣重逢的一幕。我打电话咨询，宋医生说为了保险起见，的确应该让左右分居一周为好。

血祭之后，是否意味着，我们将拥有相安无事的春天？术后第二天，我隔着铁栅，小心尝试触摸左左的后背。左左没有勃然大怒，摘除了发动机的它不再狂飙，只是安静地缩在笼角——疼痛和劳动一样，都要耗力气的。

25

它又变回慢吞吞的左左。纵横内外的刀口，使它谨慎。吃东西的时候，左左一手握住食物，一手拄地，有时需要轮换双手的位置，它不再采用双手捧物的动作——三个落在地上的支点分担着压力，而以前的姿势，大概会压迫伤口。左左裸露的腹皮，胎儿肌肤般，极尽柔软、薄嫩、细滑；上面手术刀的割痕很细，长度，近乎它在我手上制造的咬痕。好了，债伤还清，不必计较了。

最初的几十个小时里，左左经常发呆，眼睛空无一物；即便回过神来，里面增添了一点陌生的内容，我不知那是否就是厌世的眼光。不过，我们的关系算是重回正轨，左左从允许到期待我的抚摸。左左似乎因为没能控制好体内的化学作用而愧悔，我潦草的仅限于一个指头的抚触，也让它浮现出陶醉和感激的样子。左左依然懂事，有着替人着想的情商——它竟然把头埋在软垫下面，甚至卡死在两根铁栅之间，示意我不必警戒，它不会再咬我了；假设它再张嘴，我有足够的时间后撤，不会再被利齿所伤。可能左左经历了来自其他人类的“虐待”之后，对比我过去的善待，回心转意，努力表达了重修旧好的愿望。

左左不知道，我才是使它沦入悲剧的真正主因；它和我们一样，在脆弱的时候，总是无知而盲目地，向伤害我们的阴谋家和凶手求援。术后的左左每每见到我，总是翻露出小肚皮——此时的动作显得一箭双雕，既表示对我的信任，又向我展示它疼痛中的伤口。

以前我在论坛里看过一个帖子，饲主说他的黑尾土拨鼠会装病。因为生病期间食物升级，还有额外的照爱，这只富有心计的土拨鼠在主人面前总是病病恹恹，一旦主人离开，视频记录里它上蹿下跳，活力四射；一旦主人前来，土拨鼠立即演回病人，一副体力不支的惨相。

左左术后第三天，我确认它也会演戏。左左在我面前，走路迟缓，步伐不稳，偶尔打晃；吃东西始终要用一只手拿，另一只手要努力撑住地面，好像时刻忍受着腹部的刀口疼痛；躺下来的时候，更是格外小心，像经过慢动作处理。我心疼左左受这么大罪，每每把食物都送到它嘴边，陪护着它，经常帮它按摩……左左虚弱地躺着，基本不动。

有段时间我没去厨房，左左大概以为我像平常那样出门买菜了。我听到奇怪的动静，于是蹑手蹑脚地走过去，通过门缝观察：左左跟特工 007 似的，身手灵活，飞檐走壁，踩着横格铁条，爬到笼子顶端。我慢慢倒退，回到卧室，带着加重的脚步声和蓄意的呼唤重新来到厨房：左左可怜地蜷缩在角落，气息奄奄的样子。

我忍住嘴角的窃笑，关严厨房门，就在客厅里安静阅读，等着那种铁条被晃动发出的异响。果然！当我突然推门，左左已攀至最高处，并且把脑袋从相当于天花板位置的格栅里探出来。被意外抓了现形的左左，愣了两秒，不知所措，然后它一撒手从上面掉下来……有脂肪来减震，我没看出左左有什么伤口剧痛的样子。左左愣在那里，暂时没想出什么蒙混过关的办法。

演技穿帮，左左讪讪地回窝，面壁去了。

26

术后的左左回家一连数天，没有发出叫声。大概是疼痛、屈辱和恐惧，让它哽咽难言。一门之隔，右右甚至无从察觉为它浴血奋战的左左就在数米之外喘息。左左手术之后的第四天，它突然发出的叫声让右右愣住了……原来失踪的爱人，近在咫尺。

隔天就是二月十四日情人节，我安排它们短暂见面——隔着笼子，我怕右右的爪钩会划破左左裸露出来的有伤的娇嫩腹部。右右迷惑地看了一下，囚禁中的左左明显更为热切和激动。它们贴面，然后有个近似吻礼的动作——右右在左左的左颊上，把一点点皮轻轻咬起了一下。这大概表示亲密吧？左左和右右最早对我也这样表示过，用牙齿轻咬皮肉示好，但这种表达方式被我拒绝了。

令我意外，轻浅的问候之后，右右转身就去客厅玩耍……留下疯狂啃咬笼子的左左，它急迫，想延续短暂的团圆。左左一根一根地试，看能撼动哪根金属——带伤的它用了如此之大的气力，以至于整个抖动的笼子发出很大的噪响。右右没有回头，忙着在鞋架那里冒险，探索世界的热情远远大于探望伴侣。右右的好奇心分解了注意力，它无暇安慰左左——它从来不像左左那么心重。此后右右的表现近乎无情；它继续闲逛，似乎彻底忘了左左的存在，并未给予浓厚甚至是敷衍式的关心……即使左左为它付出了如此惨痛的代价。

爱是什么？爱是有针对性的荷尔蒙和内啡肽——所以，不要向荷尔蒙寻求公正，不要向内啡肽讲道理。

我没想到，见面的第二天，二月十五日，左左竟不惜以自残的方式回到右右身边。

事先我没听到一点动静，是去厨房续水，我赫然看到惊骇的一幕：左左从笼子顶角的格栅里钻出五分之四的身长，体重使它失去平衡，头朝下倒栽着；剩下五分之一的身长卡在笼子内部，两条小腿朝上……左左斜悬在半空中，无论前肢还是后肢，都找不到着力点，格栅死死卡陷在它的深腹部——那正是刀口缝合之处。

我不知道它悬了多久，也不知道是不是牢牢卡束的粗铁丝使它无法振动胸腹发声，只知道，那种几乎是出现在人类魔术里的割裂效果，让左左的身体不再是一个整体，似乎切分成大小不一的两个部分。我惊慌地用棉垫拖起倒悬的左左，尝试让它的身体拱出或者退回。间距只有几厘米宽的栅栏卡得太紧，我竟不能让它移动丝毫。五分之四的左左侧枕在棉垫上，眼光柔顺，听凭我无效的努力，并且享受……我偶尔划过它腮颊的安抚的手指。过了几分钟，施救依旧没有成功，左左像是从我的无效努力中预感到了末日将至，它方寸大乱，一边乱叫，一边在棉垫上乱咬。之后，左左闪过一丝弥留之际的眼神，拉出一些不成形的稀便；然后它不再挣扎，放弃了的身体耷拉两侧，呈现出别扭的弧度。

我这才想起工具箱放在何处，取出钳子，边剪截边旋转，终于，把加固版的粗铁丝拧断。左左的身体瞬间恢复弹性，鼓出体积。获得解放的左左，刻不容缓，立即奔赴旧日爱巢，在阻隔团圆的玻璃门外，徒劳地连跳带蹦——它急于回到右右身边。

本来预计两天以后才合笼，但被剪断铁丝的大笼子已经缺角，无法再关住为爱亡命的左左。我只好拉开玻璃推门，放左左进玻璃缸里。左左和右右的重逢，倒毫无戏剧感，它们就像始终在一起那么自然，见面之后，擦肩而过。左左罕有地，立即跳在跑轮上走起步来——我不知道这个行为是纯系偶然，还是左左蓄意而辛酸的证明：它向右右表示自己体能尚佳？

与发情期的左左相比，右右似乎更接纳此时残疾的左左。它只是愣了半分钟，因为左左径直奔向跑轮，右右茫然于自己为什么突然失去了往昔的魅力。不过心无挂碍的右右很快从被动中摆脱，它从来都是率性的，奔放的，孩子气十足的，没心没肺的，不会为情事所扰。右右是天生不知失眠为何物的类型。它马上兴致勃勃地划拉门隙，想出去闲逛，并不知晓也并不在意左左为重逢所付出的危险代价。

我一整天都注意观察重回右右身边的左左，它还是偶尔倦怠，但我只看到几次它如同厌世的眼神；剩下时间，它似乎都是因满足而温柔的。左右殷勤地彼此梳毛，以各种姿势紧靠在一起，每晚依偎入眠。有时左左睡觉中，也用两只小爪子撑起身体，观察并似乎依旧在保护熟睡中四脚朝天的右右。不过，右右很会耍赖，它入睡前，先是整个身体趴在左左后背上，找个角度扎下头来，再翻转方向，最大可能地靠拢左左。

对我来说，左左已经绝育，右右不会生育，我将从此养育两个终身制的儿童；对左右来说，对方是唯一的同类，除此，它们不会再有其他共度余生的亲人。

只要和右右在一起，左左就会平静得多。经过一天观察，我确认左左的状态平稳，毫无攻击意识，二月十六日，我才敢把左左放出来玩一会儿。就像当初回来的第一件事是跳上跑轮，这次，左左同样展现了少见的好奇，进入陌生的领域探索，大约是跟随右右的缘故。它不愿与右右分开，离别的恐惧似乎超过了其他一切的恐惧。尽管左左从未像右右那样勇敢地跳上床垫，并且示威似的攥拳站在我的枕边——左左还是喜欢五斗橱底下的狭促之地。如果右右在附近，左左肯定会从阴影里走出来，陪着右右东张西望。

当晚，和右右抵足而眠，心满意足的左左睡得很香。

27

二月十七日中午的火车票，我要去参加天津的自然文学论坛，有个二十分钟的演讲。早晨醒了，我例行先去查看两个小家伙。我每天数遍检查，昨晚发现，左左腾空的阴囊左侧比右侧稍肿，可能完全吸收还需要假以时日；但伤口，已愈合成很不明显的一条细线，早知如此，我给左左绝育会更决断。现在，它们并肩仰躺着鼾睡，一副岁月静好的模样，我的靠近也没有惊醒它们。

这时，我发现左左的伤口前端，渗出半滴汗液般的异物，肉红色，很像新生的肉芽，有些微微的湿润。这让我有些紧张，慌忙拍照给宋医生，问我能否赶在中午出发前带左左去看个急诊。宋医生当天休息，他让我明天带左左复诊，此前可以先戴上脖围，用碘伏消毒伤口。

当初宠物店老板曾经告诉我，黑尾一周不吃都没关系。我永远没有勇气进行这样的极限实验，但我猜一两天不吃，应该并无大碍。男家长白天有重要的会议安排，难以请假，再说他对左左尚存畏怯，许多事情只能我来——所以我要做的是十七日上午给它戴上脖围，十八日下午从天津赶回来带它看病。

左左非常温顺，比以往任何时候都要温顺，它像是要弥补之前的过失。我一边抚摸，一边先把脖围丢给左左，让它当玩具咬着玩儿，以放松警惕。趁左左不备，我兜头把脖围的尼龙粘扣带牢牢粘住。

我再度辜负信任，这令左左难以置信。气愤的左左用力甩头，想把禁锢之物甩脱，结果是自己一次次失控栽倒。左左当然理解不了腹部渗液和脖圈之间的逻辑联系，只是认定，自己竟被人类一再背叛和欺骗。左左跌跌撞撞地想避开我的安抚，但空间有限，它总是绊倒；它发出连绵的喳喳声以示抗议，背对着我，气得浑身发抖。

怕伤口继续感染，我重新隔离左左。左左歪歪扭扭，困难地爬回自己的小铁床。它动作僵硬，努力把自己摆搁正确，让别扭的脑袋放在不那么别扭的角度。它戴了脖圈，不仅无法从断了铁丝的笼里钻出来，也无法进食和饮水，更无法打理自己。原本进食文雅的左左，现在不能擦嘴，不能举起小胖胳膊，胡噜自己的大圆脑袋。左左想喝水，但它无法接近喂水器的舔珠；想吃东西，但它脖圈卡住食槽无法衔起任何颗粒。尝试失败的左左，再次艰难地爬回小铁床，左左坚决不理睬我，对着墙角叹气。

我匆匆前往火车站，只能回来再安慰这个小可怜。

当晚住宿天津，男家长给我发来左左的视频。它很乖，像是已经接受了脖子上的塑料枷锁。左左显得逆来顺受，甚至没有委屈，它看人的眼神，万般温柔。因为左左戴了脖圈，男家长不怕会被它的利齿所伤，也敢于给小病号提供人工按摩了。仰躺的左左，被抚摸了一会儿之后，幸福地眯起眼睛。左左无法自主进食，男家长喂了它几粒剥了壳的南瓜子仁儿，然后问它：“好吃吗？”左左点头，用力吧唧小嘴，表情上极度配合，一副享受美味的样子。男家长给我拍了特写：坚持用碘伏消毒，伤口已看不出什么异常。

28

二月十八日论坛结束后，我没有参加后续的采风活动，就匆匆从天津返京。我一路狂奔，要尽快带左左看病。

左左见到突然到来的我，面有愠色，它几乎要从鼻子里喷出“哼”的一声，扭过头去，蓄意不看我。我惊讶，左左竟然已经挣脱了脖圈！那么，它今天已经正常饮食了？来不及多想，我赶紧抱起左左出门。跟宋医生约的时间是五点，我怕耽误人家下班。门口堆着新到的邮包，全是左左右右可能爱吃的东西，还有为它们补充维生素和微量元素的营养膏。但时间紧促，我来不及喂，只随手装了几颗生瓜子。我也没顾上跟右右打招呼，把左左装进外带包，只对右右说了一声：“回来再和你玩儿啊。”右右站立着，两只小小的前爪按贴在玻璃门上，错愕地看着我一阵风似的出现，又一阵风似的消失。

外带包放在副驾驶位置，是透明的硬塑料质地，上面打了六个直径约两三厘米的透气孔。我可以清楚地观察到，恼火的左左飞快挠着布垫，余怒未消。趁着等红灯的间歇，我通过透气孔递给左左生瓜子，它一边赌气，一边勉强接过来，吃了。左左和右右最爱吃生瓜子，但喂食多了容易滑肠，对健康不好，所以我每隔两三天才喂两三颗，用于特别的奖励和情感贿赂。吃了三个瓜子之后，左左的情绪好转了。

到了医院，我可以用垫布抱左左，但宋医生需要检查伤口时它一点也不配合，防范心理很重，我也控制不住它的挣扎。在左左的闪跳与躲避中，我们窥见腹部的血点，似乎不大。左左越来越焦躁，强行查验，可能诱发它的攻击行为；若要得知翔实情况，只能麻醉处理。

宋医生提示，可能出现几种情况。最好的情况是，左左咬开的只是表皮，其他无碍，只需表面清创，然后口服抗菌药加碘伏消毒，伤口能够愈合。最坏的情况是，有一定面积的感染，那就要重新开刀和缝合，在体内埋管，连续半个月，每天用生理盐水冲洗它的腹腔……假设出现后者的情况，左左会非常痛苦。

我原以为最多只需要重新清创，没想到还存在这样糟糕的可能，远超我的心理准备。我只能祈祷，希望左左不要遭遇风险，希望麻醉后能准确判断，它并无大碍。

宋医生很快从手术室返回，赶来的郭悦也正好推门而入，我们一起听取检查结果。

左左啃咬伤口，造成的感染状况是最为严重的：虽然创面不大，只有五毫米的开口，但它的左侧阴囊有一处直径约 4 厘米的团块，被按压后，大量脓液就涌出腹腔。即使开腹再次手术，已不能进行再度缝合，要保持开放性伤口，每天大量冲洗腹腔和内脏——因为动物不会允许，所以这相当于无法完成的操作。即使把左左全程固定手脚，让它无法正常进食、饮水和排泄，让它每天痛不欲生地体验切割开的自己，也可能难以控制扩大化的感染。即使左左能够熬过一切漫长的酷刑，存活下来的概率也近乎为零，所能做的不过是延长几天生命。付出这样大的代价换得的几天里，左左也无法感受快乐，因为连续手术和治疗造成的痛苦，将彻底撕裂左左与人类的情感，左左将陷入疯狂，不会再允许人类靠近，所以在濒死时光中，它将陷入狭小的空间和巨大的恐惧里，直到死亡。所以宋医生建议：立即对左左实施安乐死。说是建议，其实并没有另外的选择。

我毫无准备，如遭雷击。宋医生没有说完，我的眼泪就夺眶而出。我没想到，自己会那么失控。

土拨鼠特别擅长隐藏自己的疾病和伤痛，因为它们害怕暴露弱点被食肉动物攻击，所以大部分家养土拨鼠生病看起来都是突如其来、毫无征兆的。左左到底是什么时候感染的？是它快被铁丝挤断身体导致的？还是它预感不妙，要获得与右右在一起的最后时光，才有那场拼命到几乎丧命的逃亡？想起左左极尽温柔的眼神，被抚摸时那种小心翼翼的感恩式的回应，原来，这是它忍住身体疼痛，给予我们美好的告别。敦厚的左左，似乎因为自己的残缺存在而对右右和整个世界怀有歉意似的——它自伤，直到无法收场的地步。

宋医生抱愧，说接触黑尾土拨鼠的案例很少，的确缺乏了解，更没有预料动物性格特点和个体差异——没有采取防止舔咬的保护性措施，造成左左用挫平的牙，执拗地咬开三层的皮肉缝合。他甚至不能给出详细的解释，左左的感染到底是早已发生，一直在腹腔慢慢扩散以至积重难返，还是原本并不严重，后来短时间内急剧变化。

追究前因已无意义。对左左来说，一切，为时已晚。

29

宋医生和几个护士围着，郭悦和我也站在旁边。左左躺在中间的手术台上，脑袋上套着一个呼吸罩——它是漏斗型的，用来进行气体麻醉，样子就像我们小时候用的马桶搋子。左左的整个脸面几乎都埋在呼吸罩里，只露出下巴，昏迷中的左左就那么四仰八叉地躺在那里。如果不是这种结局，我会觉得它的样子有些滑稽；但现在，我只觉得心酸和悲伤。左左从未对陌生人如此信任，绝对摊平身体，纵容人类施予自己死刑。

左左比原来瘦了很多。发情期已有数天不怎么吃东西，术后疼痛使它不能大快朵颐，刚刚能进食又被套上脖圈，甚至都无法饮水。绝育的时候，左左已瘦到一点二五公斤；现在是绝命的时候，它只剩一点一三公斤。我的左左不再仪表堂堂，它皮毛暗淡，显得狼狈和潦倒……还不到一岁，这就是它的终点。

我哭得拿不住笔，捡起来，终于在安乐死的同意书上签字。左左还不到一岁，它大概自出生后再没见过父母——作为宠物，它必须拥有孤儿的命运；我是它的家长，是最初同意让它残疾、现在同意让它死亡的人。

这是左左生命最后的落幕时刻。异氟烷吸入麻醉，静脉留置针给丙泊酚后加氯化钾。我一只手摸着左左的小爪子，另一只手摸着它的胸腔……我的指端能感受到它的心脏，像一颗跳跃的小小豌豆，渐渐地，渐渐地安静。再没有了起伏。在它柔软的心室位置，空无一物。

里面是一张蓝色无纺布，外面是一条雪白布巾，把离开的左左包裹得就像刚刚降生的胎儿。我抱着左左，它是软的，温热的，高烧般的体温在它告别这个世界很长时间之后才慢慢退去。在心脏彻底停止跳动和被包裹在襁褓里之后，被宣布死亡的左左，它的小腿却有力蹬踏了好几回，像活着一样。它的神经系统还没有死。或者这是左左不甘，它没有跟右右告别。我漂亮的小胖子，心性胆怯，却为爱奋勇……它再也不回来了。

没有把左左带进家门，我们想让右右回避这样生离之后的死别。男家长回家取了花铲，绕到前院。我住一层，下沉式小花园外侧种了几棵玉兰树——我们将把左左葬在树下。月色下，男家长沉默地给左左挖墓。他满怀歉疚，因为无缘无故地打过左左；因为工作忙，因为害怕被咬，他没有抚摸过左左几次；因为我在天津的时候，他怕勒着左左，自作主张放松了脖圈，才导致左左得以挣脱脖圈继续啃咬，这可能加速了伤口的感染。

给贪吃的左左买了那么多好吃的，它再也吃不着了。我挑了一些，左左一生素食，没有吃过一个面包虫干，也没有像右右那样带着绝对放松的心情大胆探索过。左左没有躺过草坪。没有换过银白色的夏毛，它一生都没有见过春天……它自己酝酿的春天，也因我们的宣判戛然而止。当初我们购买黑尾土拨鼠的宠物店，就毗邻花店；可把左右带离的时候，我选择就近的出口，没有走那条鲜花簇拥的甬道。左左的一生，没有见过花。

可怜的左左带着一身的脓，体重却锐减那么多，它埋在玉兰树下，这是它此生中，离活着的植物最近的一次。

玉兰的花苞，介乎圆锥体和纺锤体之间，是最早开放的。花形大，而且庄重，有种膏质的光感，简直就是花的脂肪……我觉得玉兰，最像左左。

30

我同样，觉得自己对不起左左。

早知如此，我为什么要左左学习什么定点上厕所这种不必要的技能呢？收养宠物，我们迫不及待地依据自己的喜好对它们的行为进行规范，恨不得把自己的排便行为，看成世界上所有动物的法则。我对左左的教化，乃是来自人类的意愿和价值观；而野外的动物们，根本不需要学习这门功课。左左曾为此遭受羞辱和惩罚，并艰难地努力适应陌生世界的法则。

我为什么要喝酒酿呢？左左给了暗示，我还是没有警醒，才使事件上升为流血冲突。我一再背叛左左的信任，从骗它进洗澡笼，到给它套上脖圈，再到把它送上医院的手术台兼断头台……我辜负了左左。动物和人一样会用计谋，但动物和人不一样，它们不利用信任。鳄鱼不吃落进嘴里清理口腔的小鸟，珊瑚也不对小丑鱼用毒，动物比我们诚信，它们都是干净的傻孩子。

左左不需要我的品德，它只需要我一点点的爱意和耐心，我没有做到。很多养宠物的人，都以爸爸妈妈自居，我从来没说过自己是左左右右的妈妈，以我性格而言，这个称呼有点害羞、矫情和难堪，现在我知道，是我不配。

刚把它俩领回家时，我曾转过念头：它们如果活个八年左右，我在这么长的时间里都不自由。尤其左左，我开始真不想要它。敏感的左左，自尊的左左，优雅的左左，情深意长的左左……它离开了，给我留下的，全是它的可爱。我还记得，早睡的左左睡在跑轮下，记得右右给左左"开追悼会"的戏谑样子，这些曾让我忍俊不禁的场景，竟是真实生活的预兆。"躲得过初一，躲不过十五"这句听起来有些调侃的话，竟成左左的谶语：大年初一我被注射疫苗，正月十四它被注射安乐死，左左没能度过元宵节的前夜。

别了，我的左左。我想念它完美的眼睛、优雅的仪态，想念它在小毯子上的压痕，想念它在右右面前的温柔与坚强，想念它给予我的宽容与快乐。变成小暴君的左左咬了我一口，我却让它赔上一条命，究竟谁才是暴君呢？我是瘢痕体质，身体会记录每道伤口。这个咬痕，瘀脓的水泡将变成血痂，等血痂掉了将变成微丘形的硬茧，留下飞去来器形的印迹……这算是左左留给我的终生纪念。

安乐左左的当晚，我很晚才在药物的帮助下入睡。做了若干个梦，都是关于左左。比如，我梦见带左左去看病，擅长此道的女医生不值班，她让我换个时间。门外我的手拖着左左，它拼命挠那道打不开的门缝，尖利的趾甲不断刮划着，发出噪声。但我做的第一个梦里，左左并没有出现。我梦到天上的动物园，开始是从窗口看，不知怎么，我又站在那种悬停半空的游览车里，俯瞰地面的各种动物——有眼神淡漠的狮子，有皮肤湿而黝黑的雨蛙，还有叫不出名字的轮廓模糊的动物。在那个神秘动物园里，所有的动物都是黑白的。我并没有特别清晰地意识到我是在找寻左左，但我肯定在努力找寻着什么。我在那个天上的黑白动物园没有找到左左，或许因为，它刚刚长眠地下。作为一只土拨鼠，左左此生第一次接触到土，第一次置身挖出的洞穴里……是在它死后。

巧合的是，左左此生接触最多的三个人类——我、男家长和郭悦，当晚，都梦到了左左。

左左的突然离开，让我好几天缓不过神。我曾记录它们的日常，以为是有趣和娱乐的风格，没想过伤感的结局。郭悦安慰我说：写文字，也算纪念了。然而，这对左左有什么用呢？即使蚊子都夸我的献血美德，并把我评为劳模，这对我也是毫无意义的。郭悦反问："那什么才是有意义的呢？"是啊，每条命都终有一死，只有活着时候的善待是有意义的。也许我不能给左左一片自由的旷野，就注定带来一种必然的辜负。

能做点什么，才能算作我对自己的惩罚呢？干脆为了左左，接着戒几天咖啡，至少为它守个七七。我喝咖啡成瘾，写作的极端时候每天喝五六杯，每篇作品都是几十杯甚至几百杯咖啡换来的。试过各种办法，但我缺乏自律，自制力非常薄弱，所以多年无法戒除。在狂犬病疫苗注射期间，需要戒烟戒酒，忌辛辣等刺激性食物，医生特意嘱咐，连浓茶和咖啡也不要喝。最初只是疫苗的二十一天限制，随后变成我一种私人的纪念仪式，终于履行了自己对左左默许的诺言——十多年来，这是我最长时间没有喝咖啡的一次。虽然这是微不足道、缺乏意义而略显做作的付出，但戒饮咖啡的诺言只要持续一天，左左的作用力就在持续一天，它就在具体地影响着我的生活。

未曾预料的是，竟然是左左，帮我祛除了内心的迷咒——我一直觉得，是咖啡代替墨汁在帮我写作，离开咖啡，我在稿纸上寸步难行。原来不是。在肠胃断供的日子里，我竟然比平常速度快，因为不必像以往那样，无聊又无奈地等待咖啡因起效。这让我对左左有了更多愧意和谢意。

不过，我知道，我再喜欢左左，左左给我带来的也是玩宠之乐；我再怀念左左，它带给我的也是玩宠之觞……对我的生活，不会带来任何实质意义的改变。我的缅怀早晚会变成遗忘，我对咖啡的抵触也早晚会变成再度的沉迷。左左对我的影响，微乎其微……不像，对右右的致命改变。

31

就在左左离开的当晚，右右就发生了非常奇怪的变化。

男家长在门外的玉兰树下掘土，我正给左左准备一些陪葬的食物。我难过，不仅为左左，也因为无法向右右交代——失去左左的它，漫长的以后会多么孤独啊。

我打开玻璃门，给右右放点安慰的零食。我摸摸右右的小脑袋，没想到，它蹿出笼门跑了，然后销声匿迹。平常，右右总是要和我玩一会儿，然后自动回窝睡觉。可那天，一小时过去，到处找不到右右的影子。

男家长埋葬了左左以后，和我一起找。右右就像凭空失踪了一样，哪里都没有。也许是我连续的焦急呼唤打动了右右，过了很久，它回应了两声。

循声而去，右右的藏身之处，是地下室最长一排书柜的后面。为了防潮，我在摆放书架的时候没有紧贴墙壁，留下七厘米的宽度。这与右右的身体宽度相仿，使它不能从侧面转身，只能靠上下翻转来调转身体的方向。我很奇怪，这条长达六米、宽仅七厘米的黑暗甬道空荡荡的，里面什么也没有——这是右右第一次到达这个地方，它为什么在此停留这么长时间？手电筒的光柱照射下，能清楚看到右右，但它就是不出来。

也许，右右眼睁睁看着我把左左掠走，却没有带回来，它害怕我了？可我以前，也把左左单独带离过，无论是去郭悦家度假，还是去做绝育手术，右右从未有过异常。这次，右右的表现，明显是在躲避我们。

聪明的右右一直是越狱专家，它知道从哪里下手，也能瞬间做出判断，选择难以被搜索和缉拿的藏身之所。长排书柜后面的缝隙，藏在这个地方，鞭长莫及，我们即使发现它也无济于事。书柜太沉，无法搬运；夹缝太窄，无法进入。我们只得眼睁睁看着它长时间徘徊在中间地段，通过上下翻身来转向；最后它长久不动，团成一个球形，似乎睡着了。那里又冷又脏，没有食物没有水，没有窝也没有盖在身上的薄毯，竟成为右右的心仪之选。黑暗将至，没有左左的夜晚，右右好像感觉得到来自我们的威胁。

男家长想出一个办法。他先封死书柜一端的出口，然后踩着凳子，把拴了长铁丝的扫帚，从书柜上端探进夹缝里。然后他跳下凳子，从这端开始，拉动铁丝操纵的扫帚，沿途弄出声响，把右右朝我这端驱赶。受了惊吓的右右一点点退后，因为狭窄的空间里视线被阻挡，它没有留意到自己的小半个身子已经退出书柜之外……被早就埋伏好的我一把擒获。

右右浑身蹭满灰尘和泥垢，被我当场抓去洗澡。右右讨厌洗澡，我希望它由此记住这个教训：地下室是禁区，以后别去，容易带来惩罚。当我用浴巾擦洗右右，不由得怔住了。我能闻到隐隐一丝……左左的味道。

我经常检查自己，担心身上沾染鼠味而习焉不察，接触它们以后，我不是立即洗手就是洗澡——我曾经希望，作为宠物的它们没有体味。而此时，干燥时闻不到，被水打湿后弥散出来的……左左的味道，对我或右右，都是稍纵即逝的珍贵。

32

我承认，左左离开的第二天起，我就对右右更多宠溺。两只小宠，已经有一只遭遇不幸，我不希望另一只感觉不幸。我原来每天给它们放风一两个小时，怕它们啃噬家具和电线，我得随时盯着。我想给右右更多自由，只要我在家，就放养吧，我把充电器等都收束起来，免得它发生什么意外。

右右一出笼子，眨眼又不见了。它一点没接受几个小时之前半夜洗澡的教训，再次前往昨晚躲避的地下室长书柜后面。男家长上班了，我一个人无法完成协作才能达成的捕捉，只好听任它停留在那个没有食物和娱乐的黑暗里。

我从未见右右有过如此耐心，在我的反复干扰下，它依然在寂暗里抱拢身体。也许因为冷，右右的头深深地垂下，像害怕时的睡眠，像清醒时的祈祷。任何时候，我的手电光束照过去，它都维持这一个同样的姿势。不吃，不喝，不动，不为所动，保持着团抱。从上午十点到晚上九点，右右的姿势基本没有变化，长时间保持宁静。浮生若梦，昼如长夜，右右像正在经历一个被延迟了的守灵之夜，又像童话里的公主，突然被针刺出血而陷入沉睡。

我想不通，它为什么突然怕我，为什么突然放弃玩耍，为什么突然改变了它的多动症和顽皮？我不止一次当着右右面把左左拿走，带去郭悦家度假，过几天再让它们团圆，右右无动于衷。为什么右右这次举止反常？仿若知晓并确认了左左的死讯，它不再怀着任何希望，为什么右右像个教徒把自己关进黑暗狭窄的忏悔室里？我迷惑，为此做出各种猜想。

以前右右能够从洗澡笼中逃脱，因为挂碍左左，它只好忍受讨厌的水流和泡沫；现在与左左永无重逢，再困守监狱毫无意义……可如果说右右热爱自由，变得不自由，毋宁死，它此时不更是自我囚禁吗？

蜗居之地，比它日常活动的空间范围小多了。还是说，那里的地貌，太像土拨鼠打洞的地方了：置身黑暗，前面只有纵深而延长的远方……它是否在怀恋自己从未去过却像候鸟头脑地图里一样存储着的故乡？

还有，左左离世的当晚，我注意到右右的生殖器比平常稍微凸起一点点。那么，这是右右发情了吗？它是否要回避自己的尴尬时光？右右拉屁屁和尿尿随性，有时我怀疑这并非无耻——它不采用专门姿势恰恰是为了有所掩饰，它装作梳妆、挠墙或者睡觉，表示身体下的这些颗粒与它无关，就像害羞的小女生不愿被别人看见走进厕所一样，以为这样，别人就不知道她也需要排泄。右右经常做出挽尊的动作，抓食物扑空险些跌倒，它就势扶住跑轮假装别有兴致地滚动，它扑向门缝以为要放它出来，当玻璃门快速合上使它的热望落空，右右会装作在笼子里跑来跑去地健身。右右是否觉得，发情期可能是一次巨大的尴尬，是激素水平失控而带来的一次难堪排泄，是不能暴露的？假设的确是发情期的原因，这种丧偶之后的逃避，是否再次展现了右右的高智商？右右猜出，左左因为发情期的攻击行为而丧命，所以它选择特殊时期的自我囚禁，把攻击性和破坏力降至最低？还是说，右右甘愿放弃珍贵的几小时陷入休眠，这是迟来的肉体苏醒，这是某种追悔导致的疑似殉情？种种解释，显得过度附会人类的煽情习惯，也许不符合科学；但这几近幻觉的表达是如此神秘，以至于什么样的解释，都捉襟见肘。

那天我长时间抱着左左，它在我怀里渐渐僵冷……我从抱着一个小玩物的感觉变成抱着一个木偶。当我回家抚摸右右，无须言语交流，我手上沾染的气息，让它明白了并未目睹的一切。右右害怕，是因为我残留着刽子手的气息，还是残留着左左死亡的味道？土拨鼠，它们能倾听大地的心跳从而感知地震，能倾听季节的心跳从而感知春天，难道，它们也能倾听亡灵的心跳从而感知爱人？

我怔住了，流泪不止——那个荒凉而黑暗的禁锁之地，竟是我家离左左埋葬之处最近的地方。右右上午待的中部位置还略有点斜，经过一系列调整，它最终停留的位置，和左左的葬身之所，几乎能画出一条最短的直线……它甘愿最大可能地靠近不再可能的爱人。右右和左左之间，相隔数米打不穿的土层。右右不再是那个没心没肺的右右了，它像被绝对的黑彻底冻住。

我看着黑暗深处默哀的右右，无可奈何，无计可施。

不过，在男家长回来之前的十二个小时里，右右曾有两次主动现身。

第一次，是下午三点多。在我的呼唤下，右右自己从书架后面走出来，它慢慢向我靠近，暴露出整个身体。它甚至站起来观望，并且由于踮脚而导致身体轻轻摇晃。我怕惊动右右，蹲在离它几米的地方继续呼唤，但它扭身，回到狭长的黑暗深处。这时，我才发现失口了，我听到自己刚才下意识中一直呼唤的名字是："小左左。"

第二次，发生在黄昏。光线转暗，我打开了地下室顶棚的射灯。还没等我过去查看，右右走出来，它一副完全不认识我的神情，无论我怎么试图互动，它也不回应。问题是，我也像不认识它一样。我简直怀疑自己出现了幻觉：它的身体微胖，它的眼睛后面多了两条隐隐的眼线。从体型到面貌到神情……它更像左左。在长达数小时隔绝于世的蜷缩状态里，右右像茧蛹经历了羽化，它的模样和神情都是非常陌生的，像是左左右右的中和体，或者说更像是两者的孩子，而不是其中任何一个。我几乎不能以右右来称呼它，与其说它是新的右右，不如说，它是一只陌生的叫作左右的土拨鼠。几米之外，它以迟疑的目光考量着我，远非曾经了无心机的那个玩耍孩童。它并不慌张，似乎并非出自躲避的目的，它踱步回到归属于它的黑暗中。很奇怪的是，这个现身时刻，终止了我自左左离开那刻起断断续续流了一天一夜的眼泪。

等男家长加夜班回来，我们故技重施，把右右从黑暗深处吓唬出来，它依然不准备就范。右右随即钻到我的样书堆里，它能瞬间做出精确判断，选择最利于隐身的犄角旮旯。它像是决意要选择一种殉葬的生活。我们又费了很长时间，才把决意告别的右右再捉回来——整个过程中，它一声不吭。

略微用湿巾给它清洁了一下，我不禁迷惑——它就是右右啊，根本没有什么形似左左的变身。我惊讶地发现，右右有一颗门齿明显变长了；当右右颤动嘴唇时，就在我眼皮底下，那颗门齿就像活着生长一样，越来越长……直到，我目瞪口呆地看到这颗牙掉下来，落在右右正在梳理的自己的前肢上。这颗牙有八九毫米长，如同一枚微型弯匕：从正面看，牙是尖的；侧过来，我发现门齿并非从正面看似的钉尖，而是有个用于铡断草茎的斜切面。这是怎么回事？右右平常咬木头、咬石头、咬玻璃、咬金属，尖锐的门齿始终牢固；它置身于一团黑暗的空气之中，没有接触什么东西，怎么会掉牙呢？极度痛苦的人会一夜白头，难道右右也相思成疾，以致一天之内竟然掉了整颗牙齿？

33

从二月十八日左左离开起，右右连续把自己囚禁在地下的冷宫。二月二十日早上我一摸，滚烫，它发烧了。果然，40度。

与此同时，我眼看着它仅剩的一颗门齿和昨晚一模一样——先是变得很长，然后脱离口腔，挂在嘴唇上，最后掉下来。右右的两颗门齿，都掉了。它就像豁掉前牙的老太太，瞬间失去某种活力。

我还是去找宋医生，尽管再次走入这家医院的诊室，我难以完全克服心理阴影。我妈妈是医生，我明白没有哪个医生不希望患者康复，哪怕那是一个小小鼠辈。左左发生意外，也让宋医生追悔，他承认自己的疏忽，并说此次教训会给他一生行医带来影响。宋医生不回避责任的态度，让我感觉诚恳，我相信他会对右右格外上心。

宋医生仔细检查了右右，依然不能判断高烧的具体原因，可能是长时间的低温环境导致的感冒，也可能是掉牙引起的应激反应，甚至是高度紧张的情绪反应。他说也不能通过血象等来确诊，因为黑尾土拨鼠被人类驯化的时间很短，兽医所掌握的资料有限，且数据波动剧烈，参考值没有那么多。他建议，先喂些退烧药观察；如果这期间右右不主动进食，把草粉搅拌成糊状，用注射针筒强制喂食；即使它想吃东西，没有门齿无法进行剪切，所以需要把牧草截成小段，方便咀嚼。

右右发烧，每天都在四十度左右。一连数天，我没听到右右上过跑轮。它昏昏沉沉，一直睡，好像一个人要睡两个人的觉。白天的觉像是白睡了，右右接着睡晚上的觉。昼如长夜，长夜无尽，它似乎不想醒来。它睡着，幽暗光线下，腹部有个隐约的墨滴——这个我以前从未注意过的图案，也很像左左腹部的那个墨滴。像左左一样沉睡，这是不是右右回避痛苦的一种方式？后来我想明白了，发烧时的体弱使右右无力踏上跑轮，至于昏睡，恐怕注射在它嘴里的药物不止消炎镇痛，应该还有镇静的成分。

过了一周，右右的体温稳定了，但它患上了厌食症。它以前就不像左左那么迷恋食物，连新鲜蔬菜都不怎么喜欢，它吃干草——我常摸着右右的小肚子，说它算是个“草包”。一场高烧过后，它什么也不吃，也很少喝水。右右像是有意绝食，几乎也不排泄，两三天下来，厕所里只有零星颗粒变得极为细小的屉屉粒。

我换了一家动物医院，找到经验丰富的异宠专家陈医生，治疗右右的厌食症，以及可能由此导致的脱水和掉毛现象。右右咬紧牙关，拒食任何东西，无论是流食还是药物，最后一个男护士只好用厚棉布蒙住右右的头脸和前肢，另外一个男护士协助固定它的两条后腿，一个女护士用针筒注射，推入大量水分和营养。即使我每天与右右斗争几十回合，用以喂食延续它生命的流食和水，但剂量远远不够。隔两天，就得来医院补液，右右的后腿上，针眼的数量在增加。

终于，增进食欲的药物起效，右右尝试用缺齿的口腔咀嚼切碎的草段。但右右变了。它变得敏感，甚至神经质，它会因为被触摸而颤抖，也会在正享受抚摸时突然警醒并躲避。它很少睡床，经常蜷缩成团，睡在有盖子的半封闭草食盒里……这间小忏悔室里的植物气息，能带给它安慰和安全感？孤独的右右，没有野外同类，也失去了唯一帮它站岗的左左；它将毫无防护，终生置身于一群巨妖之中。

我再也没有见到右右上跑轮，虽然它以前像跑轮的一个零件那样整天待在上面。总之，左左离开以后，那个天真烂漫、无拘无束，每天像小马达一样活泼好动的右右就消失了。而且，自从那晚以左左般的样貌从书柜后面现身，从此我叫“右右”的时候，它再也没有答应过，像是成了聋哑的。开始我以为是高烧使它的嗓子哑了，后来发现，右右知道是在叫它，它偶尔转头或者眨动眼皮，但就是有意不回应。以前我习惯叫“左左呀，右右呀”，或者连着喊“左左右右”，它俩以二重唱的方式此唱彼和；现在，右右像把自己的名字陪葬给了左左。据说，黑尾土拨鼠的语汇异常丰富。右右失去了唯一的对话者，它由此废除自己已不必使用的语言。右右沉默，它再也不需要这种语言——此生的世间，没有谁懂，说给谁听？于是，此后很长时间里，右右成了哑巴。

右右的很多新习惯，越来越像左左……它像是左左遗留下来的会呼吸的遗物。作为遗孀的右右再次到郭悦家寄宿的时候，郭悦第一眼就发现：有种孩子大了的感觉，右右开始像左左一样静止和冥想；眼神，也像个有故事的女同学了。

我后来也做了一个关于右右的梦。我梦见土拨鼠右右，它有个非常奇怪的姓氏，在字典上找不到。假设是人类，或许会因为自己的姓氏少见，产生一种奇怪的虚荣式的得意；但这只土拨鼠并不能从中获得安慰，而且，它忘了自己到底姓什么。我在梦里带着右右寻找它的姓氏，结果发现，它的恒牙就是它的姓氏。我们俩都松了一口气，平静下来。我在梦里忽略了醒了以后才意识到的事实：右右的门齿掉了。那么，这个梦，像是预示右右丧偶之后的守节吗？也许，它现在是随了夫姓的：左右右。

右右的情感苏醒了，但已太迟。右右怀念太重，以致要摧毁自己。右右有时卖力啃梳着珊瑚毯子，它耐心打理着，一遍又一遍……仿佛那是左左的皮毛。然而，赶上换毛季节，右右自己的皮毛斑驳，就像深冬脱尽叶子的枝条那样裸出底色，迟迟没有生长。我跟别人戏言："它是女宝宝，可头顶跟两臂都秃着，跟黑社会似的。"可我心疼，不知拿这个因愧悔而抑郁的右右怎么办。用了很长时间，右右的上肢才覆了薄薄的毛，下肢还是丰厚的冬毛，它看起来像个上着比基尼、下着草裙的夏威夷女郎。

右右后来有过一次原因不明的消化道出血，险些丧命。很突然，它稍一动作就大量便血，厕所和棉窝里，到处是血迹……由于失血过多，它的掌心和眼皮都是苍白的。我带右右去看急诊。它在路上昏迷了，怎么动都没有反应。除了大量失液导致的严重脱水，右右不发烧，血象正常，既非感染也不是中毒。专家也解释不了，只能再次用比我拇指还粗的针筒注射补液。如果不是我亲历，我会认定，这个情节是编撰出的狗血剧。而右右的确生命垂危，幸亏救治及时，我们再次把它从死亡线上夺回。

有人建议再给右右找个伴儿，重新配成一对。他们不知道，黑尾土拨鼠得从两三个月的幼鼠养起才能养熟，否则不亲。甚至有说，同一批土拨鼠或许出自同一亲族，有些不同亲族之间，可能一生敌对，无法和谐相处。左左走的时候是冬天，当年的黑尾土拨鼠尚未生育；

即使等到夏天的幼鼠，它也无所作为，离性成熟还早着呢，无法及时弥补右右的情感需求。除了它们之间的年龄落差，我自己的心理障碍也难以逾越。我的左左是唯一的，我再也无法把这个名字给新来者。关键是，还要再次面对雄鼠绝育的问题，我已丧失勇气……去增加一次面对生死的考验。

都说这类啮齿类动物皮实，生存能力强，抗病能力和自愈能力超强……我看到的，却是脆弱。

34

用了三个月，右右才慢慢缓过来。

我养过猫，养过鸟，养过兔子，也照顾过几天别人寄养的狗。我溺爱，缺乏管理的本事、教育的智慧，普遍的猫狗我都养不好，何况是驯化时间很短的异宠？我对自己当初的购买冲动追悔，却不能修正错误——黑尾土拨鼠无法中途更换主人，因为它们很难建立信任；一旦建立，信任里就包含着某种执拗的忠诚。

在自然环境下，土拨鼠社群修筑庞大的地下宫殿和隧道。作为众多捕食者的猎物，草原土拨鼠的数量锐减，导致诸多动物受到影响，因为有些动物会使用土拨鼠的洞穴来避难或养育后代。土拨鼠滑稽可爱的模样和行为，能够激发人类的爱意；假设人工繁育以放归野外，能够有助维护种群的扩大，那么从中选取一定比例的土拨鼠作为家族宠物，似乎也无可厚非。左左右右作为被人类圈养起来的小小俘虏，它们被迫学习异域的法则。一只野外的土拨鼠露出地面，它会被数百个洞口所包围；而一只宠物土拨鼠，它擅自钻入主人一件帽衫的袖口，都可能受到严厉的指责。我们需要它们的陪伴，就像狱警需要囚犯的陪伴。

几千年来，左左右右的族类一直没有被驯化，它们没有彻底妥协，一直在反抗，因而没有像猫狗那样成为人类真正的宠物。我们对它们的偏爱与施恩，只是漫长驯化链上的一环。而在这漫长的驯化史中，人类对待动物的态度，不过几个途径：作为食物来豢养，作为工具来使用，作为猎物来杀戮，作为宠物来娱乐……我们甚至会因此测试动物的智商，看它们是否能够成为宠物。太笨，我们不开心，傻瓜很难真正受宠；太聪明，也不行，它们必须处于我们能够有效控制的范围之内。改造野生动物的任何一点点成功，都鼓励我们作为主人的信心，并且巩固这种剥夺自由的改造。我们提供食物，动摇和瓦解它们的反抗，让它们将我们这些软禁者视为恩人；我们抚摸，它们的信任也带给我们改造契约初步达成的快慰；智力优越的我们用跑轮，以牺牲最小的空间来提供无限的运动，而它们无论怎么努力，也注定跑不出循环而失败的路；我们密切关注着它们的发育，关注它们从不谙世事到情窦初开，因为所谓的收养，我们就天然有权力把魔爪延伸到它们从如厕到交配的秘密领域。我们用尽一切手段，改变宠物的习性，瓦解它们的反抗，不惜剔除它们的睾丸。我们似乎以爱和关怀的名义，替它们设计和安排好了一切……有多少控制是以爱的名义进行？所有的控制看上去都像是呵护。普天下的宠物，无不生活在爱的囚笼。

从这个角度说，左左的死，有它遭受宫刑的绝望，也有它对自己性别尊严的捍卫。出色的手术，对左左来说是彻底的羞辱，它选择放弃与人类合作，放弃生，放弃自己唯一的爱情，义无反顾。

孤独的右右，它必须为过去守节，因为再也不会拥有其他的伴侣；它必须为未来守节，因为它再也不会拥有其他的主人。我已剥夺了右右所拥有的世界，并且成为它唯一的依托；哪怕我是魔鬼，也是它在这个世界上唯一可能信赖的人。不过，挚爱着它的伴侣左左，以自己的死，某种程度上，改变了右右在人类社会生活的条件和处境。

35

由于季节不对，左左从未尝过浆汁充盈的新鲜牧草；而右右，尝遍各种时令的丰富口味。

右右在房间里闲逛，翻翻找找，爱从犄角旮旯下手。经过它的一番拨弄，梯角线掉落，露出后面已然松散的砂浆，但它享受不被惩罚的赦免权。它一鼓作气，咬坏了各种管线，从手机的数据线到泡脚盆的排水管，然后抬着它的小板牙看看还有什么可以下嘴的地方。

为了让右右心情愉快，我像袋鼠一样，整日把它装在宠物围裙暖意绒绒的大口袋里，做什么事都带着。我写作时偶尔用单手打字，因为另外一只手需要不停按摩右右，否则它立即用略带谴责的眼神提示我的失职。

右右甚至已经不太习惯笼子里的生活，它只是偶尔回去用餐。放回去时间稍微长了，右右就会焦急徘徊，气愤啃咬笼子，刷上大量辣酱的老办法已不管用——它已成为吃辣高手，一张嘴，就是老干妈的辣酱味儿。它热爱去高处探险，站在地上往沙发上跳，站在沙发上往窗台上跳，它神气活现地站在郭悦的肩上甚至头顶，眺望更高的世界。

右右甚至和郭悦后来捡回来的流浪猫成了朋友。团子是和右右几乎同龄的母猫，被人类理解为仇敌关系的两个小朋友，一见面就相处甚欢，不仅没有试探性的侵犯和厮杀，反而相互打理起皮毛。团子的猫厕所几乎是全封闭的，只留一道可以自由进出的活动门。右右竟然会用猫厕所，不知是因为它终于找到既宽敞又私密的心仪厕所款式，还是跟着团子学习的新技能，反正右右后来以自觉而体面的方式处理自己的排泄物。这段猫鼠之间的美好友谊，甚至延续到下一代。团子被收留的时候，没有人知道它已怀孕；团子的初次分娩之夜，陪伴它的，是两个单身女性：未婚的郭悦和丧偶的右右。

气温转暖之后，系上牵引绳的右右来到户外散步。右右的世界扩大到了室外，它见识到混凝土之外的天高与地远，它见识到根茎蕴蓄一冬的植物，见识到春天的花。

有些品种的花，开得繁茂时就像吵架。玉兰也从树梢到分杈，满枝都是，绽放时树枝上只有花，没有叶子，开得那么汹涌，又那么沉静。站在树下观赏玉兰，内心却涌起绝望：它开得笨拙又天真，开得那么挥霍，那么忘我，那么无惧死神之吻。玉兰的盛大之美令人瞩目，更令人震撼的，是它崩溃般的凋谢。从繁茂到狼藉，从耀眼到邋遢，转瞬完成……花朵原来是闪烁釉光的新瓷器，大风一吹，就像被谁推倒了整个架子，所有的瓷器都碎在地上，成了残片。等花朵落尽，整棵树都像哑了嗓子似的，暗下去。衰败得如此之快，它像是一开花就在准备自己的葬礼。玉兰和很多花不同，它开的时候拼命，不管不顾，似乎不知进退；但死的时候却干脆，似乎对它来说，只有及时的死，才是体面的死。

玉兰，硕大而丰盈，短促而凝重，包括它凋谢时的迅急与潦倒。我觉得，它在花里的性格，最像树下埋着的左左。这大朵的、沉重的、忘情的，倏忽绽放又决然告别的花，是右右此生第一次看到的花，也是它遇到的最早的，并且是唯一的春天。

幻兽之吻

幻兽之吻里，

有致命的爱，致死的美，致残的深情，

有致意的问候，致歉的告别，致敬或致哀的命运……

1

海南三亚，下过小雨。晚餐后，我下楼散步。

小区道路的光线渐渐暗淡，通过路灯的映照，能看到一条反光而湿黑的路。我沿着这条混沌的小路向前，突然地上的什么东西动了一下，像个被风吹得滚落的果子。我吓了一跳。低头看，原来是个小家伙。

我没有立即判断出到底是青蛙还是蛤蟆，像是两者的混血儿。我蹲下来观察，它坐姿端正，表情庄严，雕塑似的一动不动。个头不大，大概只有我的拇指那样的长度。它像揉过的纸巾，乍看松垮地团在一起，仔细看各部分的衔接又是紧凑的，双腿并拢在体侧，融成的整体严丝合缝。哦，这是遍布中国南方的常见品种：沼蛙。

它长久蹲坐，仿佛在思考何去何从。溪流在另一侧，而它正朝着人类的院落瞻望。这种迷失可能导致丧命。我想帮助它抵达正确的方向，又很怕两栖类鼓起的眼睛。犹豫之后，我放弃了，决定继续向前散步，它自己会做出选择的。我想，等我折返的时候，如果它还在这儿，无论如何，我将克服恐惧，回家去拿长柄的扫帚和簸箕，把它拯救到彼岸。

这条路有一二百米，走到头，我看了一会儿月亮，再返回来。返程只到半途，远未到刚才见到沼蛙的地点，可我惊讶地发现，它停在大路中间，依然保持着刚才的姿态。这只懂得魔法的青蛙，它怎么不动声色地跟了我这么远？像童年那个游戏：我们都是木头人——在你蒙起眼睛的时候，他们不知不觉地靠近你，并在你睁开眼睛的瞬间，凝固动作。我低下视线，看它，它不动；离得再近些，它还是不动。我靠得太近了！毫无征兆，它的动作如此之快，几乎是侵犯式地向我冲过来，带着恼怒，带着超过挑衅的绝杀态度。我吓得连连后退两步，才保持了距离。它没有善罢甘休，直勾勾地盯着我，余怒未消。我不明白这只沼蛙的矛盾态度，为什么如此厌恶我靠近，又执意地追踪我？

我很快得知了谜底。我见到了它的孪生兄弟，不，是兄弟们。就在我看月亮那会儿，它们有许多只，个头几乎一致，偶尔有两三只能目测出有体积差。隔上数十米，就有这么一位伫立的小矮人……小得，像不起眼的土块或卷起一半的落叶。这是一条人类铺设的步道，虽然夜晚人迹寥落，但依然危险，几十公斤的体重可能随时从天而降，而沼蛙的个头儿不过是一小摊垫脚的湿泥。我有一次险些踩中，即使鞋底与沼蛙差之毫厘，但它岿然不动。

我终于发现，它们为什么有如此表现。

我见到一对沉浸爱欲的情侣，雄性比雌性壮硕，却由弱者背负着蹦跳，发出很大的鸣声。我不知道这是正在进行的欢情时刻，还是前戏中的仪式，总之被我的唐突打扰，两只抱团的蛤蟆分开，各奔东西——雄性不忘冲着我的方向示威性地叫了几声。

原来，这么多沼蛙聚集，因为这是雨后的求偶时刻。体内的生物钟精确催促，它们如约赶往聚合地点，参加盛大的集体婚礼。

可惜，相遇似乎并非易事。多数时候，为了等待心仪者，它们就像抱柱的尾生那样漫长到无望地各自等候。似乎一直在倾听和分辨，众生喧哗的合唱中，会有一个歌喉，让它怦然心动。它那么凝神，那么专注，长久得仿佛忘了时间和等待的目的。每一只都坚决地压在自己的影子上，只有以极低的角度观察，才能在某个特别的角度，看见草地上的地灯把它的影子斜斜地拉长，像个小型的埃菲尔铁塔。我把手电筒的光源打在它身上，上下移动，它的影子一上一下地跳跃，但除了明显外凸的眼睛里反射出的光点，它丝毫不受影响，你看不到它有任何变化。头颅角度没变，坐姿纹丝不动，像个古代人盘腿在蒲团上。是的，它的腿折叠得多么好，贴合完美，隐藏着饱满而弹力十足的肌肉线条。它的内肘微弯，形成空置的弧形，像是随时抱拢伴侣。它自己是个多么有耐心的爱人啊，像思恋或失恋到了绝望那样，停在那里，没有任何表情与动作，不知道能够等多久。

我对两栖动物的脸，一贯怀有恐惧。但此时这些痴情者，使我产生好奇和兴趣。我再次靠近，观察另外一只沼蛙，它好像刚刚和爱侣分开。这只沼蛙没有脖子和腰窝，从头到胯骨，几乎可以拉成笔直的斜线。无论从正面，还是上方，都会发现它有个简直是严格符合几何学的三角脸。它也没有下巴，它的嘴是一道如此深的切痕，把它的脸一劈两半。这使它的头，由两个部分组合而成：像个浅盒子，带着隆重的盔盖。它夸张而有些老龄化的双眼皮，给人以复杂的感受，说不清更靠近天真者还是纵欲者。这回，它不叫了，呼吸似乎很轻，我看见它似乎潮湿的鼻孔像两个既不扩张也不收缩的针眼。也许，它是靠隔夜茶色或锈铁皮色的皮肤呼吸的，可以不动声色。我的鼻子快贴到地面了，才发现它的喉结部分快速抽动，频繁鼓起和收缩，像个正在漱口或吃药的老人。似乎一场欢爱过后，它已耗尽体能。

这场盛大的婚宴里，每一个它，都是冷静的、耐心的、克制的；每一个它，都是痴情如水、激情似火的爱人，迎接着身体的狂欢节……未来的每一个蝌蚪，都是它长着一条尾巴的美人鱼孩子，继承着基因里的遗传：随时为爱等待，随时为爱枯竭，为爱赴死。

2

还是在三亚。早晨六点五十分，我下楼晨练，遇到行动中的蚁群。

它们体型极小，蚁流保持一厘米左右的宽度，数蚁并行，速度很快，像摄影机下六车道的高速公路。奇怪，队伍中每隔几厘米，就有一只体型硕大的蚂蚁，以同样的速度，奔行在“车流”里，但一定是隔离带般出现在队形中间的位置。它们大得像属于另外的种群和部落，但左右都有小蚂蚁随行，我不能判断这是战俘、指挥官还是队伍里的篮球巨人。这些大家伙，就是所谓的兵蚁吗？兵蚁在蚁类社会中具有特殊职能，个头大，它们的颚部发达，可以粉碎坚硬食物，也是保卫群体或发动攻击时的战斗武器。

我发现这条蚁流中有条醒目的肉虫，呈现半透明的焦金色，它作为蚂蚁的猎物在进行转运，就像一节储备粮食的车皮。除了小蚂蚁们，几只巨蚁先是出现在“车头”的位置，纤夫般承受着吃重的压力；后来，它们改变策略，均匀分布在肉虫的各个位置，就像是出现在长条箱子的角铁部位……乍一看，像是隆重的抬棺队伍，不过速度一点都不慢。

被高高抬起，肉虫始终保持僵硬的弦月般的弧度；在翻越一个沟坎时，它突然流畅地翻转了一下身体，像活了似的——可见蚁群完美的团队配合能力，能够克服路途上的坎坷，而不摔落它们的猎物。再仔细看，那条肉虫好像真的还活着。它只是浑浑噩噩的，任由大大小小的蚂蚁把它搬到新的家园或仓库。

蚂蚁的队伍很长，竟有四五十米之远，直至它们的行踪隐入繁密的草丛。我在距它们的终点十厘米左右的地方，发现一只不知死活的紫褐色蜗牛，上面攀爬着稀疏的侦察兵，似乎是瞭望和接应。这肯定不是蚂蚁倾巢搬迁的原因，因为从蜗牛这点硬壳里掏取的肉，根本不值得兴师动众地移动整个庞大的军团。我抬头看天，好像说今天有雨，这意味着多少千帕的滚滚雷声，此时就隐藏在透光的雪山般巍峨的云层后面。微不足道的蚂蚁，它们生活在地下的黑暗里，却远比自以为是的人类更敏感于天上即将发生的事。它们预知，所以它们行动。

等那只金黄发光的肉虫被一路运输，消失在地层之下，我才突然醒悟：也许并非食材，那正是它们至为尊贵的蚁后！它不动，并非因为麻木或受伤，而是它正被自己的奴隶们舒适地抬起、小心地呵护、安全地转移。它几乎是以半睡眠的状态，统治着自己子孙众多的世界。

最不像蚂蚁的，是它们的蚁后。

王所催生的，是不像自己的兵；兵也长得不像自己的王，像是毫无基因的传递——它们之间不是有些不像，它们之间是一点儿也不像。而这，或许正是统治的秘密。

3

如果有什么是美、暴力与王权的融合，就是虎。斑斓的皮毛，沉着的眼神，生杀予夺。老虎同时可以做到非常低调，野外捕猎时，这头体重达两百公斤的猫科动物可以潜行于半人高的枯草间，丝毫不会引起注意……直到，猎物细狭的瞳孔突然放大，善于弹跳的四肢被死死拖住，带血的喉咙被吻到窒息，身体轰然倒下，陷入比地球引力更无法摆脱的死亡深渊。

我看到过一只流浪猫捕食，看到它在好奇心和食欲之间犹豫了一会儿，才上去咬碎了猎物的脸。猫科动物大多如此，天真又残暴，简单又华丽。老虎由于体型的缘故似乎没有那么顽皮，除了捕猎和进食，老虎多数时候处于厌世般的懒散中。无论是在纪录片里看到的在荒野巡行的虎，还是动物园里隔着栅栏看到的——铁条和虎皮自身的纹路相互交叠，它像被砍下很多刀，尚还连缀为一体的活刺身，虎总是步态懒散，神情游离，目光苍茫，像是很难聚焦于某个目标。虎不像豹那么线条清晰而肌肉紧致，松懈的步态，总让人误以为老虎是乏力的——然而，王的凛然，也许必须保持在这种不屑一顾的倦意里。

有个朋友热衷探险，他给我讲过年轻时的一次相遇。那时少年得志，他十几岁时得了全国作文竞赛的金奖。为了纪念荣誉和奖励自己，他与银奖获得者乘兴从颁奖现场直接去了神农架寻找野人。莽撞的激情，他们贸然进入森林深处，却没有随身携带基础装备。他们迷路，几乎弹尽粮绝，食物只剩一个苹果。黄昏时分，不安的他们突然听到一声环绕着的低吼——回头，正看到一头老虎那张密布条纹的脸，忧闷又焦躁地凝视着他们。朋友说，他们在感到恐惧之前腿已经开始飞奔，狂泻千里地跑下山去。唯一的苹果飞快滚落，像他们的脑袋一样躲过了被啃咬的命运。他长大以后坚信，虎的闲散给他带来的震慑胜于狼的攻击。

我近距离接触过的，只有动物园的小老虎。泰国动物园里，不耐烦的它们被惊喜而陌生的游客轮番抱住合影，这种热爱独居的动物被迫裹入它们不擅长并且反感的亲昵。我作为志愿者饲养过动物园里的小老虎、小狼和小狮子，三个小家伙生活在一起。小老虎憨直，玩起来不管不顾；小狼非常像小狗，激动起来会失禁；相比之下，小狮子害羞得多，面对面的时候它总是躲避着眼神和身体；等你回过头去，它会在你身后磨爪子……磨刀霍霍准备扑向你毫无防范的后背。它们与人建立信任之前，要经过谨慎的试探；等熟悉以后，三个小家伙就像撒娇的婴儿那么叫唤，欢呼着进食与玩耍。无论多么凶残的掠食者，在幼弱时期都是让人怜爱的，因为它们要保护自身潜藏着的破坏力，使之不受损地成长为杀伤力。

我倒是有过一次与狮散步的经历，还是在毛里求斯，那是当地著名的旅游项目。我站在一片很大的空场中间，向四周瞭望。到处是杂生的高高低低的植丛。这片土地面积很大，我看不到周遭的铁丝围栏。只是越过等同膝盖高度的灌木杂丛，隐约遥望到园区的一个铁门，提示这里只是仿造的自然，并非真正的旷野。我们这组游客大约十人，一起站在那里等待狮子，每人手握所谓用以自卫的武器——一根比拐杖还要细短的小木棍。等了许久，什么也没有，但空气中的不安气息越来越强烈。

远处的铁门打开。几个非洲裔园区工作人员的形影靠近，然后在隐约的草莽之间，我看到一前一后两条微浪般起伏的脊线——那是和驯养者走在一起的两头狮子。一头褐色雄狮，鬃毛披覆，它边走边舔舌，咽下驯兽者手里的肉块。另一头是神话般的白色母狮，保持着冷漠的悠闲和微妙而傲慢的抗拒。狮子们靠近……仅有一头狮子，都会给人以复数的错觉。我捏紧木棍，即使知道徒劳无功。游客们都不由自主绷紧脊柱和四肢，侧目注视走过的巨兽。我们被提示：不要走在狮子的前面，以免被当作猎物扑倒。所以站得笔直的游客，看起来像在接受狮子王的检阅；只不过，狮子漠视我们，保持着缓步的懒散。

大家很快就放松了，两头狮子在我们眼里渐渐成了两头可以接近的哺乳动物。我贴上去嗅它们的皮毛，没有任何体味。我想象的那种浓烈而生猛的腥膻在它们身上荡然无存，它们似乎有着毛绒玩具的化学性干燥，像刚刚被浴液和吹风筒处理过。也许，这些狮子从来没有直接处理过猎物，像人类一样，它们的食物都是从类似厨师那里获得的。没有杀伐之气，它们被安置在介乎王者和宠物之间的某个奇怪位置上。

游客与狮子合影，来显示虚彰的勇气。那些驯养者手里也拿着和我们类似的小木棍，这个道具必是狮子曾经的教鞭，才会让它畏怯，以致他们把木棍抵在狮子腋下，狮子就能始终面向前方，从不回头张望。刚才狮子在草丛间跳跃，跳过溪涧，轻捷得令人惊诧，庞大的体重丝毫没有形成阻碍，它依然拥有杀伐者的果断与矫健——然而，微不足道的木棍对它竟然构成威胁，以及包裹在人类肌肉后面细若木棍的骨骼。它安详而沉静，配合着镜头。除了打哈欠，狮子不会张开它气吞山河的嘴，它像个失忆老人似的忘了撕扯和咀嚼。它们嘴里的肉块，切得像点心，更符合被豢养者的教养。

生命，不仅被未来引领，更重要的是被记忆所统治。一根木棍，是狮子关于权力的记忆，如同驯养者在狮子面前轻驰的自信同样来自记忆。驯养者以昵称呼唤他们的猛兽奴隶，而狮子奴隶抬起挂有隐约泪腺的面庞——被颠倒的等级，被置换的能量。狮子和人类游离了各自的领域，他们和它们都靠记忆和想象存活，遗忘了自己的能力与限制。

关于虎和狮子，我有个恍若幻觉的记忆——童年见到的狮虎兽。

那是一个动物园里的春天。狮虎兽独自伫立树下，大得诡异，仿佛幻觉中的动物。巨兽一动不动，混凝土制成的雕塑般，它被树冠投下的密如织网的阴影所笼罩。春天开始发亮的叶柄被风晃动，每片树叶的齿缘都精湛而一丝不苟，展现了神的缝纫工艺，它们将酝酿花朵、果实和种粒。春天开始发情的器官逐渐肿胀，动物们带着暴躁而激烈的情欲交配——这是性别之间的盟约，幼崽将由此诞生。春天的空气中，弥漫花粉与某种暖腥的气息，这是一个混沌而充满秩序的难以解释的神秘世界。那头狮虎兽厚阔的爪子踩在地上，却看似与这个世界毫无瓜葛。

狮子生活在草原，老虎生活在丛林，自然环境下相遇概率极低；但在动物园的环境，在人工猎奇心理的驱使下，两者交媾产下混血的巨婴：狮虎兽或虎狮兽。陆地上体型最大的食肉动物是北极熊，然后才轮到老虎和狮子；但狮虎兽的体内没有抑制成长的基因，所以它会一直生长。蛇是终身成长的，它不断复制自己；狮虎兽是越来越重地负载自己，直到无法承受自身的体积。狮子和虎都是各自领域的王者，但权力的叠加未能使狮虎兽更为强大——它被自身压垮和摧毁。尤其，狮虎兽不仅没有成皇成帝，成为王权的象征，反而成为被奴役的屈辱象征——它的角色，相当于食肉动物里的骡子。我们习惯骡子，出于实用功能——作为马和驴的后代，它高大有力，兼具父母的优势。骡子擅长负重，只是不会生育繁殖自己的后代——“骡”，这个字拆解下来，完美提示了它的悲剧，它是“更累的马”和“失户的驴”。然而，狮虎兽呢？它的存在何用之有？

神话传说中的灵兽与妖怪多是拼贴之物，像为人熟知的龙、麒麟、貔貅、凤凰，或者更为冷僻的毕方、帝江、陆吾、鹿蜀、蠃鱼等，不外是蛇的身子贴有鱼的鳞片，鱼的身子粘了鸟的翅膀，或者是狗的身子长了牛的角，虎的身子长了狐狸的尾巴。它们是应该停留在传说而不应显形的动物，唯此才能维护神秘的能量。自然界也有天生具有拼贴感的动物，比如“四不像”的麋鹿，说它头脸像马，角像鹿，蹄子像牛，尾像驴，幼麋鹿身上有鹿那样的花斑，脸有点像去掉了长鼻子的小象；比如貘，体形有点像猪。也许因为麋鹿或貘等都是素食者，所以即使显形，也不具备可怖的法力。素食的拼贴动物即使进入传说，也带有美妙的色彩。比如说麋鹿，原产于中国，但百年前就在本土几近绝迹，后来一个英国公爵重金将饲养在巴黎、柏林、科隆等地动物园中的十八头麋鹿悉数买下，放养在庄园，竟然复活了整个种群——十八头麋鹿，是今天地球上所有麋鹿的祖先。比如说貘，在中国和日本的传说里，它会在月夜走出幽深的森林，来到人们枕边，因为貘以梦为食。它害羞又温柔，怕惊醒入睡者，所以会发出摇篮曲一样的哼唱，吞下梦境之后，它又悄无声息地隐居丛林。我们知道动物有拟态行为，它们常常模仿自然环境，为了隐蔽自己；其实拟态不仅是模仿环境，动物之间也相互模仿，比如无毒动物会模仿有毒动物来保全自己——动物之间的这种拟态，既是相互的形象抄袭，也算是相互赞美的证据吧。

然而，狮虎兽是吃肉的、拼贴的、显形的真实动物，它既与传说中的龙凤，又与现实中的麋鹿与貘都不同——它的产生没有什么实用之功，是一次被蓄意安排的杂交，是一场源于孤独并去往孤独的悲剧，只为证明人的自大。

我们把狮虎豺豹描述为残忍，因为它们有破腹的利爪、碎骨的牙，因为它们从汹涌的血泊中撕扯肉块。其实这些食肉动物算不得残忍，因为种种作为乃是生存所需。之所以说人类最为残忍，因为他们是精神上的食肉动物——他们的暴力出自快感，他们的作恶出自享乐。人类之所以创造狮虎兽，他们的扭曲、控制和决定并非简单出自畸形的审美，也许隐藏着并未被自己清晰认识的潜心理。活生生的狮虎兽，这头从幻想直接走入现实的巨物，有如一个成真的噩梦，给人带来无以名状的双重欢乐。狮虎兽，是成功僭越的证明，是渎神的典范，它的存在，是因为人类既篡夺了造物主的王权，又剥夺了兽王的王权……由此，人类由智力上的弱者和体力上的侏儒，跃升为超能的巨人——不，巨神。

地球存在了亿万斯年，腔棘鱼、锯鳐、鳄龟、鲎、鸭嘴兽从古老的时代延续到现在，但更多的动物加速度地消失和灭绝，像旅鸽、斑驴、袋狼、袋狸、巴厘虎等，人类甚至来不及观察和了解，它们就消失在地层之下。我们每个人的短短一生里，都目睹或听闻数种动物成为遗迹与传说。但，狮虎兽的灭亡，却是令我欣喜的——我愿，那种动荡而危险的美，永远消失在它原本就不应该出现的地方。

那个童年的春天，我第一次看到狮虎兽。看到它长久呆立。看到它进食——不像老虎或狮子，狮虎兽吃东西时吞咽得特别慢，像掉牙的老人那样。看到它死了般的睡眠。在壮观的骨架下面，它像是中空的，显得特别脆弱。狮虎兽来自一场跨越物种的爱情，我迷惑——它的样子，到底更靠近杂交优化基因带来的勇猛，还是更像近亲繁殖带来的愚痴？

孤独的狮虎兽。

某个瞬间，我看到那个来去匆匆的短暂访客——一只不知从哪里冒出来的老鼠，左探探，右探探，路过可能被它视作老虎的庞然大物。也许由于体量的落差根本看不见，也许由于老鼠小到根本不配成为巨兽的食屑，狮虎兽无动于衷，任凭老鼠在自己的领地里蹿动。也许狮虎兽缺乏匹配的领地意识，那是捕猎和求偶才能唤醒的竞争——它根本用不到。狮虎兽被关在这里，将被豢养至死。动物园关着的，多是平时罕见的珍贵动物。所有高贵、独特与稀有的生命，都是人类的囚禁之物——他们关押，他们制造，他们展览，他们剿杀。像老鼠麻雀一类庸常之物，无人在意，它们随意来去，拥有为所欲为的权利。跑来偷窃食物的老鼠，衔起一粒残渣，然后奔向它生来龌龊的自由。

4

蜻蜓的形态至为优美，但它们仿佛先天经过风干处理，仿佛没有体液，仿佛是夏天的金属钨丝——我记得那年以前的夏天，蝉声如瀑，蜻蜓如织，到处通电般地发烫。小孩子没有什么同情心，我童年捕捉

所有高贵、独特与稀有的生命，都是人类的囚禁之物——他们关押，他们制造，他们展览，他们剿杀。

过很多只蜻蜓，它们在我的掌心里痉挛般颤抖……这么多年，也许是因为愧悔，我才没有忘记它们的挣扎，没有忘记它们的翅脉如何被禁锁在我的掌纹里。但我想说的，是豆娘。

豆娘的体型娇小纤细，看似袖珍版的蜻蜓，但它不是蜻蜓——如同有朴素的蝴蝶，也有艳丽的蛾子，但它们不一样。一只弱不禁风的豆娘，让我认识到，帮助幼小也并非易事。

我在楼体的墙角看到它：一只豆娘，大约两厘米长。它不断弯曲身体，以头部碰触尾尖，像是在尝试瑜伽动作，又像是模拟一个交配结。蜻蜓或豆娘交配时，雌雄会完美配合，衔接身体，两两组成一个“心”形的闭合环。不过，这回它所缔结的，是与死神的婚姻。这只豆娘被蛛丝捕获了，它几条黄绿色的腿细如丝线，也被缠缚。

我把豆娘从缭绕的蛛网上摘取下来，除去它躯干和胸腔之间的丝缕。蜻蜓的后翅宽于前翅，而豆娘有四片几乎同等大小的复制般的翅膀，停栖时它们叠合在一起，看似一个单片，像刃口斜切入案板的刀那样耸立在背部。豆娘飞行时，翅膀分成左右两组，犹如音乐指挥那样在空气中美妙划动。被解救下来的豆娘，翅膀近乎透明，但它不飞。

我发现，它的两只右翅没问题，但它左侧的两只翅膀牢牢贴合，末端那里更是有个小米粒大的白斑，像钙化或者胶粘似的。我试了试，根本分不开。豆娘的身体和腿都纤细得失真，它的翅膀太薄太透太弱，精致而如若无物。我的手太笨，它的翅膀太灵巧，我难以处理两片已经融合为一体的翅膀。稍不小心，一场拯救，就容易变成即刻的杀戮。避开它的细足，我用一根食指抵住它的袖珍头颅，用另一根食指尖触及伤翅的末端，极其小心地控制着位置、方向和推力，终于使严密闭合的膜翅裂开细如发丝的一线。我重复这个动作，依然无法分离黏合的末端。

我从随身背包里找到一袋零食，因为里面装的豆粒富含油脂，所以这类食物的包装会在内层使用铝箔，这种材质有种超出预期的硬挺。

撕开包装，取边角，用单层。铝箔反射出银光，这角斜裁的薄片就像把简易手术刀——我终于把它探入豆娘两翼的一线缝隙中。对我这样眼花手笨的人来说，分开豆娘又薄又小又透明到几乎不存在的膜翅，这项工作堪比一个钟表匠学徒修理复杂精密的发条，甚至更难。因为袖珍金属元件具有足够的硬度，豆娘细弱得让人不敢设想它针尖般的心脏。响晴的正午，阳光灼烈，我花了远比预期更长的时间，在怀疑到绝望的心理中，终于使这只豆娘获得新生。

我由此猜测，那法力无边的造物之神，也许他解救每个陷入困境的挣扎中的生命，都绝非易事；也许并非因他无能，一切，乃是由于我们的脆弱。

5

昆虫环绕着我们，丰富、喧嚷又无声。随时随地，它们在我们身边，密集地，爱恨生死。我喜欢观察各种昆虫，它们呈现着一个袖珍而真实的魔法世界。

比如螳螂。螳螂抬起前肢，像太极高手那样拉开搅动风云的阵势。很多螳螂是拟态高手，擅长易容，穿着华丽的戏装，像煞有介事地虚张声势——其实，螳螂是个狠角色，爪子堪比猛禽，何况部分雌螳螂还有杀夫的嗜好。

比如独角仙。独角仙举着鹿叉般的角，它的个头巨大，壳体厚且油亮，走起来的步伐沉重，孔武有力，简直相当于昆虫里的公牛。它的肌肉太有力了，竟然能够支撑这么沉笨的身体从容起飞。

蜣螂，在我视力下降的情况下，它的字形看起来就像螳螂，它的外形看起来就像小体的独角仙——其实，它都不是。奇怪，我总是难以清晰记住蜣螂的样子，它长得太混沌了。也许作为人类的我们太过势利，因蜣螂的食性而忽略它，把它仅仅当作用来嘲笑的符号。

学名蜣螂，听起来似乎有几分书卷的雅气，但它俗称屎壳郎。我觉得它的存在，体现出上帝的幽默感。有一次，我看一部关于环境保护的科普纪录片，注意到一些有趣的画面。蜣螂把人类观念里肮脏不堪的屈辱工作，当作毕生热爱的事业。在搬运粪球的过程中，我发现蜣螂有些似无必要的动作，滑稽而令人迷惑。比如，它一边滚着粪球，一边忽然向上伸起空置的前肢，不知这个举重运动员是在热身、休息还是庆祝。它间或表演体操，向前推动粪团时，突然倒置身体，改为蹬踏——虽然蜣螂缺少表情丰富的五官，但它依然像个登台的杂技演员一样，传递着兴高采烈的表演氛围。

蜣螂如获至宝，它抱住粪团的狂喜，与女明星戴上珠宝的陶醉，别无二致。蜣螂滚动屎球的喜悦，与人类获得财富的兴奋，仿佛强度等值。它是如此知足、欢乐与感恩，即使得到的只是一团肮脏的秽物，一粒散发臭味的屎球。除了标明领地的作用，多数动物往往会嫌弃自己的排泄物，尽量让屎尿远离自己的巢穴和活动区域。弄蝶在毛毛虫形态的时候，可以把粪球射到一米五的空中，相当于一个成年人把屎甩到七十多米的高空。即使不嫌弃自己的排泄物，也会厌恶别人的，只有挚爱者才能克服障碍。比如羚羊的母亲会吃掉自己孩子的屎尿，这样做是为了防止给饥饿的肉食动物留下追踪的气味；一旦孩子长大，母亲就不再这么做，因为它的孩子已经能够通过快速奔跑的方式来保护自己了。然而，蜣螂，小而密布世界的大自然清道夫，它竟凭本性做到了观念上的平等与行为上的牺牲。它的行为，体现了某种超越物种和立场的公正，曲折的公正，易被忽略的公正……甚至，近乎造物主那种道德意义之外的冷淡到宁静的公正。

说不出是令人啼笑皆非还是肃然起敬，这卑微又神圣的蜣螂，全世界据说有两万多种，分布在南极洲以外的任何一块大陆。

6

我在动物园当志愿者的时候，迷上了一只长臂猿。

它的名字叫小弹簧，品种是银白长臂猿，出生不久就被母亲遗弃，它在动物幼儿园里改由人工喂养。它那时七个月大，体重只有一公斤多点儿，有着老人般华贵的银色毛丝和儿童般晶亮的眼睛。这么幼小，我已能看出它未来的天赋，它将在不久之后拥有橡皮筋的胳膊、弹簧的脚。我每天给它喂食，陪它玩耍。虽然作为一只树居动物，小弹簧永远有种略带忧郁的表情，但它那种摧毁意志的可爱，简直令人涌起把它偷回家的犯罪念头。

长臂猿是种害羞的动物，喜欢生活在隐蔽的密林中。在薄雾弥漫的清晨，我们能够听到它们婉转起伏的歌唱。飞檐走壁是人类对侠客的想象和传说，但对长臂猿是常态。它轻盈、敏捷而灵巧，就像果实一样在枝条上自然悬吊和摆荡，保持一种下落的危险感。它能够利用树枝的弹性，把自己抛向空中，完成短促的飞行……优雅流畅，如空中芭蕾。树枝间的长臂猿，草原上的猎豹，它们的动作里都包含着一种奇怪而美妙的飘浮感，仿佛在某个瞬间，时间和重力对它们是失控的。必要时，长臂猿出手如闪电，在错综的丛林里它令人眼花缭乱地飞行。仿佛每棵树都是伸长的手指，它可以快速完成转移。对于猿猴来说，担心它没有看准树杈掉下来，就像担心鸟儿会飞累掉下来一样。长臂猿钢琴家一样修长的手指，之所以能在吊荡的绳索或树枝行走，因为它的每一步都是抓握而不是覆盖在上面。

照顾小弹簧一周之后，我离开动物园，我惊讶自己竟然因为想念它而哭过几回。这就是为什么时隔一年多后与小弹簧的重逢，让我欣喜若狂。即将成年的小弹簧早已离开幼儿园，离开了独自生活的展示橱窗，它被郝姓饲养员照顾得很好，甚至完全克服了它原来那种不停颠坐的刻板行为。不过，在蓬松银亮的毛皮之下，它还是保持着长臂猿特有的苗条体态和玲珑骨架。不知道是我的热情吓着了它，还是它对往日的记忆早已生疏，小弹簧紧紧靠着自己的饲养员，只允许我抚摸它的后背和手指，不肯被我抱着。

我几乎带着强制把小弹簧转移过来，并让饲养员郝先生躲避起来。失去了靠山的小弹簧，惊慌地寻找无果之后，似乎被唤醒了记忆。它在我的怀抱里渐渐松弛下来，安静又惬意。吃了几颗葡萄之后，它长手长脚地挂在我身上——体重真轻啊，两岁多的它只有 2.55 公斤，轻如一只毛绒玩具。我甚至觉得，纤手纤脚、几丁质外壳里似乎只有空气的蜘蛛假设放大到同样体积，都比它沉。

我和小弹簧度过了一个幸福的午后。我特别理解它刚才的拒绝，也因它的接纳而温暖。即使是野外生存的长臂猿，它们生活在小型家族里，也极度渴望安全感。不会四处随意留宿，对成员和地域都有着近乎可怜的归属渴求。它们情感丰富，会用手搭在对方的臂膀上寻求彼此的和解。猿猴不仅有着强烈的妒火，它们对地位有着神奇的直觉。据说，它们会对官阶更大的人员示好，对其他人置若罔闻。如果它的饲养员在场，我想小弹簧未必会这么快地释放它的友谊。

第二天，我又来到游人禁入的动物园后区看望小弹簧。郝先生外出了，只有代班饲养员在。他负责喂食小弹簧，此外还有数只灵长类动物，还有一只金雕和一只蜜獾，都需要他照顾。在我的要求下，代班饲养员打开小弹簧的笼门，试图把它交给我。

隔了一个夜晚，小弹簧似乎又有所生疏，经过它的几次拒绝和我的几次努力，我才把它抱到自己怀里。我一边抱着它轻声细语，一边抚摸它蓬松的背毛，然后把变得安静的它抱到饲养员的办公室。这里数米见方，空荡荡的，地上有张桌子，有把条凳，墙上有黑板和悬吊在钉子上的值班记录本。此外，这里还连接着一间储备食物的厨房以及一个杂物间——两个分室和主区之间，分别隔着一道金属门。我给小弹簧喂了两颗葡萄、半个青椒，然后关上三个大门，放任它在室内空间里自由活动。

小弹簧开始略感迷茫，它很快体会到某种特权带来的快意。它在地面来回走路，需要举起并轻微摆动双臂，用以调节平衡，像人类走在钢索上那样。因为臂长，它走起路来头重脚轻，有时仿佛重心前倾到几近跌撞，这使它经常需要蹲伏下来。过了一会儿，小弹簧突然原地飞起，垂长的单臂吊在金属门的格栅上，然后又跳下，利用桌椅落差，在有限的空间里闪转腾挪……两岁多的小弹簧身手矫健，就像李小龙那么厉害。

在狂欢般玩耍之后，小弹簧和我的关系变得亲密，它格外信任我，并且对代班饲养员都态度隔膜起来。它原本有着“制服信赖”，小弹簧在穿工装的饲养员怀抱中长大，现在，似乎是为了表达对我的感激，它躲避进入室内的饲养员试图的拥抱，并间歇地躲到我的怀抱里，或者抱住我的小腿，依偎在我的体侧。这只可爱的小长臂猿对我极尽容忍和接纳，即使在躲避饲养员的短暂时间里，它允许我抚弄它的皮毛，抓挠它的四肢和颈背，并在饲养员的手靠近之前，横空飞越饲养员和我的间距。对饲养员的排斥愈演愈烈，它对我的投靠越来越强烈。我的眼睛离它只有一厘米距离，因为猿类瞳孔的虹膜周围没有白色巩膜，所以它的盯视不会令人不安，原来，全黑的眼睛同样胜任内容微妙的沟通。小弹簧努力用深邃而全黑的眼珠凝视我，表达着一种近乎深情的专注。

我们亲昵玩耍……直到，一个小时后，它真正的饲养员郝先生来了。然而，郝先生非常意外——从未出现过类似情况——小弹簧竟然在拒绝他，并且，逃难似的寻求我的庇护！

过了几分钟，小弹簧突然从惯性中大梦方醒，它愣在自己的处境之中。小弹簧焦虑地吮吸着自己的拇指，不知所措地蹲在与我们等距的某个中间位置上——既不靠近我，也不靠近饲养员，只是仰起脸，轮流观察着郝先生和我，眼神游移不定。它恍惚而迷惑，不知如何选择立场；它犹豫，陷入分裂般的痛苦，它不知在两个老大之间如何判断和选择。

时间，就这样按下暂停键。

郝先生弯下腰，略带强制性地把它揽过。小弹簧终于明白：这个郝先生，才是能给自己带来长期实惠的老大，而我不过是带来短暂喜悦的过客。

这时，我惊讶地发现，小弹簧就像受了多大委屈般，紧紧缩在郝先生的胸前，不再抬头看我。它又变成那个羞怯而紧张的小长臂猿，深埋它的小脸，紧缩它的小手。甚至在郝先生的劝说下，小弹簧才试探性地触碰了我的指尖……尽管这样，似乎依然难以克服它的害怕似的，小弹簧的黑眼珠里流露着陌生，脸上的表情更见勉强中的忧郁。

天啊，时隔几分钟，它判若两猿——完全不像此前我们友好到全然放松的关系——它赖在我的身上，舒服得几乎睡着了。小弹簧变得如此之快，我瞠目结舌。是否，动物也有道德？小弹簧平日受益于饲养员颇多，但在临时诱惑下，它曾经选择了背叛——现在的转折态度也许并非出于势利，而是出于忏悔？

不，我承认，这是动物乃至人类的本能和天性。小弹簧要投靠一个老大，表达绝对的忠心以寻求保护；它并不是真的怕我，它只是需要表演出对我生分、畏惧和被迫的样子，以博得老大的欢心……真是影帝级的表演。问题是，小弹簧一出生就离开不会养育孩子的母猿，在漫长时间里，它都是独自生活，丝毫没有从同类借鉴经验的机会，它从哪里懂得利益的权衡、生存的势利？它从哪里懂得这种对权力的依附之技？

我们对灵长类动物抱有复杂而古怪的态度，是因为它们的样子、它们的情感方式，映照出与我们极其相似的影子……令我们熟悉而不安。同为灵长类，猴子比猿多了尾巴，没有尾巴的猿更聪明，也更接近人类。猿比猴子不仅多了阑尾，据说，两者之间还有个像阑尾那样秘而不宣的区别：自我认识。猿能够辨识出镜中的自己，而猴子则不能。这是多么重要的能力，即使是经纶满腹的所谓精英知识分子们，假设缺乏自我认知以及与此相关的反省能力，那我们就没有进化到猿类的水平，不管我们表面看起来有多么聪明。

是的，习惯阿谀，从灵长类到人类，数代基因积累，我们直接生下谄媚的婴儿。经常有成人因为缺乏独立性被称作巨婴……其实我们今天，依然是长大以后的幼猿。

7

对我们来说，鱼是最为常见的动物，无论是在水塘里，还是在餐桌上。

我常去散步的地方，有条半清不浑的溪流。里面的鱼不多，大多色泽灰暗，便于隐蔽。这些游鱼不怕水流由于地势落差形成的响溅之声，却怕一口馒头掉下来的微弱动静，总是惊散之后，才嗅得食物的气息而再次聚拢——因为日日夜夜，它们习惯了水流的拍击。习惯的音频，让听者耳聋。

我曾以为，这条溪里的鱼任意游动，后来怀疑，它们的自由也受到限制。有人撒下喂食的面包屑，我看到一条鱼因为追逐面包屑，或许误入另一条鱼的领地，而遭到后者愤怒的驱逐。被领主啄击的鱼，一边躲避以防被咬住尾巴，一边试图快速吞食水面的残渣。涟漪荡漾，一直吹拂的微风把食物残屑吹向下游，吹到广阔的河面。两条鱼的冲突逐渐升级为缠斗，而引发战争的面包屑已不能成为任何一方的获胜奖品，因为它们越漂越远，进入其他鱼的领地，进入其他鱼的肠胃，进入彻底消失的虚无之中。

我有时觉得写作者之间的竞争，商业店家之间的竞争，莫不如此……为了转瞬即逝的声名或利益，时不我待地角逐不休，却在相互倾轧中丧失真正的财富。无论是哑巴的鱼，还是鼓噪的人，大抵如此——既急功近利又舍近求远，一场你争我夺的忙碌下来，也是一场一无所获的空欢。

我曾去国外的热带海岛潜泳。船上看不清楚，游入其中才能见识水里的珍宝。鱼体多么鲜艳，光斑多么耀眼，之所以在水面之上难觅踪迹，是因为它们依靠鱼鳞的反射隐蔽自己，仿佛被溶解，以防海鸟的空袭。鱼群绚丽，原来，在海底深蓝的秘而不宣的寂静中，每时每刻都在施放盛大的烟花。

当晚我顺着海岸线散步，看到当地人钓起用于熬汤的小鱼。它们比彩虹和霓虹还艳异，甚至比岛上那些毛羽鲜艳得像过狂欢节的鸟儿还艳异。可惜，通常吃鱼的时候，看不见它美丽的图案和斑点，它只是躺在那里颜色或苍白或微黄，纹路或清晰或隐约，肉质或紧实或松软的一团蛋白质。鱼的美色溶解在盘子上的牺牲里，就像曾溶解在海水中的它的活力里。

浓密的鱼群，使水面显得黏稠——这样的场景总能给人带来丰收的喜悦；但我们的情绪会被骤然改写，假如，那是食人鱼。食人鱼是群居生活的，时常几百条甚至上千条聚集在一起，同时用视觉、嗅觉和对水波震动的灵敏感觉来寻找进攻目标。我们给予肉食动物隆重的尊敬，轻视、欺凌和屠戮草食动物，因为后者没有伤害我们的能力。同理，我们畏惧鲨鱼而无视其他……其他鱼就像水里长出来的没有痛感的庄稼。然而，食人鱼，体型虽小，它们的凶狠性情以及围绕着它们的种种残暴传说，让人类不寒而栗。食人鱼的颈部特别短，颌骨尤其坚硬，咬合力大到可以穿透牛皮和木板，甚至咬断金属钓钩。尤其受伤的猎物，会让它们兴奋到疯狂，它们用手术器械般的利齿撕咬和切割，使之很快变成一堆剔净肉屑的骸骨。

这个世界，本来不存在什么绝对的公正，就像绝对意义的圆只存在于物理世界，现实生活中并不存在一样。一个人一生可以吃掉无数条鱼，吃掉无数头牛羊；但他只要被动物吃掉一次，无论是被群聚的食人鱼还是被孤行的狼吃掉，都让人感觉格外残忍，哪怕他的身体是在死后被吃掉的。二者不可能画上等号，我们不能接受这种能量平衡，因为，这个世界是被人类所统治的。因为我们是王，我们是法，我们可以在犯罪的同时宣判他者的罪行。虽然，人类个体在自然界中非常孱弱，他甚至对付不了一条鞋带似的毒蛇。人类对有能力伤害自己的狮虎熊狼之类的猛兽，怀有敬畏；对没有能力伤害自己的牛羊马鹿，毫不怜惜。食人鱼的习性，似乎超出人类的惯有认知，因而格外可憎。

事实上，即使你掉进水族馆的食人鱼缸里，也不必慌张。尿液或血液这种体液性的刺激会招致危险，不过，在一般情况下，食人鱼更愿意捕猎昆虫或者与自己大小相似的动物，它们没有传说中那么不自量力，除非是在极度饥饿的情况下。一般来说，它们并不会对远大于自己体量的动物贸然下嘴。然而，一旦猎物受伤，溢出血液，食人鱼就容易一拥而上，用自己错乱的尖牙，撕扯和切割猎物。

食人鱼既然这么凶狠，为什么在水族馆之外，还有爱好者饲养它呢？食人鱼还有一个独特的禀性：只有成群结队时，它才凶狠无比。这就是为什么鱼类爱好者在玻璃缸里养上一条食人鱼，为了在客人面前显示自己的勇敢，故意把手伸到水里，但大多数情况下，他会安然无恙。

难道不是吗？我们都是食人鱼。单独的人是怯懦的，面对稍大一些的猎物，我们会估量、盘算和退缩，迅速收敛自己的利齿和野心。

然而，当我们成为乌合之群，就能够释放集体性的、远比勇敢更为狂野的凶残；尤其面对受伤的猎物，在合谋与合力的剿杀中，每一个人都如战士，骁勇无比。

8

我在美国旅行时，朋友自驾，带着我去圣迭戈看海豹。浪涌里远远近近的斑点都是它们的身影，沙滩和礁岩上，哪怕四周都是游客的脚，它们呼呼大睡，袒露布满斑点的腹部。有只造型感强烈，它雕塑般立在高出的平台上，享受合影者朝拜般涌来。我蹲在一只晒太阳的海豹旁边，观察了很长时间，我不知道它几岁，因为它的表情就像婴儿，好奇、无辜又无所事事。别看它们纺锤形的身体脂肪肥沃，在陆地上行动笨拙；可一旦回到海洋，它们就像丧失地球引力和自身重力。它们游弋、下潜、旋转，无比流畅灵活。

我小时候看马戏团的动物表演，惊讶于海狮海豹的聪明伶俐，经过训练，它们可以学会不少高超的技艺：顶球、投篮、鼓掌、跳舞、倒立。我的面颊，留下过海狮一个湿漉漉的亲吻——尽管这个所谓的吻对它来说，与情感无关，对我来说却是难忘的记忆。那只海狮有着大烟鬼一样的黄牙，半圆形的大头骨不仅是外观标志，也像回音室般给它的叫声增加了共鸣腔。

海洋中的哺乳动物，总是令我迷惑。比如鲸，能在海里待那么久，不会在高盐度下闭上眼睛，寒冷也不能击透它们宽厚的脂肪，它们巨大的胸腔里会涌现歌声；而海豹啊海狮啊海象啊，它们却能在陆地上待那么久，睡眠、求偶、养育幼崽，它们简直像有了两栖动物的神功附体。

上帝命名人类，让亚当和夏娃有着性别对称。人类效仿神迹，对动物命名，不仅有性别之分，还有陆地与海洋的对称、淡水与咸水的对称等。有陆龟就有海龟，有地上的蛇也有海里的蛇，有河里的鲈鱼也有海里的鲈鱼。两者之间，有时是逼真的模仿，有时是牵强的附会。比如河马和海马，一个壮硕，一个玲珑；比如大象和海象，从体型到习性都不像。大象有着沧桑者的眼睛，海象的瞳仁发红或者蒙着晶片似的，就像有了轻微的眼科炎症——我近距离观察过两者，觉得它们除了弦月形的长牙之外，找不到什么类似点。狮和海狮，狗和海狗，我觉得能找到的相似性更少——能说神似吧，但多少夹带了一点勉强。

然而，象、狮、豹、狗这些在陆地上截然不同的物种，到了海里，却让脸盲症者傻傻分不清楚。海象长牙；海狮有很小的外耳；海狗也有小耳朵，很像海狮，不过脸比较短……海狗比海狮的体表毛丛更多一些，不过雄海狮的颈部密生漂亮的鬃毛；海豹没有耳朵，它不能像海狮或海狗那样靠鳍状后肢在陆地上行走，退化后只能像虫子般蠕动前进，浑身脂肪就像涟漪那样一路荡漾；海象、海豹和海狗，都比海狮难以驯服，登台表演技能的多是海狮。怎么样，脸盲了吗？记忆混乱了吗？糊涂了吗？

在水族馆，我曾被安排给海狗喂食。海狗是食肉动物，野外生存时食物来源十分广泛，它们吃鱼，也吃头足类的软体动物。无法咀嚼的海狗并非直接吞咽大鱼，它把食物撕成小块，是以凌迟的办法处理猎物的。动物园发给游客的小桶里，装几条一拃长的冰鲜小鱼，正适合海狗的胃口。

我想起以前看过的资料，说在海狗的胃中常发现石块，科学家却难以确定其生物学的用途。有人说，是为了降低其脂肪浮性——那么，这是自沉计划的需要？有人说，就像鸟的嗉囊里有用以磨碎谷物的沙粒一样，是用来帮助处理食物的——那么，海鲜是难以消化的食材？然而，尚以母乳为食的幼海狗胃中也发现相当数量的石子，这让事情变得扑朔迷离，难以自圆其说。在没有找到信服的答案之前，我们可以任意猜测。一个热衷维护身材的女友甚至告诉我，她猜这是海狗海狮们限制饮食的办法，因为它们已经过度肥胖。

当我拿着鱼桶出现，几只海狗立即从水中浮起。它们瓢形的头颅上升，露出浑然一体的肩颈，湿亮发黑的身体上有些微弱的色斑，它们专注而肃穆地凝视着我。

有个黑影跃起，它从反复游动也找不到食屑的清洁泳池里上岸，几乎撞上我的腿。这只海狗体型比其他稍大，我分不清，这意味着它的强壮还是衰老。左侧鳍肢按在身体漫出的水迹里，它用右侧鳍肢急切地拍打自己，发出很大的声响。但，这不是最大的声响。另外一只在我几米之外的海狗，身体大部分沉浸在水里，只露出前胸，发出极其高亢的连续叫声，分不出是呼救还是愤怒，总之，当我喂大海狗吃鱼的时候，它像目睹一桩谋杀案那样失控而吓人地嚎叫不已。它成功引起我的关注，或者说我畏惧那种可怕的噪声，所以向它扔出了鱼食。这只让它在抢夺和吞咽的间歇保持了短暂的停顿。因为奏效，它高分贝的惨叫声持续不断，有如恐吓。

亲近，示好，求乞，抗议……它们湿亮而黝黑的、离得太近的脸让我恐惧。以至于，我在后来的回想里有所犹豫，不能准确描述它们的眼珠和眼眶的关系，到底是微凸还是陷落，瞳仁到底是明亮还是隐隐有种白内障的感觉。

这些聪明、讨巧、很少顽劣的海狗们，甚至甘愿配合日常训练，甚至习惯某种程度的节食。这种狗一样的温驯，让我几乎忘了常识地把它们误当作某种食草动物。不，它们食肉，活生生的肉。我们之所以认为海里的狮与豹没有地上的狮与豹那么可怕，一是因为，它们吃鱼……鱼，就像海里的草，哪怕被撕碎，也哑言得仿佛缺乏痛感神经；二是因为，它们对人不构成威胁。只因为我们的指尖捏着一点散发腥气的食物，海狗就永远不会得知，它们仅仅是靠近，就足以暴露我们作为王者那虚拟的骄傲、真实的软弱。

9

邻居家的男孩是个恐龙迷，迷恋远古时代统治世界的王。房间里到处都是恐龙的形象，他对自己的收藏如数家珍。

他写作业的时候，都会在旁边放一只恐龙模型。由塑料制成的模型体态袖珍，只有两三寸的长度，但它身上仿佛携带着旷远的白垩纪：蕨类，沼泽，巨兽横行。这是什么品种？原角龙还是别的什么？它在鼻骨上方生出突起，有着沉重的脑袋和头盾，它头颅和脖颈上方硕大的褶边装饰，看起来就像驯鹿角的变异。它还有鹦鹉的嘴，外露的鼻孔，老年恶棍般褶皱而杀气腾腾的皮，布满粗糙的条纹刺青……令人望而生畏。

我怀疑，恐龙傲慢，宁可作为霸主灭亡，也不成为弄臣苟且偷安，因此它才能灭绝又活在永生的神话里。我们很难想象竟然存在翼展超过十米的恐龙，难以想象负载那么沉重的肉身它是怎么飞起来的——这种想象，大概跟原始人类难以设想飞机是同一个道理、同一种难度吧。尽管我们喝掉的每杯水里，含有一个曾被恐龙喝过的水分子的可能性，接近百分之百，然而翼龙存在过的事实，还是令人难以置信。

邻家的小男孩收藏许多模铸恐龙摆件，在自己的房间里营造侏罗纪公园的微型视效。他不仅收集恐龙资料和模型，热衷参观各种展览，也许因为对巨兽的爱屋及乌，还养了一个特别的宠物……天哪，鬣蜥简直就是恐龙的微缩景观。样子古怪：鳞皮和棘丛，皱缩的囊状喉袋，沉重眼睑下冷漠而不可一世的傲慢眼神……背了那么多的刺，它的造型太复古，穿着冷兵器时代的金属铠甲，每个鳞盾都坚硬无比，牢不可破。

我们容易误判鬣蜥，它的习性与样貌反差很大。鬣蜥经常像电影里的定格或慢动作镜头，但如果需要，一身重甲无碍于动作迅捷，它会像中世纪的剑客般闪电出手，它甚至长着一张复仇者的脸，行动之前被冷漠的表情覆盖。鬣蜥形似小型恐龙，丑陋、凶悍而嗜血，其实大多数野生鬣蜥只在幼年进食过昆虫，成年以后就像出家了一样成为素食主义者。它们吃树叶、草、花朵和水果，喝植物上的水滴……吃的跟童话中的仙女一样，性情也像仙女一样害羞、温柔、喜欢安静。吃饱喝足之后，它们会懒洋洋地停顿下来，做个舒服的日光浴，用以温暖身体和消化食物。

鬣蜥沉静得像个哲学家，最初父母同意饲养，据说不仅由于它以素食为主，还因为想法浪漫的他们希望让多动症的小男孩学习它的专注。的确，这只鬣蜥像个禅修的隐士那么宁静而克制，它同时又能满足孩子对恐龙复活的想象。直到，外出旅行的朋友把自己的爬宠——一条任人蹂躏的好脾气的红鬃狮蜥蜴放在这里寄养。不知出于嫉妒、蔑视还是发情期的孤独，一贯持重的鬣蜥，突然张嘴咬了主人一口。

是红鬃狮蜥蜴的鲜艳色彩构成了挑衅吗？还是说，鬣蜥成年了，它们在交配季节会唤起竞争本能？因为野生环境下，强壮的雄鬣蜥占有领地和成群的妻妾，其他雄鬣蜥如果不能以制胜的武力击败王者，就根本得不到繁殖的机会。这条勃然变色的闯祸鬣蜥事后毫无怯意，摆出喜怒不形于色的一副臭脸，威风凛凛地高昂着头——不过，它平常也是这样。在人类眼里，爬行动物的特点就是没有面部表情；我们无以判断，它的无动于衷是出于反应迟钝，还是宠辱不惊。那只寄养的红鬃狮同样无动于衷，披着一身熟蟹壳色的外皮，闭着眼睛，继续自己漫长的午后睡眠。

一眼望去，你能迅速区别鬣蜥与鬃狮吗？蜥蜴目是爬行纲动物中种类最多的：在鬣蜥亚目、壁虎亚目、石龙子亚目和蛇蜥亚目之下各种的科、属、种令人眼花缭乱。我同样会产生类似辨别海狮与海狗的脸盲症反应，最后干脆放弃。对我来说，就像奶油蛋糕的制作过程一样：壁虎就像基础的蛋糕坯子，加了奶油和水果变成光彩闪耀的蜥蜴，再加翻糖造型变成波光粼粼的变色龙，或者加上拉花拉丝等复杂工艺变成鬣蜥。

除了脸盲症，海陆命名的问题在这里同样存在：鬣蜥与海鬣蜥。我们甚至把“渡渡鸟灭亡，蜂鸟存在”的例子，改为“恐龙死亡，蜥蜴繁多”，运用的不过是“巨人离开，侏儒留下”的公式。如此想来，这个近乎无限的辽阔世界，法则是有限的，最为重要的不过那么几条：繁殖法则、生存与淘汰的法则等——这是神的基础意志，所有都围绕着它们旋转，并不断将其验证。

鬣蜥，和它曾经吃过的虫子、现在依靠的人类、未来面对的死神……一切，始终，都置身于重复而伟大的循环之中。

10

鬣蜥的棘刺，在真正的“刺客”面前，相形见绌。刺猬、豪猪、针鼹、海胆，这些插针的刺球让掠食者难以对付；肉身像是专门用于戳扎的针垫，它们简直是动物界的仙人掌。看似浑身都是暗器和凶器，其实不过是自我保护的策略，并且略显防卫过度……它们没有狮子那种王者特有的懒散，也没有豹子那样慈善家般悲伤的眼睛。

鱼的体内有刺，体表通常光滑，但刺豚把刺长出了体表。除了嘴、鳍和尾巴，刺豚全身都被隐藏的骨针覆盖——这层严密的防御机制，使掠食者望而生畏，但这挡不住人类中的饕餮之徒。

海南有家顾客络绎不绝的渔家餐厅，漂浮在海上，这里的刺豚粥享有盛名。被熬煮之前，渔民用拇指和食指抠它的眼睛，或者用网抄的铁圈边缘连续挤压它的身体。一旦受到威胁，刺豚会给自己泵气，使身体膨胀得像个气球，体积惊人。在食客看来，刺豚的愤怒和恐惧都不无滑稽。是的，我们残忍，在于可以把他者垂死而绝望的反抗都视作助兴的节目；它们的反抗并不能改变受辱和被消灭的命运，我们只会尊重那些能够突然伤害到我们的俘虏。微量的毒，些许的刺，我们享用它们带来的额外功效——养胃，或娱乐眼睛与身心。

我在岸上餐厅也吃过刺豚，它们游动在并列的玻璃水箱里，还在进食。一个牺牲品被选中，被捞出水，它气力很大，浑身尖利的刺丛让人难以碰触。它从网抄里直接被摔到地上，“砰”的一声，从它嘴里吐出半片被嚼碎的贝壳。厨师并未让刺豚表演临死的绝技，木棒打下来，一击致命，它半透明的头骨清晰地脆裂。被剁成块的刺豚经过烹调，每根鱼刺的硬度还在。这些袖珍的小三角形骨头，排列得步步为营……食客得小心地摘除鱼皮上密集的刺丛，使之成为美味而无害的胶质饱满的一团颤动的动物蛋白质。

我其实有一点心理障碍，因为，那条刺豚鼓着一双婴儿般纯真而略带惊讶的眼睛。果冻般晶亮的无辜眼睛，至死都保持该死的好奇；这样圆亮的眼睛，即使由天真转为惊恐，也不动声色。之所以觉得是孩子般的眼睛，因为它们在脸上所占的比例更大。所有动物，幼年当然都有儿童的眼睛，但刺豚到了成年，还保持着这种要命的天真。

动物中能活到成年的，是化险为夷的个体，是少数的幸存者，多数动物会在幼年夭折，死于自己或他人的饥饿。生命停留得如此短暂，它们很快消失，从母亲的子宫到掠食者的肠胃。

11

鸟类的名字有时与习性相关，有时毫无联系。比如紫胸佛法僧是非洲一种非常美丽的鸟，羽毛颜色多达八种，但它极具攻击性，不仅捕食昆虫和蜥蜴，也捕食其他小鸟和小型哺乳动物，甚至敢于驱赶侵犯自己地盘的猛禽。别看名字有佛、有法、有僧，杀伐却是它的日常。蜂鸟，这个名字就特别形象恰切，它的确袖珍得比蜜蜂大不了多少，振翅发出的“嗡嗡”声也仿若蜜蜂。

不过，蜂鸟显得行动更为准确和精确。蜜蜂在稠密的花丛之间，那么多张可以直接取用的丰盛餐台，它们简直不知道自己应该在何处落座才是心仪之选，这些毛毛躁躁的访客，只好心慌意乱、跌跌撞撞地从一朵花跌到另一朵花上。蜂鸟呢？它不仅能快速飞行，还能悬停和倒飞，迅捷得像是经过动画片的剪辑，有时几乎看不到连贯的动作，它就已移动到另一丛花蕊前——太快了，在你还分不清它是一只刺蜂还是毒蛾的时候。纪录片里放慢动作的蜂鸟会炫技般展示出，它如何用微型螺旋桨般的高频，完成飞行的魔法。蜂鸟小小的心脏，每分钟能够支撑八百甚至上千次的跳动。为了每秒五十次以上的振翅，蜂鸟一天之内可吸食甚至超过体重的花蜜。这相当于一个人每分钟喝掉三罐红牛饮料，或是每天至少吃下一百多斤食物。

为了适于啜饮管形花的蜜源，有些蜂鸟的喙长得超出想象——这根比例失调的长针简直不便携带，但蜂鸟依然能够把它当作一根篦梳上的齿针，别进毛丛中梳理自己。蜂鸟璀璨，就像发光的宝石。我想象蜂鸟豌豆一样精巧的蛋，觉得神秘不已……尤其，里面还能睡下一位比昆虫还小的天才。

蜂鸟是最小的鸟，让我想起一种著名的大型鸟——渡渡鸟，它被称为除恐龙之外最著名的已灭绝动物之一。一六八一年，在被人类发现仅仅两百年后，它就灭绝了。渡渡鸟，是被自然气候和人类鼓胀的消化系统合谋消灭的。虽然渡渡鸟留下了真实的骨骼，也留下了人类的一些文字记录，但我们依然只能依靠想象去恢复它的样貌。我们看旅游商店的图片、木雕与玩偶的渡渡鸟形象：身躯臃肿，翅膀退化，一副蠢肥的样子，没有什么比它长得更像肉禽。它几乎就是超市里的某种肉质半成品，几乎生前就长成了标本。庞大、沉实、温顺……在人类眼里，渡渡鸟的样子几乎等同愚蠢的天真。蜂鸟微小、轻盈、不可驯服……它几乎是作为渡渡鸟的反义词活着。这就是小的力量，小的韧性。

恐龙灭亡，而昆虫繁盛。昆虫是地球上数量最多的动物，已发现的有一百多万种，比所有其他动物种类加在一起还多。最小的，组成最大的群落。这个世界，没有什么值得矜傲，也没有什么真正卑微。看吧，蚂蚁爬行在象冢上……伟大是被最细小的东西所肢解的。

12

我骨质疏松，却懒得服用钙片，只是喝牛奶、吃虾皮。有一次，被朋友带去吃牛窝骨，据说，这颤抖在盅碗里半透明的胶状物，最能补充钙质。吃着吃着，我忽然想起悲伤的一幕。

那是一次长途旅行，我们坐在越野车中——速度很慢，是因为天气不好，山间的大雾弥漫。道路盘盘转转，精神高度紧张的司机开了很长时间，终于开出群山。在一个相对开阔的平坦路段，他把车停到安全区域，抽口烟，缓缓神。我们站在路肩旁边的一块空地上休息。雾气散去一些，依然很重，但能见度稍好一些。空地旁边，是不高的山坡，绵延很长。其实站在这里，我并不怎么舒服，我不敢像其他同行者那样到几十米外去一探究竟。

浓雾中的山坡上，霜冻的草茎已有两尺多高。稠而湿的一片混沌中，我看到两三头牦牛的轮廓，它们驻足于草坡，是几团不动的深棕色斑块。我仔细观察，才发现在更远的背景里还有更多的牦牛，隐约在浓白的雾气深处。山坡上离我最近的那头牛，就像一座庞大的锈铁

没有什么值得矜傲，也没有什么真正卑微。看吧，蚂蚁爬行在象冢上……伟大是被最细小的东西所肢解的。

雕塑那样一动不动，就像它的肉被它的血冻住似的。它不移动，也许是恐惧不允许它从自己的命运中跑开——草坡之下，它目力所及之处，是现场屠宰的售卖点。那里，每天都要杀掉两头牦牛。刚才同行者跑去看那个栩栩如生的牛头，而我不敢离得那么近，想想就止步了。我怯于看到那双还未熄灭光亮的眼睛，怯于闻到那股雾气里混裹的血腥。所以我和另一个同行者站在一起，看山坡上那头活着却像死牛一样的牦牛……的剪影。

那头牛似乎是在凝望——眼皮底下，是自己同伴的屠体。昨天一起吃草，今天已被砍剁成大小不一的尸块。其实刚才停车之前，我从车窗里看到了那个刚刚完成现场宰杀的牛肉铺。

有弧度的肋排，看得见其中近乎平行排列的骨头……那具被发白筋膜包裹的深红肉身，挂在硕大而弯曲的铁钩上。那具尸体因毫无支撑而下坠着重量，拉长的体积几乎瘫吊到案板……案板上面，有溅落的肉屑和细碎的骨渣。案板之下的地面，半头牛面目全非。曾经，活着，它是自己的墙、自己的山峰、自己的碑，现在倒伏下去，成了一摊隆起的体积、撕裂的皮毛和剥开一半的漾血的赤红到刺目的肉。死去的牦牛比活着的屠夫体积大，半个它，已足够堆成壮观的一座小山，任人收拾——像无法自理的老者，任由他动作粗糙的护工，脱去身上的外衣、抬起松弛下来的胳膊和腿。

有雾是幸福美好的，草坡上咀嚼的牦牛们不必看清杀戮。不过即使没有雾，它们也会白内障般自觉升起眼里的雾，这样就不必看清明天的命运。每天杀掉两个同伴，恐惧已成为它们每天的常态，只要没杀掉自己，杀戮就是别人的噩运，就是在证明自己的好运。它们更专注地啃食草根，囫囵吞咽挂在上面的土粒。即使站立的草坡后面，就是连绵的群山和密林，它们也不会向着自由逃亡。

对死不胆怯吗？不，说它们勇敢不如说是一种懒惰。它们拒绝吉凶未卜的改变，在被动的命运面前，它们注定是无辜者。即使明天被杀，它们似乎更愿意接受这种懒惰里的无辜，它们害怕为自己选择的命运承担后果，这是过于沉重的负担——从某种意义来说，它们做自己主人的恐惧，大于做别人奴隶的恐惧。它们在宿命的听从里，获得一种放弃思考带来的舒适，就像缺氧濒死之前短暂的美妙。

何况，牦牛是被熟悉的主人所杀，这使悲剧看起来没有那么狰狞。养育之恩就是杀戮之仇，如何化解二者之间的亲情与宿怨？这些自由咀嚼和自由走动的并非自由的生命，它们用给人类制衣制鞋的皮暂时包裹着自己，只是为了延长自己血肉的保质期。

我疑惑地啜饮似乎已经液化的牛窝骨。是的，牦牛所缺乏的骨气和钙质，我不知道同样匮乏的自己能否从中夺取。

13

洛杉矶的三月下旬，已进入春季，早晨依然有凉意。尽管贪恋睡眠，我还是挣扎着起床，去看那瑰丽的海。玫瑰色与品青色的晨光交叠下，大海壮阔无边。这个峡湾里几乎没有浪，洋面就像田畴那么平展，除了碰触岸礁的波涛，你看不到任何汹涌。

海边的路上，经常能看到野兔。它们的体型小巧，面貌清秀，褐灰的毛色并不匀整，甚至有些斑杂，但看起来依然干净。野兔的尾巴特别可爱，像是男人刮胡须前用于涂抹膏沫的球刷；有些兔子的绒球尾巴白得耀眼，可明显装歪了。它们在海滨悬崖上进餐，扯断短小的草茎，不停咀嚼，口腔频繁地快速抖动，像是含了满满的漱口水。有的兔子半直立着身体，遥望陡崖下的海浪；有的兔子竖起耳朵，开始出于警戒，很快就在僵滞中陷入了长久的空虚。如果有人靠近，这些树皮色的可爱小驼背，会弓起弧度剧烈的腰背，飞快逃遁，有时中途突然完成一个芭蕾般的跨跳。

兔子灵活而警觉，因为危险来自天上地下。空中阴云一样掠过的鹰隼，草丛里隐匿的郊狼和狐狸，从猫科动物的老虎猞猁到爬行动物的蛇蟒。有的动物对食物挑剔到相对单一，像考拉、熊猫；有的掠食者无肉不欢，只要是带血的脂肪和蛋白质便来者不拒，不在意它们被怎样的皮毛包裹。从热带到极地，到处都有兔子，它们繁殖迅速，被掠食者当作基础的口粮。兔子没有刺和毒，没有鳞和盾，没有寒光四射的齿锋和爪尖，它甚至没有什么表情。因柔软无害而遭到普遍的杀戮……友好的兔子，天敌最多。

但兔肉在人类食谱上无足轻重，与其他家禽家畜的地位不可等同。其中一个原因是，兔肉本身没什么鲜味，口感偏柴，跟鸡肉煮就是鸡肉味，跟牛肉炖就是牛肉味，是调料作用下的陪葬者。在人类的味蕾面前，乏味是种安全的自保手段。教科书说，动物和人的区别是动物不会使用工具，没有语言。我存疑，因为猩猩用树枝够取白蚁，海獭用石块击碎贝壳，乌鸦甚至会在基础物理学的起点上掌握综合运用工具的秩序；狗叫、鸟鸣、蜜蜂跳舞，其功用类似，只是没有人类的语言那么丰富和复杂。我倒觉得，可以说动物不会书写，它们没有走上文字的高端进阶……还有，就是不会烹饪。我甚至觉得，因为不会烹饪，动物所理解的食物更平等；人类因为掌握了烹饪，那些生前得不到尊重的动物遑论死后能获得什么尊重，我们肆意改变食材的味道和质地——甚至因为这种改变，我们把厨师都分为三六九等。

啊，小兔子乖乖，把门开开……最温顺的小动物，没有谁会反感和畏惧。兔子在人类生活中得到卡通化的理解并受到宠物般的欢迎。它藏在魔术师的帽子里充当道具；它住在月亮上成为嫦娥的陪伴；它在漫画里扮演角色，在《伊索寓言》中阐释人类的道理，又在《爱丽丝漫游仙境》里，手持怀表把我们引向魔幻的黑洞。

形象可爱，兔子有著名的短尾和长耳。除了无尾动物，在我的印象里，自然界里多是尾巴比耳朵长的动物，像兔子这样耳朵比尾巴长的不多。其实，兔子尾巴并不像想象中那么短，它只是把尾巴藏起来，只露出末端罢了。长耳朵当然是真的，像天线一样收集着环境中的各种声音，辨别声音后面潜在的杀机，兔子因此得以躲避无数尖牙利爪。兔子进行激烈的繁殖，以应对捕食者突然打开的陷阱和深渊。它们不知道，过多献出自己的孩子也是招致杀戮的理由……当一只巨大的金属鹰隼从远处起飞，兔子的长耳朵就能听到那种难以忍受的鸣啸，像被魔法定住，它们将无处可逃——一个国外飞行员向我讲述，野兔繁衍过度，超出食材所需，也超出猎枪的射杀能力，所以当地被迫用直升机来播撒毒饵。他从驾驶舱里俯瞰，看到那些被诱食的兔子。整个大地就像一柄炒锅，野兔就像油爆的豆粒一样，密集而频繁地跳荡。有千百只野兔，就有千百种同时发生的剧痛，正在撕裂它们的内脏。飞行员如果不是洞晓其中的秘密，他会迷惑，未必能理解野兔垂死的行为——它们疯狂挣扎，却像在蹦床上无休无止沉迷于弹跳的小孩子。

我们是谁手里的兔子，在祈求怎样的垂怜和赦免？高空的神看地下的人，大同小异。我们被宠爱，我们被毒害。我们乖巧，我们疯狂。我们爱，我们疼，我们告别。我们的一切看起来像在游戏之中。

14

辽宁锦州，有条天路。它每天从海水中上升，裸露着曾被覆盖的砂石，数小时之后，又蛟龙般再次潜入海底。天路上的石块之间，有时积存浅浅的水洼。赶海者穿着雨靴，戴着防护手套，在石头之间翻翻拣拣。

涨潮的海，总会解救自己那些迷路或避难的孩子。不过，也总有些小家伙回不去了。

一个足球那么大的透明水母，黏长的触丝挂在石头上，不知是死是活。我想移动它非常困难，因为伞盖无比顺滑又要回避那些凶吉未卜的触丝。隔着塑料袋，我把它吃力地拿捏起来，扔回海里……随波逐流，触丝松散，我等了许久，它也没有恢复心跳的频率。

水母没有那条小鱼的幸运。当我轻握小鱼有着斑点和横向条纹的身体，掌心里是一阵神经质的痉挛。我心里偷偷劝它，留着力气去海里游吧——当我张开手，小鱼就像一截蓄力已久的弹簧那样弹射出去。那些游弋的生命，谁会搁浅，谁又能躲过频繁的钩与网，在大海里自由成长？但愿那些鱼，长得比桨还长，让退潮的浪不足以把它们推上歧途。

一个商贩正在售卖八爪鱼：水桶里全是密集的身影，我估计得有一两百条。水，刚刚浸过它们半个指肚的高度。这些害羞的独居动物，现在无处搁放自己，它们光滑而垂坠的头囊拥挤着，不知去往何处——因为触手可及，都是繁多的和自己一样的触手。像是半流质的液化身体，如此稠密，它们活着已像一盆汤羹。八爪鱼会变色，会喷墨，会断腕求生并复生断腕，它们以足智多谋著称……在大海内腔似的内部，有着许多闪光而身怀绝技的马戏团演员，每时每刻都在狂欢节里，而一旦离开剧场，就坠入灾难。一时的恻隐之心，让我买下被俘获的它们，放生。

据说八爪鱼一旦被捉到岸上，从来不会搞错海在哪个方向，至今尚未得到科学的明确解释。当我斜倾塑料桶，海水漫灌进来，有些八爪鱼立即展现出章鱼式的完美游动，它们像戴着运动员的泳帽，八条腿做出蛙泳运动员那样的屈膝动作，收束在一起，然后把自己发射出去。然而，有些竟不离开，即使水桶几乎完全浸在海里，它们还是紧紧扒住桶底，像捍卫着唯一可靠的家园，像是在寻求最后的庇护。我把它们取出来，要经过一种小心翼翼的轻度撕扯，才能克服它们腕足上遍布的吸盘的力量。剩余最后的两只撑开自己，因为腕足间有蹼膜连接，它们看起来就像谢幕演员拉开致意的裙摆。

重获自由的八爪鱼，有些就像溶解了那样消失，有些选择就近躲避。一只最小的八爪鱼以两条触腕缠缚着我的手指，握牢，让我的指端有种微刺感——当我从石缝里捞起它，它几近信任地立即与我建交。意外的是，这时另外一只竟主动从隐身处跃至海面，经过两度转折，奔向我的掌心。这只返场的小家伙在我的掌心里停留了几秒，才调整方向，彻底消失。它飞离的样子，像海里的空中飞人那么妙曼。

随后的数只八爪鱼体验了真正的“空中飞人”。因为看到一个赶海者靠近，我担心小家伙们因聚集而再被捕获，就把目力所及的八爪鱼尽量抛向远处，扔出连续的抛物线。也许因为此生从未经历飞行，这种惊悸让它们入水后弹出一腔墨液。这里那里，海面一时像写着神秘的草书，有着我不解其意的抽象之美。

无论它们撑开谢幕的斗篷，还是告别时施放墨团，我视之为一种交流，并心怀隐秘的感激。是的，是我在感谢得以目睹它们的魔法，而不是它们在感谢我。我并不把自己的放生理解为所谓的慈善。我不能因一次偶然的赎罪，而忘记自己常年的杀手身份，事实上我嗜好海鲜，经常把八爪鱼当作佐餐的美味。何况，八爪鱼本身就是足智多谋的杀手，有些小虾小蟹将因此丧生。这就是大自然的循环，八爪鱼擅长猎杀，但它也会成为鲸、鳗、鲨鱼和海龟的食物。这个世界自有它残酷中的平等与公正，也自有它无情中的爱与美。

海面的墨痕，随浪涌而消散……如同一场短暂而美好的即兴写作。

15

孔雀，浓墨重彩。

即使这个季节，繁殖羽还没有那么怒放，它的美也足够嚣张。在昆明动物园开放区域里，孔雀或立或卧，珐琅质般，展示着五光十色的蓝——繁华而复古，华丽到了铺张和挥霍的程度，它简直是有着蕾丝和流苏的鸟。蓝孔雀色羽斑斓，在轻微的“簌簌”声中打开流光溢彩的尾屏，上面幽深的眼斑会让凝视者陷入恍惚……孔雀开屏时就像自己在施放身体的焰火，以至于我觉得它是远离真实的幻觉动物。蓝孔雀旁边的白孔雀即使穿了婚纱，也贫血似的相形见绌。

我觉得，孔雀是进化论的异数，几近悖论。它奢靡的晚礼服只适合摆拍，行动起来是多么沉赘碍事。在尼泊尔，我们坐敞篷吉普去野外观察野生动物——这是个旅游项目，不知道会与什么动物不期而遇，所以我们一路怀有带着轻微紧张感的兴奋。富有经验的司机一旦停车，我们立即在一人多高的草丛间搜寻……运气好的时候，会看到弦月形的犀角从雾金色的草间显现并靠近，易于惊飞的牛椋鸟甚至没有在犀牛背上扑动翅膀。然而司机数次停车是因为孔雀。求偶季的孔雀频繁占据行车道，因为只有这条经轮胎碾轧的道路附近没有灌丛生长，算得上相对开阔，孔雀才能不受阻于草丛地顺畅开屏，像牌局老手那样得意亮出自己极度完美的花色。我们最初见到沿途炫耀的孔雀欢呼不已，听任它们挡在道路前方，从容完成整套求偶仪式；遗憾的是，其中多以失败告终，姿色平平的雌孔雀极其挑剔，不过这也是雄孔雀之所以绚丽到变态的原因。一次次停车，面对站在道路中间的孔雀……美，已用于打劫。我们后来熟视无睹，恨不能躲过那些花团锦簇的身影，它们的美让人疲倦。孔雀沉默而执拗，依然一遍遍释放着身体的彩焰。好在它们是沉默的——孔雀的叫声难听如哭婴。

我在昆明孔雀园的角落，发现一只孤独的家伙，离聚群的伙伴们很远。这只雄孔雀的嘴，细看有点歪。它有浓密而微蹙的眉毛，眼睫附近也是鳞波闪动。它像动画片一样，流畅中又略带卡顿地摆动汤勺形的头颅，顶部数根火柴棍般的翎毛却纹丝不动。它的胸前汹涌着大片层次丰富的蓝，有些地方带着铜绿色，层次堆叠，光感如丝缎。背部覆羽，在褐色底子上排布炭色的波浪横纹，状如鹰隼。孔雀把一生中的大量时间用于整理缤纷的羽枝，我看到它频频别过脖子，把头埋入颈后或翼下，沉浸在自己披覆一身的卓越美色之中。随着高频度的啄噬，它的羽毛如渐深的夜色，划过光的涟漪，一些极为细小的残屑难以察觉地掉落下来。

它的腿干枯而有力，腿上还有根马靴那样的后刺。它的脚踝部位，套着草绿色的金属环志：0114，这是它的编号，但它从未尝试碰触，就像它从未尝试越出孔雀园低矮的竹篱。也许，早就尝试过了，是昼夜之间千百次的努力，给了它永久的教训。也许，它出生于动物园，这里就是它被终身囚禁的摇篮，就是给它永久庇护的故乡。

我凝视着这只蓝孔雀，隔着只有二三十厘米高的竹篱，它也回敬式地凝视着我，长达近十分钟。它毫无征兆地奔跑起来，带着突然的加速，直到另一个角落才停下来——那里没有人也没有孔雀，它可以继续它的孤独。当它跑起来我才发现，它有点跛足，原来不仅因为喙角的偏曲而离群索居。我开始怀疑，嘴和脚是打斗或意外受伤所致，难道，这只蓝孔雀是因为羞耻或自卑才拒绝回到集体之中？它会有这样清晰的自我意识和完美主义倾向吗？对美的极端追求，能否伴生出极度的敏感和特别的反馈，以致自身些微的残缺，都会成为走不出去的困境与牢狱？

美，永无尽头……因此，我们将终身被囚禁途中。

16

就像很难分清海狗、海豹和海狮一样，常人也很难分清麋鹿、驯鹿和驼鹿。给姜子牙当坐骑的是麋鹿，给圣诞老人拉车的是驯鹿。驼鹿体型最大，扁铲形的角就像划桨板镶上仙人掌的刺边。

有的鹿非常容易识别，比如梅花鹿，它的眼睛仿佛盛纳童话和梦境，还有降雪般落在它身体上的花期。长颈鹿作为现存最高的陆生动物，有着显著的身高和耀眼的几何斑块……神造物时是走神还是蓄意，使它有着与身体似乎不成比例的长颈。和脖颈短粗的猪或者头部直接焊接在肩胛上的河马相比，长颈鹿凭空多了出世的高贵与优雅……不过严格来说长颈鹿不能算作鹿，就像河马不是马、蜗牛不是牛一样；它是鹿科动物，但老虎狮子也不能因为是猫科动物而被算成一种猫。长颈鹿的拉丁文名字，意思是“长着豹纹的骆驼”。

鹿，给人的印象是芭蕾舞演员那样小巧的头颅和纤长而强韧的腿，如体操运动员般保持优雅的平衡，又如田径运动员般充满活跃的能量……鹿，美且有力，才能成为如此性感的生物，但并非所有的鹿都灵巧温柔。

每年在北美辽阔的草原上，都有许多脱落的鹿角。草是海绿色的，那些聚集的角叉如一片珊瑚丛；而雄鹿伫立，身体优美如岛屿。夜晚来临，月色弥漫，依稀还是能看到角枝的轮廓，像被取走了火焰的烛台。雄鹿每年更换的角，从隐约的隆起开始，以每天几厘米的速度生长。最初的鹿茸中具有丰富的血管、神经和软骨，后来骨质变质，柔软如天鹅绒般的表层开始剥落，伴随着流血。失去痛觉的鹿并无不适，但挂着丝丝缕缕皮膜的肉红色的角枝，看起来就像做了一半手术跑出来的患者。雄鹿在树干或石头上蹭除角叉的表皮，亮出头顶用于决斗的剑柄。繁殖季过后，林地和草地像重归安静的战场，散落着曾经的武器。

驯鹿的雌雄都有角，不像其他的鹿只有雄性有角。驯鹿还以它们伟大而壮观的迁徙著称，寒冬到来之前，它们就开始了别无选择的远征……鹿群就像被缓慢吹动的落叶，区别在于落叶漫无目的，而它们去意已决。渡河时鹿角林立，使水面萌生出大片灌木丛林；落雪时踢踏的步履不停，穿越漫无际涯的冰原，它们是地球上迁徙路线最远的生物。

驯鹿，曾是人类主要的食物。从前爱斯基摩人用鸟皮制作一种内衣，工序繁复，需要缝上细密的几千针。缝衣线用驯鹿背骨上多筋的肌腱制成，先要弄干、磨平、搓扭，才能制成一条粗拙的线。它的优点是遇水膨胀，因此衣缝基本不透水；另外还含有一小层脂肪，极端的饥饿条件下，人们可以吮吸缝衣线以短暂续命。

我曾前往中国北方的冷极地根河，探访居住在白桦林深处的鄂温克民族以及他们的驯鹿。我喂食苔藓，手心感受驯鹿翕张的鼻孔喷出的“咻咻”鼻息。不过它们最迷恋的，也许是盐。钱袋里晃动金币的声音，在人类听来最为悦耳；盐袋里晃动晶体的声音，在驯鹿听来最是动听……为此，野外放养状态的它们不惜定期返回养殖场。奇怪，羊或鹿之类的食草动物都迷恋盐的味道——就像食肉的熊迷恋蜂蜜的甜。驯鹿漫游，它们明明可以走得最远，却还是要回到宰杀者的怀抱。这些驯鹿如何看待人类？把他们当作恩人还是凶手？它们回归的行为是愚蠢还是勇敢？难道并非愚蠢，而是一种包含着恩义的勇敢与慷慨——仅仅因为它们尝过人们掌心里的盐，就用自己身体里有咸度的血来回报？

林地中间，那些回归的驯鹿正在休憩，熏蚊的烟雾让它们免受叮咬。幼鹿也因人类的庇护而相对安全，每年新生的幼崽常常被熊吃掉一半。也许以驯鹿的角度，既然身体总是要奉献的，不如交给曾给予自己盐粒和蚊烟的人类。当然以人的角度，驯鹿的选择简直不可理喻，违反常规和理性。然而，大自然中的众生，亿万年来都是遵循这样的原则：吃别人，也被别人吃。即使素食动物啃食草叶，也会吃下许多寄生植物的昆虫。再残酷的法则，假设对所有人一致，那它就是公平的——比如，默许彼此之间的易子而食。动物幼崽只有少数幸存，多数夭折，生出来只是为了给其他生命作为食粮。人类不再遵循这样的法则，他吃别的生命，但不允许被吃，哪怕是在死后；众生平等中的彼此尊重，演变为一己之私的侵略。人类的进化史，是人类的发迹史，其实也是人类的暴力史。在自然界的公平交易中，唯有人类，撕毁上帝的契约，做了无本万利的好生意——他是疯狂、狡诈而成功的商人，但不是好的合作伙伴。

驼鹿也有舔食盐碱的习性，不过相比驯鹿，它们体型更大。驼鹿——驼加鹿，一种动物的名字由两种动物的名字组成。这种名称，并不少见。有我们熟悉的狗熊、鱼鹰、蜂鸟。也有常人不太熟悉的鹤驼、蜂虎、熊狸、貂熊。它们类似偏正和并列的结构，以前一种动物修饰后一种动物或者互为补充：熊猫、羊驼、燕隼、凤蝶、鲸鲨、鳄龟、鳄蜥、狐猴、蜂猴、狐蝠、猫鼬……我猜其中部分隐含物种之间性的试探。许多动物没有任何越界的可能，情欲止步于自己的物种；有些尝试带来了短暂的未来，无论是骡子还是狮虎兽，这些杂交动物不会拥有自己的后代，它们其实是违背上帝意志又得到上帝宽容的物种。

驼鹿具有史前动物的风貌，肩部高耸，喉部下方生有颌囊。成年驼鹿加上鹿角高达三米，据说最重的驼鹿能达到八百公斤，比一头棕熊还要庞大。它因此取得草食动物通常难以企及的荣誉，被人称为“森林之王”。发情的雄鹿低吼，双眼充血，焦躁地用角磨砺树干或豁开泥土。“噼啪噼啪”，激烈的击角声不绝于耳，仙人掌般的巨角甚至绞缠在一起，使无法脱身的两只雄兽因饥饿和疲顿而同归于尽。

我养过鱼，养过猫狗，养过黑尾土拨鼠，我经常牵挂和想念这些宠物，可假设计算连续专注于某个动物的时间，赢得其中之最的，竟然是驼鹿。我曾连续数小时，时时刻刻，无法把这个词从自己的意识里驱除。

那是加拿大的自驾游旅程。从贾斯珀国家公园出来，本来要在外面住一晚，但临时计划变更，我们连夜赶回温哥华。地广人稀的加拿大，夜晚的城市有如孤岛。我们很少时间是在穿越城市灯火，多数时间行驶在没有路灯照明的丛林。眼前只有前车灯照耀下的有限路面，反射着雨后的幽光。几乎遇不到车辆。车灯撕开前方的黑暗，身后尾随的黑暗迅速弥合……因为弱光，仿佛世上所有的黑暗都向此聚集，让人既害怕向前开，又害怕停下来。道路两旁的针叶与阔叶的混交林，同样融入浓稠的夜色。漫长的安静和黑暗……这时的安静，本身就是一种黑暗。车轮驶过路面传来微弱的沙沙声，但愿，这点敏感的声响不会惊扰什么，不会打破夜晚的平衡。是的，经常看到的三角警示牌，让我们提心吊胆。

从某种意义上说，驼鹿是美洲最危险的动物，远远超过熊和狼。肉食动物牙齿的切口有限，而驼鹿的整个身躯都可以成为凶器。在发生的汽车交通意外中，与驼鹿相撞占了相当的比例。驼鹿有壮硕的头角和庞大的身躯，四肢偏细，一旦发生碰撞，骨头很容易断裂，沉重的身体重击挡风玻璃，车体会被压扁或碎裂——在美洲，每年有数百人因与驼鹿相撞而伤亡。驼鹿的性格刚猛，不仅会死于与同类的击角，还会死于与玻璃、金属和橡胶的惨烈撞击。所以，我们随时警觉丛林中任何的风吹草动，担忧突然跃出的身影。

黑暗而静寂的丛林，从未改变，就像古老的驼鹿。原本驼鹿不会给人造成伤害，几乎不会发生与人体相撞的事件，而汽车的速度，改变了二者之间的平静与平衡。与大多数动物相比，人类行动迟缓，不具备上天入地的灵活身手，但我们凭借交通工具，得以高效而频繁地自由穿梭。人类曾经脆弱，个体根本无法与野兽抗衡，但我们从拿起盾牌开始，渐渐，武装到牙齿……而今人类的牙齿已成为这个世界上最大的武器。当再次穿越丛林，我们躲进汽车，躲进宽大的金属甲盾里，却保持着矛的杀伤力。可我们无法摆脱恐惧，因为运速的提升，原本无害的素食动物也成了我们的敌人，甚至是庞大的杀手。当驼鹿与汽车相撞，当血肉与金属相撞，当古老生命与工业产物相撞……我们并非公平的竞争者，但我们依然要付出惨烈的代价。

光，像一把刀捅入夜晚的内脏。不过，车头亮而前方黑，像是刀柄在未知里，而锋芒一直抵住我们。刀锋前面，是悬而未决的生死。我高度紧张，屏气凝神，虽然目力无法在黑暗中辨识，但我知道，驼鹿可能就在附近，它们的角枝就隐藏在丛林，像雨藏在河流里，燃料藏在火苗里。可能在我转头的瞬间，它“嘭”的一声到来，像沉着赴死的宣判者。

长达十个小时的车程里，我时时刻刻想着驼鹿，想着这个素食者里的草莽英雄，导致我在丛林边缘参差的黑暗里不断看到仿佛中的幻影。然而湿黑的雨夜里，驼鹿不动声色，从未真正显露行踪，哪怕是巍峨角叉的一个剪影。

丛林里的驼鹿，丝网上的蜘蛛，梦境里的鱼和神话中的独角兽……它们的鼻息、它们的毒液、它们闪耀的鳞斑和发光的皮毛，正在隐匿或靠近。人类的命运将被影响，被改变——被有如幻觉的动物，那销魂或惊魂的一吻。

跋：安静的风暴

动因

为什么写作？我不知怎么回答，可为什么不写呢？

写作里有我的乐趣和虚荣，而且是超过预期的虚荣。尽管这种虚荣被严密包裹，连自己都未必看得清。我本性羞涩，骨子里虚荣，所以，生了一口烂牙齿的人畏惧糖——我难以在大庭广众之下接受掌声，那会让我更为羞涩和恐惧。

文字和文字碰撞，会产生美好的乐音——有如最为宁静的掌声，我听得到。如果文字的物理组合，没有产生化学反应，那种沉闷会让我调整和放弃——我既没有炫耀中的紧张，也没有失落中的尴尬。写作是适宜的安慰，也包括，不会伤及尊严的自我批评。

对我来说，一生什么最重要？我想是安全感，以及在这之上的自尊与自由。既敏感，畏惧伤害；又好奇，热爱冒险……胆怯的我可以躲在率性的文字里，浪迹天涯，胡作非为。写作懵懂，一切，由执笔者的性格所决定。

热情与冷漠，吝啬与慷慨，自私与利他，结合在同一个体之中……这是我。此岸和彼岸的我，天然和人工的我，拘谨和狂野的我，羞涩和无耻的我，泥浆里翻滚和云端上飞翔的我。这是每个写作者的境遇，在文字里遇到自己……那个无能和万能的“我”。

职业写作

专业作家，我想象不出比这更美好的职业，我由此放弃二十多年的编辑生涯。有朋友替我惋惜，想象虚拟中的仕途前景，他们遗憾于我似乎放弃了什么重要的财富。

可对我来说，根本不存在纠结，这不是 52 比 48，而是悬殊的 99.52 比 0.48，能有什么选择困难？还有什么放不下的？有人告诫：不做编辑，就会失去文坛话语权，没人有兴趣再来联络和问候，你会备感冷落。我才不在乎呢。失去一个讨好者的同时，十个讨厌的人也跟着不见了，就像扔出去一个保龄球打倒十个小人一样。多好，清净。

有些作家书法、绘画、摄影、乐器、收藏……样样精通，无所不能。我什么都不会。我的自卑培养了我的专注。就像借助凸透镜聚拢光线，我把所有热爱集中在一起。不要以看似专情实际空洞的眼睛去观察素材，心神足够凝聚，才能使它们释放火焰。专业写作，最重要的是专注写作。

写作是漫无尽头的、倔强而绝望的努力。每当有人自述在写作上高开低走，我就怀疑，写作开始阶段的高，高能高到哪儿去呢？我相信持续的自我训练。唯此，才能把词语的偶然性，过渡到趋向完美的必然性。

弦不能一直松着，需要拧；但不能拧断，也不能拧到固化……在压制、克制与控制中的走动，才是写作的有力节奏。侠客拿到一本错误的武功秘籍，但他专注投入，练得废寝忘食、走火入魔，乃至血液倒流、内脏错位……最后，竟无往不至，练出另一种周天。即使犯错，专注也会使你得到意外的回报。

训练敏感，训练精确，训练自己如何去制造一种并非习惯之物。

飞机能够飞行，因为它的流线形状和曲面构造，因为它的燃烧与旋转，因为它严格依据空气动力学原理……无论叠加多少个因为，你依然不能适应成吨的钢铁被悬举半空。写作，就是组装材料，以结构的严谨逻辑性，达至艺术效果的奇迹。

温度

写作时，我一定会喝咖啡。有人喝咖啡是因享乐而沉浸，有人是因成瘾而受束，除了这两个原因，我还出于畏惧。每每开始动笔，我都担忧和害怕，我不相信自己能够从心所欲地独立完成。我需要借助外在的神秘力量，灵感就是皮肤透明的神，咖啡就是皮肤深棕的液体神。冬天必须喝烫口的，热气升腾，电脑上的字迹像隔着蜃气轻微抖动的幻境；夏天，我消耗大量星冰乐或冷萃咖啡，它们携带着冰冷的温度和汹涌的热量，进入胃和血液。温度特别重要，凉了的热咖啡和热了的凉咖啡，根本不是咖啡。形容词的温度，一掌定乾坤。

同样，需要精确控制写作的温度。对美德或罪行，即使内心情感炽烈到几近燃烧的程度，我相反让笔调保持一种控制中的冷淡——这样，可以把读者引领到源头，不致因写作者强烈的态度而迷失途中。

可以不用哭或笑来表达悲喜，那样温度释放太快，容易丧失后劲。写性，更要控制温度，要写得既惊心动魄又若无其事，既狂热又冷酷。

判断作品好坏，常常用到“情怀”这个词。先得有“情”，那个“怀”，才有栽植成活的土壤。这个“情”，不是抒情中泛滥的“啊啊啊”，而是热爱、好奇、尊重、悲悯，也包括貌似无情的冷漠与绝望……“情”绝非一味暖热，恰恰它应该具有最丰富的温度层次。即使零度叙事，也需要格外的控制，并非尸体那么懒怠，然后炫耀获得所谓的冷静。温度决定烘焙的成色，写作炉火纯青，是在暗示一种关于温度的技艺。

形容词

我们有着奉简约为上的散文传统。起步阶段的习作者常常写得环佩叮当，成熟之后，他们与形容词的一夕之欢迅速瓦解，并耻于承认和回忆。这是修辞上潜在的种族歧视吗？动词站上台阶，名词驻足平地，劣势的形容词位居洼地。

那种昏天黑地、纸醉金迷的过度修饰存在问题，但唯简是尊，未必就是铁律。写意有写意的好，工笔有工笔的妙。有人是写作上省俭的环保主义者，极简主义无可厚非，很好。有人用字铺张，也谈不上罪过——毕竟词汇和物资不一样，浪费倒是个创造和积累的过程。这个世界，有素食主义者的佛教徒，也有大口吃肉、大碗喝酒的游牧者……不能因为饮食清雅，就肉食者鄙。各自的身体和情感需要不同罢了。还是让天鹅和孔雀都好好活着吧，不用雁过拔毛把自己变成西装鸡。

没有什么词语可以天然被辜负，包括被反复诟病的形容词。有人轻视乃至蔑视形容词的价值，他有他的道理；我为形容词辩护，也有我的原因。形容词是导向精确的条件，是对常规、平庸、简化和粗糙表达的一种纠正。比如月亮，它是公共的，但“温暖的月亮”和“荒凉的月亮”迥异，揭示出词语背后那个仰头的凝望者……所以名词是公共的，而形容词，隶属个体。

上帝命名万物，魔鬼用动词篡改，留给人类的，只剩形容词。我们通过形容词或形容词性质的书写，标记各自独特的属性。

我觉得中英文不同。中文的名词里也隐含着某种形容词性，比如牛肉、鸡肉、鱼肉；英文的 beef、chicken、fish，彼此之间没有血缘关系。我们为什么不简易地统称为“肉”？因为必须在形容词性的保障下才指代无误。还有动词，打和拍、掐和拧、扔和摔、摘和拽、推和搡……查阅这些动词的定义，联想这些动词的场面，你会发现暗含其中的，是形容词之别。我们斟酌使用哪个动词更准确，其实，就是在寻找和推敲这些动词里埋藏的形容词。我的英语水平堪称尴尬，有限的初级阅读正好让我形成足够的偏见：英文段落里的动词，作用至关重要，为了走向实证主义和科学精神所需要的精确；中文可以古道西风瘦马，可以老树枯藤昏鸦，这里面没有动词，为了走向模糊，并抵达唯有模糊里才能传达的精确。形容词，其实无所不在。

形容词里有我的狂喜和忧惧，也有我的淡漠……我爱慕它们。一个平凡的形容词或者一个讨厌的副词，嫁给了对的名词或动词，可以成就近乎完美的婚姻。好的修辞也是一种意外而完美的镶嵌，天衣无缝。

大美不雕，对不对？当然对。但形容词的判断标准，是必要性，并非动辄概以修辞之过。李亚伟有句诗：“我在一群业余政客中间闻到了楼梯间寂寞的黑眼睛的香气。”哪个形容词应该去掉？一个都不能少。

可以朴素，不能赤贫。可以克制，不能乏力。我怕那种简单到简陋却自以为是简朗的得道者，他们以法西斯的眼神看待每一个犹太形容词。

才华

写作需要才华。有看得见的才华，有看不见的才华。土地上的庄稼看得见，到了季节就收割；土层下也有别的，得找，找得着矿脉就丰富，找不着，就是一片荒凉的不毛之地。无论是外部题材还是内在才华，都可共享这个比喻。

深藏的矿脉才华不稳定，然而，一旦发现，总比显见的才华更具价值。所以，挖掘题材和才华，无惧前方矿难般的危险和痛苦，才有可能找到那条难看而价值巨大的矿脉。

有人鼓励过，说我有才华。当然感激。可惜我只是偶尔且短暂地信一下，马上就是内心的否定。看看周围有多少人，写得那么好，那么元气饱满，令我羡慕不已。有人是天赋，我是运气。区别在哪儿？天赋，是每时每刻都不会离开的运气；运气，是盼星星盼月亮盼来了转瞬即逝的天赋。

我伤感，即使我相信自己有才华又怎么样呢？我既无法放松，又无法炫耀，永远不能为所欲为。像个走钢索的人，在地面上我无法展示天赋，所以平常状态下我没有自信；即使有了钢索，到了写作的高空，全部精力都用于维护个人安危，无暇他顾……所以，我还是不自信。没有志得意满的时候，总是临近绝望。

困境

创作艺术品，如在心脏上雕镂，想象力和耐受力在博弈。

常遇困境。每当感到力量衰减、体能缺乏，我无法安慰自己说，登上的山峰越高，越要忍受稀薄的氧气——艰难并非预示即将登顶的成功，可能仅是自欺中的错觉；假设我被困枯井，同样会喘不上气，产生濒死中或难受或美妙的幻觉。

感觉以前努力，是在小数点之前的；现在，怎么都是小数点之后的位移，变化甚微。真希望在写作里无所不能。谁有本事梦想成真呢？谁能面对尘俗，样子和心境都澄澈如婴儿，握着自己机器猫那样胖而万能的拳头？

别无他法，只有写作能解决写作本身存在的问题。障碍和瓶颈，只能边写边克服；仅仅靠思考，更像靠回避和停顿来解决问题，事倍功半。是的，我们必须像被钉在十字架上一样钉在写作的椅子上，死在上面，然后复活在上面。

作家是随时自设牢笼以寻求突围的人。写作是与未来的自己博弈，一点点接近绝对可能的那种绝对不可能——你赢不了，才是妙处，在输局里可以精进技艺，并戒骄戒躁。一旦你赢了，那才不幸，意味着你输了自己未来的可能性。

立场

“奥斯威辛之后，写诗是野蛮的”，这句阿多诺被反复引用的圣典，令人震撼。

但写小说不野蛮吗？写散文不野蛮吗？不写诗，是否就更文明？诗比之其他文体，潜在地多了语言上的修饰性，多了情感上的形容词效果。一个激进的朋友向我引述这句诗，似乎暗指，那时那境，诗人放弃个人技艺，投入体力式的营救才不羞愧。

然而，写诗，在婚礼上写，在葬礼上写；清醒时写，梦境里写；与仇恨相逢时写，与爱情诀别时写；在奥斯威辛之前写，在奥斯威辛之后写，无论如何野蛮……这是否也象征一种无畏、忠诚、牺牲与殉难？任何压力下，让笔尖裸露，一个人能否因为诗歌的脆弱或野蛮而成为圣徒？

何况，“奥斯威辛之后，写诗是野蛮的”，本身就是修辞，它难道不是一句诗吗？

也许只要写，野蛮发生得就没有那么容易。即使是一个人的写作也具有社会意义。

遭受劳改、流放和驱逐出境的索尔仁尼琴，被称为“俄罗斯的良心”，他的笔像脊骨一样从未弯曲：“对于一个国家来说，拥有一个讲真话的作家就等于有了另外一个政府。”

在极端年代，一个人极尽妥协和屈服尚不能保证自身安全。捍卫真理？将直接要了他的命。捍卫者像佩戴珠宝只身行走在夜色中，易招致劫掠乃至杀害。然而，孤往绝诣的独行者，是撕裂黑暗的一道闪电——短暂而强烈的光明，令人陷入失明般的恐慌，也使罪恶之手暴露发白的骨节。

以单薄个体，对抗机械般的制度，身怀螳臂当车的勇气……不要像嘲笑堂吉诃德一样。不，他是真正的勇气，知而后行，起而论道。洪流席卷，从集体到少数，从少数到个人——这是残酷的筛选过程，想要不改其志地活下来，相当于要在搅拌机里维持完整。珍贵的幸存者远比庸者坚硬。高贵的心未曾堕落，因为它不等待谁的拯救，它拒绝恩典里所包含的隐约权力。哪怕他的写作就是通过一支笔，通过这把掘进的锄头挖开自己黑暗中的坟墓，他也不停顿，他因这种致命的劳动而增长肌肉、骨骼和体魄。

海象鱼体型很大，又名巨骨舌鱼，它的舌头上真的有硬骨头。这是写作者的理想，成为大作家，应该在舌头上生出硬骨和反骨。

内力

“修辞立其诚”，我喜欢其中的内力，并把它作为自己一生的写作原则。我以为自己会始终勇敢，像个黑天使，善于对事物做出果断的形容，并无畏于后果。鱼能够承受海里的盐，真正的作家能够承受写作里的困境，这甚至是游动在文字之间必需的压力。不过二十年，我已不敢再对命运轻许诺言，这既是我的成熟，也是我的怯懦。

板凳坐得十年冷，说的是耐心，已鲜有人能做到；若是老虎凳坐得十年，恐怕谁也说不出什么内敛的漂亮话了。且不谈社会责任，仅仅是承受自身的重力，已让人犹豫和恐慌。如何贯彻写作的诚实？如何在逐渐沦陷的危机中自救？

想起在旅游景区，游客喜欢在岩石下面的缝隙里，摆上许多小小的树枝，这叫作撑腰木。据说撑上以后，自己的腰就不疼了。幼木棍承受得住巨石的重压——希望里怎能诞生这样的奇迹？这可笑的寄托，这天真的悲剧。

但在爬满苔藓的岩石下，我看到，一根截断的树枝魔术般生出一片嘴唇大小的绿叶。被野蛮砍下之后，它决定野蛮地生长。

写作者能够拥有植物的智慧吗？当我们不能像动物，自由地奔跑与捕杀，不能撕开猎物的血喉；当我们不能移动，被钉死在贫瘠的原地，却不能避开捕食自己的嘴和牙……我们依然可以保留蓄意的气味和毒素。即使我们像罪犯被拴上不能移动的脚镣，也能学习以奇迹般的化学魔法维持生命：把阳光转化为食物。

阅读

在所有休闲方式中，读书最累，在静态中耗费脑力、情感和体能。可它最有意思，我们得以进入万花筒中的魔法世界。

看书时，唯一的活动就是挪移视线。人的视网膜可以看作一个传感器，越往边缘去，传感效果越差。只有通过最中间一个叫作中央窝的地方，我们才能以视觉分辨。这个中央窝很小，只能容下八个字母。所以在阅读时，我们其实是从一个针孔似的小洞里窥探世界……管中窥豹，仅见一斑。连续窥探，才能目睹豹纹锦簇，身形斑斓。每一个文字都是秘密的孔隙，让我们得以突破闭锁，看到众生和天下。精神上有轻微自闭倾向的人，阅读，是他对外部世界谨慎的眺望和试探。

我喜欢临睡前的阅读。读到什么,易在墨色夜中得到拓印。我的梦、我半夜醒来的瞬间、我清晨起床后持续的恍惚里，都荡漾着一些词语、诗句和句段……是残片。但一张剪纸比一张白纸更有创造力。

我平时阅读不规律，出差或旅游，倒是效率最高的时候。大概因为那种状态下，时间的压迫感和流逝感都变得特别具体，形成有效的催促。出门在外，没有带足够的书，比没有带足够的钱更易丧失安全感。总有一两本书带在身上，哪怕来不及看，平添负担；但这额外的重量，恰如灵魂的镇纸，让人内心踏实。

我买书的速度远远大于阅读，以平息缺少阅读的焦虑。不过，也有人买书追求满墙、精装、全套，他的目的……可能不是为了阅读，而是怕别人发现他不阅读。对许多人来说，思考是负担而非快乐。啊，若有所思——他们只是要呈现这个姿态。若你追问，所思为何？什么也没有，里面是空的。他们摆出“若”的造型就够了。对他们来说，形式比内容重要，所思比思重要——买书只是日常生活里唯一能实现的行为艺术。

读者

我每隔几年出一本散文集。喜悦同时有点内疚，编辑为难了，几千册印数需要几年才能耗尽库存。滞销是我的命运，属于他人的畅销奇迹，我从来没有体会过。

“市场不景气。人们只看手机，纸书的江湖地位被撼动。谁会关心巴尔扎克怎么说？人们只关心扎克伯格。”类似的解释不成立，是虚假安慰。我也无法以严肃文学为借口，因为很多有品质的写作者风生水起。

从事出版的朋友，批评我缺乏宣传上的配合。属实。我对宣传的态度，目前停留在排斥和痛恨之间。我慌慌张张，缺乏对作品集的停顿和总结，只顾跌跌撞撞向前跑。我看似心无旁骛，看似缺乏经营功名的乐趣，其实绝非如此。我只是胆怯心虚，无法在观众前卖弄自己的知识或品德。我习惯躲在舒适的黑暗里，怕聚光灯，我是探照灯扫过来也想转身的那种人。更重要的，是我缺乏余力。如果有时间和精力，我为什么不继续写，或者舒舒服服地看本书呢？我对新人恐惧，对旧人怀恋；对事物的态度相反，好奇新物，厌倦旧物。我几乎没有第二遍读的书目，甚至少有耐心摘抄激赏的精彩句子，哪有心思反刍自己的文章？写的时候缠绵不已，印出来就恩断情绝。编辑认为，我由此错过推广自己的某个重要机会。然而，机会未必会在迎接或等待之后必然来临；并且，即使这个所谓的机会如约而至，我想起之前为此殉葬的时光，就觉得，它无论怎么重要都是不值得的。

竞争激烈的出版环境下，有些图书自说自话、自生自灭。即使如此，我认命。之所以不痛改前非，是我觉得自己的性格和风格根本不适合营销。即使我偶尔听从发行安排，一路摇唇鼓舌，我看销量未必能有起色。效果呢，不过像和一个高尚到丧失低级趣味的女子交欢，把自己累得够呛，她又不叫好又不叫床，唉，气死了。

好吧，耕植文字，我要它们在我内心成活，不急于嫁接到读者那里。其实没有观众也有益处——至少，写作者可以作为一个人，而不是一个演员，去爱或恨。写作，永远是孤军奋战，是一己之勇。还是尊重内心吧，无论是被褒还是被贬，被关注还是被冷落，被喝彩还是被呵斥，不改其志。

何况读者助阵的呐喊不能进入创作环境，那会相当于噪声。对于写作者来说，环境的安静和内心的安静非常重要，有助于专心地追踪题材。我想，成功猎杀的前提，除了需要锋利的牙和凶暴的趾爪，还有个重要因素就是安静。一个能安静的大动物，才能生杀予夺。

我一直喜欢宁静的事物，因此迷恋写作。一个书写故事的人，他所制造的惊心动魄比秒针走动的声音还轻，这太美妙了。我以前必须在真空般的寂静里写，后来改变习惯，边听音乐边写。奇怪，音乐没有加重声音的存在，反而，加重了安静。

你可以成为音乐的听众。音乐也可以成为你的读者。

专业批评

我对评论的态度比较模糊，说不出是欢迎、淡漠还是反感。

有的批评无论下了多么重的猛毒，我都口服心服，只要蛇打七寸。无论下毒者是资深批评家还是网络闪客，无论与我关系亲近还是不睦。针对作品，不看脸色和眼色，我觉得专业批评就得是一叶障目、六亲不认。好的评论家，应该与写作者同道，或者背道而驰……真正称得上敌人或导师，可以同样赢得保持距离的尊重。他们拥有凛冽的独立性。

我不喜欢看具备专业水准的批评家勉强自己扮演表扬家，像失效的暖水袋坚持散热。刻薄地说，这样的囊袋，不比酒囊饭袋强到哪儿去。一个从事专业批评的人，不储存贬义词，不具备挑毛病的眼光……仿佛手指已经发颤的外科医生其实不适合做手术了。人际关系代替专业批评，这样的批评家，更像是照顾巨婴的保姆，最重要的工作，是随时处理后者的眼泪和屎尿。

批评家并非天然享有指点迷津的特权，他们需要在作品中学习，与写作者一起获得成长，绝非远隔或寄生。不好的评论，未曾触及作品的皮毛；不好的评论，会成为作品血肉里坦然的附属——像六指，像多余的肿块，甚至影响作品自身的天然性，使其健康受累。有的批评家，无论有着怎样的资格证书和多久的从业经历，我依然觉得他们是门外的徘徊者。他们想用一种理念的缰绳，套牢所有作品。比如有的业余批评家，支撑生涯，靠的是对苦难生活的崇拜。这样不令人信服的批评家，能奈我何？无论多么蓄意、敌意、恶意的攻击，我都不怕。他们以为的枪林弹雨，对我来说，不过节日里的鞭炮，噼里啪啦，助个兴而已。缺乏他们的批评，何憾之有？没有干扰，我可以扮演自己的批评者，扮演给自己施行手术的人。

远方

到达远方的时候，我们也许什么都没有收获，反而途中遗失太多；也许没有遗失，我们就根本无法抵达远方。有人写，是因为他想知道自己什么时候就写不了了，就像人活一辈子，想知道自己什么时候死一样。以写作为信仰的人，容易沦为殉道者，不过一笔一画，他也为自己的灵魂搭建天梯。

我对远方缺乏想象，写作之路本身足够回报我。过程九十九米，终点一米……如果可能，我愿永远都是过程。初心不改，写作始终是寂暗中的安慰，每一个写下的笔画，都是卖火柴的小女孩擦出的光痕。

每个人一生所走的道路，相当于绕地球两周半；如果体内血管相连，我们也能抵达这样的长度。你的心要指挥你的笔，你的笔所传达出来的，重新抵达你的心——这个三角形，要完成连续而流畅的循环，所写的东西才是有效的。从身到心，写作是孤独漫游，是走到极境，又倦鸟归巢。我们可能因丰富而宽广，也可能因丧失纯粹而污驳。在这条路上，我们将看到自己的虚荣、软弱和恐惧……看清自己的能力，同时就会看清自己的无望，最后看清，无所畏惧也无所顾忌的悲伤。

一笔一画。一个字，一个句子，一个段落，一个篇章……使自己的写作无限靠近自己绝望的期待。最美的前方，从来不是琼林宴或金銮殿，而是星宿满天的虚空。唯写作里，有我们的河流、星空和万神殿……

[本书封面插画根据摄影师尼古拉·季诺维也夫（Nikolai Zinoviev）作品绘制，特此感谢！因未能联系到摄影师，望有摄影师联络线索者与出版社联系，邮箱：guoyue@citicpub.com。]